ADERYN BRITH

ADERYN BRITH

RHIANNON GREGORY

y Lolfa

*I Havard, fy mhlant a phlant fy mhlant,
ac i bawb a fu'n ffyddlon i'n hetifeddiaeth
Geltaidd yma yng Nghymru ac yn Llydaw*

Argraffiad cyntaf: 2013

Cynllun y clawr: Sion Ilar

Rhif Llyfr Rhyngwladol: 978 1 84771 686 6

Dymuna'r cyhoeddwyr gydnabod cymorth ariannol
Cyngor Llyfrau Cymru

FSC

Cyhoeddwyd ac argraffwyd yng Nghymru
ar bapur o goedwigoedd cynaladwy
gan Y Lolfa Cyf., Talybont, Ceredigion SY24 5HE
e-bost ylolfa@ylolfa.com
gwefan www.ylolfa.com
ffôn 01970 832 304
ffacs 01970 832 782

Rhagair

GANED MAÏ AR Manac'h yn 1869 yn ferch i felinydd tlawd yng nghefn gwlad Llydaw, a hanes ei bywyd rhyfeddol yw sail y nofel hon. Pan syrthiodd Ffrainc yn 1940 cafodd ei harestio a'i chymryd i garchar Gwengamp, ond ar ôl ychydig fisoedd, yn hollol annisgwyl ac yn anghyffredin iawn, cafodd ei rhyddhau. Ymgais i ddychmygu'r rheswm dros hynny sy'n dilyn. Cyfnod yr Ail Ryfel Byd yw'r cefndir i lawer o'r hanes, cyfnod tyngedfennol bwysig yn hanes Llydaw a adawodd ei ôl ar y wlad. Dychmygol yw'r Cadfridog a ffrwyth dychymyg yw'r cyfan o'i hanes. Mabwysiadodd Maï yr enw Maï La Bretonne, ac nid oedd dim, yn ôl cenedlaetholwr a oedd yn ei hadnabod yn dda, na wnâi dros Lydaw a'r Llydaweg. Roedd hi'n gymeriad cryf a phenderfynol a luniodd ei ffawd ei hun.

Rhiannon Gregory
Mehefin 2013

Diolchiadau

Mae fy niolch pennaf i Havard oherwydd mai ef wnaeth fy nghyflwyno i Lydaw ac a'm perswadiodd i ysgrifennu'r llyfr. Bu ei gefnogaeth yn ddiderfyn. Cawsom wyliau difyr yn Llydaw dros y blynyddoedd yn ymchwilio i hanes Maï ar Manac'h ac yn dod i adnabod y fro. Rwy'n arbennig o ddyledus i Loïg Kervoas, y diweddar Pierre le Saux, a Pierre Delestre, a rannodd ei archif â mi, ac i nifer o gymwynaswyr eraill yno. Bu Christopher Coleman, archaeolegydd o Goleg y Brenin, Llundain, a fu'n cloddio yn yr un safleoedd â Robert Mond yn Thebau ac sy'n gwarchod archif y teulu, a Richard Hornsby, ŵyr Alfred Mond, yn hael â'u hamser a'u gwybodaeth. Rwy'n ddiolchgar hefyd i Haf Llewelyn a Rhisiart Hincks am bob cefnogaeth ac i Peter Wynn Thomas am ei sylwadau. Gwaith fy merch yng nghyfraith, Pippa Wright, yw'r darluniau o wisgoedd Maï ac rwy'n gwerthfawrogi'r hyn a wnaeth hi. Bûm yn ffodus iawn o gael cydweithio â Meleri Wyn James a Nia Peris fel golygyddion a Branwen Huws fel trefnydd cyhoeddusrwydd yng ngwasg y Lolfa. Buont yn hollol wych a phob amser mor serchus ac amyneddgar. Rwy'n arbennig o ddyledus i Meleri am ei chymorth. Gwaith Sion Ilar yw'r clawr trawiadol. Mae fy niolch iddynt yn fawr a'm hedmygedd ohonynt yn ddiffuant.

1

Porth Gwae

EDRYCHODD Y CADFRIDOG Kurt von Heyden allan drwy ffenest y Mercedes ar gefn gwlad dinod, digymeriad Llydaw. 'And the Spring comes slowly up this way.' Rhyfedd fel y daeth y llinell honno i'w gof o'r gorffennol pell; efallai oherwydd ei fod yn mynd i groesholi Saesnes. Ddoe roedd y gwanwyn yn troedio'r tir, ond heddiw daeth gwynt i chwipio'r glaw oer â'i bicellau miniog yn erbyn ffenestri'r car, gan blygu'r coed a damsial y blodau cynnar i mewn i'r pridd.

Trwy hen dref Gwengamp â nhw, a'r garreg lwyd yn sgleinio'n ddu yn y glaw. Yna, wrth i'r cerbyd agosáu, dyma glwydi'r gwersyll yn agor. Roeddent yn eu disgwyl yn y Porte de l'Angoisse, Porth Gwae. Gyda manylder militaraidd, arhosodd y Mercedes o flaen prif fynedfa'r adeilad. Yno safai Commandant y gwersyll i'w croesawu. Camodd tuag atynt. Cyfarchodd y Cadfridog. Heb i hwnnw yngan gair, fe'i harweiniwyd gyda'i ddirprwy i lawr coridor hirgul, a'u traed yn atseinio ar y llawr concrit.

Roedd yr ystafell a neilltuwyd ar eu cyfer yn wag, heblaw am ford ac ychydig gadeiriau yr oedd yn amlwg nad oedd llawer o ddefnydd arnynt. O leiaf roedd hi'n gynnes yno, er bod yr awyr yn drwm a'r golau uwchben yn llachar a digysgod. Tynnodd y Cadfridog ei got ledr hir a'i fenyg a'r capan â bathodyn penglog yr SS. Heb edrych, estynnodd nhw i'r dirprwy wrth ei ymyl fel un a oedd wedi hen arfer â chael rhywun i weini arno.

Trodd i wynebu'r Commandant.

"Mae gennych Saesnes yma; gwraig fonheddig."

"Arglwyddes Mond, Gadfridog. O wledydd tramor mae llawer o'r carcharorion sydd yma, ond hi yw'r unig fenyw a chanddi deitl. Mae hi'n hen, syr; ddim yn broblem o gwbwl."

"Gair o gyngor, Kommandant. Peidiwch byth â diystyru hen wragedd, yn enwedig aelodau o ddosbarth arbennig! Anfonwch amdani, os gwelwch yn dda. Arhosith fy swyddog yma gyda mi. Fydd mo'ch angen chi mwy."

Gadawodd swyddogion y gwersyll ac eisteddodd y Cadfridog Kurt von Heyden y tu ôl i'r ddesg, a'i ddirprwy wrth y drws. Ddywedodd y naill na'r llall yr un gair. Cyn hir clywyd sŵn traed, tap ar y drws a daeth gwraig oedrannus i mewn gyda dau swyddog yn ei hebrwng. Cododd y Cadfridog ar ei draed a'i chydnabod yn ffurfiol gwrtais gan glicio'i sodlau. Amneidiodd ar y gwarchodwyr i osod cadair iddi o flaen y ddesg a rhoddwyd gorchymyn i'r dynion aros y tu allan i'r drws nes byddai eu hangen.

"Eisteddwch, Arglwyddes Mond."

Eisteddodd hithau'n gefnsyth, a'i dwylo wedi'u plethu yn ei harffed. Edrychodd ym myw ei lygaid. Roedd ei llygaid hi'n anghyffredin o las, a'i gwallt, er ei fod yn britho, yn dal yn dywyll ac wedi'i glymu 'nôl mewn rholyn trwchus.

"Mae uchel swyddogion byddin yr Almaen yn gwerthfawrogi'ch cymwynasgarwch a'ch caredigrwydd yn caniatáu iddyn nhw ddefnyddio'ch cartrefi ac am imi gyflwyno'u cyfarchion, Madame. Felly y teimlai'r Cadlywydd Rommel hefyd pan dreuliodd gyfnod yn un o'ch tai y llynedd."

Siaradai'r Cadfridog yn ffurfiol a phwyllog, a synhwyrodd hi ei bod yn ail natur iddo bwyso ei eiriau'n ofalus. Cydnabu'r neges yn gynnil, fel petai'n awgrymu na fu ganddi lawer o ddewis. Pan gwympodd Ffrainc yn haf 1940 cymerodd yr Almaenwyr feddiant o Castel Mond yn Dinarzh a'i chastell yn Benac'h, a chymerwyd hi a'i chyfeilles i wersyll Porth Gwae.

"Caiff eich cartrefi bob parch a gofal."

"Pam ydw i yma?"

"Saesnes ydych chi, ac felly'n elyn i'r Drydedd Reich. Roedd eich gŵr yn Sais amlwg iawn ac mae meibion yng nghyfraith gennych sy'n uchel swyddogion yn lluoedd arfog Prydain. Dyna resymau digonol dros eich carcharu. Rhaid wrth fesurau tebyg adeg rhyfel."

Edrychodd Arglwyddes Mond ym myw ei lygaid am foment ac yna atebodd yn bwyllog.

"Ond… Llydawes… ydw… i." Pwysleisiodd bob gair. "Mae'n wir imi fod yn briod â Sais, ond yn Llydaw y ces fy ngeni, a Llydawes fûm i erioed. Llydaweg yw fy mamiaith, a Llydaweg yw iaith fy nghartref heddiw."

Edrychodd y Cadfridog arni'n hir a diwyro. Edrychodd hithau arno yntau yn yr un modd, heb fynegiant o unrhyw fath ar ei hwyneb. Oedd yna awgrym bod ganddi, fel ambell genedlaetholwr, fwy o gydymdeimlad â'r Almaenwyr nag â'r Ffrancwyr? Credai rhai y câi Llydaw, ei phobol a'i hiaith fwy o barch ac annibyniaeth o dan yr Almaen yn yr Ewrop newydd nag o dan Ffrainc, yr hen ormeswr. Ai dyna'r awgrym, neu ai ymgais oedd hyn i'w ddrysu?

"Mae'ch Saesneg yn berffaith, Arglwyddes Mond."

"A'ch Saesneg chithe hefyd, ond fyddai Sais neu Saesnes o'r iawn ryw ddim yn hir cyn sylweddoli ein bod ni, chi a fi, y ddau ohonom ni…" ac oedodd am eiliad, "… yn ffug." Yna ychwanegodd, "Hynny yw, o ran iaith."

Iddo fe, fel swyddog yn y gwasanaethau cudd, roedd canfod ystyr ar sawl lefel i bob gair a brawddeg yn ail natur.

Oedodd hi'r eilwaith, ychydig yn hwy nag oedd galw amdano.

"R'yn ni'n dau, chi a fi, yn siarad yn rhy gywir, yn rhy fanwl gywir, a dyw'n llafariaid ni ddim cweit…? Efallai'n rhy berffaith? Ydych chi'n deall?"

Lledwenodd y Cadfridog ar ei waethaf. Bu'n gwylio'r wraig

a eisteddai gyferbyn ag ef yn ofalus wrth iddi siarad. Hyd yn oed yng ngwisg ddi-lun y gwersyll a hithau'n wannaidd a gwelw, doedd ganddo ddim amheuaeth nad oedd hon yn wraig arbennig iawn, yn 'maîtresse femme' ys dywedai ei fam. Ni welai rith o bryder yn ei hwyneb, dim ond ysbryd cwbl hunanfeddiannol.

Ond gellir rheoli'r wyneb. Llawer mwy anodd yw rheoli'r gwddf. Syllodd ar yr hollt ym mhont ei hysgwydd. A welai guriad cyflymach yn y man tyner, diamddiffyn hwnnw? Na, ond gwelodd ei bod yn llyncu ei phoer yn galed ac yn aros am yr hyn a ddywedai nesaf.

"Arglwyddes Mond, os mai Llydawes, neu Ffrances, ydych chi mewn gwirionedd, gallaf ailystyried eich sefyllfa; ac, wrth gwrs, mae'r Drydedd Reich yn cydnabod eich cydweithrediad yn rhoi lletý i'n swyddogion ni."

Syllodd arni am ysbaid cyn pwyso ymlaen ac ychwanegu, "Pe bai gennych rywle i fynd, efallai y gallem drefnu ichi gael eich symud oddi yma."

Cymerodd hi ei hamser cyn ateb.

"Mae gen i dŷ hela, Gadfridog, heb fod ymhell o Benac'h, neu Belle-Isle-en-Terre fel y'i gelwir yn Ffrangeg. Gallwn fynd yno, i gastell Koad an Noz."

"Byddech chi'n gaeth i'r tŷ. Mae llawer o gwestiynau i'w gofyn eto, a'u hateb, cyn y gallaf fod yn dawel fy meddwl amdanoch a chyn y gallwch chi fod yn rhydd."

"Dwi'n derbyn eich amodau, Gadfridog. Fyddai 'nghyfeilles yn cael dod gyda mi?"

Symudiad â'i ben, a'r hanner gwên, a meddyliodd hithau fod cyd-ddigwyddiadau'n peri llai a llai o syndod iddi wrth i'r blynyddoedd fynd heibio. Roedd yn sicr bellach ei bod yn gwybod pwy oedd ei rieni ac y gwyddai beth o'i hanes yn well efallai nag ef ei hun. Felly, roedd Friedrich von Heyden wedi cadw ei air ac wedi priodi mam ei blentyn. Dyma fab Clothide, ei ffrind yn yr hen ddyddiau yn Montmartre. Nid oedd ganddi unrhyw amheuaeth o hynny.

Galwyd ar y gwarchodwyr i fynd â hi 'nôl at y gwragedd. Fel y bu lawer tro cyn hynny yn ei hanes, teimlai fod ffawd o'i phlaid. Nawr roedd yn rhaid manteisio ar y cyfle.

Safodd yn nrws ystafell y menywod ac edrych o'i chwmpas. A gafodd unrhyw le enw mwy addas erioed – La Porte de l'Angoisse, Porth Gwae, Porzh Anken? Ym mha iaith bynnag y cyfeirid ato, creai ias o ofn. Edrychodd o'i chwmpas ar waliau'r ystafell. Yr un hen garreg lwyd dywyll â muriau allanol y carchar, ond yma roedd sglein lleithder i'w ganfod dros y meini. Meddyliodd nad yn unig o ddŵr roeddent yn diferu, ond o ofn ac anobaith, ac felly y gwnaethant am yn agos i fil o flynyddoedd. Yng nghrombil y carchar roedd ystafelloedd lle teflid dynion a gwragedd dros y canrifoedd i newynu, dioddef a phydru. Ond roedd yma gell arall. Yno arferai trueiniaid dreulio eu noson olaf cyn cael eu dienyddio neu eu crogi drannoeth. Nid dŵr yn unig a ddiferai o welydd Porth Gwae ond chwys ofn, dagrau anobaith a gwewyr dioddef y canrifoedd.

Roedd sector y gwragedd yn gyfyng, llwm a gorlawn – ystafell hir, gul, a rhes o welyau yn dynn wrth ei gilydd ar y naill ochor a'r llall, yr awyr yn drwm a'r drewdod yn gymysgedd o chwys a charthion. A hithau wedi bod allan o'r ystafell lai nag awr, cododd cyfog arni o'r newydd, a chynnwrf dirdynnol yr ofn a dreiddiai drwy bob modfedd o'r ystafell yn peri i'w chalon guro'n gyflymach.

Sawl mis aeth heibio er pan wthiwyd Henriette a hithau i mewn i'r ystafell hon? Wyth mis? Naw mis? Sylweddolai nawr mai'r peth cyntaf y collodd afael arno oedd treigl amser. Beth oedd arwyddocâd amser pan nad oedd ganddi unrhyw reolaeth drosto? Ni phrofai flas ar ddim, nac awydd i foddhau'r synhwyrau, nac awch am fywyd. Mor fuan y daeth i arfer â gwylder. Sut y gallai edrych ymlaen at uwd dyfrllyd a chawl cabaets nad oedd ond dŵr ac ambell i ddeilen werdd ynddo?

Cofiai'r diwrnod pan adawodd un o'r gwarchodwyr fasgedaid fach o fara i gwympo. Syrthiodd ugain o fenywod ar y llawr, eu dwylo esgyrnog yn crafangu am grwstyn, gan sgrechian a chrafu ei gilydd. Am beth? Am grwstyn sych. 'O, Dduw mawr, arbed fi rhag bod fel 'na!' Rhyfedd mor gyflym y gall y corff ymgyfarwyddo ag arteithiau newyn.

Ond y drewdod! Ni allai ddygymod ag arogleuon budreddi'r corff, chwys a charthion. Cadwodd ddau ddarn bach o sebon y byddai hi a Henriette yn eu dal wrth eu ffroenau pan fyddent yn gorwedd ar eu gwelyau yn ystod y dydd, a'u gwarchod â'u bywydau rhag i unrhyw un eu dwyn oddi arnynt.

Roedd y fenyw gyferbyn yn wael. Yn hwyr un prynhawn, cododd yn sydyn yn griddfan, yna cyfogi a cholli pob rheolaeth ar ei choluddion wrth draed gwely Maï. Roedd y drewdod yn ddifrifol a'r wraig yn igian crio'i chywilydd.

"Reit, dyna ddigon. Henriette, cod yn glou a cher â'r fenyw yna druan i olchi tipyn arni, ac fe af i i gael bwceded o ddŵr."

"Paid, er mwyn popeth. Chei di ddim. Fyddan nhw'n grac ac fe gawn ni'n cosbi."

"Gad ti hwn i fi."

"Ble'r wyt ti'n mynd? Plîs paid!"

Ond roedd hi ar ei ffordd at y drws. Curodd â'i dwrn. Roedd pob llygad wedi'i hoelio arni a dim smic i'w glywed. Fe'i hagorwyd gan un o'r gwarchodwyr a thrwyddo â hi. Mewn munud roedd hi 'nôl yn cario dau fwced a mop a phawb yn llygadrythu'n fud tra aeth ati i lanhau'r llanast. Gwyliodd dau o'r gwarchodwyr hi'n wawdlyd.

"Dwedes wrthyn nhw os na chawn i lanhau'r budreddi bydde pawb yn dal yr un clefyd ac yn debygol o farw o'r un haint. Nhw fydde'n gyfrifol am y marwolaethau a bydde'r awdurdode'n eu cosbi nhw'n drwm, a hanner ohonon ni'r gwragedd heb ga'l ein croesholi eto ganddyn nhw."

Y noson honno bu farw'r wraig.

"Maï, bydde'n well gen i farw hefyd na byw fel hyn. Wir iti."

"Dyna'r tro cynta iti ddweud hynny wrtha i, Henriette, a'r tro ola. Wyt ti'n clywed? Fyddi di a fi'n cerdded mas o fan hyn cyn bo hir a cha'l bywyd deche unwaith eto, neu nid Maï ar Manac'h yw'n enw i. Cofia di beth ydw i'n ddweud wrthot ti. Cred ti fi, chaiff rhain mo'r gore arna i."

Clywai Henriette argyhoeddiad yn ei llais, a'r foment honno credai Maï ei hunan, hyd yn oed, y gallai rywsut, rywfodd, wireddu ei haddewid.

Drannoeth cyrhaeddodd newydd-ddyfodiaid.

"Pwy yw'r rheina sy newydd ddod?"

"Iddewon wrth eu golwg nhw. Mae'r Saeson gyrhaeddodd wythnos diwethaf wedi gadel."

"Cael mynd adre?"

"Gartre? A hwythe'n Saeson? Paid â bod mor ffôl!"

"Does neb yn mynd adre oddi yma i unman," dywedodd un. "Byddwn ni'n aros yma, yn marw yma, neu'n cael ein cymryd ar drên i lefydd gwaeth o lawer yn y dwyrain. Ddown ni byth 'nôl o fan'na. Dim un ohonon ni."

Distawrwydd, ac ofn yn bresenoldeb real yn eu plith.

Eisteddai Henriette ar bigau'r drain ar erchwyn ei gwely gan syllu i gyfeiriad y drws, yn ei gorfodi ei hunan i dderbyn beth bynnag oedd yn ei hwynebu. Wedi treulio misoedd yn garcharor ar drugaredd eraill, ni fentrai obeithio. Sawl gwraig yno gafodd ei herlid hyd wallgofrwydd gan anobaith a galar? Sawl un o'u plith oedd, ar ôl ychydig fisoedd yn unig, wedi colli'r awydd i fyw?

Cerddodd Maï draw ati heb arlliw o fynegiant ar ei hwyneb, ac eistedd wrth ei hymyl. Wedi ffurfioldeb ei hymgom â'r Cadfridog, a hithau'n gorfod dewis ei geirfa a'i chystrawen yn ofalus, mor braf oedd cael sgwrsio'n naturiol yn y Llydaweg.

"R'yn ni'n ca'l ein rhyddhau fory."

"Pam?"

"Roedd yr SS yn tybied mai Saesnes own i. Nawr ma'n nhw'n gwbod mai Llydawes ydw i. Am eu bod nhw'n defnyddio'n nhai i wersylla'u milwyr, dwi'n ca'l fy rhyddhau. Ond ma rhwbeth arall y tu cefen i hyn i gyd, a dwi ddim yn ei ddeall o gwbwl. Mi fydda i'n gaeth i'r tŷ ac mi ga i fy holi. Maen nhw'n meddwl bod gen i fwy i ddweud wrthyn nhw."

"Beth fydd yn digwydd inni, Maï?"

"Rywbryd fory, Henriette, mi fyddi di a fi'n ca'l ein cymryd i Koad an Noz. Meddylia, mi fyddwn ni gartre!"

Ofnai Henriette gredu y gallai'r dyddiau yn y Porth Gwae ddod i ben. Ond wynebai Maï'r dyfodol yn yr un ysbryd ag yr wynebodd bob argyfwng a phob trychineb yn ei bywyd, gyda'r un hunanhyder a sicrwydd y gallai, ond iddi gael y cyfle, lunio'i ffawd ei hun.

2

I Dinarzh

Wrth adael y Porte de l'Angoisse roedd y Cadfridog Kurt von Heyden yn benderfynol o ddod â'r holl fusnes yma i ben yn fuan a bwrw ymlaen â'r dasg bwysig oedd ganddo. Yn ei dyb ef, ni allai unrhyw wlad wrthsefyll 'y peiriant rhyfel mwyaf a welsai'r byd erioed', fel y byddai'n cyfeirio at fyddin yr Almaen yn aml wrth ei hunan, a chredai, fel y credai gweddill y fyddin a'r genedl, na welsai'r byd erioed athrylith milwrol tebyg i Adolf Hitler.

Lloriodd yr Almaen Wlad Pwyl mewn pedair wythnos a Norwy'r un fath. Pum niwrnod gymeron nhw i oresgyn yr Iseldiroedd, tair wythnos Gwlad Belg, ac unwaith y cwympodd Paris, bron flwyddyn yn ôl ym Mehefin 1940, ysgubodd y fyddin ar draws y wlad o'r naill ben i'r llall yn ddirwystr. Er holl ymffrost a balchder Ffrainc, ymhen prin chwe wythnos roedd o dan sodlau'r Almaen. Unwaith y byddai eu goruchafiaeth ar y wlad yn sicr, byddai Prydain o fewn eu gafael. Yna gellid gwireddu'r hen freuddwyd o uno â'r Saeson i reoli'r byd.

Dyna freuddwyd y Führer a dyna'i freuddwyd yntau hefyd. Wedi'r cyfan, roedd y ddwy genedl o'r un hil – a gyda'i gilydd nhw fyddai meistri'r oes newydd. Fe'i magwyd ef i gredu yn rhagoriaeth y Sais a'r Almaenwr, a gwenodd wrth gofio fel y byddai ei dad a'i gyfeillion yn hela yn steil y *milords*, ac yn edmygu pob agwedd ar ddiwylliant bonedd Lloegr. Ei obaith oedd y câi yntau chwarae rhan deilwng yn y fenter fawr.

Doedd dim amser i'w wastraffu ar wraig oedrannus, ond wedi concro Lloegr tybed a allai ei chysylltiadau hi fod yn ddefnyddiol? Y cysylltiadau gwleidyddol, milwrol, ac yn bwysicach na'r rheiny, y rhwydwaith o ddiwydiannau. Gwyddai fod ei wybodaeth am y diwydiannau cemegol yn ne Cymru ac yng ngogledd Lloegr yn ddiffygiol a bod gweithiau Mond yn allweddol yn y meysydd hynny. Cofiai i Robert Mond frolio mai ef fyddai gelyn pennaf Hitler ym Mhrydain oherwydd ei fod yn gwybod yn union beth oedd yr anghenion am danwydd ac arfau a hynny fyddai'n penderfynu symudiadau mewn rhyfel. Ond rhaid oedd ymchwilio i'w gorffennol hithau hefyd.

Nawr deallai pam nad oedd gwybodaeth am Arglwyddes Mond yn y ffynonellau arferol lle bu'n chwilio. Nid Saesnes oedd hi, ond Llydawes. Beth bynnag am hynny, roedd hi'n weddw i un o'r diwydianwyr pwysicaf – Iddew a chwaraeodd ran ganolog yn strategaeth Lloyd George i ennill y Rhyfel Mawr. Ef oedd Krupp Prydain a'i deulu'n berchen ar gadwyn o weithfeydd. Gallai unrhyw wybodaeth, pa mor bwysig neu mor ddibwys bynnag yr ymddangosai, fod yn werthfawr wedi'r goncwest. Roedd hynny yn yr arfaeth.

Rhaid oedd holi Arglwyddes Mond nawr, ac yna naill ai ei rhyddhau neu ei hanfon yn ôl i'r gwersyll am weddill y rhyfel.

Fel y teithiai'r Mercedes i gyfeiriad yr arfordir, pwysodd yn ôl yn gysurus yn ei sedd ac edrych allan drwy'r ffenest. Mor wahanol oedd Llydaw i Fafaria, ei wlad enedigol. Mor undonog, diflas a thlodaidd yr olwg. Yr unig odidowgrwydd naturiol a feddai, hyd y gwelai, oedd ei harfordir. Yn sicr, ni haeddai ei mynyddoedd, ei thiroedd na'i fforestydd sylw. Ond wrth iddynt deithio i gyfeiriad y môr, codi wnâi'r tywydd a chodi wnaeth ei hwyliau yntau hefyd. Heibio i Sant Brieg â nhw a theimlai'r cyffro o'i fewn yn cryfhau wrth iddo feddwl am y cyfarfod y prynhawn hwnnw. Edrychai ymlaen yn awchus.

Y llynedd, gwrthododd y Führer roi'r gorchymyn i ymosod ar dde Lloegr pan oedd y wlad honno ar ei gliniau, yn hollol ddiamddiffyn, wedi colli rhan helaeth o'i harfau ar draethau

Dunkirk a dim ond ugain milltir o fôr tawel rhyngddynt. Roedd concwest ysgubol o fewn eu cyrraedd y pryd hynny, ond gohirio Ymgyrch y Morlew a wnaeth y Führer. Ym marn von Heyden, ni fyddai Lloegr wedi gallu gwrthsefyll yr ymosodiad fwy nag y gwnaeth Ffrainc, a byddai Ymerodraeth y Drydedd Reich erbyn diwedd 1940 yn ymestyn o Fae Biscay hyd Wlad Pwyl. Roedd yr holl drefniadau'n barod a'r holl baratoadau wedi'u gwneud, yr awyr i bob golwg o dan reolaeth awyrlu mwya'r byd, byddin enfawr o filwyr oedd wedi ei phrofi ei hun ar feysydd gogledd Ewrop yn barod i ymladd ac yn disgwyl brwydr, a miloedd o longau a chychod ar gael i'w cludo dros y Sianel.

Ond nid felly y bu. Pe bai'r Luftwaffe o dan Reichsmarschall Hermann Goering wedi trechu'r RAF y mis Awst cynt byddai'r ymgyrch wedi mynd yn ei blaen. Ond y gorchymyn a roddodd y Führer oedd, "Peidiwch â gwneud dim." Gohiriodd y fenter. Y si a aeth ar led fel tân gwyllt wedyn oedd bod Hitler wedi colli pob ffydd yn Goering, y swyddog uchaf ei radd yn holl luoedd arfog yr Almaen.

Byddai'r cyfarfod yr oedd ar ei ffordd iddo yn ailystyried y strategaeth yn erbyn Prydain. Byddai'n rhaid i'r llynges, y llu awyr, y fyddin a'r gwasanaethau diogelwch fod yn barod pan fyddai'r Führer yn penderfynu ymosod ar Brydain Fawr a hynny unrhyw bryd yn ystod y misoedd nesaf.

Nid tactegydd athrylithgar yn unig oedd Adolf Hitler ond arweinydd ysbrydoledig a chanddo weledigaeth fawr. Ei obaith oedd y byddai'r Ymerodraeth Brydeinig yn ymbwyllo ac yn ymuno o'i gwirfodd ag ef yn ei freuddwyd o reoli'r byd. Efallai bod yr amser hwnnw ar ddod.

Roedd hi'n ddiwedd prynhawn pan welodd von Heyden fae Sant Maloù o'i flaen. Clywsai sôn gan fwy nag un am harddwch Dinarzh a bod yr hinsawdd yn fwyn yno. Yn sicr, roedd llawer o westai mawr moethus ar hyd y promenâd a thyfai coed palmwydd y naill ochr i'r rhodfa a'r llall. Gwyddai'r gyrrwr y ffordd, ac mewn byr amser roeddent yn dringo penrhyn Bec de la Vallée heibio i blastai a oedd yn eiddo i nifer helaeth o'r 'can teulu', teuluoedd mwyaf blaenllaw Ffrainc. O'u blaen gwelsant glwydi haearn a milwyr yn eu gwarchod. Agorodd rheiny wrth iddynt gyrraedd ac ar ôl ychydig lathenni daeth y tŷ i'r golwg. Tŷ gwyn, syml, clasurol o ran steil, o faint cymedrol, yn perthyn i ddiwedd y ganrif o'r blaen. Hoffai'r Cadfridog yr hyn a welai.

Wrth ymyl y tŷ roedd nifer o geir Mercedes mawr du wedi'u parcio. Felly nid ef oedd y cyntaf. Ond nid ef fyddai'r olaf chwaith. Ystyriai fod rhyw hanner dwsin yn dal heb gyrraedd. Llynedd, y Cadlywydd Erwin Rommel – fel yr oedd y pryd hynny – a safai yn y porth i gyfarch rhai o swyddogion uchaf lluoedd arfog yr Almaen wrth iddynt gyrraedd, ac yntau, oherwydd y dasg a ymddiriedwyd iddo, yn eu plith, er mai cadfridog o'r radd isaf ydoedd. Ond erbyn hyn roedd Rommel yng ngogledd Affrica a nawr yr SS Gadlywydd Walther Schellenberg oedd yno yn croesawu pawb. Byddai gan bob un a ddôi yno gyfraniad o bwys i'w wneud i'r drafodaeth ac ymhen ychydig ddyddiau byddai adroddiad yn nwylo'r Führer ei hun.

Tywyswyd y swyddogion i'w hystafelloedd i ymbaratoi cyn iddynt ddod at ei gilydd mewn ystafell ymgynnull ger y cyntedd. Yno yn eu derbyn yr oedd Schellenberg. Iddo ef y bu von Heyden yn atebol am sawl blwyddyn bellach. Esboniodd wrth y cwmni na allai penaethiaid y lluoedd arfog fod yn bresennol oherwydd eu bod ar eu ffordd i gyfarfod tyngedfennol bwysig a drefnwyd ar frys gan y Führer ym Merlin, ond bod eu dirprwyon yno, a hwythau â'r awdurdod i lefaru ar ran eu penaethiaid. Cyflwynwyd nhw i'r cwmni.

Roedd un heb gyrraedd: Reinhard Heydrich, Pennaeth Bwrdd Diogelwch y Reich, y Bwystfil Penfelyn fel y'i gelwid gan ei gyd-Natsïaid, neu'r Crogwr Heydrich fel y'i hadnabyddid gan eraill. Ar ei ffordd i Ferlin i'r cyfarfod â'r Führer a phenaethiaid y lluoedd arfog yr oedd yntau hefyd, ond byddai'n ymuno â nhw'n fuan am awr cyn bwrw ymlaen â'i daith.

Bu Heydrich yn paratoi gyda manylder trylwyr i ddinistrio rhwydweithiau mewnol pob agwedd ar gymdeithas Prydain Fawr yn ddidrugaredd. Cydnabyddid yn gyffredinol ei fod yn ddyn arbennig o ddiwylliedig, yn rhyfeddol o olygus ac yn chwarae'r ffidil yn ysbrydoledig – fel angel yn ôl rhai, a gallai fod wedi perfformio ar lwyfannau mwya'r byd. Eto, roedd ei greulondeb oer, didostur yn ddihareb, a hyd yn oed y mwyaf eu grym yn wyliadwrus ohono. Dywedid bod Himmler, er ei fod yn ystyried Heydrich yn ddyn anghyffredin o alluog, wedi meddwl cael gwared ohono o'r SS ar un adeg oherwydd ei fod mor beryglus. Ond roedd ei ddoniau'n rhy ddefnyddiol i'w colli. Byddai Heydrich yn dragwyddol ddiolchgar i Himmler am ei gadw, ac o ganlyniad yn ufudd iddo hyd angau.

Cyrhaeddodd y Bwystfil Penfelyn. Cyfarchodd y cwmni, "Foneddigion", ac edrych o gwmpas yr ystafell gan syllu ym myw llygaid pob unigolyn oedd yno. Heb wastraffu geiriau, trodd ar ei sodlau a dilynodd pawb ef a Schellenberg i mewn i ystafell yr ochor draw i'r cyntedd. Caewyd y drysau.

3

Y Cyfarfod

GOSODODD REINHARD HEYDRICH yr agenda o'u blaen yn fyr ac yn glir. Roedd ganddynt bedair awr ar hugain i baratoi adroddiad gyda'u hargymhellion ynglŷn â'r ymgyrch i oresgyn Prydain Fawr, ac roedd rhaid i'r adroddiad hwnnw fod yn nwylo'r Führer drennydd.

Y cwestiwn mawr oedd a fedrai'r lluoedd arfog gydweithio y tro hwn? Trychinebus fu eu hymdrechion flwyddyn ynghynt. Cwestiwn arall: beth fu effaith y Blitzkrieg ar Lundain? Beth fu'r effaith seicolegol ar ysbryd a meddylfryd Prydain Fawr? Am hanner cant a saith o nosweithiau, yn ddi-fwlch, gollyngodd awyrennau'r Drydedd Reich lwythi o fomiau ar y brifddinas.

Cyhoeddodd Heydrich y bwriadai, o hynny ymlaen, ganolbwyntio ei ymdrechion yn nwyrain Ewrop, yng Ngwlad Pwyl a Siecoslofacia yn arbennig, ond edrychai ymlaen at ddarllen eu hadroddiad pan fyddai yn nwylo'r Führer. Edrychodd unwaith eto ym myw llygaid pob un a eisteddai o gwmpas y ford. Yn ei lygaid a'i wedd gwelent falchder trahaus yr aristocrat, a'r gwallgofrwydd oer a barai i'r cryfaf ei ofni, hyd yn oed y gwŷr a eisteddai yno. Câi dau yn eu plith eu rhestru ymhen amser ymysg llofruddion torfol mwyaf y Drydedd Reich.

Roedd pawb yno'n gyfarwydd â'r straeon bod gwaed Iddewig yn Reinhard Heydrich ar ochor ei dad, a'i fod ar ôl noson o yfed trwm wedi mynd 'nôl i'w ystafell, cynnau'r golau, gweld ei hunan yn y drych ac anelu ei ddryll a saethu sawl gwaith gan sgrechian ar dop ei lais, "Yr Iddew diawl brwnt!" Rhuthrodd nifer o'i gyd-swyddogion i mewn gan feddwl ei fod wedi'i ladd ei hun, cyn deall mai saethu ei lun yn y drych a wnaeth. Nid oedd un ymhlith y Natsïaid mwyaf eithafol yn casáu'r Iddew yn fwy nag ef.

Ni fentrai'r rhai a eisteddai o gwmpas y ford gymaint ag ystyried ei feirniadu, a hwythau yn ei gwmni, rhag i gysgod o hynny ymddangos yn eu gwedd a'u bradychu. Ni ellid cuddio dim rhag ei lygaid eryr didostur.

Cododd ar ei draed. Diolchodd i'r cwmni. Cliciodd ei sodlau, saliwtio a gadael yr ystafell. Pa un o'r cwmni fyddai'n glustiau ac yn llygaid i Reinhard Heydrich wedi iddo adael? Oedd, roedd gan Heydrich ysbïwyr ym mhobman.

Erbyn diwedd y dydd roeddent wedi cytuno: pe gallai'r llynges a'r llu awyr amddiffyn y fyddin rhag ymosodiadau lluoedd arfog y Saeson wrth iddynt groesi'r Sianel, yna ni allai Prydain Fawr wrthsefyll ymosodiad gan yr Almaen. Rhoddodd cynrychiolwyr y llynges a'r llu awyr eu hasesiad o gyflwr eu gwasanaethau. Paratowyd y drafft gan wybod y byddai Hitler yn ei ddarllen ac yna'n gwrando ar yr hyn yr oedd gan ei Gadlywyddion i'w ddweud. Ond y Führer yn unig, a neb arall, fyddai'n penderfynu beth ddigwyddai nesaf.

4

Y Rhwydwaith Cudd

DRANNOETH, TROSGLWYDDWYD YR awenau i von Heyden. Ieithoedd, Ffrangeg a Saesneg yn benodol, oedd ei faes. Ffrangeg a siaradai ei fam â'r plant, ac ar ôl cyfnod ym Mhrifysgol Heidelberg yn astudio Almaeneg treuliodd gyfnod yn y Sorbonne cyn mynd i Rydychen i ymdrwytho'n llwyr yn y Saesneg ac i ymchwilio i ddylanwad Shakespeare ar Goethe. Dyn y gell a'r llyfrgell ydoedd, ac fel cynifer o brif ddynion y Natsïaid, gan gynnwys Hitler ei hunan, yr oedd yn edmygwr mawr o'r Saeson a'u diwylliant.

Pan gomisiynodd y Drydedd Reich yr astudiaeth fanwl o Brydain ar orchymyn y Führer ychydig flynyddoedd ynghynt, adrannau gwahanol brifysgolion yr Almaen a fu'n casglu'r ffeithiau. Roedd amser yn brin, a gwybodaeth llyfr yn unig oedd gan lawer o'r ysgolheigion a fu wrthi. Dros y ddwy flynedd a aeth heibio, tasg von Heyden o'i ganolfan yn Llundain oedd sicrhau bod yr holl wybodaeth yn yr adroddiad wedi'i diwygio ac yn fanwl gywir a chynhwysfawr.

Nawr cyflwynodd gopi, mewn tair rhan, o'r adroddiad diwygiedig diweddaraf i bob un a eisteddai o gwmpas y ford. Roedd yr wybodaeth yn hollol hanfodol i lwyddiant y fenter a gofynnodd yr uchel swyddogion lawer o gwestiynau treiddgar. Cawsant atebion llawn a manwl a'r sicrwydd y byddai'r trefniadau i gyd yn barod pan fyddai'r Führer yn penderfynu ymosod.

Un agwedd o'r gwaith y bu von Heyden yn gyfrifol amdano oedd datblygu rhwydwaith o ysbïwyr a chuddweithwyr yn bumed golofn effeithiol ar draws Prydain ac Iwerddon. Rhoddodd grynodeb o'r sefyllfa a bu holi manwl ar hyn.

Yn ei adroddiad canolbwyntiodd yn gyntaf ar Iwerddon, gwlad niwtral. Roedd y sefyllfa yno'n gymhleth a llawer iawn o'r cenedlaetholwyr yn Fine Gael, Sinn Féin a'r IRA yn barod i gefnogi'r Almaen ac i ymladd. Bu cuddweithwyr yr Almaen yn ddiwyd yno'n braenaru'r tir.

"Ga i'ch atgoffa chi, foneddigion, o'r hyn a glywch yn aml yn Iwerddon? 'Gelyn Lloegr yw cyfaill Iwerddon.' Os bydd y terfysgwyr yn y De yn dwyn perswâd ar ddigon o'u cyd-wladwyr i ymuno â nhw i ymosod ar y Gogledd – ac fel y gwyddoch, bu bomio'r Luftwaffe yn llwyddiant yno y llynedd – dyna'r cyfle i wireddu'r freuddwyd o uno Iwerddon a chael gwared ar y Saeson am byth. Credwch chi fi, does dim ofn ymladd ar y Gwyddel. Diffyg trefn, nid diffyg brwdfrydedd, yw problem y Gwyddel."

Rhoddodd grynodeb byr o'r ymgyrchoedd a fu a'r gwersi a ddysgwyd. Carreg gamu i Brydain fyddai Iwerddon i'r Almaenwyr, ac roedd ei phorthladdoedd, yn arbennig Larne a Derry, yn bwysig iddynt. Os gallent lanio byddin yno, byddai'r ffordd yn glir i ymosod ar Brydain drwy'r drws cefn megis.

Fyddai pobol Cymru'n broblem iddynt? Na fyddent, ym marn von Heyden. Yr wybodaeth a gafodd gan ei ysbïwyr a fu'n gweithio yno oedd bod nifer o genedlaetholwyr a fyddai'n eu croesawu. Yn eu plith roedd rhai dynion amlwg wedi mabwysiadu'r ffydd Gatholig, a'u bryd ar fod yn rhan o Ewrop Gatholig. Iaith a diwylliant oedd yn bwysig iddynt. Breuddwydwyr, nid gweithredwyr, oeddent a gellid eu hanghofio, gan eu bod yn destun gwawd yn eu gwlad eu hunain. Yn yr ardaloedd diwydiannol roedd y Comiwnyddion yn gryf. Onid oedd y Führer wedi gwneud pact â Stalin?

Roedd brwdfrydedd a chyffro yn llais ac osgo von Heyden wrth sôn bod eu cysylltiadau â'r mwyaf ffanatig yn y blaid genedlaethol wedi dechrau dwyn ffrwyth. Enw un ohonynt oedd Gwilym Williams – ffurf Gymraeg ar Wilhelm, gyda llaw – dyn oedd yn gweithredu o Antwerp. Roedd yn agos at bawb yng nghylch y cenedlaetholwyr, ac eisoes wedi rhannu gwybodaeth sylweddol. Roedd von Heyden yn argyhoeddedig y byddai'n profi'n werthfawr ymhen amser.

Rhoddodd grynodeb i'r cwmni o effeithiolrwydd y bumed golofn yn Lloegr a'r Alban a'r hyn y tybiai fyddai ymateb y gwahanol ddosbarthiadau o'r gymdeithas wedi'r goncwest.

"Y llynedd, roedd Churchill yn disgwyl ymosodiad gennym, a gorchmynnodd sefydlu byddin fewnol i wrthsefyll ymosodiad pan ddôi. Fe'i gelwir y Gwrthsafiad Prydeinig. Amaturiaid dibrofiad, foneddigion ac, yn sicr, ni fyddant yn broblem inni."

"Ychydig o wrthwynebiad fu yma yn Llydaw," sylwodd un. "Mae'r sefyllfa yn Lloegr yn wahanol iawn, wrth gwrs. Yma, mae gan y gwahanol garfanau resymau da dros dderbyn ein presenoldeb ni. Mae'r Comiwnyddion o dan orchymyn eu pencadlys ym Mharis i gydweithio â ni oherwydd y pact rhyngom ni a'u meistri, y Sofietiaid. Mae'r asgell dde yn ein cefnogi ni oherwydd eu hymlyniad i Eglwys Rufain a honno'n ofni Rwsia wrth-Gristnogol yn fwy na neb. Mae Llydaw'n fwy Pabyddol nag unrhyw ardal arall yn Ffrainc. Yn gyntefig yn ei chrefydd ac ym mhopeth arall hefyd. Yn fy marn i."

Cytunodd y lleill â'r siaradwr.

"Beth am y cenedlaetholwyr yma?"

"Ar y cyfan, Pabyddion 'yn nhw ac yn deyrngar hyd angau i'r Eglwys. Mae yna garfan yn eu mysg sy'n rhoi pwyslais mawr ar eu hiaith a'u diwylliant. Bu Ffrainc yn elyniaethus iddynt, ond cyhoeddodd sawl un o'n harweinwyr ni, megis Goering, y byddai Llydaw yn elwa oddi tanom ni ac yn cael rhywfaint o hunanlywodraeth."

"Ydyn ni'n cymryd y bobol yma o ddifri?"

"Clywch, foneddigion, mae rhai ohonyn nhw, gan gynnwys un offeiriad sy'n dipyn o arwr yn eu plith, yn casáu Lloegr oherwydd mai'r Saeson wnaeth eu gyrru nhw allan o Brydain. Dros fil a hanner o flynyddoedd yn ôl! Mae hynny'n adrodd cyfrolau. Breuddwydwyr â'u traed ymhell oddi ar y ddaear. Dyna ydyn nhw. Dwi'n credu y gellir dweud bod y sefyllfa yma yn Llydaw o dan reolaeth. Mae'r Gestapo mewn trefi fel Quimper a Brest yn effeithiol dros ben."

Rhestrwyd enwau 2,820 o unigolion ym Mhrydain hefyd, i'w harestio o fewn dyddiau wedi'r goresgyniad, a'u carcharu. Ar y rhestr roedd yr arweinwyr – Churchill, Eden a'r Cabinet – ac awduron, artistiaid, actorion, diddanwyr, gwyddonwyr, undebwyr llafur a phawb a oedd yn wrth-Natsi. Roedd Megan Lloyd George ar y rhestr ond rhoddwyd enw ei thad ar restr 'Cyfeillion y Reich'.

Roedd o leiaf dri chan mil o Iddewon ar draws Prydain. Ni phenderfynwyd yn fanwl eto beth fyddai eu tynged ond roedd enwau miloedd ohonynt ynghyd â'u cyfeiriadau gan von Heyden. Roedd rhagor o waith i'w wneud ar y polisïau yma gan gynnwys gorffen y gwaith ar y carfanau lladd yr oeddent yn eu paratoi: un yn Llundain, ac eraill ym Manceinion, Birmingham a Lerpwl, ac yna un naill ai yng Nghaeredin neu yn Glasgow. Eu tasg fyddai diddymu pob gwrthwynebiad sifil.

Daeth y cyfarfod i ben ac roedd von Heyden ar fin dychwelyd i Brydain i fod yn gyswllt yno. Byddai concwest Prydain yn siŵr o ddigwydd yn fuan.

5

'Nôl Gartref

DRANNOETH YMWELIAD Y Cadfridog â'r Porte de l'Angoisse, trodd car yn cludo dwy wraig i mewn i rodfa Koad an Noz gyda'r hwyr. Roeddent wedi teithio pymtheng milltir i'r gorllewin o'r gwersyll y tu allan i Gwengamp, a thrwy bentref Benac'h. Caeodd y coed amdanynt wrth i'r car droi i mewn i'r rhodfa a arweiniai trwy'r goedwig at y castell.

Gwisgai Maï, Arglwyddes Mond, a Henriette, ei chyfeilles a'i howsciper, ffrogiau cotwm llwyd y gwersyll, ond roedd y ddwy wedi lapio pobo flanced amdanynt rhag y gwynt main. Cawsant fynd â'r blancedi i mewn i'r carchar gyda nhw fel ffafr arbennig gan achosi eiddigedd ymhlith y carcharorion eraill.

Estynnai'r goedwig ar hyd y ddwy ochor i'r ffordd galed yn ddiderfyn i bob golwg, ond wrth iddynt agosáu at y castell gadawsant y coed. Daliai'r gerddi ffurfiol a'r lawntiau i gael y gofal priodol, ond roedd y castell yn dywyll a'r caeadau'n dynn yn eu lle dros y ffenestri. Gorchmynnwyd i'r gyrrwr eu cludo i gefn yr adeilad, ac yno gellid gweld ambell lygedyn o olau.

Nid oedd neb yn eu disgwyl, ond petai'r Cadfridog Kurt von Heyden yn bresennol, a phetai'n dyst i'r croeso a gawsai'r *châtelaine* a'i chyfeilles, byddai wedi sylweddoli bod y ddwy ymysg eu pobol eu hunain, yn deulu a chyfeillion.

Meddiannwyd y castell newydd yn y pentref gan nifer o swyddogion byddin yr Almaen, ac uwch ei ben chwifiai baner y Natsïaid ac arni'r groes ddu gam. Breuddwyd Maï fu gweld baner Llydaw, y Gwenn ha Du, yn chwifio yno, ond gwaharddwyd ei defnydd gan lywodraeth Ffrainc cyn i Maï orffen adeiladu'r castell. Yno y safai yng nghanol pentref Benac'h, ac mor newydd fel na fu hi'n byw yno o gwbl. Clywsai fod yr Almaenwyr yn cwyno am y diffyg cysur a'r prinder dŵr yno. Ond roedd rheswm am hynny gan nad oedd yr adeiladwyr wedi gorffen eu gwaith yn llwyr – ac yn sicr, nid ar gyfer byddin yr Almaen y codwyd y lle. Fel y dywedodd wrth bawb, nid ffynnon oedd hi.

Yr un fu hanes Castel Mond yn Dinarzh ar yr arfordir, ond ni allai neb gwyno am ddiffyg cysur yno yn un o dai moethusaf Llydaw. Yno roedd y Cadlywydd Rommel a'i osgordd wedi ymsefydlu y llynedd, yn ddigon agos i Brest a phorthladdoedd eraill llynges Ffrainc a'i llongau masnach, lleoedd a fyddai mor allweddol drwy flynyddoedd y rhyfel. Ni wyddai Maï pwy oedd yno bellach. Yn Koad an Noz, teimlai'r gwragedd yn ddiogel. Yma roedd gwres a bwyd a chysur. Roeddent gartref.

Fore trannoeth, yn gynnar yn ôl ei harfer, deffrowyd Arglwyddes Mond gan Henriette gyda'i chwpanaid o de arferol. Aeth i agor y caeadau gan alw dros ei hysgwydd:

"Mae Almaenwr newydd ffono. R'yn ni i ddisgwyl y Cadfridog y bore yma tuag un ar ddeg o'r gloch."

Marie Le Blanc, ei morwyn, fu wrthi wedyn yn paratoi'r baddon ar gyfer ei meistres, gan sicrhau bod yno olew a sebon o'i hoff bersawr, a thywelion gwyn trwchus, cynnes. Hi hefyd fu'n golchi a thrin gwallt Maï ac, ar ôl trafod y dewis yn ofalus, hi fu'n gosod ei dillad isaf ar ei chyfer, a ffrog a chardigan hir o las clychau'r gog gan Lanvin mewn gwlân mor ysgafn â phluen. Estynnodd Marie ei phersawr iddi, a chyn iddi wisgo amdani chwistrellodd Maï y perarogl ar y mannau ar y corff lle bydd curiad y galon gryfaf. Clywai sawr blodau'r gwanwyn fel gwe ysgafn yn yr awyr. Yna clymodd Marie gadwyn deires o berlau duon a diamwntau am ei gwddf, a thlysau tebyg yn ei chlustiau.

"Beth am y sgidie a'r sane, Marie?"

"Dyma nhw."

Estynnodd bâr o esgidiau sodlau uchel o ledr swêd ystwyth fel maneg, gwawr yn dywyllach na'r dillad, a phâr o sanau sidan llwyd.

"Mae'r sgidie'n berffaith, Marie, ond mae llwyd y sane yn ddifywyd ac yn rhy drwm. Yn rhy hen i fi. Dere â'r sane ysgafna sy gen i, a dim ond rhyw wawr fach o lwyd arnyn nhw. Mae 'nghoese i'n dal yn eitha siapus, ti'n gwbod."

Deallai Maï bwysigrwydd dillad a gwisg yn ifanc iawn. Meistrolodd y grefft o wneud y gorau ohoni ei hunan gan ddefnyddio hynny yn rhan annatod o'i byw a'i bod ar hyd ei hoes. Ar hyd y blynyddoedd, Marie Le Blanc fu'n ei helpu hi i wisgo a choluro, ac i drin ei hewinedd, ei dwylo a'i gwallt.

Nawr, edrychodd yn feirniadol arni hi ei hunan yn y drych. Gwyddai i'r dim yr argraff roedd am ei chreu.

"Fe wnaiff y tro, Marie," meddai dan wenu. "Diolch iti unwaith eto."

Trodd, a disgyn y grisiau llydan, hardd a mynd draw i'r llyfrgell i ddisgwyl am y Cadfridog von Heyden.

Y llyfrgell oedd ei hoff ystafell yng nghastell Koad an Noz. Agorodd y drws. Edrychodd o'i chwmpas. Synnodd mor anghyfarwydd oedd y cyfarwydd ar ôl absenoldeb o ychydig fisoedd, ond roedd y gêm wyddbwyll yn union fel yr oedd pan adawodd mor sydyn. Yma yr arferai hi a Robert eistedd a darllen gyda'r hwyr, yn sgwrsio ac yn gwrando ar fiwsig, ac weithiau byddai ef yn canu'r piano. Gorffwysodd ei llaw ar y pren lliw mêl a chyffwrdd yn un neu ddau o'r allweddi ifori oedd wedi melynu dros y blynyddoedd.

Edrychodd o'i chwmpas unwaith eto. Hoffai weld llyfrau Robert ar y silffoedd, ac roedd lliwiau cynnes y carpedi Bokhara, y gwaith pren golau a'r waliau fel petaent wedi llyncu gwres yr haul am dros dair canrif – y cyfan bob amser yn codi'i chalon. Hyd yn oed ar ddiwrnod tywyll roedd hon yn ystafell olau. Y bore hwn llifai haul y gwanwyn i mewn drwy'r ffenestri uchel.

Aeth i eistedd yn ei chadair arferol wrth ymyl y tân coed. Tybed beth fyddai'r Almaenwr am ei wybod, a beth ddylai hi ei ddatgelu? Efallai mai'r perygl mwyaf fyddai iddi fod yn rhy gynnil â'r ffeithiau am ei bywyd, ac i rywun yma, neu'n debycach yn Dinarzh, yn ddiniwed neu'n fwriadol, ddweud rhywbeth a allai beri i'r Cadfridog ei drwgdybio o gelu gwybodaeth. Gallai'r canlyniadau fod yn annymunol – nid iddi hi'n unig ond i eraill hefyd. Penderfynodd y byddai'n agor y drysau ar y gorffennol led y pen, heb guddio dim.

Cododd. Aeth draw at ford o flaen y ffenest hir, ac agor drôr. Estynnodd amlen drwchus a'i gosod y tu mewn i glawr lledr addurnedig llyfr mawr a oedd eisoes ar y ford. Yna cerddodd at ei chadair i ddisgwyl amdano.

Roedd wedi blino ar ôl misoedd yn y carchar, ac roedd aroglau'r lle fel petaent yn glynu yn yr awyr o'i chwmpas er gwaethaf y peraroglau a chwistrellodd mor hael dros ei chorff. Pwysodd yn ôl a chau ei llygaid. Dyna roler coster fu ei bywyd.

Llais Henriette a'i deffrodd.

"Maï! Ers faint wyt ti'n cysgu? Mae'r Almaenwr yna wedi ffono eto. Fydd y Cadfridog ddim yma tan wedi cino nawr. Edrych, mae gen i gwpaned o goffi iti a rhai o'r bisgedi bach almwn neis rwyt ti mor hoff ohonyn nhw. On'd yw hi'n braf bod gartre, dwêd?"

Mwynhaodd Maï y coffi a'r bisgedi a chaeodd ei llygaid. Yn ei dychymyg troediodd unwaith eto'r llwybr trwy'r goedwig o Koad an Noz i gyfeiriad Benac'h. Croesodd y bont yng nghanol y pentref a dilyn yr afon 'nôl i'r hen felin. Croesodd y bompren o'r hewl fawr a cherdded yn droednoeth drwy'r cae. Safodd yn y drws agored ar brynhawn gwresog yn niwedd mis Mai. Roedd hi'n un ar bymtheg oed.

6

Yn Un ar Bymtheg Oed

MOR RHYFEDD YW'R cof, fel y gall gywasgu atgofion a phrofiadau blynyddoedd a'u dwyn o'r isymwybod yn fyw, yn sawr ac yn lliw, yn gig ac yn waed, i realiti'r foment. Roedd hi'n llwyr ymwybodol o bopeth o'i chwmpas, ac eto, ar yr un pryd, roedd y cyfan ar aelwyd ei phlentyndod wedi'i drawsnewid o flaen ei llygaid.

Daeth i mewn i'r ystafell a'r drws yn lled agored y tu cefn iddi, a safodd yn droednoeth yn llwybr pelydrau haul diwedd Mai. Gwelai ei mam a'i chefn tuag at y tân yn wynebu Monsieur Le Saout, y stiward tir, a hwnnw'n rhoi arian rhent y flwyddyn roedd newydd ei gasglu i mewn yn y ces *attaché* yn ei law. Ar y ford gwelai Maï ei fowler lwyd a'r rhuban du o gylch yr ymyl gul. Gwisgai Monsieur Le Saout grys gwyn, tei du a siaced ddu laes, mor wahanol i'w thad yn ei ddillad gwaith trwm. Safai'r ddau ddyn wrth y ford, a'i thad yn arllwys bobo wydraid o seidr iddynt. Cododd y stiward ei wydr mewn cyfarchiad. Trodd, a gweld Maï.

"Dwi newydd gael syniad, Guillaume. Mae'n siŵr eich bod chi'ch dau'n gwybod bod Victor Hugo, Ffrancwr mwyaf ein hoes, heb os nac oni bai, wedi marw."

Siglodd yn ôl ac ymlaen ar ei sodlau wrth siarad, gan edrych o'r naill i'r llall. Rhoddodd besychiad bach hunanbwysig, ac edrych dros ymyl ei sbectol ar y tri. Roedd ganddo natur garedig, radlon, braf: natur dyn oedd yn hollol fodlon ar ei fyd.

"Rydw i wedi bod yn ddigon ffodus i gael tri thocyn trên i

Baris, er mwyn bod yn bresennol yn ei angladd. Bydd pawb yno. Mae Madame Le Saout a minne'n edrych ymlaen yn rhyfeddol, ond mae ein nith, oedd i ddod gyda ni, yn dost, ac felly mae 'da ni docyn sbâr. Dyma 'nghwestiwn i. Hoffai Maï ddod gyda ni?"

Trodd at Maï a phwyso ymlaen gan edrych dros ymyl ei sbectol. "Wyt ti wedi teithio ar drên o'r blaen?"

Edrychodd Guillaume a Marie ar ei gilydd yn bryderus, heb roi cyfle iddi ateb. "Oes gen ti docyn i ddod â hi 'nôl hefyd?"

Gwenodd Monsieur Le Saout. "Oes, wrth gwrs."

"Fydd hi'n ddiogel?"

"Wrth gwrs y bydd hi'n ddiogel," meddai dan chwerthin. "Gallwch fod yn dawel eich meddwl. Fe edrychwn ni ar ei hôl hi'n dda."

Trodd eto at Maï. "Wel, beth amdani, 'merch i? Wyt ti eisie gweld Paris ac angladd Victor Hugo? Bydd y cyntaf o Fehefin 1885 yn ddiwrnod i'w gofio weddill dy oes."

"Fe hoffwn i hynny'n fawr iawn, Monsieur Le Saout," atebodd hithau, a'r crygni yn ei llais yn ddieithr i'w chlustiau.

"Bydd y trên yn gadael Plouared am ddeg y nos. Mae gen ti ddiwrnod i baratoi. Ond paid â phoeni, Maï. Fe ofalwn ni am bopeth."

Caeodd y clawr yng nghamera'r cof. Cododd Arglwyddes Mond a cherdded ar hyd yr ystafell at y ford o flaen y ffenest hir lle roedd y llyfr trwchus â'r clawr lledr. Agorodd yr albwm, a throi at garden bost o'r Arc de Triomphe ar ddiwrnod angladd Victor Hugo, a'r cataffalc bron â llenwi'r bwa.

Y diwrnod hwnnw roedd Ffrainc gyfan yn galaru. Hithau'n un ar bymtheg oed yno ym Mharis, a newidiodd ei bywyd am byth.

7

Paris

CYRHAEDDODD Y TEULU orsaf Plouared mewn da bryd. Aeth Guillaume a Marie yno gyda'r ddau blentyn ieuengaf, Jean-Marie a Job, i ffarwelio â Maï – ac i weld drostynt eu hunain ryfeddod newydd yr oes, y ceffyl haearn. Iddynt hwy roedd taith hyd yn oed o Benac'h i Plouared yn dipyn o antur, ac er nad oedd ymhell roedd cyflwr y ffordd yn wael ac yn eu harafu. Tyddynnod bach tlawd yr olwg oedd y rhan fwyaf o'r tai ar ochor y ffordd, a bron yn ddieithriad byddai nifer o blant bach yn chwarae yn yr iard o flaen y tŷ.

Ychydig iawn o drafnidiaeth a welson nhw ar y ffordd, a honno'n ffordd fawr yn mynd mor bell â Lannuon. "Lle braf iawn oedd hwnna," meddai Guillaume, "yn agos i'r môr"; bu yn Roazhon hefyd, ond roedd blynyddoedd maith ers hynny. Yn awr, yn hollol anhygoel, roedd ei unig ferch yn mynd i Baris. Fel yr oeddent yn agosáu at Plouared aeth ceffyl a chart heibio, a chododd y ffarmwr a'i wraig law i'w cyfarch. Yna'n dod i gwrdd â nhw dyma goets pobol fawr â ffwtman ar y cefn, gyrrwr a chwip ganddo ar y blaen a sŵn cloch yn rhybuddio pobol ddinod i wybod eu lle a chadw mas o'r ffordd.

"Ma'n nhw'n mynd yn gyflym, Nhad."

"Maï fach, dyw milltiroedd y dydd yn ddim byd i bobol fel 'na!"

Cyrhaeddodd y trên mewn pryd, fwy neu lai. Daeth Monsieur Le Saout o hyd i'w coets a'u seddi, ac yn eu bagiau roedd digon o fwyd a diod i'w cynnal drwy noson yr antur fawr. Eisteddent ar seddi pren caled, digon anghyffyrddus, ond gymaint oedd y wefr o fod ar drên yn teithio i Baris, a phawb yn y fath hwyliau, fel bod anawsterau'r daith yn pylu'n ddim.

Un peth fu'n poeni Maï: beth a wisgai. Ond am nad oedd ganddi ddewis, setlwyd y broblem honno'n fuan. Gwisgodd ei dillad Sul a gŵyl: blows wen lân a siôl a sgert, ei phenwisg yn wyn fel y carlwm a'i chlocsiau wedi'u glanhau a'u cwyro nes eu bod yn sgleinio. Mewn bag bach roedd ganddi hances boced a gŵn nos wedi'i dynnu gan ei mam o ddrôr lle cadwai ei thrysorau. Yno bu'n gorwedd mewn papur sidan â sawl sbrigyn bach o lafant yn y plygion am bron i ddeng mlynedd ar hugain. A meddwl mai ym Mharis y câi'r gŵn ei wisgo am y tro cyntaf erioed! Teimlai Marie ryw falchder swil. Beth ddywedai ei mam, a hithau yn ei bedd ers blynyddoedd, bendith arni, pe gwyddai fod y gŵn nos a roesai i'w merch ar achlysur ei phriodas yn mynd i gael ei wisgo am y tro cyntaf erioed ym Mharis, a hynny gan ei hwyres, a hithau ond yn un ar bymtheg oed?

Roedd hi'n gynnar yn y bore pan gyrhaeddodd y trên orsaf Montparnasse, a chymerodd Monsieur Le Saout gerbyd i'w gwesty yn y Rue Saint-Roch, yn agos at yr eglwys enwog. Gwengamp oedd y dref fwyaf a welsai Maï cyn hynny. Nawr Paris a fflachiai heibio i'w llygaid, yr holl adeiladau'n blastai iddi hi, yn sgleinio yn yr awyr glir, ac ar yr afon dawnsiai pelydrau'r haul fel tylwyth teg mewn clocsiau aur. Roedd y rhodfeydd llydan yn dawel yr adeg honno o'r bore, a'r awel ysgafn yn ysgwyd dail gwyrdd golau diwedd Mai ar y coed wrth ochor y ffordd. Cyn bo hir, dyma gyrraedd yr Hôtel de Londres et Brighton, gwesty poblogaidd gan Lydawyr bryd hynny. I lygaid Maï roedd yn lle crand i ryfeddu ato.

Cymerodd morwyn ifanc ei bag bach – "Os hoffai Mam'selle fy nilyn" – a'i harwain i lawr uchaf y tŷ. Y peth cyntaf a wnaeth Maï oedd agor y ffenest ac edrych allan dros doeon a simneiau Paris. Edrychodd, anadlu yn ddwfn a thyngu y byddai yn ôl yno ryw ddydd. Yno y byddai'n byw. Ac oddi tani, heb yn wybod iddi y foment honno, roedd y Rue St Honoré, y Place Vendôme a'r Rue de Rivoli, lle byddai ganddi gartref ymhen blynyddoedd. Yno roedd temlau Guerlain, Lanvin, Rochas, Boucheron, Van Cleef, Cartier, Houbigant, Hermès a chynifer o enwau enwog eraill a fyddai ymhen amser mor gyfarwydd iddi hi ag roedd heolydd Benac'h nawr.

Yn niwedd mis Mai 1885 roedd hi'n ŵyl ym Mharis. Canrif gythryblus fu'r ganrif cynt yn hanes Ffrainc, gan ddechrau â Chwyldro 1789, ac roedd y degawd wedi 1870 yn echrydus – Paris o dan warchae am fisoedd â byddinoedd Prwsia a'r Almaen wrth y pyrth, ac yna Ffrainc yn gorfod talu pris hallt am adennill ei rhyddid.

Roedd y dioddefaint yn fyw yng nghof y genedl. Ddaeth neb i mewn i Baris na gadael am bedwar mis; Tywysog Coronog Prwsia yn udo am waed ei thrigolion wrth y pyrth a'i phobol yn clafychu a newynu. Y tai bwyta mwyaf godidog yn cynnig cŵn, cathod, llygod Ffrengig a chig ceffyl ar eu bwydlenni, ac un gwesty wedi stwffio a rhostio asyn cyfan ar gyfer Dydd Nadolig, ond ei weini gyda saws da! Cawl eliffant, cig cangarŵ, arth a blaidd mewn saws ewig – dyna'r dewis egsotig oedd ar gael pan gaewyd y sw.

Dros y blynyddoedd dychrynllyd hynny, cadwodd Victor Hugo y gred yn fyw y byddai'r da'n trechu'r drwg. Roedd yn fardd, yn ddramodydd ac yn nofelydd o fri, ond, yn ogystal â hynny, yn wleidydd ac ymladdwr dros iawnderau dynol, ac ef fu'n meithrin twf egin ysbryd y ddemocratiaeth newydd. Bu'n alltud o'i wlad am flynyddoedd a thyngodd na ddychwelai i Ffrainc nes byddai Rhyddid yn teyrnasu yno unwaith eto. Gwrthododd bardwn, hyd yn oed, gan nad oedd yn argyhoeddedig bod egwyddor Rhyddid unwaith eto'n bodoli. Angladd arwr fyddai ei angladd ef, a gŵyl i ddathlu cyrraedd y Ganaan newydd yr arweiniodd ef ei bobol iddi.

Roedd Paris dan ei sang a'r ffyrdd yn fwrlwm cynhyrfus o geffylau a cherbydau o bob math: y *fiacre*, y *calèche*, y *clarence*, y *char-à-banc*, y *berline*... Llenwai'r tyrfaoedd y palmentydd. Bedair blynedd ynghynt, pan oedd Victor Hugo yn dathlu ei ben-blwydd ac yn cychwyn ar ei nawfed degawd, dywedid bod chwe chan mil o bobol wedi gorymdeithio heibio i'w gartref, ac yntau a'i wyrion wedi treulio'r diwrnod ar ei hyd wrth y ffenestri agored yn cydnabod eu cyfarchion a'r torchau o flodau a osodwyd y tu allan i'w dŷ. Dim rhyfedd i'r stryd gael ei hailenwi yn Avenue Victor Hugo. Yn awr, ar benwythnos olaf Mai 1885, daeth dwy filiwn o Ffrancwyr i Baris i sefyll mewn rhengoedd wrth ochor y rhodfeydd y byddai'r angladd yn gorymdeithio ar eu hyd. Cyrhaeddodd y torfeydd yn gynnar i wneud yn siŵr o'u lle, ac i fwynhau eu hunain hefyd.

Wedi cyrraedd y gwesty, mynnodd Madame Le Saout fod y tri ohonynt yn gorffwys am ychydig cyn mynd allan i fwynhau'r golygfeydd a chrwydro ar hyd glannau afon Seine i edmygu'r pontydd, a Monsieur Le Saout yn tynnu sylw'r ddwy at adeiladau nodedig gan ychwanegu pwt bach o hanes yma a thraw, a'r tri'n rhyfeddu'n aml at harddwch eglwys, pont a phalas. Wedyn, dyma grwydro'r siopau yn yr ardaloedd mwyaf ffasiynol a drud, a llygadu'r dillad – yr hetiau, yr esgidiau, y gemau a'r gwaith lledr – a hynny yn siopau harddaf y byd i gyd.

Mynnodd Monsieur Le Saout eu bod yn eistedd wrth ford ar y pafin o dan barasol i gael cinio canol dydd, a dyna lle buon nhw'n gwylio'r byd yn mynd heibio, y gwŷr a'r gwragedd mwyaf gosgeiddig, yn eu dillad hardd – y tu hwnt i unrhyw beth a ddychmygodd Maï erioed – a'u hacenion hunanhyderus yn taro'i chlustiau'n ddieithr. A'r smocio sigaréts, o, mor grand! Y mwg yn codi a disgyn yn yr awyr yn rhubanau llwyd ac yn cyrraedd ffroenau'r tri yn chwa synhwyrus. Y dillad, y persawr a'r gemau. Iddi hi, ni fedrai'r adeiladau mwyaf gogoneddus yn y byd i gyd gymharu â'r sioe hon. Roedd Paris yn un theatr fawr, a'r trigolion yn actorion a ddeuai â bywyd i'r llwyfan rhyfeddol hwn.

Y noson honno penderfynodd Monsieur a Madame Le Saout ei bod yn bryd mynd at yr Arc de Triomphe i dalu gwrogaeth i'r gŵr mawr. Wrth iddynt nesáu, roedd y baneri wedi'u gostwng ym mhobman, a phob balconi wedi'i orchuddio â *crêpe de Chine* du. Pan ddaeth y bwa i'r golwg, safodd Monsieur Le Saout yn sydyn a throi at ei wraig a Maï. Ac yntau'n amlwg dan bwysau, estynnodd ei fraich dde'n ddramatig a phwyntio at fwa gorchest ei wlad. Adroddodd linellau o gerdd ei arwr, Victor Hugo, 'A l'Arc de Triomphe', ac yn amlwg, yn ei farn ei hunan, teimlai iddo wneud cyfiawnder â'r llinellau hynny.

Safai Maï heb symud gewyn yn gwrando'n astud ar bob gair. Roedd yn ymwybodol o'i braint yn cael bod yno yng nghwmni Monsieur Le Saout, yntau'n adrodd y gerdd a hithau'n cael clywed y geiriau mawreddog yn y man arbennig hwnnw. Fel y cerddai pobol heibio, gobeithiai eu bod hwythau hefyd yn sylweddoli mai gŵr a haeddai barch oedd hwn. Dyna, heb amheuaeth, a deimlai Madame Le Saout, a'r deigryn bach a sychodd o'i llygad â'i hances wen ag ymyl les yn arwydd o'i balchder. Wedi munud o ddistawrwydd dyma'r tri'n ailddechrau cerdded heb yngan gair arall. Roedd y Place de l'Étoile yn wag, a'r miloedd yn cerdded ar y palmant o gwmpas y cylch yn dawel ac araf fel petaent ar ddyletswydd gysegredig.

Golygfa ddramatig ac arswydus oedd yn eu disgwyl. Yno, o flaen eu llygaid, yr Arc de Triomphe, y bwa mwyaf yn y byd, ac ar ei ben, fel coron, wele gerflun godidog Rude, yr ymgorfforiad o ysbryd y Marseillaise. Lluniwyd y cataffalc gan bensaer Tŷ Opera Paris, a llenwai'r Arc de Triomphe bron yn llwyr. Roedd gorchudd o felfed porffor wedi'i daenu dros y llwyfan dwbl, ac arno, mewn arch agored, gorweddai corff Victor Hugo, a deuddeg o feirdd ifanc yn ei warchod ddydd a nos. Chwyddai pob mynwes mewn balchder wrth syllu ar yr olygfa ryfeddol hon.

Roedd y tri o dan deimlad wrth adael, ac yna trodd Monsieur a Madame Le Saout at Maï gan ddweud wrthi eu bod yn awr yn mynd i gerdded ar hyd y rhodfa odidocaf yn y byd, neu o leiaf ar hyd rhan ohoni, oherwydd roedd yn dechrau tywyllu. Câi weld y Champs-Élysées, yr heol lydan a lawntydd cymen tai'r cyfoethogion bob ochor iddi, a'r rheiny'n ymestyn hyd at y ffordd fawr ei hun. Yn y pellter, wrth edrych i lawr y Champs-Élysées gyda'r Arc de Triomphe y tu cefn iddi, ar waelod y *boulevard* fe welai'r Place de la Concorde. Fe'i sicrhawyd y byddai'r olygfa honno yn un nad anghofiai weddill ei hoes.

Gwir a ddywedwyd, ond nid yn y modd a ddychmygwyd gan Monsieur a Madame Le Saout. Cherddon nhw ddim ymhell i lawr y Champs-Élysées y noson honno. Bob ochor i'r ffordd roedd dynion a gwragedd yn ymddwyn mewn ffyrdd annisgwyl iawn. Yn ôl yr hyn a welai Maï, roedd holl boblogaeth Paris yn cnuchio'n gyhoeddus yn yr awyr agored, a'r *gendarmes* yn esgus nad oeddent yn eu gweld! Roedd y *maisons closes*, puteindai Paris, wedi cau dros yr ŵyl am ryw reswm annealladwy, a'r holl buteiniaid yn dathlu'n gyhoeddus yn y Champs-Élysées yn y gyfeddach-ar-y-cyd fwyaf a welsai Paris erioed.

Yn naturiol, ymateb union Monsieur a Madame Le Saout oedd ceisio achub Maï rhag gweld y fath erchylltra, rhag llygru ei diniweidrwydd. Ond yr hyn a roddodd y sioc fwyaf i Maï oedd nid bod y bobol yn ymddwyn mor anweddus, ond eu bod yn gwneud hynny o dan drwyn Victor Hugo, a chlawr ei arch heb ei gau.

Wedi'r cyfan, merch o gefn gwlad oedd hi, ac un ystafell wely oedd ganddynt gartref. Ganwyd pedwar mab ar ei hôl hi a chofiai glywed symudiadau llechwraidd, di-lais, yn y nos o'r gwely uwch ei phen, ac ambell i "Sh!" gan ei mam, ond chlywsai hi erioed y fath chwerthin a sgrechian aflafar o'r blaen. Welsai hi erioed y fath ddawnsio a rowlio ar y gwair a lluchio sgertiau yn yr awyr chwaith. Ymhen blynyddoedd, sylweddolodd nad oedd Victor Hugo yn wahanol i'r mwyafrif o ddynion, a mwy na thebyg na fyddai'r hen walch wedi bod yn rhy lym ei feirniadaeth ohonynt.

Ar ddiwrnod olaf Mai 1885, safodd Maï yno a gweld yr Arc de Triomphe yn union fel yr oedd yn y llun oedd ganddi. Gwnaeth dwy filiwn o Ffrancwyr yr un modd. Drannoeth, safai'r torfeydd wrth ymyl yr heolydd i dalu'r deyrnged olaf.

Roedd un oes wedi darfod. Un arall ar ddechrau.

8

Yn y Felin

DYNA LLE ROEDDENT yn sefyll unwaith eto ar y platfform yn Plouared, a'r ddau frawd ifancaf yn craffu lawr y lein gan ddisgwyl gweld y trên a gludai Maï adref o Baris. Am ddyddiau wedyn dyna'r cyfan oedd y sgwrs: dim ond Paris, Paris, ac ymweliad Maï â'r brifddinas.

Disgrifiodd Maï yr angladd yn fanwl iawn. Roedd hi a Monsieur a Madame Le Saout wedi cychwyn o'r Hôtel de Londres et Brighton yn gynnar ar y bore Llun i gael man ffafriol i weld yr orymdaith yn mynd heibio. Ond gan fod cannoedd o filoedd o bobol eisoes wedi hawlio'u lle ar hyd pob troedfedd o'r ffordd, teimlent yn fuan mai ofer fyddai eu cwest i gael lle da, a digalonni fu eu hanes.

Yna gwelodd rhyw lanciau Maï, a galw arni. Roeddent wedi dringo un o'r pileri rhyfeddol sy'n cynnal lampau canghennog Paris â'u candelabrau gwych, a dyma nhw'n estyn dwylo i dynnu Maï lan atynt. Gwnaeth y bobol a safai yno le ar eu pwys i Monsieur a Madame Le Saout.

Roedd y dorf mewn hwyliau da, ac yno i fwynhau, ond pan glywyd 'Marche Funèbre' Chopin distawodd pawb, ac roedd fel petai Paris, os nad Ffrainc gyfan, yn dal ei hanadl. Mor ysblennydd o hardd oedd y band, a'r milwyr mor gefnsyth a balch. Yn eu dilyn, dau geffyl du, sgleiniog a phlu duon ar eu pennau yn tynnu'r elor blaen a'r teulu'n cerdded y tu cefn yn unol â dymuniad Victor Hugo. Angladd syml a fynnai, ond nid dyna a gafodd. Na, roedd ar Ffrainc wir angen digwyddiad tebyg i hwn i ailennyn ei hunan-barch. Mewn rhwysg a rhodres, ymlwybrodd yr orymdaith yn ei blaen i'r Panthéon, lle taenwyd llenni du dros wyneb yr adeilad fel arwydd o alar cenedl, ac yno rhoddwyd gweddillion Victor Hugo i orwedd.

Roedd Maï wrth ei bodd yn ail-fyw ei harhosiad ym Mharis ac wrth adrodd yr holl fanylion i'r teulu.

"Dwêd wrthon ni am y gwŷr bonheddig, Maï!"

"Wel, ym Mharis ma'r gwragedd i gyd yn osgeiddig ac yn gwisgo ffrocie bendigedig o bob lliw – sidan fel arfer ac yn dynn, dynn am eu canol i ddangos mor fain ydyn nhw, a phob un â *bustle!*"

"Beth yw hwnna?"

Câi anhawster i ddisgrifio'r bystl am fod ei brodyr yn chwerthin gymaint ac yn strytian o gwmpas y gegin yn stumio gwthio'u penolau mas a phawb ond Maï'n mwynhau'r hwyl. A hithau'n agos at dywallt dagrau, ceisiai ddisgrifio'r hetiau crand gyda'u plu gogoneddus uwchben y bloeddio afreolus.

"Pob menyw'n cario parasol. Am y dyno'n, ma'n nhw'n gwisgo siwt a het uchel bob amser, ac yn cerdded lan a lawr ar y palmentydd. Yna, ma'n nhw'n eistedd wrth fordydd bach o dan yr ymbaréls i fwynhau diod neu bryd bach, ac yn yr hwyr byddan nhw'n mynd i'r llefydd mwya crand i fyta tan ganol nos."

"Dwêd wrthon ni eto am y dŵr yn y tai bach, Maï."

Y syndod oedd nad oedd eisiau mynd i dŷ bach ar waelod yr ardd. Clywsant am y goleuadau, y siopau a'r minteioedd o bobol ynddynt, a godidowgrwydd y cyfan. Ym Mharis roedd y strydoedd mor lân. Dim llacs yn unman, a gallech fynd allan o'ch tŷ a cherdded o gwmpas drwy'r dydd heb drochi'ch esgidiau na sarnu'ch dillad.

Mewn amser, blinodd ei mam ar yr holl siarad am Baris, a dechreuodd bryderu bod Maï yn mynd yn fwy ac yn fwy anfodlon â'i bywyd gartref. Synhwyrai ei bod yn gwingo yn erbyn culni a chyfyngderau'r bywyd hwnnw.

"Rwyt ti wedi dy fendithio, Maï, ag iechyd da, ac rwyt ti'n ferch bert hefyd. Bydd Duw'n siŵr o ddarparu gŵr da i ti ryw ddydd," meddai'n aml.

Ateb Maï oedd ysgwyd ei hysgwyddau ac edrych o'r neilltu, a sibrwd, dan ei hanadl, "Pa iws bod yn bert yn Benac'h?" Cafodd gipolwg ar ffordd arall o fyw, ac roedd hi'n benderfynol o siawnsio'i lwc ym Mharis. Aros am gyfle i adael cartref yr oedd hi. Gwrandawai hyd syrffed ar rybuddion ei mam nad gwynfyd oedd byw ym Mharis ac nad aur oedd ei phalmentydd, a bod llawer o ferched ifanc tebyg iddi hi wedi'u distrywio, eu breuddwydion yn deilchion a'u cyrff wedi'u difetha. A beth am yr holl ferched a âi yno o gefn gwlad i weithio fel morynion a chael eu treisio gan ŵr y tŷ a'u taflu allan yn feichiog i fyw, dyn a ŵyr sut, a magu plentyn ar drugaredd eraill?

Gartref roedd digon o waith i gadw Maï yn brysur drwy'r dydd, bob dydd. O'r diwrnod y ganed hi, dyna fu breuddwyd ei mam – cael merch i rannu'r gwaith â hi. Roedd y bechgyn hynaf yn ddynion erbyn hyn: Philippe yn chwech ar hugain yn gweithio yn y felin; François ddwy flynedd yn ifancach; Pierre yn bedair ar bymtheg; ac wedyn y bechgyn iau, Jean-Marie yn ddeuddeg a Job yn un ar ddeg. Ond teimlai'r fam, a hithau'n hanner cant a phedair, ei bod yn hen bryd iddi gael bywyd tipyn bach yn haws. Disgwyliai i Maï godi'n gynnar yn y bore er mwyn bwrw ati i wneud y gwaith.

Maï fyddai'n gyfrifol am y tân, a'r dasg gyntaf oedd mynd i'r das goed i nôl tanwydd am y dydd, cynnau'r tân, ennyn y fflamau a berwi'r tegell. Ar y llawr yr oedd y tân, o dan fantell y simnai fawr, a than honno byddai lle i bawb eistedd gyda'r hwyr. Gosodai'r ford frecwast, a fyddai bob amser yr un fath – torth fawr o fara cartref da, digonedd o fenyn a choffi. Eisteddai'r teulu o gwmpas y ford ar y ddwy fainc, un a'i chefn at y pared, yn wynebu ei gilydd.

Chollai ei mam fyth gyfle i dynnu sylw'r teulu at ffaeleddau Maï.

"Edrychwch, wir, ar y dorth yma. Dau gorn lleuad unwaith eto, Maï! Wyt ti'n ei chael hi mor anodd â hynny i dorri torth yn iawn, dwêd?"

Edrych yn syth o'i blaen fel hwch fud wnâi Maï, a'i hwyneb fel carreg, yn anwybyddu'r dôn faleisus. Byddai un ohonynt yn debyg o adrodd yr hen rigwm:

Edrych ar y dorth, os gelli,
Sut mae hon yn cael ei thorri;
Os yw hi fel dau gorn lleuad,
Paid â chymryd hon yn gariad.

"Chei di ddim gŵr, Maï!"

"Ddim un call!"

Dal i edrych o'i blaen a wnâi Maï, heb wên na gwg, er y byddai ei thu mewn yn corddi. Yn aml, byddai'n amau bod ei mam rywsut yn eiddigeddus ac yn ceisio gwneud yn fach ohoni er mwyn ei mowldio hi i'r hyn roedd hi am i'w merch fod.

Menyw blaen oedd ei mam, yn dal, tenau ac esgyrnog, heb fawr o swyn corff na chymeriad. Ei gobaith oedd y priodai Maï fachgen o'r pentref a byw'n ddigon agos fel y gallai ddal ati i'w helpu gyda'r gwaith tŷ. Pan fyddai'n paratoi cwningen neu ffowlyn i'w goginio ac yn gwthio ei llaw i'w grombil er mwyn tynnu'r cylla a'i osod yn bentwr bach gwaedlyd yn stemio ar ymyl y ford, dychmygai wneud yr un fath i'w merch a gweld yr hen falchder yna'n cael ei dynnu mas o'i chrombil.

Bob dydd meddyliai Maï mor ddidrugaredd a diddiwedd oedd gwaith tŷ. Byddai'n rhaid sgubo'r llawr pridd, a hwnnw'n aml yn llaith ac yn amhosibl ei gadw'n lân oherwydd yr holl fynd a dod. Wedi'r cyfan, dyma unig ystafell y cartref a honno'n gegin, yn ystafell fwyta, yn ystafell fyw ac yn ystafell wely.

Ar ôl brecwast byddai'n rhaid clirio'r llestri, eu gosod yn y cwpwrdd, nôl dŵr glân o'r ffynnon ac yna dechrau ar y cawl.

Bron yn ddieithriad, cig mochyn neu gwningen oedd y cig, ond ar ddydd Gwener caent bysgod neu grempog yn unol â chyfraith yr Eglwys. Pan fyddai cig yn brin roedd wyau neu uwd ar gael. Tra byddai'r bwyd yn coginio, âi Maï ati i dwtio'r gwelyau clòs, ac wedyn golchi'r dillad ar lan yr afon, a geiriau ei mam, "Dŵr a red a ylch", yn feunyddiol yn ei chlustiau. Byddai'n rhaid mynd â'r torthau bara at y pobydd yn y pentref a, ddwywaith y dydd, rhaid oedd bwrw ati i odro, yna carthu'r beudy, bwydo'r mochyn a sicrhau bod cinio, cig a chawl, ar y ford erbyn canol dydd.

Pedwar o'r gloch, seibiant, ac weithiau crempog; ac yna am wyth, cawl a chig unwaith eto. Byddai digon o fara a menyn blasus ar gael bob amser, ac roedd seidr wrth law i'w fwynhau ac i dorri syched. Yna, ar ôl swper, o flaen digon o dân i rostio eidion, eisteddai'r teulu o dan y fantell fawr – Mam yn gwnïo neu'n gwau a Dad yn naddu coes i fwyell neu'n gwella offer gwaith. Weithiau galwai cymydog heibio i adrodd straeon, a siawns y byddai cydnabod wedi gweld cannwyll corff neu wedi cwrdd ag ysbryd yn ddiweddar wrth gerdded ar hyd ffordd unig neu wrth fynd heibio'r fynwent, ac wedi adrodd y stori wrth hwn a hwn neu hon a hon. "Gwir pob gair," fel y taerent.

Roedd rhai straeon na fyddent byth yn blino'u clywed. O gwmpas adeg y Nadolig byddai rhywun yn siŵr o adrodd hanes gof pentref cyfagos Plouilio. Noswyl Nadolig oedd hi, a Fanch ar Floc'h yn dal wrthi'n brysur yn ei weithdy. Gwell ganddo fe oedd gweithio na mynd i'r offeren ganol nos. Dywedodd wrth ei wraig a'r plant fynd hebddo. Ymbiliodd ei wraig arno i ddangos rhywfaint o barch, ac o leiaf i beidio â gweithio pan fyddai Aberth yr Offeren yn cael ei ddyrchafu yn yr eglwys i'r gynulleidfa gael ei addoli. Pan ddaeth yr amser, anghofiodd Fanch. Ond cyn diwedd y gwasanaeth, clywodd rywun yn curo ar ddrws y gweithdy. Agorodd y drws, ac yno ar y trothwy safai gŵr yn gwisgo het â chantel llydan.

"Rwyf yma i ddeisyf yn daer am gymorth," meddai'r gŵr.

Hoffai'r cwmni fel roedd y cymeriadau yn y straeon bob amser yn siarad mor ffurfiol a chwrtais.

Dangosodd y gŵr ei bladur i Fanch; roedd ei llafn yn wynebu tuag allan.

"Dim ond angen hoelen sydd arni," esboniodd y gŵr.

Trwsiodd Fanch y bladur yn ddiffwdan.

"Wna i ddim dy dalu am dy drafferth," dywedodd y dieithryn tal, heb ddiolch iddo, "ond fe rodda i rybudd iti. Dos i'th wely nawr, a phan ddaw dy wraig yn ôl, dwêd wrthi i nôl offeiriad ar unwaith. Y gwaith a wnest ti heno fydd yr olaf a wnei di yn dy fywyd."

Dychwelodd gwraig y gof a'i gael mewn poenau difrifol. Ar doriad gwawr, gyda chaniad y ceiliog, bu Fanch farw. Ankou Plouilio oedd y dieithryn – neb llai nag Angau dychrynllyd ei hun.

Yr unig sŵn yn yr ystafell fyddai ochenaid y gwynt yn y simnai fawr, a siffrwd a chlec y coed yn llosgi ar y parth. Byddai sylw'r cwmni wedi'i hoelio ar wyneb y cyfarwydd a eisteddai yn y gadair agosaf at y tân, fel y gweddai i ddyn dieithr, a'i wyneb yntau'n goch yng ngwres y fflamau a daflai, gyda help ambell gannwyll, gysgodion hir ar y welydd. Nid ar chwarae bach y gwnâi yr un ohonynt esgeuluso'r offeren fel y gof druan, er eu bod yn ddigon parod i gwyno am yr offeiriad a'r gwasgu bythol arnynt i gyfrannu mwy i'r eglwys.

Ac ofn yn eu clymu'n dynn wrth ei gilydd, byddai'r distawrwydd yn parhau am dipyn. Yna, a phawb wedi mwynhau'r arswyd, byddai un o'r cwmni efallai'n taro nodyn a cheid cân neu ddwy cyn ffarwelio â'r ymwelydd a pharatoi i glwydo.

Yn ystod misoedd y gaeaf gyda'u nosweithiau tywyll, hir, edrychai'r teulu ymlaen bob blwyddyn at y gwahoddiad i dreulio tair noson yn olynol ar aelwyd Jean-Marie Kervoas a'i wraig Marie-Louise. Croesent y bompren i'r heol gefn gwlad gul a arweiniai i bentref Benac'h ryw filltir o'r felin. Os na fyddai'n noson olau leuad, cerddai Guillaume o flaen ei deulu gyda llusern yn ei law i ddangos y ffordd. Wedi cyfarch y cwmni ymunent â nifer o gyfeillion o flaen tanllwyth o dân i fwynhau achlysur arbennig iawn, ac eisteddai Maï'n glòs yn ymyl ei ffrind gorau, Mathilde. Er mor Ffrengig ei henw, ni siaradai ac ni ddeallai Marie-Louise Le Belléguic, air o Ffrangeg, ond gwyddai ar ei chof lwyth o hen chwedlau ei phobol ei hun a'r hen gerddi theatraidd hir. Meddai ar wir ddawn y cyfarwydd.

Yn fwy rhyfeddol fyth, medrai Marie-Louise ddarllen Llydaweg, ac roedd ganddi yn ei meddiant gyfrol brin *Buez ar Pevar Mab Emon* (Buchedd Pedwar Mab Emon). Nid darllen ond llafarganu'r straeon a wnâi a'r sain hynafol fel gwe gyfriniol yn hudo'r gwrandawyr. Canai'r geiriau a'r llinellau yn eu clustiau a'u cof, ffefrynnau fel:

> Ar glaw, an awel, an tempest o yudal
> Kement-se oa sur ur sin dreist-ordinal.
>
> (Y glaw, y gwynt, y storom yn udo
> Y cyfan yn sicr yn arwydd anghyffredin.)

Dywedodd rhywun gwybodus fod gan y Saeson ddrama enwog o'r enw *Hamlet* o waith dramodydd mawr o'u plith a bod y *Buez* bum gwaith yn hwy! Dyna pam y cymerid tair noson i berfformio'r gwaith dramatig rhyfeddol hwn. Pa Lydawr a haeddai'r enw na phrofai falchder wrth wrando ar lenyddiaeth yn ei iaith ei hun a honno'n gyforiog o hen gyfaredd a swyn ei fro? Felly'n union y teimlai Maï, ac nid anghofiodd y nosweithiau hynny weddill ei hoes.

Y Sul oedd y diwrnod mawr: offeren am chwech ac am ddeg, a thipyn o gystadleuaeth ymysg y gwragedd pwy oedd â'r benwisg wennaf yn yr eglwys. Byddai ei mam, fel pob gwraig arall, yn gwisgo penwisg bob dydd a thrwy'r dydd, ond ar ddydd gŵyl ac ar y Sul yn unig y gwnâi'r merched ifanc hynny. Hoffai

Maï eistedd yn yr eglwys a gweld y dynion yn y tu blaen yn eu gwisgoedd gorau a'u cotiau cwta, a'r gwragedd y tu cefn iddynt yn eu penwisgoedd yn datgan i'r byd mai Llydawyr oeddent, yn falch o'u treftadaeth.

Wedi'r offeren byddai tipyn o sgwrsio a chymdeithasu. Âi llawer i'r tafarnau, a'r plant i chwilio am losin ar y stondin felysion a chael tipyn o hwyl. Byddai pawb gartref erbyn cinio, ac wedyn efallai y byddai chwaraeon yn y pentref neu mewn pentref cyfagos, neu bardwn syml lle âi'r henoed i weddïo a'r ifanc i gwmnïa ac i garu.

Rywfodd, llwyddai Maï i gael amser i grwydro yn y goedwig gyda'i ffrindiau ac i fwynhau, ond roedd rhwystredigaeth yn ei llethu a theimlai'n ddiymadferth. Dyheai am gael ei thraed yn rhydd. Dianc! Dyna'r dôn gron a ganai yn ei phen. Iddi hi erbyn hyn roedd pob diwrnod fel wythnos a phob wythnos fel mis, a Benac'h yn ddilewyrch. Dychmygai ei bywyd fel y gallai fod, a byddai'r dyheu fel carreg drom yn pwyso oddi mewn iddi. Un cwestiwn a gorddai yn ei phen drwy'r amser. Sut y gallai ddianc?

Daeth y cyfle. Mis Gorffennaf oedd hi, adeg cynnal pardwn mawr blynyddol Gwengamp a phobol yn tyrru yno o bob rhan o Lydaw. Gyda dyfodiad y trên, deuai mwy a mwy o Baris ac o rannau eraill o Ffrainc i'r achlysur mawr hwn, un o dri phardwn mawr Llydaw. Y pardwn hwn, efallai, oedd y mwyaf ohonynt i gyd, a phob gwely'n llawn ymhob gwesty, ffermdy a thŷ. Bu'n ymbil ar ei rhieni'n hir.

"Ble ar y ddaear mae dy synnwyr di, Maï? Dwêd wrthi, Guillaume."

"Gwranda ar dy fam, Maï. Hi ŵyr ore! Os yw dy fam yn dweud nad yw hi'n iawn i ferch ifanc fynd i'r pardwn ar ei phen ei hunan, dyw hi ddim yn iawn!"

"Ond fydda i ddim ar fy mhen fy hunan, Nhad! Mae Mathilde Kervoas yn dod 'da fi! A'i theulu hi yw'r teulu gore yn Benac'h.

R'ych chi wastad yn dweud hynny. A bydd y 'ffeirad gyda ni i ofalu amdanon ni. Fydd e'n gweddïo drwy'r amser ac yn clywed cyffes pawb. Plîs! Plîs!"

O'r diwedd cafodd ganiatâd i ymuno â'r dorf a fyddai'n mynd o Benac'h i'r pardwn, gyda Mathilde yn gwmni, a hefyd i ŵyl St Loup a gynhelid wedyn.

Gadawodd y tŷ gyda'r wawr a cherdded yr ychydig lathenni at y bompren a groesai o'u tir nhw i'r heol fawr dros afon Guer, ac yna, wedi croesi, edrychodd yn ôl. Gwelai fwthyn ei thad a'i mam, a'r mwg yn codi o'r simnai fawr. Safai wrth ymyl y felin a'i holwyn ddŵr yn dal i droi, a disgwyliai weld ei thad yn dod allan unrhyw funud i gychwyn ar ei waith. Gwyddai yn ei chalon nad mynd i'r pardwn yn unig yr oedd hi, ond ei bod yn gadael cartref. Gwyddai hefyd, os câi waith, na ddôi hi fyth yn ôl i fyw yn barhaol dan gronglwyd y teulu.

9

Y Pardwn

ROEDD YR HEOLYDD yn llawn pobol, pawb ar eu ffordd i'r pardwn. Pe bai modd edrych i lawr o'r awyr ar dref Gwengamp y diwrnod hwnnw, byddai'r heolydd o bob cyfeiriad yn ddu gan gannoedd ar gannoedd o bobol, rhai ar gefn ceffylau, eraill mewn cerbydau neu'n cerdded, eraill mewn cychod ar afon Trieux, a niferoedd lawer wedi dod ar wibdaith ar y trên. Disgwylid ugain mil, efallai mwy, y flwyddyn honno, oherwydd gallai llawer deithio mor hwylus bellach ar y trên, yn arbennig o Baris. Ar y sgwâr o flaen eglwys Benac'h gwelai Maï gwmni niferus yn ymgynnull. Daeth o hyd i Mathilde a ffrindiau eraill iddi, a chyn bo hir dyma gychwyn ar y ffordd i'r pardwn mawr.

Erbyn iddynt adael y pentref roedd y cwmni mewn hwyliau da, a'r merched wedi plethu breichiau, yn dawnsio a chanu wrth ddilyn y dorf.

"Beth am ganu 'Avec mes sabots'?"

Roedd honno'n gân eithaf newydd, a phawb yn mwynhau'r jôc oherwydd mai *sabots* oedd clocsiau yn Ffrangeg – ffatri gwneud clocsiau oedd gan deulu Mathilde, ac roedd gan sawl un o'r ffrindiau dad yn gweithio yno.

En passant par la Lorraine
Avec mes sabots,
Rencontrai trois capitaines,
Avec mes sabots,
Dondaine, oh! Oh! Oh!
Avec mes sabots.

"Hei, ferched! Falle gwrddwn ni â *capitaines* yn y pardwn."

Sbri a chwerthin gwyllt.

"Doedd un *capitaine* ddim yn ddigon i honno yn y gân, ferched!"

"Rhag ei chywilydd hi! Pwy fydde eisie tri?"

A mwy o chwerthin aflafar.

Rencontrai trois capitaines,
Avec mes sabots,
Rencontrai trois capitaines,
Avec mes sabots,
Ils m'ont appelé: Vilaine!
Avec mes sabots,
Dondaine, oh! Oh! Oh!
Avec mes sabots.

Gyda'r 'oh! Oh! Oh!' roedd cicio'u coesau'n uchel yn ychwanegu at yr hwyl heb adael dim i'r dychymyg, a'r uchafbwynt gogoneddus oedd sgrechian "Vilaine! Vilaine!" gyda'i gilydd – 'Merch ddrwg! Merch ddrwg!' – a phwyntio y naill at y llall.

Nid dyna'r awyrgylch a ddisgwylid ar y ffordd i'r pardwn, ac aeth rhai o'r cwmni i gwyno wrth yr offeiriad.

"Nawr 'te, ferched, cofiwch mai i'r pardwn r'ych chi'n mynd ac nid i ffair. Os na fedrwch chi ymddwyn yn well na hyn bydd rhaid i chi fynd adref."

Gŵr mwyn oedd y Tad Edern. Cymerodd arno enw un o'r hen seintiau o Gymru a ddaeth i'w bentref genedigol a chodi eglwys yno.

"Beth am ganu un o hen ganeuon y pardwn, ferched, a gall y dorf o Benac'h i gyd ymuno? Byddai hynny'n hyfryd iawn."

Gwyddai pawb yr hen benillion yr hoffent eu canu am y pardwn rhyfeddol hwn.

I Gwengamp, ffordd Paradwys,
Yn dyrfa awn i'w Heglwys
I addoli'r Wyryf Fair,
Y Fam, y Forwyn ddiwair.
Cans yma bu'n cyndadau
Yn dod ar hyd yr oesau,
A ninnau heddiw ddown yn llon
Yn ffyddlon megis hwythau.

Wedi iddynt gerdded rhyw saith milltir roedd yr haul yn ei anterth a theimlai'r merched yn boeth a blinedig. Dyma benderfynu eistedd yng nghysgod y clawdd a chael hoe fach. Dyna braf oedd hi pan ddiflannodd colofn y pererinion o'r golwg a dim ond cân ambell aderyn a sibrwd yr awel yn y coed yn tarfu ar y tawelwch. Cyn bo hir dyma geffyl a chart yn agosáu. Bachgen a fu yn yr ysgol gyda nhw oedd yn gyrru. Ychydig o berswâd oedd ei angen, ac mewn chwinciad roedd y ffrindiau'n gorwedd yng nghefn y cart o olwg pawb, ac yn cyrraedd Gwengamp o flaen neb arall o'r cwmni.

Sul cyntaf Gorffennaf oedd hi, a phawb am gyrraedd Gwengamp yn gynnar am fod llawer i'w wneud, a llawer i'w weld, a chymaint i'w fwynhau. Roedd Gouel Sant Loup, a elwid yn Ffrangeg yn Fête de St Loup, yn parhau am wythnos, ond am ddau ddiwrnod y byddai'r pardwn. At ganol y dref y byddai pawb yn anelu, a phob tŷ bwyta, gwesty a thafarn dan ei sang. Ni wyddai Maï na'r merched ble byddent yn cysgu'r noson honno. Dan y sêr mwy na thebyg, ond byddai hynny'n rhan o'r antur. Nid oedd ganddynt arian i dalu am westy a'u gobaith oedd y byddai rhai o'r gwragedd yn y cwmni yn cynnig bwyd iddynt o'r hyn oedd ganddynt i fwydo'u teuluoedd niferus.

Gosodwyd byrddau o gwmpas y sgwâr, lle'r eisteddai'r teuluoedd gyda'u basgedi'n llawn o fwyd o gartref, a dyna lle byddai'r fam yn torri cwlffyn o fara a digon o fenyn arno i bob un yn ei dro. Doedd dim prinder seidr i'w yfed chwaith.

Roedd gan bob cwmni ei offeiriad, a hwnnw drwy gydol y dydd yn gwrando ar gyffes ei braidd; câi pob un faddeuant rhwydd am ei bechodau gan ei wneud yn gymwys i dderbyn y cymun yn offeren y pardwn. Byddai llawer yn ymprydio drwy'r dydd a rhai'n osgoi bwyta nes cyrraedd adref. Erbyn iddi ddechrau tywyllu, clywid y *binioù* ar y strydoedd a dechreuai'r dawnsio. Ond troi i gyfeiriad Iliz-Rouanez Itron-Varia Wir-Sikour, Eglwys Notre-Dame-de-Bon-Secours, Ein Harglwyddes Pob Cysur, wnaeth Maï, Mathilde a'r merched. Hi hefyd oedd Mair y Ffynnon a'r Dyfroedd Gwyrthiol ac roedd gan bob un o'r ffrindiau ryw reswm arbennig i ymbil ar y Forwyn Sanctaidd am ei chymorth.

Roedd yr eglwys wedi'i goleuo fel coeden Nadolig ac yn ddigon o ryfeddod. Ar y grisiau llydan a arweiniai at y porth enfawr, eisteddai a gorweddai'r trueiniaid, yr hen a'r ifanc, y cloff a'r dall, y mud a'r byddar, a'r rhai a oedd yn dioddef o'r parlys a phob afiechyd a phla arall. Hwythau yn garpiog a brwnt, yn estyn eu dwylo ac yn erfyn am gardod.

Oddi mewn i'r eglwys roedd blodau yn addurno'r muriau, ac o gwmpas pob bwa a phob piler roedd torchau o oleuadau lliw yn llosgi. Yr unig sŵn i'w glywed oedd mwmian gweddïau a thap clocsiau pren ar y llawr carreg o gwmpas yr eglwys a chapeli'r saint. O flaen pob delw roedd hen wragedd yn penlinio ar y *prie-dieux*, y cadeiriau gweddïo isel gyda'u cefnau uchel, yn adrodd eu paderau a'u llygaid wedi hanner cau.

Âi llawer o'r merched ifanc dibriod i gapel Santes Catrin i weddïo am help i gael gŵr, ac i wthio pin yn ei breichiau cŵyr. Os byddai'r santes wedi ysgwyd y pin i'r llawr cyn y bore byddai hynny'n arwydd ei bod wedi clywed y weddi ac y câi'r ferch ei dymuniad. Penderfynodd Maï na fyddai'n galw ar y santes. Gwelodd sawl un o'i ffrindiau'n penlinio o'i blaen, eu dwylo gyda'i gilydd yn ymbil a'u llygaid ar gau. Ond nid gŵr roedd hi'n dymuno'i gael ond gwaith, a hynny'n fuan. Fe weddïai hi â'i holl galon ar y Forwyn ei hun, ac ar neb arall.

Prynai pawb ganhwyllau, rhai hir, tenau i'w cynnau a'u gosod wrth offrymu gweddi o flaen un o'r allorau, nes bod golau tanbaid yr holl fflamau'n dallu'r llygaid. Wedyn, prynent gannwyll fwy trwchus i'w chynnau oddi ar olau'r gannwyll fawr a ddaliai'r offeiriad wrth y brif allor. Yna aent allan i'r stryd i ymuno â'r miloedd ac ymgynnull yng nghwmni ffrindiau, cyd-bentrefwyr ac offeiriad eu heglwys gartref.

Erbyn naw o'r gloch cyneuwyd y coelcerthi o gwmpas y sgwâr. Roedd yr orymdaith yn dechrau ffurfio, a'r awyr, nid yn unig yn yr eglwys ond trwy'r dref i gyd, yn drwch o arogl cwyr yn llosgi. Roedd Hen Ŵyl y Tân, a elwid bellach yn Bardwn Itron-Varia Wir-Sikour, Pardwn Notre-Dame-de-Bon-Secours i'r Ffrancwyr, ar fin dechrau o ddifrif.

Ar hyd pob heol dywyll troediai'r pererinion yn ddau a dau, pob un â'i gannwyll o'i flaen. Gwisgai'r rhan fwyaf ddillad tywyll, a chaent eu llyncu gan ddüwch y nos, fel na welid ond pennau a chapiau gwynion yn disgleirio yn llewyrch eu canhwyllau, fel côr o geriwbiaid o bob oedran yn nofio'n un corff i gyfeiriad y man cysegredig a oedd ryw filltir a hanner y tu allan i'r dref. Yn eu plith dygwyd baneri godidog, creiriau Cred, cerfluniau eu hoff saint, ac yna, yn goron ar y cyfan, Itron-Varia Wir-Sikour ei hunan, wedi'i gwisgo mewn sidan llathraidd brodiog, a gemau coch ei choron yn pefrio yng ngolau'r canhwyllau. Yn ei chôl, ei phlentyn, y baban Iesu, a choron debyg ar ei ben yntau.

Y Pab ei hunan, ddeng mlynedd ar hugain ynghynt, a roesai'r goron aur a wisgai ar ei phen, fel arwydd o'i barch a sêl ei fendith a'i gariad at y ffyddloniaid yn Notre-Dame-de-Bon-Secours, gan gydnabod yr holl wyrthiau a gyflawnwyd ganddi. Fe'i cymerid hi, y Forwyn Ddu, o'i chartref arferol y tu mewn i borth yr eglwys i'w chludo yn ddefosiynol yn y pardwn, a'r anrhydedd mwyaf oedd cael bod yn un o'r dynion mewn gynau gwynion a fyddai'n ei chario.

Arweiniai pob offeiriad ei fintai ei hun yn yr hen emynau a chantiglau Celtaidd, cras a dieithr eu sain i glustiau estron, ond llawn cysur i'r pererinion hyn. Hen, hen oedd yr emynau, a llawer ohonynt yn mynd yn ôl i Oes y Seintiau, Samson ac Illtud ac Edern, ac esgyrn hen saint oedd yn y blychau euraidd a gariai'r credinwyr. Wrth orffen canu un emyn fe drawai grŵp arall emyn newydd, yr offeiriad yn taro'r nodyn a'r canu'n ymledu ac yn chwyddo fel tonnau'r môr. Parhaodd y canu'n ddi-baid nes i'r dorf gyrraedd y man agored cysegredig. Ni allai'r un adeilad fod wedi cynnal y fath gynulliad.

Wedi cyrraedd, edrychodd Maï o'i chwmpas mewn syndod. Roedd pobol o bob dosbarth, o'r uchaf i'r isaf, wedi dod i addoli, i osod canhwyllau ac i weddïo am wyrthiau. Sylwai fel y safai'r hen a'r ifanc, y cyfoethog a'r tlawd, ochor yn ochor yn yr awyr agored. Rhyfeddod oedd gweld cynifer o bobol yn eu dillad parch: bron pob gwraig gyda'i phenwisg hardd yn steil ei bro, a'r gwŷr yn eu hetiau llydan a rhubanau melfed duon a'u gwasgodau byrion.

Wrth ei hymyl, sylwodd Maï ar ferch mewn ffrog wlân a bodis felfed a siôl werdd, a'r esgidiau bach mwyaf twt a welsai erioed.

"On'd yw hi'n dlws?" sibrydodd wrth Mathilde a dyhead am ddillad tebyg i'w glywed yn ei llais. "Ac edrych ar y sgidie bach 'yna. Fe gaf i rai fel 'na ryw ddydd! Cei di weld!"

Y tu cefn iddi gwelai gwmni brodorol o ardal anghysbell, ac yna ffermwyr a siopwyr, a rhai mwy cysurus eu byd a ddaethai yno ar y trên. Hen wraig, wedyn, yn llygadrythu ar yr olygfa o'i blaen ac yn plethu ei ffedog yn ei dwylo trymion ac ôl gwaith caled arnynt. Yna gwerinwr o gefn gwlad â gwallt hir, gwyn, a siaced wen a llodrau golau, wedi cerdded bellter drwy'r noson cynt fel y gwnâi bob blwyddyn i fod yno yn y pardwn. Ar ôl yr offeren, wedi gwneud ei ddefosiwn, prynai bardwn ac ychydig o dlysau wedi'u bendithio. Rhoddai ei gyfraniad i'r eglwys ac yna cychwynnai ar ei daith adref.

Y tu cefn i'r tyddynnwr, ag ymbarél dan ei braich a rosari yn ei dwylo, safai gwraig fferm a chanddi wyneb mawr coch, crwn, ei ffedog wedi'i lapio am ei chanol helaeth. Gwelai Maï wraig arall, un dal, esgyrnog yn gwisgo penwisg arbennig o hardd, a chlwstwr o hen bobol a'u hwynebau rhychiog yn dywyll gan liw haul wedi oes o lafurio allan ymhob tywydd. Ond roedd penwisg pob un o'r gwragedd yn wyn fel y carlwm a phawb, gan gynnwys y *bourgeoisie* bodlon eu byd, yno i geisio pardwn ac i ddeisyf bendith y Forwyn a'r Saint. Gweddïodd Maï gan ymgroesi ac ymbil ar y Forwyn a holl lu'r nefoedd i'w helpu hi i gael gwaith ac i wireddu ei breuddwyd. Mor frwd oedd ei gweddïau fel y carlamai ei chalon a hithau'n meddwl y byddai ei hasennau'n siŵr o hollti.

Taweloddy dorfiwrando ar bregeth gan neb llai nag Archesgob Roazhon, ac Esgobion Sant Brieg a Dol a llu o offeiriaid yn eu gwisgoedd mwyaf godidog yn sefyll bob ochor iddo. Mewn Ffrangeg coeth, anogodd yr Archesgob y ffyddloniaid i gyffesu eu pechodau yn gyson, i gofio pwysigrwydd gweithredoedd da a chanu offerennau dros y meirw. Yna, atgoffodd ei gynulleidfa am yr hanes am Madame Marie-de-Bon-Secours a'i pherthynas arbennig â Gwengamp.

Yn y dyddiau ofnadwy cyn i'r Dduges Anne briodi Siarl yr Wythfed o Ffrainc, bu Gwengamp dair gwaith dan warchae gan y Ffrancwyr a Dug Rohan. Ar un achlysur pan oedd y Ffrancwyr yn y dref a phob gobaith ar ben, rhuthrodd y Dduges i mewn i'r eglwys gan luchio'i hunan ar lawr o flaen y Forwyn Fendigaid ac ymbil arni, gan ofyn a fynnai weld ei heglwys yn cael ei halogi a'r allor yn ddigysegr fel bord cegin. Yn sydyn, dechreuodd y clychau ganu gan godi arswyd ar bawb. Anfonodd Dug Rohan am ei was bach a gorchmynnodd ef i redeg nerth ei draed i ben y tŵr ac i gladdu ei ddagr yng nghalon pwy bynnag oedd yn canu'r clychau. Pan ddaeth yn ôl at ei feistr wylai'r gwas ddagrau hallt, a dyma a ddywedodd.

"Dringais i ben y tŵr, ac nid oedd neb yno, neb ond y Forwyn Fair a'i Mab Bendigaid. O, f'Arglwydd! Nhw sy'n canu'r clychau!"

Pan glywodd y Dug hyn, arswydodd a dweud wrth ei ddynion, "Offrymwch, bawb, bob un ohonoch goron, a deg yr un gan bob uchelwr. Mi fyddaf i fy hunan yn rhoi deuddeg, er gwella'r difrod rwyf yn euog ohono. Paratowch y ceffylau. Fe adawn yr eglwys a'r dref hon i'r Saint Bendigaid."

Atgoffodd yr Archesgob nhw am y gwyrthiau a wnaeth Madame Marie-de-Bon-Secours, ac fel yr adroddid amdani yn yr hen emyn yn gwella'r deillion a'r byddar, a'r modd y byddai'r mud yn canu eto, y cloff yn cerdded drachefn a'r briw eu calon yn derbyn cysur.

Y claf gais iechyd, y cloff gais gerdded,
Y tlawd gais fara, a'r dall gael gweled.

Wedyn, ar ôl y bregeth, canwyd yr offeren ac aeth y pererinion ymlaen at yr allorau i gymuno, i osod canhwyllau yno ac i estyn eu plant bach a'u cleifion i gael eu bendithio; wedyn gweddïo ar eu gliniau, a'r arogldarth a'r llafarganu "Ave, Ave, Ave, Maria" yn gwmwl cyfriniol drostynt ac o'u hamgylch. Mewn amser ailffurfiodd y dorf yn golofn i orymdeithio yn ôl i eglwys Gwengamp, lle byddai'r addoli yn parhau â'r offeren fawr am hanner nos ac un arall gyda'r wawr.

Ond drannoeth, mor wahanol oedd yr awyrgylch yn y dref. O gwmpas y sgwâr roedd prysurdeb mawr a phob math o adloniant, sioeau bach a chwaraeon, sgitls a choets, a gwragedd yn ffrio pysgod a pharatoi crempog o bob math. Gŵyl a hwyl oedd yno, a phawb yn mwynhau, a byddai'n parhau am ddyddiau: miwsig band milwrol ar y sgwâr a'r bechgyn druan yn chwysu wrth chwythu'r cyrn ac wrth guro'r drymiau; digon o ddawnsio, cerddorfa i swyno a thân gwyllt i syfrdanu'r torfeydd. Gymaint oedd yr hwyl a'r chwerthin, y canu a'r dawnsio, y bechgyn a'r merched yn llygadu ei gilydd, y cerdded law yn llaw a'r caru!

Pan welai'r merched un o'r lleill yn cerdded o gwmpas yn cofleidio bachgen, wedi bachu cariad, byddent yn galw, "Vilaine! Oh! Oh! Oh!"

Y diwrnod hwnnw llwyddodd Maï i gael gwaith, nid yn Gwengamp fel y disgwyliai ond yng ngwesty'r Croix Rouge yn Sant Brieg. Cytunodd Mathilde fynd â'r neges 'nôl i'r felin ac i ddweud na fyddai Maï'n dod adref am beth amser.

Yno yn yr albwm roedd rhaglen Gouel Sant Loup y flwyddyn honno. Y teitl 'Fête de St Loup' mewn llythrennau bras a'r cyfan yn Ffrangeg, wrth gwrs. Wedi melynu tipyn, mae'n wir, ar ôl hanner canrif a mwy. Edrychodd arni, a'i darllen. Cymysg fu hanes bywydau'r hen ffrindiau a aeth gyda'i gilydd i Gwengamp yr holl flynyddoedd yn ôl. Anwylodd y cof amdanynt ac am eu hamser gyda'i gilydd, yr holl chwerthin a'r sbri. I feddwl bod hanner canrif wedi mynd heibio bellach!

Cofiodd wedyn fel y cynilodd bob *sou* a enillodd am ddwy flynedd i brynu dillad addas i'r Barisienne a fyddai cyn bo hir. Wrth adael Sant Brieg aeth yn ôl i Benac'h i ffarwelio â phawb, a phan alwodd i weld y teulu Kervoas mynnodd Jean-Marie dalu am ei thocyn trên i Baris. Dosbarth cyntaf! Beth arall i ferch ddeunaw mlwydd oed oedd ar drothwy bywyd o steil ym mhrifddinas ffasiwn y byd? Roedd Maï ar Manac'h ar ei ffordd i Baris i wneud ei ffortiwn. Roedd ar drothwy ei bywyd newydd, a'r flwyddyn oedd 1887.

10

La Belle Époque

CYRHAEDDODD MAÏ ORSAF Montparnasse, fel y gwnaeth ddwy flynedd ynghynt gyda Monsieur a Madame Le Saout, a chymerodd gerbyd i'r Rue Saint-Roch. Teimlai'n grand iawn wrth edrych o'i chwmpas a gweld y golygfeydd ar bob llaw. Yno, yn sefyll o flaen yr Hôtel de Londres et Brighton, roedd ar dir cyfarwydd. Ystyriodd holi am waith yno, ond yna atgoffodd ei hunan nad oedd wedi dod yr holl ffordd o Benac'h i Baris i weini ar neb nac i fwmian "Os gwêl Mam'selle yn dda i 'nilyn i."

Dim ond strydoedd mwyaf ffasiynol Paris y bu hi'n eu troedio ddwy flynedd yn ôl, ond nawr roedd yn rhaid iddi fynd i ardal lle byddai'r ychydig arian a oedd ganddi yn mynd ymhellach, ac yn para tra chwiliai am waith.

I Montmartre â hi, i'r pentref ar y bryn ar ymylon Paris. Wedi i Haussmann glirio'r Rive Gauche a'i ailgynllunio, symudodd yr artistiaid i Montmartre â'i felinau, ei strydoedd caregog, ei sgwariau bach twt, ei dai cyffredin, diymhongar, a'i nwyf a'i fwrlwm byw.

Gartref yn Llydaw, er ei bod yn dlawd, roedd Maï yn ei chynefin. Gwyddai enw pob gŵr, gwraig a phlentyn yn Benac'h, ac roedd pob llwybr, carreg a choeden yn gyfarwydd iddi. Merch dlawd oedd hi ym Mharis hefyd, ond yno, dieithryn oedd hi mewn byd nad oedd yn ei ddeall a lle nad oedd yn adnabod neb. Teimlai ar goll.

Ceid nifer o Lydawyr yn byw yn Montmartre, ac aeth ati i chwilio am gysylltiadau a chydnabod. Ymhen dim cafodd waith yn gwerthu blodau. Cyn bo hir, dechreuodd deimlo fel Parisienne, ond bod ei dillad, a fu mor ffasiynol yn ei golwg hi yn Sant Brieg, nawr yn teimlo'n drwm a thrwsgwl, a gwadnau ei hesgidiau'n drwchus a gwladaidd. Y peth pwysicaf oedd cael dillad newydd, a'r rheiny'n fwy ffasiynol o lawer, a hynny ar frys.

Cofiai iddi groesi sgwâr bach un noson ar ei ffordd 'nôl i'r ystafell a rannai gyda dwy ferch arall, a hithau wedi gwerthu'r blodyn olaf yn ei bwced. Roedd gwaith y dydd ar ben. Ar ymyl y pafin safai clwstwr o ddynion ifanc mewn siwtiau a dici-bows du yn llygadu'r merched a gerddai heibio cyn setlo ar ba adloniant a ddewisent ar gyfer y noson honno.

"Hei! Beth yw dy enw di?" galwodd un.

"Maï ar Manac'h," atebodd.

"Llydawes, myn diawl. Dyw pob Llydawes ddim yn fud, felly!"

Chwarddodd y lleill gan fwynhau'r jôc. Nid mud oedd y crotesi bach a heidiai i Baris o gefn gwlad Llydaw i weithio fel morynion. Methu deall Ffrangeg yr oeddent. Cododd Maï ei gên yn herfeiddiol a fflachio ei llygaid. Cerddodd draw a sefyll o'u blaen.

"Ie, Maï ar Manac'h yw'n enw i," meddai, ac edrych ym myw eu llygaid, "ond fel Maï La Bretonne mae pawb yn fy nabod."

Edrychodd y bechgyn arni a deall y gallai hon boeri ei dig yn eu hwynebau waeth beth oedd y gwahaniaeth dosbarth rhyngddynt.

Trodd ar ei sawdl a thyngu i'w hunan mai fel Maï La Bretonne yr adnabyddid hi o hynny ymlaen. Efallai bod y Llydawyr yn ddirmygedig ym Mharis a Ffrainc gyfan, a llawer ohonynt yn gwadu eu tras, ond roedd yna rywbeth ynddi a fynnai mai achos balchder ac nid achos cywilydd oedd bod yn Llydawes.

Trodd Arglwyddes Mond at yr albwm lluniau. Dros y blynyddoedd bu'n casglu cardiau post, ffotograffau ac ambell nodyn neu lythyr o bwys, a byddai'n mwynhau eu gosod mewn trefn ac edrych arnynt o bryd i'w gilydd. Rhyfeddai mor fyw y llifai atgofion o'r gorffennol 'nôl wrth edrych ar hen luniau.

Dyna lun o'r teulu a'u henwau oddi tano. Guillaume Jean Le Manac'h a Marie Yvonne Le Roy, ei rhieni. Enwau crand ar rai distadl eu byd. Pob un yn ffurfiol ddi-wên yn eu dillad parch anghysurus, a'r lliw sepia fel niwlen ddifywyd drostynt. Roedd cael llun fel hwn yn beth prin ac yn destun balchder i'r teulu ei drysori.

Dros y ddalen gwelid llun gwahanol iawn. Llun ohoni hi, Maï, yn ugain mlwydd oed. Oedd, roedd hi'n fenyw ifanc olygus a chanddi wallt tywyll, trwchus, wedi'i glymu'n rholyn llac, heb fod yn annhebyg i steil ei gwallt hanner canrif yn ddiweddarach. Aeliau siapus, llygaid clir ac edrychiad uniongyrchol a phendant, trwyn lluniaidd a gwefusau llawn. Gwelai yn wyneb y ferch ifanc yn y llun dynerwch yn ogystal â chadernid cymeriad, a'i gwisg yn gymen addurnedig. Gwisgai glustdlysau, a broetsh ar ffurf pedol â chadwyn fach i'w diogelu wrth ei gwddf. I bob golwg, aelod parchus o'r *bourgeoisie* ydoedd.

Y Belle Époque oedd hi! Paris oedd y ddinas fwyaf cyffrous yn y byd, a Montmartre y man mwyaf cyffrous ym Mharis. Dyna lle byddai Maï a'i ffrindiau yn edrych allan dros y ddinas ac yn gweld y Tour Eiffel newydd, yr adeilad uchaf yn y byd, yn edrych yn y nos fel canhwyllbren rhyfeddol yn ymestyn at y sêr. Y tu cefn iddynt safai'r Sacré Coeur, yr eglwys wen a oedd yn cael ei chodi i ddiolch i'r Bod Mawr am arbed Paris rhag yr Almaen a Phrwsia pan fu'r gelyn wrth y pyrth am dri mis. O'u cwmpas roedd *cafés*, bistros, stiwdios a *maisons closes* y puteiniaid; artistiaid, dawnswyr, llenorion; yr hen a'r ifanc, parchus ac amharchus, tlawd a chyfoethog o bob cwr o Ffrainc – ac o Ewrop gyfan, o ran hynny – yn heidio drwy'r strydoedd a'r sgwariau bach. Roedd Maï ar Manac'h yng nghanol y cyfan, ac wrth ei bodd.

Teimlai unwaith eto law mân a niwlen denau diwedd hydref ar ei hwyneb ac yn ei gwallt; y *pavé* yn sgleinio dan ei thraed;

gwres *café* pan agorai'r drws; y stêm yn codi o'r peiriant coffi; a mwg y sigaréts yng nghefn ei gwddf. Clywai'r chwerthin a gwelai'r llygaid yn ei dilyn. Haul yr hwyr yn taflu cysgodion dros y sgwariau bach. Paris islaw yn crynu yng ngwres canol haf. Dail y coed yn llychlyd, a hwythau yn Montmartre fel petaent ar falconi mawr yn edrych i lawr dros y ddinas harddaf a bywiocaf dan haul. Atseiniai chwerthin hen gyfeillion yn ogofâu'r cof; sibrydai atgofion, adleisiau pell o'i hieuenctid, yn ei chlustiau, gan guro'n felys hiraethus wrth ddrws ei chalon.

I'w fwynhau yr oedd bywyd, nid ei dreulio'n gweithio o fore gwyn tan nos, a gwneud ei dyletswydd fel gwraig dda mewn ystafell ddi-awel, ac wedyn esgor ar fabi bob dwy flynedd, eu magu, ac yn aml eu claddu. Llusgo un wrth ei sgert, magu un wrth ei bron, ac un arall i'w ddisgwyl eto o dan ei chalon. Na, gwelodd nad oedd rhaid dilyn y llwybr hwnnw i fyd o dlodi didostur yn Llydaw. Ni fynnai wasanaethu unrhyw ddyn, hyd yn oed petai ef yn ei charu, a gweld y cariad hwnnw'n suro, a'r siom i'w ganfod yn llygaid y ddau.

Er bod Montmartre yn llawn o ferched pert, doedd neb pertach na hi â'i chwerthin iach, ei hafiaith a'i blas ar fyw, ac roedd ganddi ffrindiau lawer. Daeth yn rhan o gylch y Beaux Arts, a chymerodd arni'r enw Sarah Brown, yn ôl ffasiwn y dydd o fabwysiadu enwau Saesneg. Trodd ddalennau'r albwm a gweld lluniau a chardiau post. Cézanne. Renoir. Toulouse Lautrec – druan ohono. Yn ysglyfaeth i'w baentio, i *absinthe* a'i buteiniaid yn y *maisons closes*. Dyna nhw i gyd yno, a daeth llawer o'r artistiaid yn enwog, a'u gwaith yn gwerthu am dipyn o arian. Yna llun a dorrodd hi o'r papur newydd o'r Villa des Arts, lle roedd gan bob artist ystafell a stiwdio. Pa ddinas ond Paris fyddai'n codi lle felly ar gyfer tua hanner cant o artistiaid a'r golau'n llifo i mewn i bob ystafell? Digon o ryfeddod!

Roedd beirdd yn byw yn y Villa hefyd. Verlaine, er enghraifft. Cofiai ef yn dda. Yntau'n ysglyfaeth i *absinthe* hefyd, ac wedi treulio cyfnod yn y carchar am ei fod wedi saethu a niweidio ei gariad, y bardd Rimbaud – ond gwell peidio â meddwl am hynny nawr a hithau'n barchus bellach! Roedd yn ddigon o sgandal, hyd yn oed ym Mharis. Fe wnaeth Verlaine ei orau glas i newid ei ffyrdd. Druan ohono.

Ond roedd gan Verlaine ddawn i drin geiriau, a chanent yn ei chof o hyd. Byddai hi a'i ffrindiau yn dwlu ar fiwsig y llinellau ac yn teimlo mor soffistigedig yn adrodd barddoniaeth a hwythau'n adnabod y bardd.

Je me souviens
Des jours anciens
Et je pleure.

Ie, cofio'r hen ddyddiau ac wylo deigryn wnâi Verlaine. Gallai Maï hithau ddeall hynny'n berffaith nawr.

Trodd y ddalen a gwenu. Yn y Chat Noir, ac mewn llefydd bwyta a chlybiau tebyg, hongiai lluniau gan artistiaid a oedd yn ffrindiau iddi, ac yn aml hi oedd eu model. Dyma garden ac arni un o'r lluniau a ddenodd dipyn o sylw. Hithau'n ugain mlwydd oed, yn noethlymun, yn brydferth, ac o, mor chwaethus. Mor artistig!

Gwenodd wrth gofio fel y byddai ei ffrindiau a'r teulu gartref yn ystyried ei bod yn *chic* ryfeddol, yn Barisienne o'i chorun i'w sawdl pan fyddai'n ymweld â nhw, a hyd yn oed yn tynnu'i choes a dweud ei bod hi'n siarad Llydaweg â llediaith Paris. Er mwyn popeth! Ond y gwir amdani oedd mai anaml iawn y byddai Maï'n mynd 'nôl adref i Benac'h yr adeg honno. Roedd hi'n ifanc, yn llawn afiaith ac awydd i fwynhau'r bywyd yr oedd hi'n rhan ohono. Âi wythnosau heibio heb iddi feddwl am Lydaw.

Trodd y ddalen ac yno roedd llun gwahanol iawn. Gwenai'r ferch yn y llun yn awgrymog ar y camera. Lledorweddai yno, ei breichiau wedi'u codi y tu cefn i'w phen, yn synhwyrus gnawdol lond ei chroen, a phob ystum yn mynegi natur y sylw yr oedd am ei groesawu. Ychydig iawn a wisgai – sanau, neu efallai drowsus, rhwyllog, tebyg i rwyd bysgota fras. Ychydig o ddefnydd oedd yna – a llawer o dyllau. Edrychai fel petai wedi'i rhwymo â stribedi o ledr o gwmpas ei chanol a'i morddwyd – ac, i bob golwg, rhwng ei choesau, a oedd yn gilagored. Roedd stribyn arall yn dynn o dan ei bronnau, ac am ei breichiau uwch ei dau benelin roedd rhwymyn metel llydan. Ond yr hyn a barai fwyaf o syndod oedd y bwcwl mawr trwm yn union uwchben y rhaniad rhwng ei choesau. Yn coroni'r cyfan, y llygaid hudol, yn ddengar, yn gwahodd…

"Chlywest ti mohono i'n dod mewn, Maï?"

Henriette oedd yno.

"Naddo. Dwi'n edrych ar yr hen lunie yma. Hel atgofion, Henriette. Wyt ti'n cofio'r llun yma?"

"O'r Mawredd! Achosodd hwnna ddigon o drafferth, on'd do fe?"

Craffodd Henriette ar y llun ac ar y geiriau oddi tano a chwarddodd y ddwy.

"Rhag dy gywilydd di, Maï! Ond beth ma'r geirie 'na'n gweud?"

"Miss Sarah Brown. Y ffasiwn mabwysiadu enwau Saesneg, ti'n cofio?"

"Dod i ofyn beth hoffet ti i gino own i. Fydd yr Almaenwr ddim yma am dipyn eto."

"Rhywbeth bach ysgafn, a gwydred o win!"

11

Y Moulin Rouge

MWYNHAODD Y BRECHDANAU. Gymaint yn well oeddent
na bwyd y carchar. Trodd y gwin yn y gwydr a'i sawru – un o
bleserau bywyd iddi. Fyddai hi'n deg dweud iddi fyw er pleser?
Byddai, siŵr o fod.

Yn corddi yn ei hisymwybod roedd atgofion a gladdwyd yno
ers degawdau. Teimlai unwaith eto emosiynau ei hieuenctid
gyda grym a llymder nad oedd wedi eu teimlo ers hanner canrif.
Gwelai eto, fel petai ond ddoe, wynebau a chyrff nwyfus y
merched, a chlywai atsain eu chwerthin byrlymus. Mor barod i
chwerthin fyddent.

Cyn bo hir roedd ganddi lawer iawn o ffrindiau, a hithau'n
rhan o gylch y Beaux Arts. Ond aeth tair blynedd heibio cyn y
diwrnod tyngedfennol hwnnw pan gafodd wahoddiad i ddawns
arbennig iawn, un o binaclau'r flwyddyn ym Mharis.

Roedd y Bal des Quat'z Arts i'w gynnal ar y nawfed o
Chwefror yn y Moulin Rouge, a gwahoddwyd pedair mil o
bobol. Teyrnged oedd yr achlysur i'r celfyddydau cain – arlunio,
cerflunio, pensaernïo ac ysgythru. Byddai'r ddawns yn cychwyn
ganol nos gan barhau tan bump y bore. Gwahoddwyd pawb i
ddewis eu gwisg yn ôl eu ffansi, gan eu hannog i ddefnyddio'u
dychymyg a bod yn chwaethus!

Ystyriodd Maï yn hir beth a wisgai. Roedd hi'n benderfynol
o dynnu sylw'r dorf, ond fedrai hi ddim fforddio llogi gwisg
a fyddai'n ddigon gwych i wneud hynny. Byddai 'Marie
Antoinette' a'i thebyg yno'n ddwy am ddime, a phenderfynodd,

os na allai syfrdanu'r miloedd mewn gwisg o ysblander anghredadwy, yr âi hi i'r eithaf arall a thynnu sylw drwy wisgo cyn lleied â phosibl. Dyna sut y byddai hi'n lansio'i hunan i ganol yr hyn a dybiai hi oedd y gymdeithas fwyaf ffasiynol ym Mharis.

Dim ond rhyw flwyddyn ynghynt yr agorwyd y Moulin Rouge ond roedd y lle'n enwog yn barod a dynion yn heidio yno o bobman i weld y merched yn cicio'u coesau'n uchel a thaflu eu peisiau yn wyllt o ochor i ochor a lan dros eu pennau a dangos eu nicersi gwynion, ffriliog wrth ddawnsio'r can-can, a chodi'r to â'u canu aflafar, croch. Y tu fas eisteddai ei ffrind Annik a merched eraill ar gefn mulod i dynnu sylw ac i ddenu'r dynion i mewn, a phwy oedd ar y llwyfan ond ffrind arall i Maï a gyrhaeddodd Montmartre yr un pryd â hithau, a honno hefyd â'i bryd ar wneud ei ffortiwn. Gwnaeth enw iddi ei hunan yn fuan iawn a deuai torfeydd yno o bedwar ban i'w gweld hi'n gwthio ffiniau gweddustra i'r eithaf, yn bellach nag y gwnaeth neb cyn hynny.

Hi oedd 'La Goulue', y ferch farus â'r gwallt coch. Dyna yr oeddent yn ei galw hi, y ferch oedd yn swagro rhwng y bordydd yn hanner dawnsio a chwerthin yn bryfoclyd. Byddai'n anwesu'r dynion, yn eistedd ar eu gliniau, yn sibrwd yn eu clustiau, yn edrych ym myw eu llygaid a'u cusanu, a hithau'n hanner noeth. Yna lluchiai ei sgertiau'n uchel i ddangos y galon goch enwog oedd wedi'i brodio ar ei nicers – cyn troi at y dynion a drachtio eu gwydrau i'r gwaelod. Ei hoff dric fyddai rhoi cic uchel, yna gafael yn hetiau'r dynion â bysedd ei thraed a'u lluchio i'r awyr.

Hi oedd cariad Auguste Renoir ac, am gyfnod, hi oedd brenhines y Moulin Rouge. Un noson cerddodd Tywysog Cymru a'i osgordd i mewn yno.

"Hei, Wales! Pryn siampên i fi!" galwodd ar draws yr ystafell ar dop ei llais a swagro draw at y ford lle'r eisteddai. "Gore'r Moulin Rouge, Wales!"

Rhoddodd ei bys dan ei ên ac edrych ym myw ei lygaid.

"Cofia, dwi'n talu'n dda am bob ffafr! On'd 'wy, bois?"

Edrychodd o'i chwmpas a chwarddodd pawb. Yna, gyda'i chic enwog, cydiodd yn ymyl het uchel y Tywysog â bysedd ei thraed, ei lluchio'n uchel i'r awyr a'i dal ar ei phen.

"Mae gen i sawl tric gwell na hwnna, Wales. Gei di weld!"

Rhoddodd glamp o gusan iddo gan dynnu ei gwallt coch tanbaid dros ei wyneb.

Roedd y Tywysog wedi cynhyrfu cymaint fel na allai ddweud yr un gair, dim ond chwerthin a rhochian yn afreolus. Ond cyn bo hir roedd sôn bod La Goulue yn treulio oriau yn ei gwmni yn ei hoff buteindy, Le Chabonais, lle roedd ganddo *siège d'amour*, cadair garu. Fe'i cynlluniwyd ar ei gyfer, â dwy fraich wedi'u gosod yn strategol i'w gynorthwyo i gynnal ei bwysau sylweddol gan ei fod mor dew, ac roedd lle i ddwy ferch ei blesio!

"Shwd ma Wales, La Goulue?"

Atebai hithau gyda'i chwerthiniad croch gan rolio'i llygaid, a'r llen o wallt coch yn chwyrlïo'n wyllt.

"Peidiwch â sôn, fechgyn. Dyna ddiawl bach yw e!"

Ac i ffwrdd â hi â'i champau arferol.

Ble bynnag byddai La Goulue, doedd Toulouse Lautrec ddim ymhell i ffwrdd. La Goulue oedd ei awen. Ond gorffennodd hi ei dyddiau, druan, yn gaeth i'r ddiod, yn aflednais o dew ac yn gwerthu matsys, sigaréts a chnau y tu fas i'r Moulin Rouge, lle bu'n teyrnasu unwaith, a neb bellach yn ei hadnabod.

Ar y gwahoddiad i'r Bal des Quat'z Arts a dderbyniodd Maï roedd llun merch ifanc mewn gwisg ysgafn bryfoclyd, tylwyth tegaidd braidd, yn dawnsio ac yn chwifio pâr o symbalau uwch ei phen, y cyfan yn fywiog iawn, yn hawlio sylw ond yn chwaethus serch hynny. Dyna a'i hysbrydolodd hi. Ond nid fel y bwriadai Maï y bu pethau. Roedd hi'n llawnach ei chroen na'r ffigur artistig yn y llun – tipyn yn llawnach a dweud y gwir, ac yn sicr yn fwy pryfoclyd. Edrychai Maï fel temtwraig, a rhywioldeb gwyllt yn mudlosgi tan yr wyneb. Mynnai sylw pawb a'i gwelodd, ac roedd yn ei seithfed nef yn mwynhau'r chwerthin a'r hwyl.

Gymaint fu ei llwyddiant nes y penderfynodd nifer o'r bechgyn y dylai pawb oedd yn y Bal des Quat'z Arts y noson honno gael cyfle i weld Maï ar Manac'h, La Bretonne, yn ei gogoniant. Ar ddiwedd y ddawns, gorweddodd Maï ar ford a defnydd moethus, synhwyrus wedi'i daenu dros y pren, ac fe'i cariwyd hi sawl gwaith o gwmpas ystafell enfawr y Moulin Rouge, a'r hwyl, y sbri a'r canu yn ddigon i godi'r to. Tynnwyd llun ohoni a theimlai Maï ei bod wedi gwneud strôc ryfeddol. Hi oedd llwncdestun Paris gyfan a thestun siarad pawb.

I Maï a'i ffrindiau, dawns y Beaux Arts yn y Moulin Rouge oedd uchafbwynt y flwyddyn. Roedd pawb yno! Wel, pawb oedd yn cyfrif iddi hi. Oedd y llun yn yr albwm dipyn yn anffodus? Ychydig yn gamarweiniol? Wel... naġ oedd. Castiau ffôl pobol ifanc yn mynd dipyn bach dros ben llestri, efallai? Mae pawb wedi bod yn ifanc, on'd 'yn nhw? Nawdegau'r bedwaredd ganrif ar bymtheg oedd hi ac nid y Canol Oesoedd. Paris a'r Moulin Rouge. Er mwyn popeth!

12

O Flaen ei Gwell

YN ANFFODUS, LLEDODD y sôn am y noson ryfeddol a daeth i glustiau gwarchodwyr moesoldeb y ddinas. Cafodd Maï a rhai o'i ffrindiau eu galw o flaen eu gwell i wynebu cyhuddiad o droseddu 'yn erbyn gweddustra cyhoeddus' am eu hymddygiad, yn yr union fan lle roedd La Goulue yn teyrnasu! Hyd yn oed ar ôl yr holl flynyddoedd, teimlai Maï fod yr hyn a ddigwyddodd yn anhygoel. Yn annheg. Monsieur Lagasse, bargyfreithiwr ifanc, oedd yn ei hamddiffyn.

Ochneidiodd wrth gofio, ond gwenai serch hynny. Roedd y cyfan wedi'i serio ar ei chof air am air a gweithred am weithred. Wythnos ar ôl y noson fawr roedd ar ei ffordd i'r llys, ac yn ddigon naturiol, teimlai'n nerfus. Ond wedi cyfarfod â'i chyfeillion, a oedd hefyd o dan gyhuddiad, a thrafod eu sefyllfa, meddyliai nad oedd rheswm dros boeni. Erbyn i'r clerc gyhoeddi mai eu hachos nhw fyddai'r nesaf, roedd ystafell y llys dan ei sang, a'r awyrgylch yn ddigon tebyg i'r hyn a fu yn y Moulin Rouge noson y ddawns. Roedd y dorf wedi dod yno i fwynhau eu hunain, a dechreuodd Maï deimlo ei hun yn ymuno ag ysbryd yr achlysur. Galwyd hi i'r bocs tystion, a chymerodd y llw. Trodd Llywydd y Llys ati.

"Maï ar Manac'h. Enw anarferol. Llydaweg efalle?"

Nodiodd ei phen.

"A'r ystyr?"

"'Mynach' yw Manac'h, syr."

Pwffian chwerthin a lleisiau'n galw o'r cefn.

"Myn diawl i, lleian!"

"Hei, pwy feddylie bod Maï ni'n lleian?"

"Bois bach, piti does dim mwy ohonyn nhw'n debycach iddi!"

"Dyna ddigon o'r rhialtwch yna. Distawrwydd yn y llys. Ar unwaith."

Gyda phob gorchymyn, trawodd y Llywydd y bwrdd sawl gwaith â'i forthwyl pren, tra ffugiodd Maï swildod gan wenu'n slei bach ar y gynulleidfa.

"Fe'ch cyhuddir o droseddu yn erbyn gweddustra cyhoeddus, ac o herio safonau moesoldeb a pharchusrwydd."

Edrychodd Maï i gyfeiriad y gynulleidfa ac agor ei llygaid fel petai'n synnu'n fawr ac yn awgrymu bod yr holl beth ychydig bach yn ddoniol. Yn ffodus, roedd y Llywydd yn edrych ar ei bapurau.

"Roedd eich gwisg yn anweddus iawn."

"O, nag oedd wir! Rown i'n gwisgo belt, sawl cadwyn am fy ngwddf, a llwyth o *sequins.*"

Rholiodd ei llygaid i gyfeiriad y dorf ac agor ei cheg led y pen mewn chwerthiniad di-lais. Dechreuodd y gwenu a'r pwffian chwerthin eto. Edrychodd y Llywydd o'i gwmpas yn llym nes i'r dorf dewi.

"Yr unig ddilledyn amdanoch chi oedd blows ddu."

"Efalle, ond roedd hi'n un swmpus iawn."

"Fe gawsoch chi wared arni," meddai a'i lais yn codi.

"Diawl erioed, ddyn! Roedd hi'n boeth!" a hyn gyda gwên o glust i glust wedi'i hanelu at y gynulleidfa.

Dechreuodd y chwerthin yn ddigon tawel, ond yna aeth fel ton o fainc i fainc, gan chwyddo'n uwch ac yn uwch. Cafodd Maï rybudd nad felly y dylid ymddwyn mewn llys barn ac nad oedd ei hiaith na'i hymarweddiad yn briodol.

"Felly…" a chododd y Llywydd ei lais ac edrych o'i gwmpas

yn fygythiol. Bu'n rhaid iddo aros i bethau dawelu a chael trefn cyn parhau.

"Felly, dim ond blows oedd amdanoch chi, mewn gwirionedd, ond rywfodd neu'i gilydd fe lwyddoch chi ddiosg honno. Beth yw'r gwir tu cefn i hyn i gyd? Dwi'n benderfynol o gael y gwir… a'ch gorfodi i ddatgelu popeth!"

Aeth y dorf yn wyllt, gyda banllefau croch a chwerthin afreolus. Cymerodd gryn ddeng munud i'r Llywydd gael trefn unwaith eto, a bu'n bygwth y byddai'n gorchymyn y swyddogion i glirio'r llys os na châi ddistawrwydd. Cytunwyd yn y diwedd mai'r un ferch oedd Sarah Brown a Maï ar Manac'h, a'i bod yn bresennol yn nawns y Beaux Arts, a'i bod ar ddiwedd y noson wedi cael ei chludo o gwmpas yr ystafell gan ddynion ifanc ar fwrdd a hithau mewn cyflwr o noethni anweddus.

Daeth cyfle Monsieur Lagasse nawr i amddiffyn. Pefriai ei lygaid tywyll. Â'i wallt du, llyfn yn sgleinio, a'i fwstás bach du, perffaith, â phob blewyn yn ei le, edrychai fel pe bai wedi cael ei baentio, neu fel petai newydd gamu o lun neu ffenest siop. Gyda symudiadau bach cyflym gysáct, cerddai yn ôl a blaen yn ddibaid wrth bledio'i hachos. Fe atgoffai Maï o jac y do.

Nawr, doedd M. Lagasse ddim yn ddyn i ildio'n hawdd. Fe âi hwn ymhell ryw ddydd, meddyliai Maï. Yn ei amddiffyniad pwysleisiodd fod Maï wedi cael ei chludo *uwchben* ysgwyddau'r dynion ifanc, a cheisiodd berswadio'r llys mai dim ond wrth edrych i lawr arni o'r uchelderau, fel cath ar ben to neu dderyn yn clwydo, y gallai unrhyw un weld ei noethni. Yn ogystal â hynny, brysiodd i dynnu sylw'r llys at y ffaith bod yna rwyd diogelwch oddi tani, ac felly na allai neb o'r llawr ei gweld.

Mor awyddus oedd y cwmni o ffrindiau i ufuddhau i bob rheol, yn ôl Monsieur Lagasse, yn arbennig rheolau diogelwch, fel eu bod wedi gwneud popeth yn unol â phob deddf, a dylid canmol y bobol ifanc hyn nid yn unig am iddynt sicrhau bod yr hyn a welwyd o Maï yn weddus dros ben, ond hefyd am iddynt sicrhau bod popeth yn union fel y dylai fod er gwaetha'r ffaith eu bod yn ifanc ac yn ffôl, a hynny ar ôl noson o rialtwch a sbri, "Fel yr 'yn ni i gyd wedi'i mwynhau yn ifanc!"

Erbyn hyn roedd y dorf yn eu dyblau a bron â hollti'u boliau, ond yn gwneud eu gorau, wrth ddal eu trwynau, clapo dwylo dros eu cegau a hyd yn oed stwffo hancesi i mewn iddynt, i gadw'n weddol dawel. Fe lwyddon nhw i raddau, nes i Monsieur Lagasse awgrymu y gallai'r Llywydd ei hun fod wedi bod yno ac na fyddai wedi teimlo'n anghysurus.

Yna chwerthin a sgrechian a glywid o bob cyfeiriad, nes bod y llys yn atseinio hyd y nenfwd â banllefau o hwtian croch. Roedd yna glapo coesau a chwerthin nerth eu pennau'n ddiberswâd, nes bod ambell un yn gorfod dod o hyd i'w hances eto, ond y tro yma i sychu ei lygaid. Rywfodd neu'i gilydd, llwyddodd y Llywydd gael trefn ar bethau, ond roedd yr olygfa yn yr ystafell yn debycach i Music Hall nag i lys barn.

Cafodd Maï ei rhyddhau, a phan adawodd hi'r adeilad roedd torf yn aros amdani i ddathlu. Ble bynnag yr âi wedyn, am gyfnod, byddai pobol yn galw arni ac yn dod ati i ysgwyd ei llaw. Heb os nac oni bai, Maï ar Manac'h oedd llwncdestun pawb unwaith eto. Ie, *le tout Paris*. Roedd Paris – neu ei Pharis hi, o leiaf – wrth ei thraed.

13

Le Demi-Monde

WRTH EDRYCH YN ôl, hi fyddai'r gyntaf i gyfaddef ei bod wedi dwli ar yr holl sylw. Nid dawns ond cinio a achosodd i'r chwarae droi'n chwerw yr eildro, a'r Comte Armand de Curey oedd yn gyfrifol am ei chwymp.

Ond nid oedd y fath berson â'r Comte yn bod. Enw ffug ydoedd ar grŵp o ddynion busnes. Wel, dyma'r 'Comte' bondigrybwyll yn gosod bet o bum can darn arian y gallai gael dau gant o ferched i dderbyn ei wahoddiad i ginio yn Le Mardelay yn y Rue de Richelieu yng nghanol Paris – tŷ bwyta crand â *haute cuisine* arbennig iawn.

Gosodwyd y gwahoddiad yn y papurau dyddiol, ond siomedig fu'r ymateb. Felly, dyma ailgyhoeddi'r gwahoddiad, a'r tro hwnnw fe wnaeth dau gant chwe deg tri o ferched dderbyn. Yn y brif ystafell fwyta, lle câi ciniawau mawr eu cynnal, gosodwyd tair bord gyda lle i naw deg eistedd wrth bob un, a bord ychwanegol mewn ystafell gyfagos i unrhyw un a gyrhaeddai'n hwyr. Roedd y fwydlen yn un arbennig.

I ddechrau:

Perdreaux et Cailles sur Croustades
(petris a chwalod ar grwst)
Les Langoustines à la Russe

Roedd pum gwydryn o win yr un i bob gwestai. Yn gyntaf, *apéritif* i bawb. Roedd y gwesteiwyr yn arbennig – os nad yn ffôl – o hael, a chafodd pob un sawl *apéritif* oherwydd bod problemau yn y gegin. Bu'r bwyd yn hir yn dod, ac felly, cyn i'r cwrs cyntaf gyrraedd y ford, dyma ddechrau ar y gwinoedd, ac yna ymlaen ac ymlaen o un i'r llall, nes cyrraedd y *liqueurs*.

Cofiai Maï adnod a adroddai ei mam fel rhybudd i'w phlant, 'Gwatwar yw gwin a therfysgwr yw diod gadarn', ac roedd yn barod i gydnabod nawr mai gwir a ddywedai. Ymhen rhyw awr roedd y 'boneddigesau' yn ymddwyn yn ddigon anfoneddigaidd. Cofiai'r hyn a ddigwyddodd yn glir iawn.

I goroni'r cyfan – ac roedd y lle fel ffair erbyn hynny – neidiodd merch ifanc yn gwisgo'r nesaf peth i ddim ar gefn un o'r dynion, ei choesau ar led yn dynn am ei ganol, yn chwifio chwip ddychmygol uwch ei phen, yn brochgáu o gwmpas y bordydd, a'r stalwyn oddi tani'n gweryru'n wyllt fel petai ar fin marchocáu'r gaseg bertaf fu erioed. Hithau'r ferch yn ei hysio ymlaen i gyfeiliant banllefau gwyllt a chwerthin croch. Rownd a rownd yr ystafell ryfeddol o wych yr aent, a'u hystumiau mor amlwg fel nad oedd angen dychymyg. Nid bara'n unig yr oedd y merched yn ei hyrddio ar draws yr ystafell, ond peisiau ac wedyn nicersi. Y prynhawn hwnnw roedd y Moulin Rouge yn barchus o'i gymharu ag ystafell wledda'r Mardelay. Rhialtwch yn rhemp. Sgrechfeydd anllad yn codi'r to a'r merched yn lluchio'u sgertiau uwch eu pennau.

Am y ferch ar gefn y stalwyn, nid dim ond ei blows y gwnaeth honno'i diosg. Hyd yn oed ar ôl hanner canrif, roedd yr olygfa mor fyw yn ei chof a chwerthin aflafar y merched mor real yn ei chlustiau. Dewisodd ar hyd y blynyddoedd wthio i gefn ei meddwl uchafbwynt y ddrama y chwaraeodd y brif ran ynddi, ond nawr daeth y cyfan yn fyw o flaen ei llygaid yn ei holl fanylion. Y merched yn sgrechian, yn chwerthin yn groch, yn ei hysu ymlaen, ei gwallt du'n chwyrlïo'n wyllt o gwmpas pen y stalwyn oddi tani a'i sgrechfeydd hithau'n codi'n fyddarol uchel cyn iddi neidio ar ben un o'r bordydd, diosg gweddill ei dillad i rythm curo dwylo'r dorf, ac yna eu chwifio'n orfoleddus uwch ei phen. Safodd yno am funud a'i hosgo'n heriol ddramatig cyn neidio 'nôl ar gefn ei cheffyl, ei breichiau am ei wddf, ei choesau'n dynn am ei ganol a hithau'n noeth. Yn noethlymun. Dyna'r olygfa a welsai'r *gendarmes* wrth iddynt ymateb i alwad y perchenogion a rhuthro i mewn i ystafell ysblennydd Le Mardelay.

Dyna hi 'nôl o flaen y llys ac yn sefyll gydag eraill o flaen ei gwell. Costiodd y difrod yn hallt i'r 'Comte', ac fe gostiodd yn hallt iddi hithau hefyd. Roedd ystafell y llys yn llawn at yr ymylon, heb le i chwipio chwannen, ys dywedid yn Llydaw, a phawb yn eiddgar i gael hwyl am eu pennau. Monsieur Lagasse oedd yn ei hamddiffyn fel y tro cynt, a honnai fod rhywun wedi dwyn ei phwrs â chwe deg ffranc ynddo, ac yna, er iddi brotestio'n groch, cymerodd rhai o'r dynion fantais arni. Ond gwrthododd y llys dalu unrhyw sylw i'w phrotestiadau a chafodd ei gwaradwyddo'n gyhoeddus.

Y tro hwn, methodd hyd yn oed huodledd Monsieur Lagasse â pherswadio Llywydd y Llys ei bod yn ddieuog, os nad yn ddiniwed. Y ddedfryd oedd dau fis o garchar. Ei chwymp oedd fawr. Meddyliodd Arglwyddes Mond i'w hunan mai aderyn brith iawn oedd Maï ar Manac'h druan erbyn hynny.

14

Yn y Carchar

MAE CARCHAR YN gwneud pethau rhyfedd i ferch, ac yn sicr rhoddodd dau fis o garchar ddigon o amser iddi feddwl. Credodd Maï ei bod wedi dechrau dringo'r llethr llithrig, ond sylweddolai nawr mor hawdd oedd syrthio yn y baw a'r llaca. Cofiai hen rigwm a ganai gynt:

> O! Ferched sy'n yfed gwin,
> Pwy ŵyr beth fydd eich terfyn?

Gwyddai na fyddai'r stori am ei chwymp yn hir cyn cyrraedd Llydaw, gan fynd o gwmpas Benac'h fel tân gwyllt, a gallai ddychmygu fel y byddai digon o bobol wrth eu boddau'n cydymdeimlo â'i rhieni yn y felin. Teimlai gywilydd. Roedd bod mewn carchar yn sioc, a chymerodd dipyn o amser i ddod i arfer â'r drefn – gwybod sut i ymddwyn, beth i'w wneud a phryd, a sut i ddygymod â'r arogleuon, y bwyd a'r swyddogion a fyddai'n eu gwarchod bob munud o'r dydd.

Ni allai ddisgwyl i'w ffrindiau y rhannai ystafell â nhw wrth ymyl Pigalle gadw'r ystafell heb ei chyfraniad hi at y rhent am ddeufis; prin iawn oedd eu harian nhw hefyd. Synhwyrai yn ogystal y byddai ei chydnabod o hynny ymlaen efallai'n perthyn i haenen gymdeithasol dipyn yn fwy amheus. Ni allai wynebu hynny. Felly, beth allai wneud? Cofiai am rybudd ei mam fod miloedd o ferched ifanc yn dod i Baris bob blwyddyn o gefn gwlad Ffrainc i geisio bywyd gwell, a nifer helaeth ohonynt yn gorfod puteinio. Taerodd unwaith eto nad dyna fyddai ei thynged hi.

Puteiniaid oedd llawer o'r merched yn y carchar, a thrawyd Maï un noson, a hithau'n gorwedd ar ei gwely caled, mor annheg ydoedd bod y merched yma'n cael eu carcharu, ac na feddyliodd neb y dylid carcharu'r dynion a oedd yn defnyddio'u gwasanaeth. Yr hen syniad a glywsai gan ei mam bod dynion yn wan ond merched yn ddrwg – Efa'n temtio'r dyn â'i hafal. Nid y merched oedd yn glafoerio'n boeth gan chwant yr oedd yn rhaid ei foddhau; yn syml, dyna'r unig ffordd oedd ganddynt i fwydo'u plant a nhw'u hunain.

Yn nhawelwch oriau'r nos clywai nhw'n galw enwau eu plant yn eu cwsg, yn mwmblan neu'n griddfan, ond weithiau codai sgrech ddirdynnol o'u hymysgaroedd a rhegent eu ffawd. Sylweddolodd Maï yno mor llym oedd min y gyllell a benderfynai dynged y rhai fel hithau oedd yn byw ar ymylon cymdeithas. Rhai'n gorchfygu er gwaethaf pob ergyd, tra bod eraill yn ildio ac yn cael eu difa.

Ystyriodd ei sefyllfa'n bwyllog a sylweddoli y byddai ei dyfodol yn rhwym o ddibynnu ar ryw ddyn. Gwnaethai ymgais i fod yn ysbryd rhydd – a methodd. Gallai freuddwydio am gyfarfod â dyn ifanc golygus, a'r ddau'n syrthio mewn cariad â'i gilydd dros eu pennau a'u clustiau, ac yna hithau'n darganfod ei fod yn un o ddynion cyfoethocaf Ffrainc, ond breuddwyd fyddai hynny. Er i hynny ddigwydd yn ddiweddar i un o'i ffrindiau, byddai'n rhaid iddi hi fod yn ymarferol. Go brin y byddai'n digwydd iddi hi.

Un noson, fel y gorweddai ar ei matres wellt ar y fainc yn ei chell, daeth iddi fel bollt. Yr ateb perffaith. Fe briodai. Câi gyfle i newid ei henw a symud o Montmartre i rywle heb fod ymhell, ac fe chwiliai am gylch gwahanol o artistiaid i berthyn iddo ac yna ni fyddai'i henw na'i hanes yn gyfarwydd i neb. Erbyn i Maï syrthio i gysgu'r noson honno, roedd hi'n edrych ymlaen yn awchus at y dyfodol, ac yn cynllunio yn union sut y byddai'n byw.

Pan gafodd ei rhyddhau aeth yn syth i farchnad fawr Les Halles, lle roedd Llydawyr yn gweithio ac yn berchen ar fusnesau yn dod â bresych, moron, tatws a winwns a phob math o lysiau o Lydaw i Baris i'w gwerthu. Bu'n gweithio gynt i rai ohonynt, a chyn pen dim o amser cafodd gynnig gwaith ac ystafell i fyw ynddi. Casglodd ei phethau o ardal Pigalle, ffarwelio â'i hen ffrindiau a setlo yn ei hardal newydd.

Pan fydd merch wedi penderfynu ei bod am gael gŵr, fe gaiff un heb fawr o drafferth – yn enwedig os yw hi'n ferch ddeniadol. Simon Gugenheim oedd y gŵr a ddewisodd Maï. Roedd ganddo fusnes mewnforio a gwerthu llysiau. Iddewon o'r Almaen oedd y teulu, ond ym Mharis y magwyd Simon. Dyn ifanc yn ei dri degau diweddar, rhyw ddeng mlynedd yn hŷn na hi. Un tywyll o ran pryd a gwedd, eithaf trwm yr olwg ond digon golygus serch hynny. Ymhen dim roedd y ddau'n cyd-fyw, a phennod newydd gyffrous wedi agor yn ei hanes hi.

Gwingodd wrth gofio sut y dechreuodd rhai sibrwd amdani y tu ôl i'w chefn, a dywedai eraill ar goedd nad oedd Maï ar Manac'h damaid gwell na'r hyn oedd hi cynt – yn cyd-fyw â dyn a hwythau ddim yn briod. Ni fedrai ddianc rhag ei gorffennol ym Mharis. Dim ond un peth oedd amdani – gadael Paris, a dechrau o'r newydd.

I Lundain yr aeth hi a Simon a phriodi yn 1897. Pan gyrhaeddon nhw yno, doedd ganddynt ddim gair o Saesneg a fawr o ddim arall chwaith heblaw eu gobeithion. Doedd dim angen llun arni hi i'w hatgoffa sut un oedd Simon o ran pryd a gwedd; roedd y darlun ohono'n glir yn ei chof. Credai llawer eu bod yn frawd a chwaer – y ddau o bryd tywyll, aeliau cryfion, yr un trwyn a gên, ond yn ei golwg a'i hosgo hi roedd penderfyniad. Yn ei olwg a'i osgo ef, ac ym môn ei gern, gwelai wendid.

Dywed rhai bod gŵr a gwraig, yn enwedig mewn priodas gyntaf, yn gallu edrych yn debyg iawn i'w gilydd yn aml, bod rhyw fath o narsisiaeth gynhenid yn y natur ddynol wrth ddewis cymar. Pam ddewisodd hi Simon? Ai'r cymhlethdod narsisaidd a ddaeth â'r ddau at ei gilydd? Ar ryw lefel, ie, hwyrach. Ai blys? O, na, nid blys. Gwyddai hi'r ateb. Roedd ef a'i deulu'n barchus a soled, yn fasnachwyr bach oedd yn gweithio'n galed, yn fwy diogel eu byd na melinydd Prat Guegan. Ond, yn gymdeithasol, roeddent o fewn ei chyrraedd hi. Fel Madame Gugenheim byddai'n gosod gofod diogel rhyngddi hi a'r Moulin Rouge a Le Mardelay, a byddai parchusrwydd yr is-*bourgeoisie* yn disgyn yn dwt ar ei hysgwyddau.

Pam aeth y ddau i Lundain? Wel, 'chwedl a dyf o'i hadrodd' a 'buan y rhed drwg chwedl' – ie, yr holl ffordd yn ôl i Benac'h. Yn Llundain byddent ymhell o'r holl glebran, ac roedd rhai ffrindiau wedi mynd yno'n barod. Roeddent yn ddigon ifanc i fwynhau antur gan fod Llundain yn ddieithr a chyffrous a digon o gyfle yno i wella eu byd.

I Soho gosmopolitan, lle roedd cynifer o Ffrancwyr yn byw nes cael yr enw La Petite France, yr aethant, a phriodi ar ddydd pen-blwydd Maï yn naw ar hugain, yn Eglwys y Santes Anne yn Westminster. Dau Gymro, Joseph Williams a Victor Parry, a ddaeth o'r stryd fel tystion. Roedd ei fusnes ei hun gan Simon yn gwerthu llysiau a ffrwythau i dai bwyta a thafarnau Soho, a Maï'n cychwyn ar ei bywyd fel menyw briod.

15

Newid Byd

TAIR BLYNEDD A dreuliodd Maï yn Llundain fel gwraig i ddyn ifanc oedd yn sefydlu ei fusnes ei hun yno. Dyna'r ddelwedd a ddangosai i bawb, ond blynyddoedd o bryder, siom a diflastod di-dor a ddioddefodd. Blynyddoedd o uffern. Daeth eu mis mêl i ben cyn iddo ddechrau.

Ofnadwy oedd deffro yn y bore, edrych ar ŵr yn cysgu, gwrando arno'n chwyrnu ac arogl surni ei chwys a drewdod diod y noson cynt ar ei anadl yn llenwi'r ystafell nes peri iddi gyfogi.

Gwaeth oedd deffro yn y nos a gofyn faint rhagor oedd yn rhaid iddi ddioddef, faint rhagor y gallai ef fyw a sut ar y ddaear y daeth pethau i'r fath sefyllfa. Sylwai bob bore ar y cryndod yn ei law wrth iddo ddeffro a'r ymbalfalu llechwraidd am y botel gudd. Pan ddôi adref yn hwyr y nos, clywai ef yn baglu wrth geisio agor y drws a llusgo yn erbyn y pared wrth ddringo i'r llofft. Âi'r arian yn brinnach ac yn brinnach, bywyd yn dywyllach a'r peswch, peswch, ddydd a nos.

Llwyd, gwlyb a diflas oedd y tywydd ym mis Hydref 1900. Dyheai Maï am liw, chwerthin ac ysgafnder yn ei bywyd, petai ond am un diwrnod, yn lle'r anobaith a bwysai mor drwm arni. Yna cafodd le i Simon mewn sanatoriwm yn Bournemouth i drin y diciáu.

Un bore, cododd, a heb feddwl, estynnodd am ei dillad gorau a'u gwisgo. Edrychodd yn y drych am y tro cyntaf ers misoedd, a gwneud hynny heb baratoi gwên fel y bydd merched yn ei wneud fel arfer. Gwelodd, er syndod iddi, fod ei hwyneb, os rhywbeth, yn fwy deniadol. Roedd yn feinach ac iddo geinder aeddfedrwydd yn lle pertrwydd croten ifanc. Gwelai fod ei hysgwyddau'n llai bras ac yn fwy siapus, a'i bronnau yn fwy lluniaidd ac yn ysgafnach yr olwg, heb y braster a fu oddeutu iddynt.

Fe wnâi'r dillad y tro. Doedd hi ddim yn debygol o weld unrhyw un y byddai'n eu hadnabod, wedi'r cyfan. Serch hynny, rhoddodd sylw mawr i'w gwallt cyn gadael y tŷ yn St John's Wood a mynd i ganol Llundain i fod yn rhan o fyd lle roedd pobol yn mwynhau bywyd ac nid yn llusgo byw. Âi i weld tai a siopau yn eu crandrwydd a'u moethusrwydd, ac i glywed arogl arian yn ei ffroenau.

Cerddodd i lawr drwy Knightsbridge a sylwi ar bopeth o'i hamgylch: y bobol, y siopau mawr a bach, yr arogleuon – nes i un ffenest siop yn arbennig ddal ei sylw. Siop miliner oedd hi, ond siop miliner arbennig iawn. Yn y ffenest roedd het – dim ond un. Safodd Maï, gan roi ei holl sylw i'r het. Melfed glas tywyll oedd y defnydd, ac iddi ymyl a fyddai'n fframio'i hwyneb i berffeithrwydd, a phluen fach las golau i godi ei hysbryd. Arhosodd i'w hedmygu, a'i sylw i gyd wedi'i hoelio ar yr het. Dychmygai sut y byddai'n ei gwisgo, ar ba ongl, a gyda pha ddilledyn. Byddai'n rhaid i'r dillad fod yn lled arbennig i haeddu cael eu gwisgo gyda'r fath het. Pa esgidiau? I ble yr âi, a gyda phwy?

Yn sydyn, beth glywai ond, "Wel, 'tawn i byth o'r fan – Maï Manac'h."

Trodd, ac yno, wrth ei hymyl, a'i llygaid yn pefrio, safai hen ffrind o ddyddiau Montmartre, Annik. Bu hi a Maï a ffrind arall yn rhannu ystafell yn yr hen ddyddiau hapus, llwm, flynyddoedd yn ôl. Cofleidiodd y ddwy, yna chwerthin a rhyfeddu.

"Beth ar wyneb y ddaear wyt ti'n wneud yma yn Llunden, Maï?"

Roedd wyneb Maï yn wlyb gan ddagrau.

"Edrych, Maï, am unwaith dyw hi ddim yn bwrw glaw yma. Mae 'na barc bach lle gallwn ni ishte ddim 'mhell o fan hyn. Beth am fynd yno? Mae cyment 'da ni i weud wrth ein gilydd!"

Cerddodd y ddwy fraich ym mraich. Gwyddai Maï fod ei dillad hi'n llwm a di-liw o'i chymharu ag Annik yn ei gwisg o'r ffasiwn ddiweddaraf – het fach *chic*, mwff ffwr, esgidiau bach main a'u botymau perl. Wedi cyrraedd y parc, eisteddodd y ddwy ar fainc i adrodd hanes ac i agor calonnau.

"Chei di ddim byw fel hyn ddim rhagor, Maï, a gwisgo hen ddillad diflas. Gwranda nawr. Feddylies i erio'd y byddwn i, Llydawes fach dlawd o Penn ar Bed, yn ca'l gŵr mor gyfoethog. Ond edrych arna i nawr. Ar ben fy nigon. Stad yn Iwerddon. Tŷ yn Llunden. Apartment crand ym Mharis, a *villa* ar y Riviera. Fe all yr un peth ddigwydd i ti, Maï."

Bu Annik am gyfnod yn un o sêr y Moulin Rouge, un o'r merched oedd yn brochgáu ar gefn mulod y tu fas i ddenu'r miloedd ac a anfarwolwyd gan Jules Chéret ar ei boster enwog 'Bal du Moulin Rouge' yn 1889. A hithau'n enwog, a dynion yn dod yno i'w weld, cawsai ei hact ei hunan. Byddai hi ar y llwyfan mawr wrth ei hunan bach, a'r gynulleidfa'n llygadrythu, a dim smic i'w glywed ond nodau llesmeiriol y ffidil. Hithau, wedi gwisgo'i noethni â dwy bluen, yn eistedd mewn cawell aur yn canu fel deryn bach ac yna'n neidio allan tua'r diwedd a throi a throi gan symud ei phlu'n ddestlus a deheuig a phob hyn a hyn yn esgus cwympo un, a'r dorf yn mynd yn wyllt yn disgwyl ei gweld…

Dyna sut y cyfarfu â'i gŵr, Gwyddel pum mlynedd ar hugain yn hŷn na hi, a pherchennog un o blastai harddaf Iwerddon gyda channoedd ar gannoedd o erwau bras. Yn goron ar y cyfan, roedd yn ei haddoli ac yn hael â'i arian. Roedd ei hacen Ffrengig a'i phertrwydd sionc bron â'i gwneud yn dderbyniol i'w deulu, wedi cymhwyso tipyn go lew ar ei hanes a'i chefndir. O leiaf roedd gobaith am etifedd.

"Sut gall yr un peth ddigwydd i fi, Annik? I ddechre, ma gen i ŵr. Beth bynnag, dwi ddim yn mynd i unman lle gallwn i gwrdd â neb tebyg i dy ŵr di. A phetawn i'n ca'l mynd i'r fath le, fydde gen i ddim byd i'w wisgo i ddenu dyn."

Cofiai Annik sut y byddai hi a'r merched yn gorwedd ar eu gwelyau erstalwm ac yn rhannu eu breuddwydion am eu dyfodol yn y byd ffasiynol – byd diofal yn eu golwg nhw – y byddent yn sicr ryw fodd, ryw ddydd, yn rhan ohono.

"Dyna ddigon o hyn, Maï. Clyw, fe ddysgest ti a fi bopeth sydd i'w wbod am sut i blesio dynion flynyddo'dd yn ôl yn Montmartre a'r Moulin Rouge, on'd do fe? Dwyt ti ddim wedi anghofio dim o'r hen dricie, wyt ti? Wyt ti?"

Gwenodd Maï. Yna gwelodd fod Annik wedi cael syniad.

"Nawr 'te, dwi ar fy ffordd i apwyntiad gydag un o *couturières* gore Llunden. Ffrances, wrth gwrs. Mae hi wrthi'n gwneud ffrog nefolaidd i fi ar gyfer cino a dawns nos fory yng ngwesty'r Savoy. R'yn ni'n aros yn ein tŷ ni yn Hyde Park, ac ma gen i ddigon o ddewis o ffroce yno sydd erio'd wedi gweld gole dydd yn Llunden, nac yn unman arall o ran hynny. Wisga i un o'r rheiny, ac fe gei di wisgo fy ffrog newydd i fel anrheg. Nawr, dim dadle, Maï. Fe awn i gael ffiting i ti. Bydd yn rhaid i fi drefnu bod y ffrog yn cael ei hanfon i dy gartre di fory. Dim ond gwisgo'r dillad mwyaf crand a welest ti erioed fydd yn rhaid iti wneud wedyn, cyrraedd y Savoy mewn pryd wrth gwrs, a cherdded i mewn fel brenhines gyda 'ngŵr a finne. Galla i dy sicrhau di y bydd llyged *crème de la crème* Ewrop gyfan arnat ti. Beth amdani? Wyt ti'n meddwl y gelli di neud hynny?" holodd dan chwerthin.

Daeth y noson honno 'nôl i'w chof fel petai ond ddoe, a'r wefr a deimlodd fel sioc drydan drwyddi yn peri i'w chalon guro'n gyflymach, lawn ddeugain mlynedd yn ddiweddarach. Yno roedd hyd yn oed y blodau'n sawru'n felysach mewn ystafell â phaentiadau ar y nenfwd, cerfluniau mawr hardd a lliw aur yn sgleinio ar y muriau. Roedd sglein ar bopeth: y canwyllbrennau a'r drychau wedi'u heuro, y gwydrau'n hollti tanbeidrwydd golau'r candelabra aur, yr arian ar y bordydd a'r llieiniau gwyn, a sglein cyfoeth a hawddfyd ar wynebau'r dynion a'r menywod, eu gwallt heb flewyn o'i le. A'u dillad! A thincial eu chwerthin! Y cyfan yn berffaith.

Safodd yn y drws. Roedd y ffrog a wisgai o liw hufen ac iddi wregys llydan o sidan gwyrdd a ddangosai feinder ei chanol yn berffaith, ac esgidiau sidan gloyw o'r un gwyrdd am ei thraed. Gwyddai ym mêr ei hesgyrn ei bod am berthyn i'r byd yma. Gwenodd, a theimlo wrth gerdded ar draws yr ystafell i gyfeiriad eu bord nhw ei bod yn denu sylw pawb, y gwragedd yn gwerthuso'i dillad a'r dynion yn ei gwerthuso hi.

Cofiai'r bwyd, cofiai'r gwin a chofiai'r cwmni wrth y ford. Yn eu plith roedd y Tywysog Antoine a'i briod, yr Infanta Eulalia o Sbaen. Dawnsiodd Maï gyda'r Tywysog ddwywaith y noson honno. Ychydig o sgwrs a fu rhyngddynt, ond roedd pwys ei law ar ei chefn, ei gyffyrddiad ar ei phenelin wrth ei harwain yn ôl at y ford, yr ychydig fân siarad tawel a hithau yn gwyro tuag ato fymryn mwy nag roedd ei angen, a'r dal llygaid eiliad yn hwy na'r confensiwn – roedd hyn oll wedi'u clymu â chortyn dyhead cyn diwedd y noson.

O'i gorun i'w sawdl, gyda phob ystum a phob gair o'i enau, aristocrat o'r dosbarth uchaf oll oedd Antoine. Roedd yn olygus, heb arlliw o drymder pryd a gwedd Simon Gugenheim. Digwyddodd Maï glywed dwy Saesnes yn sibrwd amdano wrth ei gilydd.

"So handsome," meddai un.

"Quite adorable. So Goya."

"And, my dear, so very rich."

Penderfynodd Maï y cofiai'r geiriau yna – 'So Goya'. Gallent fod yn ddefnyddiol ryw ddydd.

Gadawodd Eulalia am Fadrid i weld ei phlant cyn diwedd yr

wythnos ond arhosodd Antoine yn Llundain i weld ei deiliwr. Erbyn diwedd yr wythnos honno roedd Antoine, un o ddynion cyfoethocaf Ewrop, wedi symud o'i dŷ yn Hyde Park i mewn i'r Savoy, ac yn ei wely roedd Maï. Na, doedd hi ddim wedi anghofio 'run o'r hen driciau. Erbyn y bore roedd Antoine wedi'i fachu ac ni fynnai ollwng Maï o'i olwg.

Pan fyddai'n rhaid iddo fynd yn ôl i Baris, arhosai Maï yn Llundain i ddod â Simon yn ôl gartref o Bournemouth i ofalu amdano. Ond nid oedd gwella i fod a bu ei gŵr farw ar Ddydd Nadolig 1900, nid o'r diciáu ond o sirosis yr afu. Aeth Maï â'i gorff yn ôl i Baris i'w gladdu gyda'i deulu, a chyflawnodd bob dyletswydd a ddisgwylid gan wraig weddw. Yna yn ôl â hi i Benac'h i weld ei theulu a'i hen gynefin.

16

Ymweld â'r Hen Fro

Do, AETH MAÏ yn ôl i weld ei theulu a'i chydnabod yn Benac'h; a nawr, ddeugain mlynedd yn ddiweddarach, cofiai'r cyfan fel petai ddoe. Roedd ganddi hen sgôr i'w setlo.

Teithiodd ar drên cyflym Paris-Brest dros nos yn ei chaban ei hunan, dosbarth cyntaf, wrth gwrs. Os gwnaeth hynny'n ddeunaw mlwydd oed, a hithau'n cyfrif pob *sou*, pa ddisgwyl iddi wneud yn wahanol nawr? Pan gyrhaeddodd orsaf Plouared, nid mewn *char-à-banc* fel pawb arall yr aeth hi. Huriodd gar mawr Fictoria, a thra oedd y gyrrwr yn gosod ei chesys lledr Havana yn eu lle, setlodd Maï yn y sedd gefn. Cofiodd fel y bu'n llygadu'r bagiau lledr tebyg yn siop enwog Tonnel yn y Rue de la Paix pan safodd yno gyda Monsieur a Madame Le Saout dros bymtheng mlynedd yn ôl, ac addo i'w hunan, 'Rhyw ddydd bydda i'n prynu un o'r rheina.'

Dyma'r tro cyntaf i Maï fod 'nôl gartref er pan symudodd ei rhieni i'r felin yn y pentref. Roedd pob un o'i brodyr wedi gadael cartref heblaw Philippe, a weithiai gyda'i dad. Serch hynny, nid yn y felin yr arhosodd Maï, ond yn yr Hôtel de l'Ouest. Gwyddai iddi fod yn destun siarad yn Benac'h dros y blynyddoedd, ac roedd yr ymweliad hwn yn gyfle iddi gyflwyno'i hunan o'r newydd i'w phentref genedigol.

Safodd y car o flaen y gwesty yn y Stryd Fawr. I lygaid Maï, edrychai Benac'h yr un mor ddilewyrch a llwydaidd ag erioed. Roedd pobol ar y stryd yr adeg honno o'r bore, ac wrth weld y car daeth eraill allan o'u tai. Pan ddisgynnodd o'i cherbyd, roedd yn olygfa na welsai Benac'h erioed mo'i thebyg. Dyna lle safai Maï ar Manac'h yn y wisg *haute couture* ddiweddaraf, ei gwallt fel cwmwl du o amgylch ei phen ond wedi'i godi'n uchel yn y cefn. Gwisgai het a phluen ar ei chopa a oedd yn debyg iawn i'r un y bu'n ei hedmygu yn y siop honno yn Knightsbridge flwyddyn ynghynt.

Glynai toriad ei siwt wrth ei chorff gan dynnu sylw at feinder ei chanol. Roedd y llewys yn dynn ond yr ysgwyddau'n llawn. Y flwyddyn honno câi'r coler ei wisgo'n uchel â weiren i gadw ei siâp, a hynny'n rhan o'r *pelisse* ffwr oedd yn matsio ffwr y mwff yn berffaith. Hongiai pwrs bach pert wrth y mwff, ac wrth ei garddwrn hongiai tusw o flodau ffug. Roedd ei sgert hefyd wedi'i thorri'n glòs, a'r staes holl bwysig y flwyddyn honno yn cael ei thynnu mor dynn am y canol nes gwthio'r corff ymlaen fel siâp pioden gan roi'r amlinell 'S', siâp angenrheidiol i bob merch ffasiynol. Lledai'r sgert o dan y pengliniau fel cynffon pysgodyn. Du oedd lliw'r dillad, fel y gweddai i wraig weddw, ond roedd y melfed yn sgleinio'n las tywyll ym mhlygion y wisg ac mor feddal â sidan. Rhoddai'r bluen paun yn ei het fflachiadau o liw. Tyngodd Maï unwaith yn Llundain nad âi fyth 'nôl i Benac'h nes gallai 'ryslo yn ei sidan'. Ond fe wnâi'r melfed yma'r tro i'r dim.

Gwenodd ar bawb gan godi ei llaw, a chydnabod am eiliad bob un a safai ar y palmant gyferbyn. Yno, yn ddi-wên, a'i llygaid bach crwn fel cyrens duon yn gweld popeth ac yn colli dim, gwelai'r hen Yvette faleisus, ei gwallt wedi'i grafu yn ôl a'i glymu'n arw ddi-lol fel cynt, er yn wynnach, ei chorff â'i hen fronnau bach llipa, gwag fel clustiau gafr, yr un mor ddi-siâp ag erioed. Roedd ei ffedog ddu wedi'i chlymu'n dynn am ei chanol a'i hen goesau bach esgyrnog yn pipo o dan ei phais.

Bu'n gweithio fel morwyn fach yn Koad an Noz am flynyddoedd, a theimlai Maï yn lled sicr mai hi oedd ffynhonnell y stori fod y Sgweiar wedi'i ddarganfod yn y gwely gyda'i fab a'i hanfon oddi yno gyda bonclust a chic yn ei thin. Roedd gwên radlon Maï'n ei chynnwys hi hefyd, ond pan edrychodd ym myw llygaid Yvette roedd y dirmyg a'r dicter a deimlai i'w ganfod. A brofodd Yvette felyster caru poeth o dan gysgod coeden, blas gwair sych ar ei gwefusau a sawr y pridd yn ei ffroenau erioed? Naddo. Wrth gwrs naddo. Menyw hanner can mlwydd oed heb fyth gael dyn yn ei gwely. Fyddai hi ddim yn debygol o gael un mwyach, chwaith.

Y tu cefn i Yvette safai'r siopwr a'i wyneb mawr cyn goched ag erioed. Cofiai Maï, â'r hen ddicter yn corddi oddi mewn iddi fel cynt, sut y byddai'n ei llygadu ac yn sefyll lawer yn rhy glòs ati gan wneud ei orau i'w swmpo hi ar yr achlysuron prin yr âi i mewn i'w siop. Wedyn byddai'n gofyn iddi â gwên fach slei ar ei wyneb pryd y byddai hi'n mynd i'r goedwig nesaf i 'chwarae' gyda'r bechgyn.

Roedd ganddo gysylltiadau â marchnad Les Halles ym Mharis, a bu yntau, siŵr o fod, yn mwynhau taenu'r stori yn Benac'h bod Maï Manac'h yn ennill ei thamaid ar y stryd ac ar ei chefn, ac wedyn ei bod wedi dianc i Lundain gyda'r *pimp* oedd yn gofalu amdani – Gugenheim oedd enw hwnnw. Byddai'n rholio ei lygaid wrth adrodd yr holl straeon ac yn chwerthin yn ddiberswâd nes bod ei fola'n crynu dan ei ffedog. Byddai hwn yn gyfle iddi dalu sawl pwyth yn ôl iddo fe hefyd.

I mewn â hi i'r gwesty. Aeth si o gwmpas fel tân gwyllt bod Maï ar Manac'h gartref, ac yn aros nid yn y felin ond yn 'chez Tintin', a'i bod yn Barisienne o'r Parisiennes ac yn diferu o *chic* ac arian. Doedd hi ddim yn rhy falch na mawreddog i siarad â neb chwaith, er bod tinc Paris ar ei Llydaweg. Madame Symons oedd ei henw.

Hanner gwenai yn awr wrth gofio'r cyfyng-gyngor y bu ynddo. Daeth 'nôl i Benac'h yn weddw ifanc, brydferth, ffasiynol, gyfoethog – a pharchus – i gladdu'r sibrydion a fu'n rhemp am ei bywyd a'r troeon trwsgwl yn Montmartre. Ond o ble daeth yr arian? Gwyddai llawer yn Benac'h nad dyn cyfoethog o bell ffordd oedd Simon Gugenheim, a dyma'i weddw, fis neu ddau ar ôl ei gladdu, ar ben ei digon.

Ble, tybed, ddechreuodd y si mai Sais oedd ei gŵr, Mr Symons, llawfeddyg cyfoethog yn Llundain, a'i bod hi, Maï, yn dal i fyw yno? Beth bynnag am hynny, fe syrthiodd Benac'h mewn cariad â hi. Gresynai rhai, o gofio'r straeon amdani y cawsai bron pawb gymaint o flas ar eu clywed a'u hailadrodd, mor barod oedd pobol i gredu'r gwaethaf am ferch ifanc a phob newyddion drwg amdani, pan oedd y gwir mor wahanol. Gwelai'r teulu hefyd fod Maï wedi llwyddo y tu hwnt i'w breuddwydion.

Prynodd dŷ yn y pentref am 6,000 ffranc a hynny o dan yr enw Madame Symons, 5, James Street, Golden Square, NW London, Middlesex. Roedd y pris yn swm sylweddol mewn cyfnod pan na fyddai gwas ffarm ond yn ennill 300 ffranc y flwyddyn. Pan fu Simon farw, deunaw punt a adawodd iddi, ac roedd llythyr gweinyddu ei stad yn yr amlen ar y ford.

Ond, wrth gwrs, arian y Tywysog Antoine a dalai am bopeth bellach. Meddyliodd Maï unwaith eto nad oedd gan ddynion cyfoethog unrhyw syniad sut roedd mwyafrif y bobol yn byw, nac am werth arian. I Antoine, digon i fyw arno am ychydig wythnosau oedd yr arian a roesai i Maï ond iddi hi roedd yn fwy nag y cawsai i'w drafod erioed. I Baris yr aeth, a chymryd ystafell yn yr Hôtel de Londres et Brighton. Ond wrth gwrs, nid hi oedd yn talu, a doedd hi ddim yno'n hir.

Am y tro cyntaf y diwrnod hwnnw, a hithau'n disgwyl yr Almaenwr ac yn cofio hanes ei bywyd, clywai diciadau'r cloc. Mor rhyfedd fu ei bywyd, ond hi ddewisodd ei ffawd. Ysai am bopeth oedd gan y byd mawr i'w gynnig. Ac fe'i cafodd.

17

Y Cariad Cyntaf

CODODD O'I CHADAIR a mynd draw at y ffenest. Roedd y castell fel canol olwyn a'r llwybrau fel bysedd yn tafellu'r coed a'r rheiny'n tyfu mor drwchus i bob cyfeiriad. Rhyfedd mor fyw oedd ei hatgofion. Fyddai'r Almaenwr eisiau clywed hanes ei bywyd? Prin. Ond beth fyddai e am wybod?

Edrychodd drwy'r ffenest. Yng nghysgod y goedwig y magwyd hi, a bu'r goedwig yn gysur a lloches iddi erioed. Trwy ei phlentyndod, i goedwig Koad an Noz yr âi gyda phlant eraill y pentref i chwarae ymhell o olwg eu rhieni. Wrth iddi dyfu, yno'r âi pan fyddai'n dyheu am gael bod ar ei phen ei hun, ac yno, un haf, yn niogelwch y goedwig, y syrthiodd mewn cariad.

Ie, dyna ddigwyddodd; a nawr, fwy na hanner canrif yn ddiweddarach, daeth yr atgofion o gornel dywyll seler y cof i'w dwysbigo'n chwerwfelys. Weithiau, byddai plant y castell yn cyd-chwarae â nhw yn y goedwig, ac yn sydyn yr haf hwnnw, a hithau'n bymtheg mlwydd oed ac yntau'n ddeunaw, y gusan gyntaf.

Roedd plisgyn y golfen lle'r eisteddai'r ddau rhwng y gwreiddiau trwchus, gan bwyso 'nôl yn ei herbyn, yn gynnes fel corff byw. Yn ddisymwth, heb air, fe'i cusanodd, a dyna ddiwedd ar ei phlentyndod. Daliodd y goedwig ei hanadl, a bu'r glas yn lasach a'r dail yn wyrddach a chân yr adar yn felysach gydol yr haf hwnnw.

Ystyriodd, gyda hanner gwên, nad oes yr un cariad mor fyw nac mor ddiniwed â'r cariad cyntaf, cyn i werthoedd y byd gyfyngu ar ein dyheadau, ac nad oes yr un siom yn fwy llym na phan fydd y melys hwnnw'n troi'n chwerw. Cofiai'r cusanu, yr anadlu caled, cyflym, a'r ymbalfalu, y tynnu'n ôl, a hithau'n neidio ar ei thraed mewn braw. Gwenodd wrth gofio'r bardd talcen slip deunaw oed yn canu:

Yn bymtheg mlwydd oed
Yn cerdded drwy'r coed
Does neb yn dlysach
Na Maï ar Manac'h.
Mae'i hwyneb yn bertach
A'i gwddwg yn wynnach
A'i bronnau'n llawnach
A'i chanol yn feinach
A'i choesau'n hirach
A'i chusan yn felysach
A'i charu yn boethach
Nes fy ngwneud i'n wannach...

Ymlaen ag ef hyd anweddustra. Sgrech, a smalio ei fwrw, ac ymladd, a chusanu, a chofio'r amser a'i dyletswyddau gartref a rhedeg yno nerth ei thraed. Ar ddiwedd yr haf, a'r haul wedi colli ei wres, dywedodd ei fod yn mynd i ffwrdd i Baris dros fisoedd y gaeaf, gan ymbil ac ymbil arni i fod yno yn ei ddisgwyl pan ddôi yn ôl, a thaeru y byddai'n ei charu am byth.

Roedd hi yno yn ei ddisgwyl, a phan glywodd fod y teulu wedi dychwelyd aeth drwy'r goedwig i fyny at y castell. Fe'i gwelodd ef am y tro cyntaf ers chwe mis, yn ddyn ifanc tal, yn rhoi help llaw i ferch ddisgyn oddi ar ei cheffyl.

Gwelodd yntau Maï, a chododd law arni i'w chyfarch. Edrychodd y ferch yn ei habit gwyrdd a'i het â phluen i'w chyfeiriad a gwenu, heb ystyried am eiliad fod gan y ferch yn y goedwig unrhyw arwyddocâd iddi. Edrychodd y ddau arni a thrwyddi, ac yna edrych ar ei gilydd cyn dringo'r grisiau i'r castell.

"Rwyt ti'n ferch ffodus, Maï," meddai hen wraig wrth groesi'r sgwâr o flaen yr eglwys wedi'r offeren un bore Sul, a hithau ar ei ffordd adref ac yn llusgo wrth gwt y teulu. "Rwyt ti'n ferch bert iawn, a bydd Duw'n darparu gŵr da iti ryw ddydd."

Ateb Maï oedd ysgwyd ei hysgwyddau'n ddiamynedd ac edrych o'r neilltu.

"Wyt ti ddim yn hoffi 'mod i'n dweud dy fod ti'n bert? Neu wyt ti ddim eisie gŵr?"

"Beth yw'r iws o fod yn bert yn Benac'h?"

"Wel, mae deryn bach wedi dweud wrtha i dy fod ti a mab Koad an Noz wedi bod yn dipyn o ffrindie."

Dim gair o ateb. Dim ond cochi ac edrych i lawr ar yr hewl lychlyd.

"Gwranda, Maï fach. Priodi merch o'i fyd e y bydd y bachgen yna. Digon tebyg y daw e i chwilio amdanat ti ar ôl plentyn neu ddau ac o leia un mab. Ond ddim i dy briodi. Dim ond rhwng clorie llyfr mae hynny'n digwydd, cred ti fi."

Gwrandawodd Maï heb ddweud gair, ond gwyddai yn sicr hyd gyfog fod yr hen wraig yn dweud calon y gwir.

"Gair o gyngor iti, Maï, oddi wrth hen wraig. Mewn blwyddyn neu ddwy bydd dynion yn heidio o'th gwmpas di fel gwenyn rownd pot jam. Popeth yn iawn. Ond pan fyddi di'n dewis gŵr, paid â dewis bachgen pert y bydd pob merch arall yn ei lygadu. Os wyt ti'n gall, dewis di Jac Rhech yr Hatsiad!"

"Pam faswn i'n gwneud hynny?" holodd â dirmyg yn ei llais.

"Bydd e'n ddiolchgar iti am weddill ei oes. Fe wnaiff e unrhyw beth i dy gadw di. Cred ti fi."

A chwarddodd.

"Dwi ddim eisie bachgen hyll," meddai, bron â chrio.

"Nag wyt, siŵr iawn," atebodd yr hen wraig gan chwerthin, "ond ma dyn hardd yn beryglus. Fyddi di'n ei ffansïo fe, a bydd pob merch arall hefyd. Yn hwyr neu'n hwyrach, bydd hynny'n troi 'i ben e, a byddi di'n tywallt dagre chwerw. Ond dyn bach plaen? Ti fydd brenhines ei aelwyd. Bydd e'n methu credu'i lwc dy fod ti wedi'i briodi, ac fe wnaiff bopeth i dy gadw di. Dyna fel mae yma yn Benac'h ac mae 'run fath ym mhobman arall hefyd."

Ond ni fynnai Maï blygu i'r drefn a phriodi bachgen lleol, a setlo i fagu llond tŷ o blant, a helpu'i mam gyda'r golch a'r smwddio unwaith yr wythnos a chael ei chyfyngu ym myd bach Benac'h. 'Run man iddi gael ei chladdu'n fyw. Dewisodd ffordd arall.

Pwy oedd y Tywysog Antoine? Ffrancwr, a Sbaenwr hefyd. Ei deitl llawn oedd Ei Fawrhydi Brenhinol Don Antonio Marie Louis Philippe Jean Florent d'Orléans et Bourbon, mab Dug Montpensier, ŵyr i neb llai na Brenin Ffrainc, Louis Philippe. Hefyd Is-Gadfridog ym myddin Sbaen, Marchog y Toison d'Or, Marchog Montessa, Dug Galliera, un a dderbyniodd y Grand'Croix de l'Ordre de Charles III ac aelod o Urdd Saint-Hubert.

Yn ogystal â hynny, ar ochor ei gysylltiadau â Sbaen roedd yn nai i Isabella II, cyn-Frenhines Sbaen, ac yn ŵyr i Ferdinand VII, cyn-Frenin Sbaen. Dim ond rhai o'i deitlau oedd y rheiny. Roedd ganddo lawer teitl arall hefyd.

Ar ben hynny, roedd y Tywysog Antoine yn briod â'r Infanta Eulalia, merch Isabella II a chwaer Alfonso XII, Brenin Sbaen ar y pryd. Sôn am berfedd moch! Dyna y byddent yn ei alw yng nghefn gwlad Llydaw. Ond wrth edrych allan ar y goedwig dywedodd Maï wrth ei hunan fod hynny i gyd yn perthyn i fyd arall, byd a ddiflannodd yn 1914. Ond dyna'r dyn ddaeth yn bwysig yn ei bywyd hi. Daeth hi'n gwrtisan enwog – un o'r enwocaf oll yn Ffrainc.

Byddai unrhyw berson rhesymol yn sicr o gytuno, ym marn Maï, bod rhesymau da dros fodolaeth cwrtisan yn achos Antoine ac Eulalia. Priodas ddynastig oedd eu priodas nhw. Fe'i trefnwyd gan eu teuluoedd, heb i'r ddau gwrdd. O ystyried eu hachau, roedd arwyddocâd y briodas yn glir.

Roedd Antoine yn ŵyr i Louis Philippe, brenin olaf Ffrainc, ar ochor ei dad, ac yn ŵyr i Ferdinand VII, cyn-Frenin Sbaen, ar ochor ei fam. Roedd mam Eulalia a mam Antoine yn ddwy chwaer. Felly, roeddent yn gefndryd llawn. Bu brawd Eulalia, a fu'n frenin Sbaen, farw yn naw ar hugain oed y flwyddyn y ganed ei fab, Alfonso XIII. Cafodd Sbaen wared arno fe druan ar ddechrau'r 1930au, ond am gyfnod roedd yn bwysig cael rhagor o fechgyn yn yr olyniaeth, a dyna pam roedd priodas Antoine ac Eulalia mor hanfodol i gynnal brenhiniaeth Sbaen.

Hoffai Eulalia adrodd stori bod ffrind iddi wedi galw i'w gweld cyn ei phriodas i ffarwelio â hi am ei bod wedi penderfynu mynd yn lleian, ac roedd hi, Eulalia, yn teimlo'n eiddigeddus o'i ffrind. Gymaint yn hapusach oedd honno na hithau ar drothwy ei phriodas ag Antoine.

Er bod Antoine yn olygus ac yn swyddog uchel ym myddin Sbaen – fel y gellid disgwyl – a'r ddau'n taro i'r dim ar bapur, doedd ganddynt ddim i'w rannu. Roedd Eulalia yn ferch ddeallus, ddiwylliedig. Ffop a ffŵl oedd Antoine. Hyd yn oed ar eu mis mêl roedd presenoldeb parhaus gweision y llys yn rhyddhad iddi, a hithau'n cyfaddef nad oedd ganddi hi a'i gŵr ddim i'w ddweud wrth ei gilydd a bod y ddau'n anhapus iawn. 'Trist, on'd ife,' meddyliodd Maï.

Pan aned y mab cyntaf, roedd Madrid gyfan yn llawenhau. Roedd y frenhiniaeth yn ddiogel. Pan aned yr ail fab, Antoine oedd yn llawenhau. Ac yntau wedi gwneud ei ddyletswydd i'r dim, ystyriai nawr ei fod yn ddyn rhydd.

"Dyna pryd des i mewn i'w fywyd." Doedd dim ysgariad yn bosibl. Felly, gwahanodd Antoine ac Eulalia yn swyddogol. Aeth hi i fyw mewn palas o eiddo'i mam, y Palais de Castille, ym Mharis. Ar y Rive Gauche yn y Boulevard des Invalides roedd Rue Roquépine, a dyna lle roedd Maï.

Roedd cwrtisan yn addurn i ddyn o gyfoeth mawr. Ble bynnag yr âi gyda hi, byddai pawb yn ei hedmygu ac yn eiddigeddus ohono fe. Byddai hi bob amser yn brydferth, wedi'i gwisgo'n berffaith, yn hudolus, yn ddeallus ac yn gwmni da. Byddai'n ffraeth, yn ymateb yn gyflym, yn llawn hiwmor, yn addurn ymhob cwmni a byth yn cwyno. Yn bwysicach na'r cyfan, fyddai hi byth bythoedd yn bradychu cyfrinach. Unig bwrpas y paragon yma oedd gwneud ei chariad yn hapus. Ochneidiodd Maï yn dawel, ac ychwanegodd â hanner gwên, "Ym mhob ffordd." Ni chafodd Antoine achos i gwyno.

Paris oedd prifddinas pleser, y ddinas brydferthaf a'r foethusaf yn y byd. Yno yr heidiai dynion cyfoethocaf Ewrop ac America i fwynhau'r theatr, yr opera, y sioeau, y gwestai, y *restaurants*, y miwsig, y canu a'r dawnsio. Ac yn fwy na dim, merched prydfertha'r byd. Y Belle Époque.

Ystyriodd am funud. Dyna'r ffair a'r syrcas wylltaf, cyn y gyflafan fwyaf gwaedlyd a welsai'r byd erioed. Roedd hi, Maï, yn ei chanol hi – yn byw i fwynhau pleserau bywyd.

Bellach aeth deugain mlynedd heibio, ac roedd y byd wedi newid – a hwythau gydag e. Nawr, wrth edrych yn ôl, holodd, "Ife fi oedd y ferch ifanc honno a syrthiodd mewn cariad â'r Tywysog Antoine, Dug Orléans, a'r bywyd a gynigiai yr holl flynyddoedd yn ôl?" Wel, ie, hi oedd hi, ac eto – nid hi. Dyna'r oes. Fel 'na roedd hi.

18

Le Beau Monde

ROEDD Y CYFAN a gofiai'n wir, ond heb gig a gwaed – wedi'i wyngalchu a'i saniteiddio ydoedd. Cofiai'r sioc a'r ofn a gawsai pan glywodd gan Antoine fod Eulalia wedi darganfod llythyr ato oddi wrthi hi, Maï, yn dechrau 'Fy angel bach', ac wedyn gwyddai i sicrwydd fod ei gŵr yn anffyddlon iddi.

Doedd gan Eulalia fawr o olwg ar ei gŵr cynt, ond nawr roedd yn ei bychanu hi'n gyhoeddus yng ngolwg y byd wrth gymryd un o ferched mwyaf deniadol Ffrainc yn wrtisan iddo. Roedd hi'n ddeg ar hugain oed, yn fam i ddau o blant ac yn ferch blaen. Gwyddai Maï'n iawn, o brofiad chwerw, yr ing o gael ei gwrthod, o deimlo'n ddiymadferth wrth weld un a fu'n gariad iddi wedi oeri tuag ati. Câi ei gwaradwyddo nid yng ngolwg pentref ond yng ngolwg miliynau o bobol, a theimlai Maï bigiadau o gydwybod o'i hachos. Ac roedd Antoine fel ceiliog bantam rhwng y ddwy!

Mewn amser setlodd y llwch, gydag Eulalia'n byw ei bywyd ei hun a Maï wedi ymgolli mewn moethusrwydd. Codai'n gynnar bob bore i baratoi ar gyfer dyletswyddau'r dydd. Heblaw'r gweision a ofalai am ei chartref, roedd ganddi ddwy forwyn bersonol a'u dyletswyddau oedd gofalu amdani hi a'i dillad. Ei gwallt, ei hwyneb a'i chorff, wedi'r cwbl, oedd ei ffortiwn. Bob bore byddai'r forwyn yn rhedeg ei baddon ac yn arllwys iddo hoff bersawr Antoine.

Yn ôl y drefn byddai Maï'n canu'r gloch ac un o'r merched yn dod i mewn i estyn y llieiniau gwyn trwchus i'w lapio'n gynnes amdani wrth iddi godi o'r dŵr. Ond weithiau byddai'n hepgor â'u help gan sefyll yno yn ei noethni ac astudio'i chorff yn wrthrychol yn y drych, ei werthuso a'i edmygu gan droi fel hyn a throi fel arall. Yna edrychai dros ei hysgwydd a thaflu ei phen yn ôl a gweld tonnau duon ei gwallt yn syrthio'n drwm dros ei chefn. Gwelai droeon ei chorff, llawnder ei bronnau, meinder ei chanol a llyfnder marmor gwyn ei chnawd.

Bellach ni welai rith o rywioldeb gwyllt, byrlymus, y ferch yn y Moulin Rouge ond, yn hytrach, creadigaeth nwydus newydd. Lluniwyd y corff hwn i roi pleser ac roedd ôl gofal ac arian ar bob modfedd ohono. Rhoi pleser oedd holl bwrpas ei bodolaeth erbyn hyn.

"Dyw'n costio dim i fod yn lân."

Dyna glywai gartref. Celwydd. Gwyddai erbyn hyn fod glendid a cheinder o'r math yma'n costio'n ddrud – mewn arian ac amser.

"Mae menyw lân yn lân ym mhopeth."

Celwydd eto, a chelwydd mwy.

Roedd hi, Maï, wedi gwneud ei dewis, a'r dyheu a fu'n ei bwyta oddi mewn wedi'i ddiwallu. Ystyriai mai pris bach a dalodd i wireddu'i breuddwydion, a gwenai wrth feddwl ei bod wedi troi'i chefn ar Benac'h a'r felin am byth. Dim ond iddi gadw ei hochor hi o'r fargen, doedd dim byd y tu hwnt i'w chyrraedd. Gwenai bob tro y meddyliai hyn.

Gorweddai, ymlaciai a theimlai'r bysedd yn esmwytho ac yn ystwytho'i chyhyrau, ac wedyn yn tylino pob modfedd o'i chorff i roi sglein sidanaidd arno â hylif o'r un persawr, ac arogl bergamot, lafant, camomil a rhosyn yn nwydus felys ar ei chnawd ac yn aros yn drwm yn yr awyr.

Yna'r gwisgo. Byddai'r forwyn a oedd yn gyfrifol am y dillad wedi gosod y dillad isaf yn barod o dan orchudd les, ac yna'n helpu Maï â'i sanau a'r staes holl bwysig, a honno o wahanol liw yn ôl lliw ei gwisg. Câi'r lasys eu tynnu mor dynn ag y gallai ddioddef. Cyn gwisgo'r dillad allanol, deuai'r howsciper â'r fwydlen iddi ddewis y pryd canol dydd, a byddai Maï'n ei hastudio'n ofalus. Antoine bob amser fyddai'n dewis y gwin.

Nawr, a phopeth arall wedi'i wneud, byddai Maï, gyda help y forwyn, yn rhoi gwisg gynta'r dydd amdani. A dyna hi'n barod. Âi'r morynion ati i newid canfasau a chasys gobennydd y gwely, a'r rheiny o'r lliain gwychaf o'r Aifft ac iddynt sglein rhyfeddol wrth ddisgwyl dychweliad eu meistres a'i chariad. Am un ar ddeg o'r gloch, yn brydlon bob bore, cyrhaeddai ffaeton a dau geffyl yn ei dynnu, a dringai Antoine i'r ail lawr i gyrchu Maï. Byddai'r troedwas yn estyn cymorth i Madame esgyn i'r cerbyd, y gyrrwr yn trosglwyddo'r awenau i Antoine ac yna'r ddau was yn cymryd eu lle ar y fainc gefn. Ac i ffwrdd â nhw.

I fyny'r Champs-Élysées, o gylch yr Arc de Triomphe ac efallai i'r Bois de Boulogne, i weld, ac i gael eu gweld. Cydnabod hwn a hwn a hon a hon, gwenu a chodi llaw – Antoine yn un o ddynion cyfoethocaf Ewrop, ac wrth ei ochr un o ferched disgleiriaf Ffrainc. Yn ôl i le Maï am eu pryd canol dydd. Dyna'r awr gysegredig – ond ei bod yn agosach at ddwyawr, o ddeuddeg tan ddau. Y bwyd yn weddol ysgafn, yn ddethol iawn, a'r gwin yn gweddu i'r dim. Ar ôl bwyta, caeid drysau'r *boudoir*.

Fel arfer, Antoine fyddai'r cyntaf i ymddangos, ac âi i'r salon i fwynhau ei sigâr a choffi, ac i ddisgwyl Maï. Edrychai fel cwrcyn mwythlyd wedi drachtio llond soser o hufen dwbl a'i got yn sglein i gyd. Symudai fel dyn wedi'i fodloni, a dyn bodlon ar ei fyd. Pan ymunai Maï ag ef, byddai wedi newid ei dillad ar gyfer gorchwylion y prynhawn ac yna byddai hi ac Antoine yn barod i wynebu'r byd unwaith eto.

Fel yr âi rhai i hela, âi Maï ac Antoine i siopa, gan alw gyda'r *couturière* ar ei chyfer hi a'r teiliwr ar ei gyfer e. Byddai'r ddau wrth eu boddau yn astudio'r ffasiynau, yn cael eu mesur, yn edrych ar y defnyddiau newydd ac yn troi o flaen drych. I Maï, ar gyfer pob gwisg newydd rhaid oedd cael het ac esgidiau, mwclis o emau perffaith a thlysau am ei garddwrn ac yn ei chlustiau. Yn sail i'r cyfan, y *lingerie*. Yn y flwyddyn 1889, ym Mharis, creodd Herminie Cadolle y *brassière* gyntaf, a dros y blynyddoedd fe'i perffeithiwyd ganddi. Darganfyddiad pwysig ar gyfer canrif newydd, a chreadigaeth newydd ryfeddol. Dros nos, newidiodd siâp merched am byth.

Siop Herminie ar y Rue Cambon ger y Faubourg St Honoré oedd teml y *lingerie*, yn arbennig y *brassière* – a dyna'r lle i'w prynu. Âi Maï ac Antoine i'r siop yn aml, gan fod yno wledd i'r synhwyrau: sidan, les a ffwr ewynnog, plu dramatig ar hyd ymylon *peignoirs* sidan gloyw mewn ffantasi o liwiau. Pob lliw, o'r pinc, y glas, y gwyrdd ysgafnaf i'r coch mwyaf tanbaid a phorffor a du – pob un ohonynt yn sibrwd eu temtasiynau. Byddent yn trafod ac edmygu gynau nos o waith llaw rhyfeddol yn lliwiau'r enfys, ac mor ffein fel y gellid eu tynnu trwy fodrwy, a Maï yn eu dal o'i blaen ac yn chwyrlïo o flaen y drych gan wenu'n ddengar ar Antoine. Wedyn, sliperi bach o'r un lliwiau wedi'u haddurno â pherlau neu â phlu, a dillad isaf mor ysgafn â gwe pry cop.

I dynnu sylw ac edmygedd pawb, y *brassière* oedd ben, yn codi'r bronnau a'u gwthio i amlygrwydd. Rhaid oedd wrth siâp gwahanol ar gyfer pob gwisg, a hir a manwl fyddai'r trafod: faint o'r fron y dylid ei dangos? Fyddai *basque* yn well gyda'r ffrog yna? Neu *balcon*? Ond ym mha liw? Byddai Antoine wrth ei fodd yn rhoi ei farn a gweld Maï yn gwisgo, yn diosg, yn gwisgo eto, un pilyn ar ôl y llall, cyn dewis gyda help Madame Cadolle, awdurdod cydnabyddedig Paris ar gorff merch a sut i'w ddangos ar ei orau. Hi oedd brenhines y *brassière* ym Mharis – a dyna ddweud mawr.

Unwaith y mis o leiaf aent i *boutique* y *parfumeur* Edmond Coudray. I'r cynteddau hynny, oedd wedi'u dodrefnu fel un o salonau harddaf, mwyaf gosgeiddig Paris, yr âi pennau coronog Ewrop gyfan i brynu eu holl anghenion i bersawru eu cyrff. Bu

Louis-Philippe yn gwsmer ffyddlon, a nawr roedd Antoine yn dilyn yn esgidiau ei dad-cu.

Croesawai'r holl deulu ymherodrol, Marsialiaid yr Ymerodraeth a'r bonedd newydd gynnyrch E. Coudray – Eau de Cologne Extra-fine, Bouquet Impérial, Le Bouquet de Louis et Marie, y sebon unigryw enwog yn cynnwys nodd letys ac, wrth gwrs, y persawr a grëwyd yn arbennig ar gyfer Fictoria, Brenhines Lloegr, Reine Victoria. Fel arwydd o'i barch a'i gydnabyddiaeth o'r cysylltiad brenhinol, cymysgai Monsieur Coudray bersawrau arbennig yn bersonol i Antoine. Yn ei hystafell ymolchi trefnai Maï y blychau a'r poteli eurog â'r monogram 'E.C.' gyda'u sgroliau Art Nouveau chwaethus, a chynnwys pob un yn llawn addewidion.

Ar ôl y siopa, 'nôl â nhw i'w lle hi a pharatoi ar gyfer uchafbwynt y dydd – a hynny bob dydd. Y penderfyniad mawr. Trafod, penderfynu, ailystyried ac yna setlo ble byddent yn mynd i fwyta a pha adloniant y byddent yn ei fwynhau'r noson honno. Maxim's? Y Ritz? A chynifer o dai bwyta eraill, y gorau yn y byd.

Maxim's! Coch. Aur. Melfed. Ffenestri lliw, y glas, y gwyrdd a'r arian, y canhwyllau a'r sgroliau Art Nouveau ym mhobman – popeth mor hardd a gosgeiddig. Roedd y bwyd wrth eu bodd, a'r miwsig a'r cabaret yn wych. Ond y bobol oedd yn denu. Dyna'r lle i weld, ac i gael eich gweld, ac i gwrdd ag unrhyw un a oedd yn rhywun. Popeth yn berffaith!

Yno roedd eu ffrindiau bron bob nos, a phan gyrhaeddai hi ac Antoine roedd yna gyfarch a chusanu a chwerthin. La Belle Lulu. Ble oedd hi nawr? Americanes dal, o bryd golau, ei choesau fel petaent yn ymestyn at ei chesail, a'i dillad mor ddramatig. Cofiai Maï fel yr adroddai'r hanes amdani fel merch ifanc dlawd yn Georgia a'i theulu yn ei galw'n Lulu Belle, am ei bod mor dlws. Yn ddeunaw oed, gadawodd ei chartref am y ddinas bell, a'r teulu wedyn yn ei galw'n City Belle. Cyrhaeddodd Baris; a hithau'n un o'r cwrtisans prydferthaf a mwyaf llwyddiannus yno, cafodd yr enw La Belle Lulu.

Byddai'r merched yn gwisgo am y gorau, yn arddangos eu gemau ac yn cystadlu i fod y seren ddisgleiriaf yn y ffurfafen. Roedd gan Maï ei hedmygwyr, ond mynnai eraill mai Liane de Pougy, Llydawes arall, oedd y bertaf – Liane, a ddaeth yn un o'i ffrindiau pennaf. Ond pylodd apêl y byd hwnnw i Liane, a dal i synnu oedd Maï ddeugain mlynedd yn ddiweddarach ei bod, a hithau ar y brig fel cwrtisan ac yn hawlio sylw pawb, wedi ymuno ag Urdd San Dominic fel lleian, o dan yr enw Anne-Marie Madeleine de la Pénitence. Y gydwybod Lydewig, mae'n siŵr, oedd yn ei herlid.

Cododd Maï a cherdded i gyfeiriad y ffenest hir. Agorodd y llyfr. Lluniau du a gwyn a sepia oedd yno, ond wrth edrych allan o'r ffenest ac i lawr y llwybr llydan a redai'n syth rhwng y coed a dyfai ar bob ochor, eto yn y cyflwr meddwl roedd ynddo gwelai liwiau, a chlywai fiwsig a thrydar y dorf. Cofiai'r noson ryfeddol pan aeth am y tro cyntaf i'r opereta ac Antoine wrth ei fodd yn ei dangos hi i'r byd ffasiynol. Cyrhaeddodd y ddau'r theatr yn y ffaeton ac fe'u harweiniwyd i'r bocs yr arferai ef ei gael. Y noson honno llenwai *crème de la crème* cymdeithas Paris y Théâtre des Bouffes-Parisiens.

Roedd Maï'n gwisgo'r ffrog bertaf a welsai erioed, a gwyddai yn sicr ei bod yn edrych ar ei gorau, ei llygaid yn pefrio, a lliw ei gruddiau a bywiogrwydd pob osgo rywfodd yn creu ymgorfforiad o afiaith a *joie de vivre*. Roedd bocs Antoine yn un o'r ddau bwysicaf yn y theatr. Agorwyd y drysau gan un o weision y theatr, a phan gamodd Maï i mewn i'r bocs bu bron iddi gael ei dallu gan yr olygfa o'i blaen. Tywynnai lampau trydan rhyfeddol na welodd erioed mo'u tebyg, gan beri i emau'r gwragedd ddisgleirio fel sêr. Sylweddolodd fod pawb yn edrych arni, yn eiddgar i gael cipolwg ar gwrtisan Dug Orléans, a Maï'n mwynhau'r sylw heb arlliw o swildod. Roedd yn ymddangos ei bod hi'n ymddwyn yn naturiol, yn ymhyfrydu ym mhob peth ac yn arbennig yng nghwmni'r gŵr oedd wrth ei hochor.

Roedd y bocs gyferbyn yn dal yn wag. Dechreuodd y gerddorfa diwnio'u hofferynnau. Yn sydyn, taflwyd y drysau gyferbyn ar agor led y pen gan ddau was, a phwy gamodd i mewn, gyda'i barti, ond Edward, Tywysog Cymru. Trodd pob pen yn y gynulleidfa i edrych arno, ac yn arbennig i edrych ar y wraig wrth ei ymyl. Edrychodd Maï arni. Ni welsai neb harddach erioed. Gwyddai pawb yn y theatr mai dyma'r Alice Keppel yr oedd y Tywysog wedi gwirioni arni. Pwy na fyddai?

Mewn amrantiad, sylwodd Maï ar berffeithrwydd ei ffrog o liw hufen dwfn, ei hysgwyddau siapus, ei chorff lluniaidd, ei bronnau llawn, godidog, testun edmygedd *le tout Paris*, y gwddf hir a'r gwallt copor euraidd, a'r wyneb bywiog. Ydy hi'n bosibl disgrifio prydferthwch wyneb? Wel, beth bynnag fo'r ateb, roedd pawb yn y theatr y noson honno yn ei adnabod a'i gydnabod, ac fel petaent yn dal eu hanadl wrth edrych arni. Rywfodd, wrth ei hymyl hi, roedd hyd yn oed y Tywysog yn llai Hanoferaidd drwm ac yn cymryd arno beth o swyn ei phersonoliaeth.

Cododd yr arweinydd ar y podiwm, a dyma daro tôn Lehár, 'Y Weddw Lawen', a'i sioncrwydd yn dwyn gwên i wefusau'r gynulleidfa. Yna, digwyddodd rhywbeth annisgwyl iawn. Cododd y Tywysog ar ei draed, edrych draw i gyfeiriad Maï, gwyro'i ben fel petai'n talu teyrnged iddi, ac yna, gydag ystum ddramatig, fe'i cyflwynodd i'r gynulleidfa gyda gwên radlon fel petai'n dweud, "Wele'r Weddw Lawen!" Roedd yr awyrgylch yn drydanol. Dyma'r dorf yn ymateb, a gyda'r weithred honno coronwyd Maï'n frenhines y noson, a gwenodd Alice Keppel gan roi sêl ei bendith ar y weithred.

Pan gyrhaeddodd Edward a'i gwrtisan Baris ychydig ddyddiau ynghynt, derbyniad oeraidd a gawsai gan y bobol. Bu Lloegr yn amhoblogaidd yn Ffrainc oherwydd y rhyfel yn erbyn y Boer yn Ne Affrica, a phan orymdeithiodd yn ei gerbyd i lawr y Champs-Élysées clywyd banllefau a hwtian croch, ac mewn theatr yn ddiweddarach y noson honno roedd y gynulleidfa yr un mor anghynnes a digroeso. Ond yn ystod yr egwyl, ac yntau a'i barti yn y bar, gwelodd yr actores a oedd yn seren y noson. Aeth ati a'i chyfarch yn wresog, cusanu ei llaw a gwenu'n gynnes arni hi a'r gynulleidfa o'i gwmpas.

"Madame, y tro diwethaf imi eich gweld yn Llundain, roeddech yn ardderchog!"

Newidiodd y weithred honno'r awyrgylch yn gyfan gwbl. Y noson ganlynol, seliodd ei boblogrwydd drwy gyflwyno Maï, cwrtisan Dug Orléans, i gynulleidfa y Théâtre des Bouffes-Parisiens. Dyna ddechrau da i osod seiliau i'r Entente Cordiale!

Pan ddaeth yr egwyl, roedd gwahoddiad i ymuno â'r Tywysog a'i gyfeillion wedi'r perfformiad yn Maxim's. Roedd gan Antoine dŷ yn Llundain a symudai yn yr un cylchoedd ag Edward, ond dyna'r tro cyntaf i Maï gael ei gweld a'i chyflwyno'n swyddogol.

Roedd y siampên yn llifo, a'r Tywysog mewn hwyliau arbennig o dda yn llongyfarch Antoine ar ei ddewis. Pan ddechreuodd y dawnsio gyda walts Fienna, fe oedd y cyntaf i godi, a gofynnodd i Maï ddawnsio gydag e. Roedd hynny'n gompliment, nid yn unig iddi hi, ond i Antoine hefyd. Maï oedd brenhines y noson. Ar ôl hynny, nid oedd dim yn y byd na wnâi Antoine drosti.

19

Diwedd Cyfnod

GALLAI PARIS DDIWALLU anghenion pawb. Y Comédie-Française, y theatrau, y Moulin Rouge, Maxim's â walts Fienna neu'r *cakewalk* o America, y Folies Bergère â'r can-can – pawb at y peth y bo – yr arddangosfeydd a thai bwyta gorau'r byd. Popeth. Byddai dynion o bob gwlad yn tyrru yno a llawer o Almaenwyr cyfoethog yn eu plith. Ddim cynifer o ferched o'r Almaen. Gormod o'u hangen nhw ym Merlin efallai.

Pan gofiai'r blynyddoedd hynny nawr, roedd pawb yn ifanc, prydferth a hapus. Nid felly oedd hi, wrth gwrs, ond fel yna roedd hi'n cofio. Dyna Ascot 1901. Cafodd ffrog hollol syfrdanol, a het fendigedig – i dynnu sylw pawb. A beth ddigwyddodd? Bu farw'r Frenhines Fictoria. Faddeuodd Maï erioed i'r hen wraig. Derbyniodd Antoine wahoddiad i ymuno â pharti'r Tywysog, ond roedd yn rhaid gwisgo dillad galar. Dyna beth oedd siom, ond cafodd het odidog arall a bu'n destun siarad am ddyddiau.

Roedd y regata yn Henley yn bwysig yn y cylch y perthynai iddo nawr, a'r dynion i gyd yn gwisgo'u panamas. Wrth gwrs, roedd siopau dillad a hetiau ardderchog Llundain yn ddigon agos, ac roeddent bron â bod cystal â rhai Paris.

Roedd Antoine yn berchen ar stadau yn Seville a Cadiz a theimlai'n gartrefol iawn yn Sbaen bob amser. Byddai wrth ei fodd gyda'r *corridas* teirw a mwynheai Maï yr holl sylw a gâi. Byddai'r ddau'n eistedd yn y bocs brenhinol, a'r *matador*, y *picador* a'r *toreador* yn moesymgrymu iddynt, a'r bobol yn gweiddi eu cymeradwyaeth.

Felly o leiaf unwaith y flwyddyn byddai Maï ac Antoine yn teithio ar y trên i dde Sbaen. Roedd hynny'n golygu wythnosau o drefnu ymlaen llaw, ac o sicrhau bod y dillad iawn gan y ddau. Nid yr un oedd y ffasiynau eleni â'r llynedd, a hynny'n golygu ymweliadau cyson â'r siopau. Ffrogiau ysgafn, hetiau ag ymyl lydan rhag yr haul, parasol ar gyfer pob gwisg ac esgidiau fyddai'n gweddu'n berffaith. Rhaid oedd cael y cyfan mewn pryd. Roedd siwtiau o liain main, hetiau panama a'r esgidiau iawn yn angenrheidiol i Antoine, a phopeth o'r ansawdd gorau. Ystyriai'r ddau eu bod wedi gwneud y gwaith caled wrth ddewis y dillad, a chyfrifoldeb y gweision fyddai popeth arall.

Pa mor boeth bynnag y gallai de Ffrainc fod yn yr haf, ni ellid byth gymharu'r gwres yno â gwres de Sbaen. Roedd yr haul gymaint yn fwy llachar yno, a'r arogleuon yn gryfach. Clywai Maï y cymysgedd rhyfedd hwnnw o wres, llwch, gwaed a blew anifail yn ei ffroenau, ac yn ei dychymyg gwelai wynder tanbaid maes y gad, a'r gwrthdaro rhwng dyn a tharw. Hithau ac Antoine yn eistedd yn y bocs brenhinol yn gwenu a chodi llaw i gydnabod banllefau'r dorf. Gwelai eto wyneb y dyn gosgeiddig wrth ei hochor a chofiai sylwadau'r ddwy wraig yn y Savoy. "So handsome! So very rich!"

Y gwir a ddywedon nhw. Roedd Antoine yn rhyfeddol o olygus. Yn Lladinaidd o'i gorun i'w sawdl ac yn arbennig o gyfoethog. Etifeddodd ffortiwn fawr, gan gynnwys stadau mewn sawl gwlad heblaw Sbaen. Ond byth oddi ar ei briodas ag Eulalia, gwrthodai Antoine ystyried faint fyddai'n ei wario. Cofiai Maï i Eulalia ddatgan mewn du a gwyn iddo wario hanner can miliwn ffranc mewn saith mlynedd ar fyw yn wyllt ac afradus, ac ar un ferch yn arbennig.

Doedd hi ddim yn syndod i neb call pan ddechreuodd yr arian brinhau. Yn hollol anghredadwy, dechreuodd Antoine fenthyca oddi wrth Maï – a mwy na hynny, addawai ei thalu 'nôl gyda llog! Yn Llundain yr oeddent ym mis Rhagfyr 1905 pan ddywedodd wrthi ei fod yn dwyn y berthynas i ben. Cofiai Maï'r noson y daeth i mewn i'w hystafell wely fel roedd yn dechrau diosg amdani. Newydd ddod yn ôl o'r Ritz yr oeddent, ac roedd wrthi'n tynnu'i mwclis pan welodd ef yn nrych ei bwrdd gwisgo. Dywedodd Antoine wrth y forwyn am fynd.

Cerddai yn ôl ac ymlaen, ei symudiadau'n frysiog a sydyn a'i atebion yn bigog a swta. Yna, safodd a throi i edrych arni, a safodd hithau i'w wynebu. Ei eiriau cyntaf oedd:

"Dwi ddim yn dy garu di mwyach."

Roedd y distawrwydd yn afreal, a sŵn curiad ei chalon yn fyddarol yn ei chlustiau. Am foment, credai y byddai'n llewygu. Teimlodd ergyd fel cic ceffyl yn ei hymysgaroedd a llif o waed yn diferu o'i chorff. Cydiodd yn ei brwsh gwallt gyda'r 'M' blodeuog ffansi ar ei gefn arian, a gwasgodd y blew caled i mewn i gledr ei llaw. Ceisiodd lyncu, ond methodd – roedd ei cheg yn rhy sych. Edrychodd o'i chwmpas, ond roedd yr ystafell a oedd mor gyfarwydd iddi yn annelwig ac ansefydlog. Hyd yn oed nawr, bron hanner canrif wedyn, teimlai eto ias y gwewyr.

Chofiai hi ddim byd arall a ddywedodd bellach, ond mor glir â phetai'n digwydd y foment honno, cofiai ei wyneb a hwnnw'n gweddnewid o flaen ei llygaid. Fflachiodd darlun i'w meddwl. Hithau'n ferch ifanc yn sefyll wrth ymyl y llyn yn Koad an Noz. Carreg lefn yn ei llaw. Taflodd hi ar draws wyneb y dŵr fel y dysgodd ei brodyr iddi wneud, ac mewn eiliad torrodd y llyfnder tywyll fel drych yn hollti'n ddisynnwyr, a'r adlewyrchiad o'r coed a dyfai ger y dŵr wedi'i chwalu, a'r patrwm naturiol wedi'i golli.

Nawr, roedd wyneb y llyn yn anghynnes a dieithr, ac felly hefyd roedd wyneb Antoine fel y safai o'i blaen. Yn lle harddwch, gwelai wendid. Gwelai anonestrwydd llechwraidd yn llygaid y dyn hunanfoddhaus a arferai gael ei ffordd ei hun bob amser. Sylweddolodd ei bod wedi twyllo'i hunan ar hyd y blynyddoedd, ac wedi gwrthod ei weld fel ydoedd. Hi greodd ddelwedd wahanol ohono yn ei meddwl ac yn llygad ei dychymyg, a hi ddewisodd gredu yn yr Antoine ffug yna. Arni hi roedd y bai.

Talodd ef y ddyled o 55,000 ffranc yn ôl iddi. Cofiai'n rhy dda y dicter a deimlai wrth gael ei gwrthod a'i thaflu o'r neilltu fel hen faneg gan ddyn na fu ganddi fawr o barch iddo erioed mewn gwirionedd. Un peth yw caru dyn, peth arall yw ei barchu. Ni ddywedodd yr un gair. Dim cyhuddiad, dim ond derbyn yr arian fel arian a oedd yn ddyledus – yr arian a roddodd fenthyg iddo. Gwaeth na dim oedd sylweddoli, wrth gael ei gwrthod, nad oedd ganddi ddewis.

Ym Mharis y bu dros aeaf 1906. Teimlai'n ddiymadferth ac roedd yn casáu hynny. Byddai'n osgoi rhai o'i hen gydnabod. Ni theimlai'n gartrefol yn ei hen gynefin, fel Maxim's, rhag ofn y byddai Antoine yn cerdded i mewn yno gyda merch newydd.

Câi ei gwahodd am benwythnosau mewn cestyll y tu allan i Baris neu yn ardal Bordeaux pan fyddai'r dynion yn saethu neu'n hela ac wedyn yn gwledda. Ar ddrws pob ystafell wely byddai carden ac enw yr un a ddylai fod yn cysgu yno, ond gwyddai pawb y byddai'r trefniadau yn newid o noson i noson. Gwyddai'r gweision a'r morynion hefyd, yn well na neb, beth i'w ddisgwyl a sut i wynebu unrhyw sefyllfa a allai godi.

Cofiai iddi ddeffro un bore yn gynnar iawn ac edrych ar y dyn a orweddai wrth ei hymyl yn ei gwely, gŵr y tŷ fel roedd yn digwydd, gan wybod bod ei wraig, y *châtelaine*, yn ei gwely ei hunan o dan yr un to, ac na fyddai ots taten rhost ganddi bod ei gŵr wedi rhannu gwely gyda Maï y noson cynt. Dim ond i bopeth ymddangos yn iawn byddai pawb yn hapus a'r gwragedd yn derbyn mai crwydro oedd natur dyn. Y peth pwysig oedd diogelu'r etifeddiaeth, ac ar ôl gwneud hynny roeddent yn rhydd i wneud fel y mynnent. Wrth gwrs, roedd ganddi opsiwn arall fel cwrtisan: gallai gymryd mwy nag un dyn, ond byddai hynny'n ei hisraddio yng ngolwg pawb, yn enwedig a hithau wedi bod ar y brig. Teimlai gywilydd, a'r foment honno sylweddolodd ei bod hi'n bryd dechrau ystyried ei sefyllfa o ddifrif.

Ar ddiwrnod arbennig o braf yr haf hwnnw, roedd yn digwydd bod yn cerdded ar hyd y Rue de la Paix, Ffordd Heddwch, enw anaddas iawn o ystyried beth ddigwyddodd yno. Cysgodai dan ei pharasol rhag yr haul a phwy a welodd wrth yr Opèra, yn mynd i mewn i un o'i hoff siopau, ond Antoine. Dyna'r tro cyntaf iddi ei weld ar ôl iddynt wahanu.

Arhosodd yn nrws siop arall. Pan ddaeth yntau allan, rhoddodd fonclust iddo a'i daro sawl gwaith ar ei ben a'i ysgwyddau â'i pharasol – a hwnnw'n un bach arbennig o bert.

Gallai gydnabod nawr, ar ôl yr holl flynyddoedd, mai un wyllt fu hi erioed ac roedd yn amlwg nad oedd yr hen Faï ar Manac'h o Benac'h a Montmartre yn bell dan yr wyneb wedi'r cwbl. Syrthiodd Antoine i'r llawr a gorwedd yno'n fud siwps fel pysgodyn, fel y byddent yn dweud yn Llydaw. Dechreuodd pobol oedi a chasglu o gwmpas i weld beth ddigwyddai nesaf. Roedd gwên annaturiol ar ei wyneb, yn dangos ei ddannedd i gyd fel gwên ci marw. Safodd Maï ac edrych i lawr arno heb ddweud gair.

Aeth Antoine â hi i gyfraith. Ar ôl yr holl flynyddoedd, gallai ddeall mai ceisio achub peth o'i hunan-barch yr oedd, ond teimlai ddirmyg bod y dyn yn ymddwyn felly. Cymerodd y broses dipyn o amser. Gwnaeth Antoine bob math o gyhuddiadau yn ei herbyn yn y llys. Rhoddodd ei ddoctor ei farn feddygol wrth ddisgrifio'r niwed corfforol a ddioddefodd. Teimlai Maï hyd yn oed yn fwy dirmygus ohono am wneud hynny. Parodd y cyfan tan fis Mai 1907. Wrth ymwahanu roedd yn wir iddo roi 55,000 ffranc iddi, i dalu ei ddyledion. Ond mynnai yn y llys ei fod yn rhoi'r arian i roi terfyn ar y berthynas, ac roedd yn ei chyhuddo o gadw ei lythyron er ei mantais ei hunan. Cafodd Maï ddirwy o 100 ffranc a rhoddwyd 1 ffranc o iawndal iddo fe.

Ni welodd erioed mohono wedyn. Bu farw yn 1930 ac fe'i claddwyd ym mhalas El Escorial ym Madrid, gyda brenhinoedd Sbaen. Ar ei garreg fedd naddwyd y geiriau 'Dies mei transierunt cogitationes meae dissipatae sunt': 'Wrth i'm dyddiau fynd heibio, ar chwâl yr â fy meddyliau.' Ni ddeallodd Maï erioed synnwyr y geiriau na'u haddasrwydd ar garreg fedd. Yn ei barn hi, ar chwâl y bu meddyliau Antoine erioed.

Wrth gwrs, roedd ei dyddiau fel cwrtisan wedi dod i ben. Torrodd y rheol aur: anghofiodd ei lle. Gwasanaethu oedd ei dyletswydd, a phan na fyddai'r dyn ei heisiau rhagor, yna dylai blygu i'r drefn, gwenu, cadw'n dawel a chadw pob cyfrinach. Roedd rhaid iddi ystyried ei dyfodol yn ofalus iawn. A dyna a wnaeth.

Aeth Maï i Rufain – ar bererindod. Roedd yn benderfynol o weld y Pab Pius X. Cafodd le i aros yn ymyl y Fatican, ac ar ôl pledio'i hachos ac ymbil ar bawb â dylanwad roedd yn eu hadnabod, cafodd wrandawiad gan y Pab ei hun. Cyffesodd ei phechodau a chael maddeuant gan y Tad Sanctaidd. Rhoddodd gynghorion iddi, a'i fendith. Yna, 'nôl â hi i Baris lle roedd newyddion yn ei disgwyl. Rhagfyr 1908 oedd hi. Roedd ei mam wedi marw. Dyna'r tro olaf i Maï fynd yn ôl i Benac'h am flynyddoedd wedyn.

20

'Nôl i Lundain

NID PETH BACH yw troi cefn ar wlad a phob peth cyfarwydd. Gwir, bu Maï'n byw yn Llundain am bedair blynedd ddegawd ynghynt, ac roedd hi bellach yn eithaf cartrefol yn yr iaith Saesneg, ond, serch hynny, tipyn o gamp fu gadael Paris a setlo yn Llundain. Bu yno lawer gwaith yn ystod y saith mlynedd y bu gydag Antoine, ac roedd strydoedd Llundain, y siopau, y gwestai gorau a'r theatrau, y cwbl yn gyfarwydd iddi, ond ni wyddai sut dderbyniad a gâi nawr. Faint o'r gymdeithas y bu hi'n rhan ohoni a fyddai'n ei harddel bellach ac am ei chroesawu 'nôl i'w mysg? Mae menyw heb ddyn yn gallu bod yn broblem mewn unrhyw gymdeithas, ond, ar y llaw arall, gall fod yn gaffaeliad, yn arbennig menyw soffistigedig, gysurus ei byd, un o'r harddaf a mwyaf trawiadol – ac ar ben hynny, Parisienne. Wel, fe gymerai ei siawns.

Daliodd y trên o Baris i Calais, yna'r bad i Dover a'r trên wedyn i Lundain. Tra chwiliai am le i fyw, arhosodd gyda'i morwyn bersonol yn y Savoy. A dyna hi, yn ddeugain oed, yn dechrau bywyd newydd eto. Heblaw meithrin cysylltiadau, roedd ganddi lawer i'w drefnu. Cafodd dŷ ymhen dim o amser o fewn tafliad carreg i New Bond Street a Regent Street, ac wedyn trefnodd symud ei heiddo a'i holl ddillad o'r apartment yn y Rue Roquépine i'w chartref newydd. Setlodd yno cyn lansio'i hunan i ganol cymdeithas ffasiynol Llundain. Gyda'i chardiau ymweld, ei haelwyd agored a'i *panache* arferol, gwyddai pawb cyn bo hir bod Maï, Madame Simon Gugenheim, yn ôl yn

Llundain ym Margaret Street gyda'i morynion ffyddlon a'i gwas.

Er bod deng mlynedd ar hugain oddi ar hynny bellach, cofiai sut y teimlai y bore cyntaf yr aeth â'i chardiau galw i'w dosbarthu o gwmpas yr hen gylch. Cofiai hefyd yn union beth a wisgai. Roedd gwybod ei bod yn edrych ar ei gorau, ac yn destun edmygedd, yn magu hyder ynddi. Glas golau oedd lliw ei chot a'r coler bach mewn glas llawer tywyllach, ac ymylon y llewys o gwmpas y ddau arddwrn yr un lliw. O'r coler hyd y wasg roedd chwe botwm mawr yn yr un glas tywyll, a thri botwm yr un fath ar waelod y llewys. Roedd llinell y botymau yn pwysleisio siâp y got, yn glynu'n dynn wrth y corff, a gwaelod y got yn hanner cylch. O dan y got, gwisgai ffrog ysgafn o'r un glas golau â gwddf uchel yn dynn o dan ei gên. Un o greadigaethau mwyaf deniadol Worth ydoedd, ac roedd yr het a wisgai yn syfrdanol o bert. Het fawr, ddofn, a chantel yn dod i lawr dros y talcen, yn yr un glas golau eto, a honno wedi'i haddurno â phlu a rhubanau yn yr un glas â'r rhubanau o gwmpas ymyl y ffrog. Yn hongian wrth gordyn ar ei garddwrn roedd pwrs bach pert. Doedd dim rhaid iddi boeni wedi'r cwbl – fe'i croesawyd hi'n ôl i ganol y gymdeithas â breichiau agored.

Blwyddyn fawr oedd 1910. Yn salonau mwyaf moethus y brifddinas byddai'r sgwrs yn ddieithriad yn troi o gwmpas iechyd y brenin. Hoffai dreulio'r misoedd oer yn Biarritz ac wrth ei ymyl, wrth gwrs, roedd Alice Keppel. Mynegai pawb o'i chydnabod gonsýrn a chydymdeimlad â hi, a hithau nid yn unig yn gofalu amdano ddydd a nos, ond hefyd, yn ôl pob sôn, ddim yn cael mynd o'i olwg.

Er gwaetha'r holl sgandalau, roedd y bobol gyffredin yn hoff o Edward VII ac roedd yn boblogaidd iawn ar y cyfandir, yn enwedig ym Mharis ac yntau'n Fohemaidd wrth natur. Gwell oedd ganddo siarad Ffrangeg ac Almaeneg na Saesneg pan fyddai yno, a'i acen Saesneg yn ofnadwy – yn drwm a gyddfol. Ar ben hynny, roedd y papurau newydd yn dwlu arno. Cheisiodd ef erioed fod yr hyn nad ydoedd. 'Cymerwch fi fel rydw i!' Dyna oedd ei agwedd, ac roedd y bobol yn hoffi hynny. Ef oedd Brenin y Bobol.

Pan deithiai Edward i Biarritz, âi ag o leiaf ddeg ar hugain o weision gydag ef, a chatrawd o filwyr. Ar y trên yr âi, ond byddai tri char mawr a'u gyrwyr wedi'i ragflaenu, a byddai ganddo dair coets ar y trên wedi'u dodrefnu yn union fel y dymunai. Teithiai Alice Keppel ar wahân. Câi ei thrin fel brenhines yn Ffrainc, yn destun edmygedd mawr fel y gwrtisan berffaith. Byddai ei chesys a'r cyfan a oedd yn angenrheidiol arni'n llenwi fan gyfan ar y trên. Byddai'r trefniadau hyn ar raddfa tipyn yn fwy, mae'n rhaid dweud, na threfniadau teithio Maï ac Antoine pan aent hwy i Sbaen.

Mwynhaodd Edward ei swper ym Mhalas Buckingham y noson cyn gadael am ei wyliau blynyddol gydag Alice. Mwynhaodd y bwyd, ond nid cwmni ei wraig, Alexandra, oherwydd teimlai honno'n anfodlon ei fod yn mynd mor agored a digywilydd gyda'i gwrtisan. Doedd ei iechyd ddim yn dda, ond, yn ôl pob sôn, gwnaeth gyfiawnder â'r fwydlen y noson honno fel pob noson: cawl crwban, stecen eog, ffowlyn, lwyn oen, sawl sneipen wedi'u stwffio â *foie gras*, asparagws, ffrwythau a theisen anferth yn cynnwys hufen a hufen iâ a oedd yn brawf o allu arbennig y *chef*.

Bu Edward ac Alice yn Biarritz yn yr Hôtel du Palais am saith wythnos y gaeaf hwnnw, a phryderai hi gryn dipyn amdano. Dychwelodd y ddau i Lundain yn ystod wythnos olaf mis Ebrill, a bu yntau farw ym Mhalas Buckingham ar y pumed o Fai.

Cadwodd y Frenhines Alexandra ei gair a galwodd Alice Keppel i'r palas i fod yno wrth erchwyn ei wely angau. Dilynodd Alice y *lady-in-waiting* ar hyd y coridorau hir i ystafell y Brenin, a honno'n clunhercian. Felly roedd yr hanes yn wir bod y gwragedd a weinai ar y Frenhines wedi cymryd arnynt i fod yn gloff fel y Frenhines er pan heintiwyd hi â *gonorrhea* gan ei gŵr.

Dyna lle bu'r ddwy, y wraig a'r feistres, un bob ochor iddo, yn gwylio nes iddo farw am chwarter i ganol nos. Yn ôl yr hanes, cafodd Alice histerics – ac roedd hynny'n beth anghyffredin iddi hi. Gymaint oedd ei galar fel na welodd becyn a'i henw hi arno. Edward oedd wedi trefnu bod ffortiwn mewn arian parod yno iddi, ond welodd Alice mo'r pecyn ac ni ddewisodd neb dynnu ei sylw ato.

Marw'r Brenin – dyna i gyd oedd ymhob papur newydd, pob un â'i ymyl ddu. Mawr fu'r galar drwy'r wlad. Prin naw mlynedd cyn hynny y bu farw'r Fam Ymerodres. Nawr dyma gorff ei mab yn gorwedd ar gataffalc yn Abaty Westminster am dair noson, a'r rhes hir o bobol a oedd am dalu teyrnged iddo yn ymestyn am wyth milltir. Dyna'r tro cyntaf i hynny ddigwydd a dyna fesur o'u hoffter ohono.

Ar yr ugeinfed o Fai daeth holl frenhinoedd Ewrop a phenaethiaid bron pob gwlad arall dan haul i Lundain i orymdeithio ac i gladdu Edward VII gyda rhwysg brenhinol. Cludwyd yr arch yn seremonïol, a thu cefn iddi, ar ei ben ei hunan, cerddai César, daeargi bach gwyn y Brenin, yn dilyn ei feistr yr holl ffordd i'r Abaty.

Clywid eto 'Marche Funèbre' Chopin fel yr ymlwybrodd y galarwyr drwy'r ddinas, ac wrth wylio'r cyfan cofiai Maï angladd arall ym mis Mai bum mlynedd ar hugain ynghynt ym Mharis, pan welsai elor Victor Hugo yn mynd heibio.

Hiraethai cymdeithas ffasiynol Llundain am y Brenin a roddodd gymaint o bwys ar bleserau bywyd. Roedd y llys mewn galar swyddogol ac yn ôl pob sôn roedd Alice Keppel mewn cyflwr truenus, ond gwyddai sut i ymddwyn yn berffaith ar bob achlysur. Aeth â'i dwy ferch gyda hi ar daith dramor am flwyddyn gyfan er mwyn hwyluso bywyd y llys a'r gymdeithas a oedd mor bwysig iddi. Flynyddoedd yn ddiweddarach, yng nghanol trafferthion Edward a Wallis Simpson, fe'i clywid yn gresynu, "Roedden ni'n gwneud pethau gymaint yn well yn fy nyddiau i."

Cyn bo hir, serch hynny, roedd partïon preifat a holl ddathliadau'r tymor mor fywiog ag erioed. Mis Gorffennaf oedd hi a Maï yn mwynhau te yng ngwesty'r Savoy yng nghwmni ffrindiau, ac uwchben tincial y llestri, y siarad a'r chwerthin ysgafn, clywid nodau sionc y piano, yn ddigon uchel i gynnal awyrgylch dibryder y prynhawn heb dorri ar draws y siarad. Ond pan gymerodd dyn ifanc arall le'r pianydd arferol, o un i un distawodd y cwmni i wrando arno, gwenu ar ei gilydd, tapio'u traed a chlapio'u dwylo i rythm heintus y miwsig.

Gymaint oedd yr afiaith fel y daeth rheolwr y Savoy i mewn; cliriodd le ar ganol y llawr, a chododd pawb i ddawnsio. Dyna pryd y chwaraeodd Irving Berlin – ie, fe oedd yr Americanwr ifanc wrth y piano – 'Alexander's Ragtime Band' am y tro cyntaf erioed. Drosodd a throsodd fe chwaraeai'r gân, a'r dawnswyr yn symud i'r rhythm yn fwy a mwy hyderus ac afieithus. Dyna ddiwedd ar y galaru cyhoeddus iddynt.

Nid aeth Alice yn ôl i fyw i'w thŷ yn Sgwâr Portland; symudodd hi a George, ei gŵr, a'r ddwy ferch i un o dai mwyaf Llundain, 16, Sgwâr Grosvenor. Roedd Edward wedi gofalu'n dda amdani, ac er na dderbyniodd ei anrheg olaf roedd yn fenyw gyfoethog iawn.

Synnai Maï fod holl brofiadau'r gorffennol ar gael ym mhlygion y cof; yn aros yno am y foment iawn i'w hail-fyw yn ffres a'u lliwiau mor llachar ag erioed.

Cafodd wahoddiad i swper a *soirée* un noson yn un o dai mwyaf crand Llundain ger Regent's Park, a daeth tri gŵr arbennig yno. Alfred Mond oedd un, dyn oedd wrth ei fodd mewn cwmni, a thipyn o *bon viveur*. Gydag ef roedd dau ffrind iddo, Winston Churchill a Lloyd George. Allech chi fyth gael dau mor wahanol o ran cefndir na'r ddau hyn, Winston yn aelod o un o deuluoedd mwyaf aristocrataidd Lloegr, a Lloyd

George yn fab i deulu tlawd Cymreig. Ond roedd y ddau'n debyg o ran personoliaeth a grym cymeriad. Pan gerddai'r naill neu'r llall i mewn i ystafell, gallech deimlo cylch o ynni trydanol o'i gwmpas. Roeddent yn denu ac yn hawlio sylw pawb.

"Dyna ddechrau pennod arall yn fy mywyd, a'r ore ohonyn nhw i gyd," sibrydodd Maï.

21

Combe Bank

DIWRNOD PERFFAITH O haf oedd hi pan gychwynnodd Maï o Margaret Street yn ei char newydd, ei *chauffeur* wrth yr olwyn a'i morwyn bersonol wrth ei hochor. Cawsai wahoddiad gan Alfred Mond i dreulio'r penwythnos yng nghartre'r teulu yng Nghaint, ddeng milltir i'r de o Lundain. Y cyfan a wyddai am y tŷ oedd yr enw, Combe Bank, ei fod yn agos i Sevenoaks ac yng nghanol dwy fil o erwau bras. Ond gwyddai y byddai'n siŵr o gwrdd â phobol newydd, ddiddorol. Mor rhyfedd fu patrwm ei bywyd, meddyliai: cefn gwlad tlawd Llydaw, Demi-Monde Montmartre, Beau-Monde y cwrtisan yn oes y Belle Époque, ac yn awr… pwy a ŵyr? Yr Haut Monde? Edrychai ymlaen yn eiddgar.

Wrth gwrs, roedd wedi dewis ei dillad yn ofalus iawn, fel y gwnâi bob amser. Gwyddai y byddai derbyniad yn yr ardd i ddechrau, cinio ganol dydd, te yn y prynhawn, cinio gyda'r hwyr, cyfle i grwydro'r stad fore trannoeth ac efallai i rwyfo ar y llyn. Rhaid oedd wrth y dillad iawn ar gyfer pob achlysur. Roedd popeth, gan gynnwys y tywydd, yn argoeli'n dda.

I deithio'r bore hwnnw, gwisgai'r un dillad a wisgodd y bore cyntaf hwnnw pan aeth i ymweld â hen ffrindiau a gadael ei charden ar ôl dychwelyd i Lundain. Daethant â lwc iddi bryd hynny a gwyddai ei bod yn edrych yn arbennig o ddeniadol yn y glas, a'r cyfan yn gweddu i'r dim. Yn berffaith!

Mor wahanol oedd yr awyr unwaith iddynt adael Llundain, a'r daith yn y car newydd trwy'r ardal foethus yn arbennig o bleserus. Yna, troesant i mewn rhwng clwydi haearn addurnedig a dilyn y rhodfa. Ar bob ochor estynnai lawntiau gwyrdd â chedrwydd Libanus, coed derw a ffawydd godidog wedi'u plannu gan artist o dirlunydd ganrif a mwy yn ôl i roi urddas arbennig i'r olygfa. Bellach roeddent yn eu llawn dwf. Daeth y tŷ i'r golwg. Plasty gwyn yng nghanol erwau eang o lawntiau perffaith. Gwelai gartref teulu cyfoethog iawn.

Wrth y brif fynedfa roedd dau was yn eu disgwyl. Agorodd y gyrrwr y drws i Maï, a gwelodd Alfred Mond yn sefyll o'i blaen gyda'i wên radlon, braf i'w chroesawu. Roedd ei letygarwch yn ddihareb, a'r tŷ gyda'r harddaf, ac yn sicr y mwyaf cysurus, y bu Maï ynddo erioed.

Cofiai'r prynhawn hwnnw yn ei holl ogoniant: y tywydd perffaith, y bwyd a'r gwin rhagorol – ac yn fwyaf arbennig, y cwmni. Roedd sioncrwydd ac ysgafnder yn yr ymddiddan, a llawer o hwyl a chwerthin. Eisteddai rhai mewn grwpiau bach, tra crwydrai eraill o'r naill gwmni i'r llall, a gwyddai Maï ei bod hi'n gwneud argraff dda ar bawb. Wedyn – te. Iddi hi, y Llydawes, roedd apêl te a brechdanau ciwcymber yn dal yn dipyn o ddirgelwch. Ond o leiaf roedd mefus a hufen a digon o deisennau hefyd ar gael.

Erbyn diwedd y prynhawn dechreuodd y cwmni wasgaru, rhai i chwarae tennis, eraill i chwarae *croquet*, a rhai i orffwys ac i baratoi ar gyfer y cinio y noson honno. Aeth Maï i mewn i'r tŷ trwy ystafell yr ardd ac i'r neuadd, a chymerodd funud i gyfarwyddo â'r lled-dywyllwch wedi tanbeidrwydd haul y prynhawn. Esgynnodd y grisiau llydan ac aros i edmygu cerflun mawr trawiadol.

"Ydych chi'n hoff o weithiau cain, Madame?"

Alfred Mond oedd yn sefyll o'i blaen.

"Ydw. Pan oeddwn i'n byw ym Mharis yn fenyw ifanc, roedd gen i lawer o ffrindiau da ymysg yr artistiaid ifanc. Erbyn heddiw maen nhw wedi gwneud enw iddyn nhw eu hunain."

"Un o'r gofynion pennaf oedd gan Nhad pan brynodd e'r tŷ

yma oedd bod yn rhaid wrth oriel i arddangos ei ddarluniau. Yr Hen Feistri oedd ei hoff weithiau a chasglodd nifer o luniau gwych. Hoffech chi eu gweld nhw?"

Fe'i harweiniodd i oriel hir lle roedd popeth wedi'i gynllunio i arddangos y lluniau ar eu gorau. Safodd y ddau o flaen pob llun yn ei dro, gan drafod a phwyso a mesur eu gwerth artistig. Synnai Alfred at ddeallusrwydd Maï, ei sylwadau a'i gwerthfawrogiad o weithiau Raphael, Titian, Bellini a Bartolomeo a chynifer o weithiau eraill gan y Meistri mawr. Oedodd y ddau'n hir o flaen 'Y Croeshoeliad' gan Raphael, hoff lun ei dad, cyn cyrraedd un o weithiau Correggio. Syllodd Maï arno, ac yna trodd at Alfred Mond.

"Pwy oedd y fenyw ifanc a baentiodd Correggio yn y llun yma? Ydych chi'n gwybod?"

"Dwi'n credu ein bod ni. Mae'r cyfan yn yr archifau."

"Fu bywyd yn garedig wrthi? Oedd hi'n hapus?"

"Wn i ddim am hynny."

"Pan wela i lun fel hyn, dyna fydda i'n gofyn i mi fy hunan. Sut fywyd gafodd hi, tybed?"

Daliodd i edrych mor ddwys ar y llun fel na chlywodd y drws yn agor na sŵn troed yn nesáu.

"Wel, fe ddest ti o'r diwedd. Gwell hwyr na hwyrach, siŵr o fod. Rwyt ti'n gweithio'n rhy galed. Yn treulio gormod o amser yn y labordy yna."

Trodd Alfred at Maï.

"Cododd Nhad labordy ar gyfer Robert yma yn Combe Bank, ac mae'n gwneud gwaith arbrofol ar ddulliau gwyddonol o amaethu. Does dim diwedd ar brysurdeb fy mrawd. Nawr 'te, Robert, mae gen i rywun arbennig iawn yma. Madame Gugenheim. Ga i gyflwyno fy mrawd, Robert Mond? Robert, dyma Madame Gugenheim, o Baris gynt, ond dwi'n falch o allu dweud ei bod hi bellach yn byw yn Llundain, ac r'yn ni'n gobeithio gweld llawer mwy ohoni."

Ychydig o sgwrs a fu rhyngddynt cyn i Maï fynd i'w hystafell i orffwys a pharatoi ar gyfer y noson o'i blaen. Wedi iddi adael, trodd Alfred at Robert.

"Wel, Robert, beth wyt ti'n feddwl o Madame Gugenheim? Gwraig arbennig?"

"Yn sicr, arbennig iawn. Ydy hi'n briod?"

"Mae hi'n weddw 'run fath â ti. Dwi'n ystyried ei bod hi'n wraig anghyffredin. Yn anghyffredin o hardd, yn sicr, gall pawb weld hynny. Anghyffredin o ddeallus hefyd. Ac mae hi'n gwmni da."

Fel y gorweddai Maï yn ei baddon, llenwai arogl ei hoff bersawr yr ystafell, a chofiai lygaid Robert Mond. Roedd rhyw swildod a thawelwch yn perthyn iddo a apeliai ati. Edrychai ymlaen at y noson, a'r cyfle i ddod i'w adnabod yn well.

Dywedodd Robert wrthi wedyn iddo syrthio mewn cariad â hi pan welodd hi gyntaf yn syllu ar y Correggio, cyn iddynt siarad yr un gair. Ond roedd Maï wedi gweld fflach dyhead yn ei lygaid y foment yr edrychodd arni yn yr oriel, a gwyddai ei fod wedi syrthio mewn cariad â hi. Roedd hi wedi bachu pysgodyn mawr iawn!

Cododd o'i chadair a cherdded draw at y ffenest hir. Mor ffres oedd gwyrdd golau'r dail ifanc. Sawl blwyddyn aeth heibio oddi ar y diwrnod hwnnw yn Combe Bank? Pum mlynedd ar hugain? Nage, mwy na hynny. Deg ar hugain. Cymaint â hynny?

"Maï! Boncyff bach arall ar y tân. Fydd yr Almaenwr yna ddim yn hir cyn cyrraedd. Dyn a'n helpo ni."

Allan â Henriette yn llawn ffwdan. Safodd Maï'n llonydd am funud cyn troi ac anadlu'n ddwfn. Hen dric oedd hwnna a ddysgodd flynyddoedd yn ôl i dawelu ei hofnau. Yna cerddodd yn ôl at ei chadair.

22

Ar y Ffordd i Benac'h

CYN GADAEL Y tŷ ar gopa Bec de la Vallée aeth Kurt von Heyden
am dro o gwmpas y gerddi i gael tipyn o awyr iach. Pwysodd ar
wal i fwynhau'r olygfa. Gwelai Sant Maloù ar y dde a Cap Fréhel ar
y chwith, a'r ddau benrhyn yn estyn eu breichiau allan fel petaent
yn gwarchod y bae. Dros y môr, o fewn cyrraedd, gorweddai de
Lloegr, ac yno y byddai yntau cyn diwedd yr wythnos.

Gadawodd Dinarzh yn hwyrach nag y bwriadodd. Er peth
syndod iddo, roedd yr heolydd o gwmpas y dref yn brysur iawn
gyda thanciau a chatrawd o filwyr yn symud i'r gorllewin, ond
safodd y rhengoedd o'r neilltu a saliwtio pan welsant y Mercedes
yn agosáu. Câi lonydd nawr am awr neu ddwy heb orfod siarad
â neb. Ni fyddai'n debygol o weld y wlad hon eto, yn sicr ddim
cyn iddynt goncro Prydain a sicrhau buddugoliaeth yr Almaen
dros Ewrop gyfan. Teimlai ym mêr ei esgyrn na fyddai hynny'n
hir cyn digwydd.

Wrth gael cyfle i ymlacio, sylweddolodd gymaint o straen
fu'r dyddiau yn Dinarzh, a'r cyfarfod i drin strategaeth byddin
yr Almaen pan fyddai'n ymosod ar Brydain. Caeodd ei lygaid a
gweld llygaid didostur y Bwystfil Penfelyn, Reinhard Heydrich,
Pennaeth Bwrdd Diogelwch y Reich, yn treiddio drwyddo.
Gwyddai fod pob swyddog o gwmpas y ford, pa mor uchel
bynnag ei statws, yn ofni trawiad cyllell gudd yn ei gefn o
gyfeiriad annisgwyl.

Edrychodd allan drwy'r ffenest. Rywle yn y parthau yma
y magwyd ei fam. Ai Llydaweg oedd iaith ei phlentyndod? Ni

chofiai iddo erioed ei chlywed yn siarad llawer am ei theulu, ond gwyddai iddi gael ei magu yn sŵn y môr. Cofiai hi, ac yntau'n fachgen bach, yn darllen stori iddo un tro yn cynnwys cyfeiriad at y môr. Ni allai ddychmygu sut beth oedd hwnnw a hwythau'n byw mor bell o unrhyw fôr ym Mafaria.

"Does dim byd tebyg i'r môr, Kurt. Pe bai gen ti gwch, weli di, gallet hwylio ar draws y môr a mynd o gwmpas y byd i gyd. Meddwl am hynny. Weithiau mae'r môr yn las ac yn dawel a phryd arall mae'n wyllt, a thonnau gwyn uchel yn torri ar y creigiau."

Edrychodd hi arno â rhyw olwg bell, freuddwydiol yn ei llygaid.

Clywodd yn aml fel y cyfarfu hi â'i dad ym Mharis, ac iddynt syrthio mewn cariad a phriodi yno yn Eglwys y Sacré Coeur. Dyna syndod gafodd hi, mae'n siŵr, pan gyrhaeddodd Fafaria y tro cyntaf a gweld y castell tylwyth tegaidd gwyn yng nghanol cannoedd o erwau bras – cartref y teulu von Heyden ers canrifoedd. Yno y daeth Friedrich â'i wraig ifanc feichiog, ac yno y ganed eu tri phlentyn, dau fachgen a merch. Gwyn a diofal oedd eu byd.

Roedd bywyd yn dda iddo'n fachgen, on'd oedd? Doedd dim wedi newid llawer yng nghefn gwlad ers canrifoedd a'r boneddigion yn byw'n gysurus. Gwlad yr aristocrat a'r gwerinwr oedd gwlad ei blentyndod. Ar y naill law, cannoedd o fân dywysogion, ac ar y llaw arall, miloedd ar filoedd o weithwyr cefn gwlad yn byw ac yn gweithio yn union fel y bu eu tadau a'u cyndadau'n gwneud ers canrifoedd. Anaml y gadawai ef y stad, gan fod popeth roedd arno ei angen yno. Derbyniodd ei addysg gan diwtoriaid, a chofiai fel y dilynai ei frawd mawr o gwmpas i bobman. Sebastian, ddeng mlynedd yn hŷn nag ef, oedd ei eilun, ac ef a etifeddai'r stad ryw ddydd.

Ond roedd y byd y tu allan yn newid. Dyblodd poblogaeth Munich mewn ugain mlynedd a chlywai ei dad yn dweud yn amlach fod un arall o'r gweithwyr yn gadael i geisio gwella'i fyd yn y diwydiannau newydd yn y dref. Dychwelodd sawl un a chlywent byth a beunydd ganddynt am y caledi a'u siom. Roedd anniddigrwydd a chwerwder yn lledu ar draws Bafaria a bygythiadau croch y dosbarth gweithiol newydd yn herio'r hen ffordd o fyw.

Cofiai ei dad a'i frawd yn sôn am y tro cyntaf am Adolf Hitler, ac yn dweud ei fod yn corddi ysbryd gwrthryfelgar yn y seleri cwrw ac yn beio'r Iddewon am holl drafferthion y wlad. Testun dirmyg ydoedd i'r teulu a'u cydnabod – aelod o'r dosbarth gweithiol diaddysg, croch ei lais a chwerw ei ysbryd. Gyda'r tafod slic o wallt du ar draws ei dalcen a'i fwstás Charlie Chaplin, roedd yn destun gwawd iddynt. Ond roedd y dyn bach grotésg yma'n herio seiliau cymdeithas a chyn hir yn codi braw ar y teulu von Heyden a'u tebyg.

Friedrich Sebastian von Heyden oedd enw llawn ei frawd. Cafodd yr enw Friedrich ar ôl ei dad, yn ôl yr arferiad fel y mab hynaf, a'r enw Sebastian ar ôl arwr ei dad, yr anghymarol Johann Sebastian Bach. Mor benderfynol oedd Sebastian o ymuno â Nawfed Byddin yr Almaen o dan arweiniad y Tywysog Leopold o Fafaria ac yntau prin yn ugain mlwydd oed. Mor ifanc. Brwdfrydedd yn pefrio yn ei lygaid. Ystyriai'r teulu eu hunain fel Bafariaid; Bafariaid yn gyntaf, Almaenwyr yn ail. Wedi'r cyfan, tan yn gymharol ddiweddar roedd Bafaria'n wlad annibynnol. Ymrestrodd Adolf Hitler hefyd.

Mor dalog a smart oedd Sebastian yn ei iwnifform. Mor olygus ac mor falch. Cawsant fuddugoliaeth glodfawr wrth feddiannu Warsaw yn 1915 a phawb yn llawenhau. Yna fe'u hanfonwyd i Ffrynt y Dwyrain. Ddwy flynedd yn ddiweddarach daeth y newyddion a newidiodd fyd y teulu von Heyden am byth. O leiaf nid ar feysydd Fflandrys nac yn y ffosydd ar dir gwlad enedigol ei fam y bu farw, ac nid Ffrancwr na Llydawr a laddodd Sebastian. A fu hynny'n rhywfaint o gysur iddi? Dyfarnwyd y Groes Haearn i Hitler.

Collwyd gobaith gwyn y teulu, yr etifedd oedd o natur Bafariad, yn llawn hwyl, yn caru cerddoriaeth ac yn bianydd da, ond un a feddai ymroddiad yr Almaenwr, yn gydwybodol a thrylwyr ymhob peth a wnâi.

Gyda'r hwyr, pan fyddai'r teulu'n ymgynnull wedi cinio, arferai Sebastian ganu'r piano.

"Dwi'n chwarae'r gân nesaf i Mam. Yn arbennig i ti, Mam."

Gwenai'r ddau ar ei gilydd. Roedd y berthynas rhyngddynt yn arbennig o glòs, ac am mai 'Caneuon heb Eiriau' Mendelssohn oedd ei hoff fiwsig hi, un o'r caneuon hynny a ddewisai bron yn ddieithriad.

Ni chlywyd y caneuon yno wedyn, ac am flynyddoedd, anaml y byddai ei dad yn cyffwrdd â'r piano. Disgynnodd cwmwl du dros yr hen gartref. A hwythau wedi aberthu mab er budd Gwlad eu Tadau, gwnaeth y golled Almaenwyr ohonynt, ac fe'u caledwyd fel dur yn nhân y cyni a ddilynodd golled yr Almaen yn y Rhyfel Mawr.

Wrth ddilyn yr arfordir roedd y golygfeydd dros y môr yn ddigon o ryfeddod. Cyn hir dyma newid cyfeiriad a dilyn ffordd droellog wael ar draws gwlad. Heibio i bentrefi dilewyrch, a rhwng y pentrefi gwelai ragor o dyddynnod tlawd, di-lun yr olwg ar bob llaw. Bron yn ddieithriad, y tu allan i'r tai, yn y baw a'r llaca, chwaraeai clwstwr o blant. Yn aml byddai'r drws ar agor a gwelai mor druenus oedd yr amodau byw. Gallai ddychmygu'r tawch. Codai gyfog arno. Doedd bosibl mai fel 'na y magwyd ei fam? Ble oedd ei theulu hi'n byw bellach? Ai Llydaweg oedd eu hiaith gartref?

Mor freintiedig fu ei fagwraeth. Fe'i trawyd yn sydyn gan y ffaith na ddaeth erioed wyneb yn wyneb â thlodi. Fe'i gwelodd, wrth gwrs, ond heb ei gydnabod, heb ei weld yn iawn. Ar y stad roeddent wedi'u hynysu oddi wrth y byd o'u hamgylch, a gwnaeth ei rieni bopeth a allent i'w amddiffyn a'i gadw'n ddiogel. Felly y bu drwy flynyddoedd ei ieuenctid.

Tosturiai ei dad wrtho. Fe ddôi'r amser iddo ysgwyddo'r baich o ofalu am fuddiannau'r teulu yn ddigon buan. Tan hynny câi ryddid i ddianc i'w gell ymenyddol, boed yn yr Almaen, yn Ffrainc neu yn Lloegr. Collodd ei frawd, a gyda'i wlad yn newid gymaint ar ôl y rhyfel teimlai ei fod yn colli honno hefyd.

Gwelai nawr eu bod yn agosáu at bentref. Wrth ymyl y ffordd safai clwstwr o ddynion – ar eu ffordd i'r caeau i weithio, siŵr o fod. Neu efallai ar eu ffordd adref o'r caeau. Dyn a ŵyr. Yn eu dillad carpiog, brwnt, atgoffent ef o fyddin y di-waith a grwydrai'n ddi-baid ar draws Bafaria drwy flynyddoedd yr hirlwm, yn melltithio'u ffawd. Yr un anobaith yn eu llygaid, ac yn wyneb un llwdwn gwelai'r un dicter yn mudlosgi. Galwai nifer o ddynion tebyg iddynt ar Friedrich, ei dad, bron bob dydd, ond ni allai gyflogi mwy o weithwyr. I'r rhai oedd mewn gwaith doedd cyflog am ddiwrnod o lafur ddim yn ddigon i brynu gwydraid o gwrw – a hwnnw'n costio biliwn marc y litr yn Munich. Ac ym Mafaria roedd cwrw mor bwysig â bara.

Dynion tebyg i'r rhain oedd y di-waith a ymunodd yn eu miloedd â byddin reibus yr SA, y Crysau Brown – gwehilion cymdeithas, a thestun dirmyg ac ofn. Arswydai'r bobol wrth glywed sôn am derfysg yn y trefi o'u cwmpas: yn Augsburg, Passau, Regensberg a Nuremberg. Gwaethygodd y sefyllfa gymaint fel y penderfynodd Friedrich arfogi'i ddynion i amddiffyn ei eiddo. Arswydai. Roedd seiliau cymdeithas yn gwegian. Anobaith. Ofn. Dinistr. Roedd yr Almaen ar ei gliniau a phethau'n ddrwg i'r Iddewon ym mhobman. Caent y bai am bopeth.

Cyni, anobaith, casineb a therfysg: dyna oedd yr hanes ym Mafaria a thrwy'r Almaen i gyd. Ofn yn ymledu. Ofn y presennol ac ofn y dyfodol. Allai bywyd waethygu? Dyledion yn pentyrru. Allen nhw golli'u heiddo? Gallent. Beth petai'r Comiwnyddion yn ennill tir? Ni welai Friedrich a'i deulu unrhyw obaith i'w gwlad, ond roedd seren Adolf Hitler yn codi. Ai fe fyddai'n eu hachub? Pan ddaeth yn rhydd o'r carchar wedi methiant ei gais i ddisodli'r llywodraeth ym Mafaria, sefydlodd osgordd newydd i'w ddiogelu, a'u llw oedd gwneud hynny hyd angau. Eu harwyddair? Ffyddlondeb, Dewrder, Ufudd-dod.

Eu henw oedd y Schutzstaffel, ond fe'u gelwid 'yr SS'. Rhaid oedd i bawb oedd am ymuno â nhw fod yn Ariad, rhwng tair ar hugain a phymtheg ar hugain mlwydd oed, yn iach a chryf, o gymeriad da ac o leiaf bum troedfedd saith modfedd o daldra. Tipyn yn wahanol i'r Crysau Brown. Cymaint oedd rhyddhad ei dad. Cyflwynodd Hitler ei freuddwyd am ddyfodol y genedl, *Mein Kampf*.

Ac yntau nawr ar ei ffordd 'nôl i Loegr, cofiai fel petai ddoe y rhyddhad a deimlai o gael mynd i Rydychen a throi ei gefn ar broblemau di-ben-draw yr Almaen. Am beth amser roedd arwahanrwydd y Brifysgol yn ei insiwleiddio rhag y byd y tu allan. Yr holl ddynion ifanc yn eu trowsus pen-glin yn mwynhau'r bywyd gwyllt wedi iddynt gael eu rhyddhau o'u hysgolion bonedd. Clywai sôn yn aml am streic fawr 1926. Roedd gan Brydain Fawr ei helbulon hefyd, er iddi ennill y rhyfel a sathru'r Almaen dan draed.

Ond roedd dioddefaint yr Almaen yn magu dicter ynddo na allai'r Saeson ei ddirnad, a'r dicter hwnnw'n tyfu o ddydd i ddydd a'r rhwystredigaeth a deimlai bron â'i dagu. Pa wlad allai gymharu â'r Almaen o ran diwylliant? Mewn cerddoriaeth, yn sicr, ni allai Lloegr, Ffrainc na'r Eidal. Bach, y mwyaf; Beethoven, ei etifedd; a Brahms. Yna Mendelssohn a Wagner a chynifer o gyfansoddwyr eraill o'r rheng flaenaf. Beth am feirdd yr Almaen? Heine, Schiller a Goethe, polymath mwyaf yr hen ganrif, a'i dramodwyr, ei nofelwyr, ei gwyddonwyr, peirianwyr, athronwyr a seicolegwyr? Ni allai'r un wlad arall gymharu â hi. Eto, dyma'r wlad, ei wlad ef, yn destun gwawd a dirmyg, a'i phobol yn dioddef yn erchyll. Cofiai'r gwawd.

Clwstwr bach o dai ar ymyl y ffordd, yma yn Llydaw. Pa ddiwylliant oedd gan bobol o'r fath? Tybed sut bu pethau yma trwy gyfnod y 1920au? Cyn belled ag y gwelai, nid oedd amodau byw wedi newid rhyw lawer oddi ar yr Oesoedd Canol. Ond syrthiodd llywodraeth yr Almaen, a dioddefodd pob dosbarth o'r gymdeithas. Yr ofnau'n cynyddu. Colli popeth. Ai dyna fyddai tynged Friedrich a'i deulu? Digwyddodd i gynifer o'u cydnabod, a gallai ddigwydd i unrhyw un.

Ond, diolch byth, newidiodd popeth yn 1933, on'd do fe? Daeth Adolf Hitler yn Ganghellor yr Almaen. O'r diwedd, arweiniad cryf, gweledigaeth – a dyfodol i Wlad eu Tadau. Blynyddoedd da oedd rheiny. Rhannodd ei freuddwyd o sefydlu ei awdurdod o Fôr Iwerydd hyd fynyddoedd yr Wral. Ysbrydoledig! Yr arweinydd mwyaf a fu erioed. Llyncodd y Drydedd Reich hen dalaith Prwsia gyda'i thraddodiadau militaraidd gogoneddus a'i balchder. Dyna hen dalaith Frederick Fawr, arwr y Führer, a chanolfan filwrol Ymerodraeth yr Almaen. Byddai effaith hynny ar fyddin yr Almaen yn sylweddol.

I wireddu ei freuddwyd rhaid oedd wrth ddisgyblaeth, arweinydd cryf ac ufudd-dod llwyr iddo. Pwy allai amau ei rym a'i reolaeth dros ei bobol? Pwy nad arswydai wrth weld can mil o filwyr yn Stadium Nuremberg yn sefyll yn eu rhengoedd fel bytheiaid yr helfa yn tynnu ar dennyn tyn, yn disgwyl yr arwydd i ymosod? Atseiniai'r floedd a godai o'u hymysgaroedd dros gyfandir cyfan bob tro y gwaeddai 'Deutsch' a 'Deutschland'. Roedd y fyddin hon yn awchu am waed.

Y Crysau Brown a baratôdd y ffordd i Hitler, ond daeth yr amser i'w diddymu. Ef orchmynnodd a'r SS weithredodd. Bwtsierwyd holl arweinyddiaeth y Crysau Brown â manylder didostur. Dyna Frad Cyllyll Hirion yr Almaen, a'r dosbarth canol a'r bonedd yn llawenhau eu bod wedi gweld diwedd ar y Crysau Brown am byth. Doedd neb yn falchach na Friedrich a'i deulu. Ni ellid amau bod y llywodraeth yma'n gweithredu yn ogystal ag areithio, a'r Führer yn cadw at ei air ac yn gwireddu pob addewid a wnâi. Gwae unrhyw un fyddai'n ei wrthwynebu.

23

Dewis

NID ANGHOFIAI KURT von Heyden fyth y diwrnod y cyrhaeddodd y llythyr, ac yntau erbyn hynny 'nôl ym Mafaria. Gwahoddiad ydoedd gan y Reichsführer Heinrich Himmler i ddarlith ym Munich, a gair i ddweud ei fod yn gwahodd tirfeddianwyr, diwydianwyr, swyddogion y fyddin ac ysgolheigion. Rhaid oedd i Fudiad Sosialaidd Cenedlaethol yr Almaen gynnwys pob elfen o gymdeithas yr Almaen er budd Gwlad eu Tadau. Ni fentrai neb wrthod gwahoddiad ganddo.

Aeth yno'n bryderus a thrwm ei galon, heb wybod beth i'w ddisgwyl. Apeliodd Himmler arnynt am eu cydweithrediad yn ei ymgyrch i gynnwys cynrychiolaeth o bob carfan o gymdeithas o fewn yr SS. Roedd dosbarth uwch yn angenrheidiol i bob gwlad, ac yng Ngwladwriaeth Sosialaidd Genedlaethol yr Almaen yr SS oedd y dosbarth hwnnw. Nhw oedd yr arweinwyr. Rhaid oedd i'r mudiad gyfuno o'i fewn draddodiad uchaf y gwir filwr, meddylfryd, arweiniad ac ymddygiad y gwir aristocrat ac egni creadigol y diwydiannwr – croesdoriad cymdeithasol o'u pobol eu hunain er mwyn wynebu her y dyfodol.

Yn y gynulleidfa roedd penaethiaid cwmnïau mwyaf y wlad, a thirfeddianwyr â'u hanes yn rhan o wead yr Almaen ei hun. Dyma'r bobol na allai stumogi'r Crysau Brown dosbarth gweithiol, ond nid oedd unrhyw un wedi disgwyl clywed Himmler yn siarad fel hyn, a hwythau wedi hen arfer â chael eu pardduo'n groch fel y *bourgeois* dirmygedig a llyfwyr tin yr

Iddew. Aethant yno'n ofni'r gwaethaf ond enillodd Himmler eu sylw a'u calonnau. Erbyn diwedd y cyfarfod roedd bron pawb yn barod â'i lyfr sieciau i gefnogi'r mudiad, a'u rhyddhad yn amlwg.

Ymaelododd Kurt von Heyden, a chael ei groesawu i'r gwasanaethau cudd. Ymunodd llawer i redeg rhwydwaith eang busnesau'r SS. Pan ddywedodd wrth ei rieni, eu gobaith oedd na fyddai, fel aelod o'r gwasanaethau cudd, yn gorfod ymladd. Ni allent wynebu colli ail fab mewn rhyfel.

Ond fel Pabyddion pybyr gallent gysuro'i gilydd fod y Pab ei hunan wedi rhoi sêl ei fendith ar Adolf Hitler bum mlynedd yn ôl, yn fuan iawn wedi iddo ennill grym. Cytunodd y Führer y câi'r Eglwys fod yn llwyr gyfrifol am addysg plant Catholig heb unrhyw ymyrraeth gan y llywodraeth. Cytunodd hefyd y byddai'n gwahardd taenu unrhyw bropaganda yn erbyn yr Eglwys yn yr Almaen, neu gyfeiriadau at sgandalau neu ddrwgweithredoedd tybiedig o fewn unrhyw faes eglwysig. Onid oedd hynny'n brawf bod y Führer a'r Pab ar delerau da ac yn llwyr ymddiried yn ei gilydd? Fel ei rhan hi o'r fargen, gorchmynnodd yr Eglwys i'w haelodau, tair miliwn ar hugain ohonynt, gadw rhag unrhyw ddatganiad neu weithred wleidyddol na fyddai'n dderbyniol i'r llywodraeth.

'Rhoddwch eiddo Cesar i Gesar, ac eiddo Duw i Dduw.' Dyna oedd y cyfarwyddyd, a seliodd y Pab newydd, Pius XII, y fargen gyda'r Führer pan anogodd Gardinal Berlin i longyfarch Adolf Hitler ar ei ben-blwydd ar yr ugeinfed o Ebrill. Gwnaeth hynny yn enw pob esgob ac esgobaeth yn yr Almaen a'i wneud bob blwyddyn wedi hynny. Roedd dwy gyfundrefn y byddai'r Natsïaid a'r Eglwys Babyddol yn eu casáu gymaint â'i gilydd, a'r Bolsiefigiaid a'r Iddewon oedd y rheiny.

Yn Llundain yr oedd Kurt yn ôl ym mis Tachwedd 1938. Kristallnacht. Enw tlws ar noson erchyll. Banllefau'r papurau newydd yn sgrechian eu condemniad o'r Almaen ar draws

Ewrop a'r Unol Daleithiau. Heb oedi, galwodd Dr Goebbels gynhadledd i'r wasg ryngwladol ac atebodd yn hollol ddiamwys y cyhuddiad fod y Drydedd Reich wedi annog y bobol i ymosod ar eiddo'r Iddewon. Llwyddodd i argyhoeddi'r byd ei fod yn dweud y gwir.

Pwysodd y Cadfridog 'nôl yn ei sedd a chau ei lygaid am foment. Cofiai mor glir yr ymateb yn Rhydychen i'r newyddion am Kristallnacht. Condemniad a gwawd a glywai ar bob ochor. Ceisiai argyhoeddi'r Saeson mai dosbarth gweithiol yr Almaen oedd yn gyfrifol ac nid eu harweinwyr.

Atebodd Dr Goebbels y cyhuddiad ar ei ben. Beth arall ellid ei ddisgwyl gan y diaddysg penboeth? Roedd eu lleisiau croch a'u hiaith garbwl yn gerwino'r clyw, a'u casineb afreolus o'r Iddew yn hagru eu gwedd.

Yn ôl Dr Goebbels, ymddygiad twyllodrus yr Iddewon oedd wedi cythruddo'r Almaenwr cyffredin, ac yn ddigon naturiol, roeddent am ddial arnynt. Ni allai'r miliynau fu'n ymladd yn y Rhyfel Mawr faddau'r hyn a ddigwyddodd yn Versailles. Lladdwyd miliynau o'u pobol, ond daethpwyd â'r rhyfel i ben pan oedd buddugoliaeth o fewn eu cyrraedd, yn eu tyb nhw. Ni chawsant eu haeddiant. Yr Iddewon oedd ar fai. Nhw a'r Comiwnyddion. Wedi'r rhyfel, pwy a ddioddefodd ddiweithdra a thlodi annychmygol? Wel, y werin, wrth gwrs, ac fe'u meddiannwyd gan chwerwder a dreiddiodd i fêr eu hesgyrn.

Pa fatsien daniodd Kristallnacht? Llofruddiaeth Herr Ernst vom Rath, diplomat yn llysgenhadaeth yr Almaen ym Mharis, a hen ffrind i Adolf Hitler. Fe'i lladdwyd gan Iddew ifanc dwy ar bymtheg oed o dras Bwylaidd. Enw'r dyn ifanc oedd Herschel Grynszpan a honnai ei fod wedi lladd vom Rath er mwyn tynnu sylw at ddioddefaint yr Iddew yn yr Almaen. Y gwir oedd ei fod ef ac Ernst vom Rath yn gariadon. Wrth gwrs, ni wyddai'r cyhoedd fod vom Rath yn hoyw, ac ni fynnai Goebbels gydnabod hynny. Roedd y ddau wedi ffraeo. Yn ôl

Goebbels, roedd y Drydedd Reich yn deall dicter y bobol ac yn cydymdeimlo'n llwyr â nhw.

Ym Munich yr oedd Dr Goebbels noson Kristallnacht, ac ar y ffôn y clywodd am yr hyn a ddigwyddodd. Brysiodd 'nôl i Ferlin; gorchmynnodd i'r dorf dawelu a'u hatal rhag gwneud rhagor o niwed. Rhybuddiodd y wasg i beidio ag ymosod ar y Reich os oeddent am ddiogelu'r Iddew, a phwysodd arnynt i wynebu'r ffaith fod gwrth-Semitiaeth yn bodoli ym mhob gwlad ar draws y byd. Yn sicr, nid yn yr Almaen yn unig.

Aeth peiriant propaganda'r llywodraeth gartref ati i argyhoeddi'r bobol mai'r Iddewon oedd ar fai bod yr Almaen wedi colli'r Rhyfel Mawr ac mai nhw oedd yn gyfrifol am y dioddefaint economaidd a ddilynodd. Nhw oedd y gelyn oddi mewn, er eu bod yn llai nag un y cant o'r boblogaeth. Ni chaent chwarae rhan ym mywyd yr Almaen mwyach.

Faint o'u cyd-Almaenwyr ymunodd â'r Natsïaid ym mhogrom Kristallnacht ar y nawfed o Dachwedd 1938? Arswydo mewn braw y tu cefn i'w llenni wnaeth llawer. Ceisiodd rhai dewr iawn estyn cymorth i'r Iddewon, ond bu eraill, a gwragedd a phlant yn eu plith, allan ar y strydoedd yn dinistrio synagogau, yn ysbeilio, yn chwalu ffenestri, ac yn llabyddio a lladd Iddewon drwy'r wlad. Teimlai Kurt yn sicr mai gwehilion cymdeithas oedd y rheiny. Y dosbarth is, diaddysg.

Cododd yr Esgob Martin Sasse ei lais yn groch yn erbyn yr Iddew. Un felly oedd yr esgob. Protestant a demagog yn taranu o'i bulpud. Fel Pabyddion, ni hoffai'r teulu von Heyden ef. Testun dirmyg iddynt oedd Sasse â'i daranu parhaus, er ei fod yn dderbyniol gan yr awdurdodau. Yn ei ragair i gasgliad o ysgrifau gan Martin Luther a gyhoeddodd, rhoddodd ei fendith ar Kristallnacht ac ar losgi'r synagogau, ac anogodd Almaenwyr i lawenhau i hynny ddigwydd ar ben-blwydd Martin Luther – gŵr mwyaf gwrth-Semitig ei oes yn ôl Sasse. Rhybuddiodd Luther ei bobol yn erbyn yr Iddewon. Yn ôl Sasse, cawsant bron ddwy fil o flynyddoedd i edifarhau ac i droi at y ffydd Gristnogol. Gwrthod pob cyfle a wnaethant ac felly daeth yr awr iddynt wynebu eu tynged.

Yng nghamera'r cof gwelai Kurt ei dad yn sefyll o dan gysgod coeden ar ben twyn, a'i ddryll wrth ei ymyl. Bu'r ddau'n saethu cwningod, ond esgus oedd hynny gan mai yn yr awyr agored yn unig y gallent siarad yn rhydd bellach. Ofnent ysbïwyr ym mhobman. Oedd hynny'n bris gwerth ei dalu er mwyn achub economi'r wlad? Oedd rhaid byw fel hyn nes cywiro'r cam a wnaethpwyd â'r Almaen wedi'r Rhyfel Mawr? Dyma'r pris i ddiogelu diwylliant aruchel yr Almaen ac etifeddiaeth y teulu von Heyden. Byddai'n rhaid dioddef hyn fel na fyddai marwolaeth Sebastian yn ofer.

Rhoddodd Goering ddirwy o biliwn marc ar Iddewon yr Almaen fel iawndal am ddifrod Kristallnacht, a gorchmynnodd gael gwared arnynt o economi'r wlad. Anogodd yr Ariaid i berchenogi eu heiddo a'u busnesau. Gwaharddwyd yr Iddew rhag mynychu ysgolion, mannau adloniant, parciau, fforestydd, bron pob man cyhoeddus. Dri diwrnod yn ddiweddarach cyhoeddodd Goering y byddai'r Almaen yn setlo problem yr Iddewon unwaith ac am byth pe bai rhyfel yn dod. Roedd y neges yn glir. Cynyddu bob wythnos a wnâi'r nifer a oedd yn dianc i wledydd eraill, er mor anodd oedd gwneud hynny.

Dros y blynyddoedd roedd yr Iddewon wedi'u hintegreiddio yn llwyrach ym mywyd yr Almaen nag ym mywyd unrhyw wlad, a phriododd llawer â Christnogion. Aeth y llywodraeth ati'n fanwl iawn i astudio canlyniadau priodasau cymysg rhwng Iddewon ac Ariaid, a chyhoeddwyd tabl o'r gwaed Ariaidd a oedd yn angenrheidiol yng ngwythiennau plant priodasau cymysg cyn y gellid derbyn nad Iddewon ond Ariaid oeddent.

Trodd y llywodraeth ei sylw at y cyfansoddwr Mendelssohn, gan fesur faint o waed Iddewig a faint o waed Ariaidd oedd yn ei wythiennau. Methodd Mendelssohn y prawf. Daeth yr awdurdodau i'r casgliad mai Iddew ydoedd, er ei fod yn ddisgynnydd i deulu clodfawr a fu'n Gristnogion ers cenedlaethau. Onid Mendelsson a adferodd Bach i'w briod le ar ôl canrif o'i anwybyddu?

Nid oedd cerddoriaeth Felix Mendelssohn yn deilwng i'w chwarae mwyach oherwydd mai gwaith Iddew ydoedd. Yna aeth yr awdurdodau gam ymhellach hyd yn oed a dweud bod y weithred o chwarae cerddoriaeth aruchel o flaen cynulleidfa o Iddewon – ei chwarae yn unig – yn llygru'r gerddoriaeth honno. Ni ellid caniatáu hynny.

"Nid yn unig cerddoriaeth yr Iddew sy'n annerbyniol erbyn hyn, Nhad. R'yn ni'n gwahardd miwsig y negro hefyd, ond dwi ddim yn credu bod gen ti lawer o ddiddordeb mewn jazz, oes e?" ychwanegodd gyda hanner gwên.

Safodd y ddau ochor yn ochor gan fwynhau'r olygfa am ychydig. Yna trodd Friedrich von Heyden a syllu'n daer i mewn i lygaid ei fab.

"Ydy'r Natsïaid yma'n hollol wallgof, dwêd?"

"Mae'n ymddangos felly weithiau, on'd yw hi?"

Yn llygaid ei dad gwelodd Kurt y cwestiwn na fentrai ei ofyn. Allai ei fab fod yn un o'r gwir gredinwyr? Oedd hynny'n bosibl?

Distawrwydd am ennyd. Pwysodd Kurt ei eiriau'n ofalus.

"Oni bai am Adolf Hitler, beth fyddai hanes ein teulu ni a'r Almaen erbyn heddiw? Cofia, Nhad, fod y Führer yn casáu'r Comiwnyddion gymaint ag r'yn ni."

"Ond beth amdanat ti, Kurt?"

"Cymerais lw, Nhad."

"Do. Ffyddlon. Dewr. Ffyddlon hyd angau. Onid e?"

"Ie, ac Ufudd. Addewais ufudd-dod fel milwr, beth bynnag y gost. Dyna fu'n traddodiad ni ers cendlaethau. Dyna wnaethon ni."

"Mae llw'n gysegredig inni fel Almaenwyr."

Plygodd Kurt a chodi llond dwrn o bridd. Gadawodd iddo lifo'n araf rhwng ei fysedd yn ôl i'r ddaear.

"Wyt ti'n cofio, Nhad? Pridd tiroedd ein teulu ni. Daear yr Almaen. Fel hyn y dangosaist ti i fi flynyddoedd yn ôl. O'r pridd yma y daethom ni. Ac i'r pridd yma yr awn ni'n ôl. Dyma'r ddaear a'n lluniodd ni, ein hiaith a'n diwylliant a'n gwerthoedd, ac mae'r llinyn sy'n ein clymu ni'n gnawd a gwaed â daear yr Almaen yn gyswllt cyfriniol. Wyt ti'n cofio dweud hynny wrtha i'n fachgen ifanc? Dyna oedd dy eiriau di."

Bu distawrwydd am ennyd. Roedd y ddau'n deall ei gilydd i'r dim.

"Ddaw'r rhyfel yma i ben cyn bo hir, tybed?"

"Daw, dwi'n sicr o hynny," atebodd Kurt ag arddeliad.

"Fydd pethe'n wahanol wedyn?"

Edrychodd Kurt ym myw llygaid ei dad.

"Byddant. R'yn ni'n siŵr o ennill y rhyfel yma, ac wedyn byddwn yn uno â Lloegr i reoli'r byd. Wrth gwrs y bydd pethau'n wahanol. Yn wahanol iawn."

Dim ond sibrwd y dail yn crynu yn yr awel oedd i'w glywed.

"Cofia hyn, Nhad. Dim ond am un peth dwi'n gyfrifol – y dasg ges i. Dim byd arall. Cofia hynny."

Pa ddewis oedd gan unrhyw Almaenwr a garai ei wlad? Pwy fentrai wrthwynebu unrhyw orchymyn gan y rhai mewn grym? Roedd gan Himmler ysbïwyr ym mhobman. Nid oedd Dachau ymhell o'u cartref ac nid ar gyfer Iddewon, sipsiwn a gwrywgydwyr yn unig y codwyd y lle hwnnw.

Safai Adolf Hitler o flaen ei bobol fel dewin yn denu, yn amneidio arnynt ag un llaw i'w ddilyn, ond dwrn y llaw arall yn bygwth anelu ergyd angheuol yn wyneb y genedl a'r byd. Ai dyma dynged yr Almaen? Dinistr cymdeithas ar y naill law? Rheolaeth teyrn ar y llaw arall? Bellach roedd du yn wyn a gwyn yn ddu, a'r byd i gyd ben i waered.

Ond roedd y gwaith yr oedd ef yn gyfrifol amdano yn holl

bwysig. Dyma gychwyn oes newydd yn hanes Ewrop. Oes odidog. Ei fraint oedd cael chwarae ei ran.

Gwelai nawr ei fod yn agosáu at Belle-Isle-en-Terre – neu Benac'h, fel y galwai Arglwyddes Mond y pentref. Galwai ym mhencadlys y fyddin yno, ac yna âi ymlaen i'r castell yn y goedwig i'w holi. Cyn bo hir byddai ar ei ffordd i Lundain.

24

Paratoadau

"A LLOEGR, ER gwaethaf ei sefyllfa filwrol anobeithiol, yn dal heb ddangos unrhyw barodrwydd i drafod telerau, rwyf wedi penderfynu gwneud paratoadau ar gyfer ymgyrch yn ei herbyn, ac os bydd angen byddwn yn ymosod arni. Pwrpas yr ymosodiad fydd dileu'r famwlad Seisnig fel man lle gellid parhau'r rhyfel yn erbyn yr Almaen, ac, os bydd angen, meddiannwn y wlad."

Dyna union eiriau'r Führer, Adolf Hitler, y llynedd, ac ni fynnai'r Cadfridog eu hanghofio.

Ni allai Kurt von Heyden fyth anghofio chwaith y wefr a deimlodd pan alwodd Himmler ef i gyfarfod yn fuan wedi iddo ymaelodi â'r SS. Rhoddwyd iddo gyfrifoldeb am arwain tîm o academyddion i baratoi adroddiad manwl ar gyflwr presennol Prydain, a hynny mewn tair rhan. Cynnwys y rhan gyntaf fyddai disgrifiad o'r wlad gyfan, gyda lluniau a mapiau a dadansoddiad o'r gymdeithas. Yn yr ail ran canolbwyntid ar Lundain, ac yn y drydedd ran byddai arolwg manwl o'r arfodir ac ystyriaeth i'r holl amcanion militaraidd. Rhoddodd gopi o'r adroddiad hwnnw i bawb a eisteddai o gwmpas y ford yn Dinarzh ddoe.

Roedd rhai o'r tîm wedi byw yn Lloegr am gyfnodau, ac eraill yn arbenigwyr ar ei heconomi, hanes, daearyddiaeth, trafnidiaeth, diwydiant, amodau cymdeithasol a gwleidyddiaeth. Buont yn gwneud eu gwaith ymchwil ac yn casglu'r ffeithiau ym mhrifysgolion yr Almaen, yn arbennig ym Merlin, a phryd bynnag y byddai'r Führer yn gofyn am y gyfrol byddai'n rhaid iddi fod yn barod.

Ar ddiwedd mis Mehefin 1940 dechreuodd y fyddin baratoi yn fanwl ar gyfer yr ymosodiad, ac roedd y *Militärgeographische Angaben über England* mewn tair rhan yn barod ar gyfer yr uchel swyddogion, a chrynodeb mewn llyfryn i bob milwr ym myddin yr ymgyrch. Pan alwodd y Führer am yr adroddiad cafodd gymeradwyaeth gynnes ganddo. Ni sylwodd fod rhyw sgolor ym Merlin wedi cynnwys manylion o hen fap yn dangos melin wynt ar argae Fictoria lle na bu cynhyrchu blawd ers 1890!

Un brifysgol fu'n gyfrifol am gasglu'r ffeithiau am ddiwydiannau de Cymru, ac roedd von Heyden ymhell o fod yn hapus â'r gwaith. Gallai'r ysgolheigion fod yn wybodus am gynnyrch llenyddol yr Oesoedd Canol yn y gwledydd Celtaidd, ond roedd y sylw bod ardal de Cymru yn ddibwys heblaw am y diwydiant glo yn anfoddhaol. Nid oedd unrhyw wybodaeth am y diwydiannau cemegol yng ngwaelod Cwm Tawe, lle roedd gwaith nicel Mond, y mwyaf yn y byd. Yn ogystal, roeddent yn rhan o gwmni newydd pwysig ICI. Rhaid fyddai darganfod mwy am y gweithfeydd yna.

Roedd y sylwadau am natur ddaearyddol a daearegol y wlad yn gywir, a hefyd yr wybodaeth am y diwydiant glo, fod yr offer yn hen ac annigonol a'r perchenogion heb fuddsoddi fel y dylsent.

Gwnaethant waith rhagorol yn yr adroddiad am gyflwr yr heolydd, a'r rheiny wedi'u dosbarthu yn ôl cyflwr yr wyneb a'u haddasrwydd i gario cerbydau, tanciau a thrafnidiaeth o bob math.

Gwnaeth y Cadfridog yn siŵr bod yr holl wybodaeth am gyflwr y rheilffyrdd yn fanwl gywir. Byddai sicrhau diogelwch Twnnel Hafren er mwyn cynnal rhwydwaith y rheilffyrdd rhwng gweithfeydd de Cymru a Lloegr yn uchel ar restr ei flaenoriaethau. Am yr un rhesymau roedd Crewe, un o'r mannau cyfarfod pwysicaf yn Lloegr, yn gorfod cael ei ddiogelu. Ac felly hefyd Leeds. Dwy lein yn unig oedd yn cysylltu'r Alban a Lloegr, un yn Carlisle a'r llall yn Newcastle. Rhaid fyddai gwarchod yr holl fannau hynny yn arbennig rhag terfysgwyr. Testun diolch oedd bod rhwydwaith trafnidiaeth Prydain yn well nag eiddo'r Almaen, gan gynnwys yr holl borthladdoedd o bob maint ar hyd y glannau.

Bu'n astudio pob cwr o Brydain er mwyn dewis y mannau mwyaf addas i wersylla'r fyddin sylweddol y byddai eu hangen yno. Yr un mor bwysig oedd strategaeth i'w bwydo. Wedi'r cyfan, fel y dywedodd Napoleon, ar ei stumog mae byddin yn martsio. Roedd y trefniadau i wersylla a bwydo byddin niferus iawn yn barod.

Mor bwysig wedyn oedd y ffatrïoedd awyrennau a cheir, a'r gorsafoedd cynhyrchu ynni, trydan a nwy, a'r meysydd glo a'r gweithiau cemegol. Dim rhyfedd iddo fod mor brysur yn paratoi am ddwy flynedd.

Cytunai â'r hyn a ddywedwyd yn yr adroddiad am natur cymdeithas y Saeson. Roedd y dosbarth uwch yn sylweddol o ran maint, a nhw oedd berchen y rhan fwyaf o gyfoeth y wlad. Dyna'r Arglwydd Halifax, er enghraifft, tirfeddiannwr sylweddol iawn. Y tro cyntaf iddo gyfarfod ag arweinwyr y Drydedd Reich, ac yntau'n Ysgrifennydd Rhyfel, oedd yn 1936, ac fe'u hoffodd nhw'n fawr. Tipyn o embaras oedd iddo gamgymryd Hitler am y bwtler, ond gydag *aplomb* yr hen aristocrat daeth dros hynny'n weddol hawdd, a beth bynnag, roedd gan y Führer barch mawr i'r dosbarth yna yn Lloegr. Ystyriai Halifax fod y llywodraeth yn 'ffantastig'! Dyna oedd ei air.

Flwyddyn yn ddiweddarach aeth 'nôl i gyfarfod â Hitler, Goebbels a Goering ar ran llywodraeth Prydain, ac yntau ar fin dilyn Anthony Eden fel Ysgrifennydd Tramor. Dywedodd wrthynt, er bod llawer o'u polisïau'n hollol annerbyniol i bobol Prydain, eto ei fod yn llawn edmygedd o'r newidiadau yr oeddent wedi eu gwneud yn yr Almaen, ac yn arbennig o'u llwyddiant yn diogelu'r Almaen rhag Comiwnyddiaeth.

Wrth gwrs, i'r un dosbarth y perthynai Winston Churchill. Ef a dyngodd ar goedd na fyddai Lloegr byth yn rhoi'r gorau i frwydro nes i'r dyn olaf gael ei ladd ar ei draed yng nghanol y rwbel lle safai San Steffan gynt. Ond, o'u hadnabod, tybiai von Heyden fod gan nifer o'r dosbarth uwch dipyn o gydymdeimlad â'r Almaen Natsïaidd, ac, yn sicr, byddent yn barotach i gydweithredu er mwyn ceisio diogelu eu buddiannau eu hunain pan fyddai'r Drydedd Reich mewn grym ym Mhrydain. Rwsia Gomiwnyddol oedd y gelyn mwyaf yn eu tyb nhw.

Yn gymdeithasegol, y dosbarth gweithiol isaf, niferus o ran maint, oedd yn peri pryder. Roeddent yn faterol dlawd, yn hollol ddiaddysg, yn wan o ran iechyd, corff a meddwl, heb unrhyw uchelgais i wella'u byd nac unrhyw deyrngarwch i'w cymdeithas na'u gwlad. Eu hunig ddiddordeb oedd chwaraeon a phleserau gwag. Byddai'n rhaid i'r goresgynwyr gael trefn yn ddi-oed ar y dosbarth yna.

Parodd y sylwadau am natur y gymdeithas yng Nghymru iddo wenu. Cartref hen boblogaeth gynhenid Prydain ydoedd a'u hanes yn mynd yn ôl i'r cynoesau Celtaidd a thu hwnt i hynny. Pobol hollol wahanol i'r Saeson deallus oeddent, o bryd tywyll ac yn fach o ran maint. Diwylliannol oedd natur eu cenedlaetholdeb, heb unrhyw arwyddocâd gwleidyddol, felly ar y cyfan ni ellid disgwyl llawer o drafferth oddi wrth y Cymry.

Cafodd amser cyffrous yn ystod y cyfnod a dreuliodd yn Llundain cyn i'r rhyfel gychwyn, ac yntau wedi ymdoddi i'r gymdeithas, yn teithio'r wlad gan edrych ar bob peth o safbwynt Ymosodiad y Morlew i wireddu'r freuddwyd o uno'r cyfandir yn un o dan Drydedd Reich yr Almaen a sefydlu oes aur newydd. Gohiriwyd y fenter honno, ond teimlai ym mêr ei esgyrn y byddai'r Führer yn sicr o roi'r gorchymyn i ymosod unrhyw ddydd nawr. Ei fwriad heddiw oedd dysgu mwy am weithfeydd y teulu Mond a'r cysylltiadau a allai fod yn ddefnyddiol dros y misoedd nesaf, yn filwrol a diwydiannol. Mawr oedd ei fraint yn cael chwarae rhan allweddol yn yr ymgyrch fawr.

25

Yng Nghoedwig y Nos

TRODD Y GYRRWR y car oddi ar y ffordd fawr. Estynnai'r goedwig fel muriau caerog am bellter nes iddynt gyrraedd llannerch o flaen castell yn steil yr ail ganrif ar bymtheg â'r grisiau cerrig yn esgyn i'r brif fynedfa. Gwelai Kurt von Heyden wyneb clasurol a nodweddiadol Ffrengig, yn cynnwys pedwar tŵr bach, tair rhes o ffenestri'n lleihau wrth godi o lawr i lawr a'r ffenestri bach pert arferol a'u toeon hanner crwn yn y bargod. *Château* confensiynol Ffrengig ydoedd, ac un digon pert.

Roedd y drws wedi'i addurno'n anghyffredin, ond cyn iddo allu codi'r cnocer haearn trwm fe'i hagorwyd, ac arweiniwyd y Cadfridog i mewn i'r cyntedd, a'r gyrrwr a'r car i gefn y castell. Wedi cymryd ei got, ei gapan a'i fenyg, gadawodd y gwas y Cadfridog er mwyn rhoi gwybod i Arglwyddes Mond ei fod yno.

Edrychodd o'i gwmpas a sylwi ar y tapestrïau canoloesol a'r hen garpedi Persiaidd cyfoethog eu lliwiau ar y lloriau calch. Disgleiriai'r grisiau derw ym mhelydrau'r haul, ac roedd yno'r teimlad o gysur a diogelwch a geir mewn cartref lle mae trefn yn rheoli. Ar ford gron roedd powlen o flodau cynnar y gwanwyn, a'u persawr ac arogl y pridd yn felys ffres yn yr awyr.

Daeth y gwas yn ei ôl gan roi arwydd i'r Cadfridog i'w ddilyn i gyfeiriad y llyfrgell. Safodd yn y drws a chododd Arglwyddes Mond o'i chadair wrth ymyl y tân i'w gyfarch â gwên gwrtais. Edrychodd o'i gwmpas. Gwelai biano Pleyel tlws o'r ddeunawfed ganrif, heb fod yn annhebyg i'r un a chwaraeai ei dad gartref.

Sylwodd hefyd fod bord â darnau gwyddbwyll wedi'u gosod ar y clawr gwyn a du, a dwy gadair un bob ochor fel petai'r cyfan yn barod i'r chwaraewyr eistedd ac ailgydio yn y gêm. Fel un a chwaraeai'n gyson, teimlai wefr wrth edrych ar y ffigyrau syml a oedd mor anghyffredin ac eto mor gyfarwydd, ac ysai am eu dal yn ei ddwylo a'u hastudio'n fanwl.

O gwmpas muriau'r ystafell roedd silffoedd llyfrau cerfiedig cywrain a sylweddolai mai casgliad o lyfrau gŵr diwylliedig oedd yn llenwi'r silffoedd hyn. Teimlai'n weddol sicr mai llyfrau Robert Mond oeddent, nid llyfrau'r Arglwyddes. Ystyriai, wrth edrych arni nawr, mai gwraig y salon yn hytrach na'r llyfrgell oedd hi.

Naill ochor i'r lle tân roedd ffenestri hirgul, ac ym mhen pella'r ystafell llifai'r golau i mewn drwy ffenest fawr oedd yn cyrraedd o'r nenfwd i'r llawr. O'i blaen roedd llyfr trwchus a llestr o flodau ar ford. Pa iaith y byddent yn ei siarad, tybed? Câi hi ddewis.

Camodd Arglwyddes Mond tuag ato i'w groesawu.

"Eisteddwch yma, Gadfridog," gan ei gyfeirio at gadair gyferbyn â hi. "Mae'n siŵr eich bod wedi cael eich cinio. Gymerwch chi goffi?"

Ffrangeg. Addas iawn yn ei dyb ef, a chymhlethdodau'r iaith yn caniatáu lliwiau o ystyr na ellid eu hawgrymu mor ddeheuig yn Saesneg. Wedi'r cyfan, Ffrangeg fu iaith diplomyddiaeth ar hyd y canrifoedd. Oedd yna iaith debyg iddi lle gellid cyfleu cymaint gyda'r dewis o fodd y ferf?

"Diolch. Byddai coffi'n dderbyniol iawn."

Canodd hithau'r gloch.

Edrychodd Maï ar y gŵr ifanc gyferbyn â hi. Beth fyddai ei oedran, tybed? Yng nghanol ei dri degau efallai? Roedd yn dal, o bryd golau a chanddo lygaid glas, glas. Yn sicr, roedd y Natsïaid yma'n gwybod sut i ddylunio iwnifform. Roedd toriad y siaced yn berffaith, yr ysgwyddau'n ffitio i drwch y blewyn. I'r dim –

rhyw sglein syber ar y defnydd llwydlas lliw llygoden a'r bredio arian cul ar yr ysgwyddau yn ychwanegu sglein bach chwaethus. Am y jacbwts lleder du, dyma steil yn creu delwedd. Gwyddai Maï o brofiad mor bwysig oedd hynny, ac mor effeithiol. Y cyfan gymaint yn well na dillad swyddog cyffelyb ym myddin Ffrainc neu Loegr.

Mor wahanol yr oedd merched yr Almaen yn dewis gwisgo. Doedd dim llawer ohonynt yn dod o'r un stabl â Marlene Dietrich. Rhyfedd eu bod nhw mor ddi-glem gyda'u hen sgertiau sachabwndi a'u blowsys heb fawr o siâp. Tybed ai dyna pam y byddai cynifer o'r dynion yn dod i Montmartre pan oedd hi'n ifanc?

Teimlai Kurt von Heyden yn gysurus; roedd yn ei gynefin. Er ei fod mewn gwlad estron a ddarostyngwyd gan y fyddin yr oedd yn swyddog ynddi, oni pherthynai'r ddau ohonynt, fe a'r wraig a eisteddai gyferbyn ag ef, i'r un dosbarth?

"Belle-Isle-en-Terre. Enw rhyfedd, Arglwyddes Mond. Pam 'ynys yn y tir'?"

"Roedd yna fynachlog ar ynys o'r enw Belle-Isle, heb fod ymhell oddi yma, a phan ddaeth rhai o'r mynachod i'r tir mawr a chodi mynachdy newydd, dyma alw'r lle yn Belle-Isle-en-Terre, yr ynys dlos yn y tir. Ond i ni Lydawyr, Benac'h yw'r enw."

"Mae'n siŵr mai enw Llydaweg yw Koad an Noz?" Baglodd dros y geiriau anghyfarwydd. "Beth yw'r ystyr?"

"Coed y Nos yw Koad an Noz."

Daeth morwyn i mewn â'r coffi, a'i arllwys.

"Cwpanau arbennig o hardd."

"Diolch."

"Meissen? Rhwng 1840 ac 1850, efallai?" awgrymodd gyda gwên. Mor eironig ei fod yng nghanol rhyfel gwaedlyd yn trafod manylder steil llestri drudfawr. Rhyfedd o fyd. Lledwenodd unwaith eto.

"Anrheg i 'ngŵr oddi wrth ddinas Cologne. Ydyn, maen

nhw'n arbennig o gain. Beth bynnag yw'r anawsterau, gallwn werthfawrogi celfyddyd ein gilydd, oni allwn ni?"

Gwenodd arno'n gwrtais.

"Ond mae yna wahaniaeth rhyngon ni'r Celtiaid a chithe'r Tewtoniaid. Chi yw'r dynion sy'n gweithredu, a ni, yng ngeiriau'r Sais, yw'r 'dreamers of dreams'."

Mwynhaodd sŵn y geiriau Saesneg wrth eu hynganu. Gwenodd arno eto. Yfodd y ddau eu coffi a mwynhau'r teisennau bach ffres. Ymlaciodd yr Almaenwr yn yr amgylchedd gwâr: y cynhesrwydd, y lliwiau, arogl y tân coed – y cyfan yn falm i'w enaid. Yn barod, rywfodd, roedd y rhyfel yn afreal, ac wrth fwynhau'r cysur sylweddolodd mor flinedig ydoedd. Yna ysgydwodd ei hunan i ganolbwyntio ar bwrpas ei ymweliad. Ai cellwair oedd hi, rhyw chwarae â geiriau a syniadau fel un oedd wedi hen arfer â mân siarad cymdeithasol? Caledodd ei wyneb. Cwplodd ei goffi. Arhosodd nes bod y saib yn anghysurus.

"Fe orffenna i'r dyfyniad, Madame.

For each age is a dream that is dying,
Or one that is coming to birth.

Mae oes newydd wedi cychwyn, Arglwyddes Mond. Mileniwm godidog, a'r Almaen yn ben."

Siaradai'n dawel, yn daer ac yn bwyllog, a doedd dim amheuaeth ei fod yn credu â'i holl galon ac â'i holl feddwl ei fod yn darogan y gwir.

"Wyddoch chi, Arglwyddes Mond, ar y cyfan mae pobol gyffredin Ffrainc wedi'n croesawu ni. Mae sawl cartref wedi agor ei ddrysau i'n dynion ar draws y wlad, gan gynnwys yma yn Belle-Isle."

"Merched ifanc, ffôl, yn ffansïo sowldiwrs penfelyn mewn dillad smart, Gadfridog. Rwyf wedi clywed bod ambell un â'i draed o dan y ford, fel petai."

Cododd y Cadfridog. Cerddodd i gyfeiriad y ffenest bellaf. Edrychodd allan dros y parc, i lawr y rhodfa syth rhwng y coed, ac yno yn y pellter gwelai garw yn sefyll yn stond, yn codi ei ben, ei ffroenau'n sawru'r gwynt a'i gyrn canghennog yn dywyll yn erbyn yr awyr las. Edrychai'r carw'n ffroenuchel i gyfeiriad y ffenest: brenin y goedwig yn herio unrhyw heliwr, unrhyw elyn, gan eu rhybuddio i gadw draw. Sylweddolodd fod Arglwyddes Mond yn sefyll wrth ei ochor.

"Creadur rhyfeddol o hardd," meddai yntau.

"Ie, anrheg gan rai o hen ffrindiau 'ngŵr. Rhoeson nhw nifer o geirw inni o'u stad, ond erbyn hyn mae'r pedair ewig wedi trigo. Dyw'r creaduriaid harddaf a chryfaf, hyd yn oed, ddim yn ffynnu mewn amgylchedd estron. Maen nhw'n mynd yn ysglyfaeth i'r byd dieithr o'u cwmpas yn y pen draw."

Teimlai'r Almaenwr yn anghysurus â'r hyn a dybiai oedd yn is-destun i'r ymgom, ac yna ychwanegodd Arglwyddes Mond â gwên fach ddiniwed, "Edrychwch, mae'r creadur wedi diflannu yn ôl i'r goedwig mor sydyn ag y daeth. Gadfridog, r'ych chi wedi dod yma i fy holi i a dwi'n siŵr, a chithe'n ddyn prysur iawn, eich bod chi am fwrw ymlaen â'r gwaith. Does dim amser i edrych ar hen geirw, oes 'na?"

Chwarddodd yn ysgafn-chwareus. Nid am y tro cyntaf erbyn hyn, teimlai Kurt von Heyden ei fod rywfodd yn colli'r fantais. Yn sicr, ni allai adael i hynny ddigwydd. Atgoffodd ei hun y gallai hon a'i chydnabod fod yn gysylltiadau defnyddiol yn y dyfodol agos. Gwyliodd Arglwyddes Mond yn mynd 'nôl at ei chadair, fel un yn cerdded ar draws llwyfan mewn drama. A hithau'n eistedd, trodd yntau i gyfeiriad ei gadair ef. Oedodd i edrych ar arfbais uwchlaw'r lle tân.

"Dwi'n tybied, Arglwyddes Mond, mai dyma'ch cartref teuluol chi?"

Cododd ei haeliau a gwenu, gan ysgwyd ei phen.

"O, nage'n wir. Merch y melinydd ydw i. Fe'm ganed a'm

magu yn Prat Guegan ar afon Guer, ddim ymhell oddi yma, ar ymylon y stad. Guillaume Jean ar Manac'h oedd Nhad, a Marie Yvonne Le Roy oedd fy mam."

Roedd ei gefn tuag ati wrth iddi siarad. Pan drodd a'i hwynebu, cyn eistedd, doedd dim o'r sioc a deimlai i'w weld yn ei wyneb ac aeth hithau ymlaen â'i hanes.

"Dwi'n un o ddeg o blant. Yr unig ferch. Bu farw pedwar o'm brodyr yn fabanod. Cewch weld rhestr fy achau mewn amlen yn yr albwm mawr, ynghyd â dogfennau pwysig fel achau teuluoedd eraill, tystysgrifau geni, priodi a marw ac yn y blaen. Maen nhw i gyd yma ichi."

Cododd Maï a cherdded draw at y bwrdd. Cymerodd bapur o'r amlen a'i estyn i'r Almaenwr.

Edrychodd yntau arno am ennyd. Am y tro cyntaf, roedd yn ymwybodol o dician y cloc – hen gloc casyn hir ar ffurf Ffrengig boliog a safai yn y cornel. Ni ddywedodd air. Edrychodd hithau'n ddiwyro ym myw ei lygaid.

"Un stafell oedd i'n tŷ ni."

Roedd ei llais yn glir a digyffro.

"Llawr pridd. Lle tân mawr. Ysgol bren i ddringo i'r llofft. Heblaw'r felin, roedd 'da ni un fuwch, dau fochyn ac ychydig ieir. Dyna i gyd."

Distawrwydd hwy y tro hwn.

"Ydych chi'n cael fy hanes i'n rhamantus, Gadfridog? Neu ydy hyn yn codi arswyd arnoch chi, falle? I fi'n blentyn roedd perchenogion y castell yma a'u ffrindiau fel bodau o fyd arall."

Daliai ei hymwelydd yn fud, ac aeth hithau ymlaen fel petai'n siarad â hi ei hun.

"Dyw tlodi byth yn rhamantus. Mae'n difa'r nerth, ac mae'r undonedd a'r anobaith yn malu'r ysbryd dros amser, fel mae maen y melinydd yn malu'r grawn. Ond pan 'ych chi'n ifanc, r'ych chi'n breuddwydio ac, am gyfnod beth bynnag, mae unrhyw beth yn bosibl."

Daeth y forwyn i mewn i nôl y cwpanau, ond thalodd Arglwyddes Mond ddim sylw iddi. Nid oedd cyfrinachau yn y cartref hwn.

"Uchelgais fy mam oedd imi briodi bachgen ifanc o'r pentref, mab i siopwr, ond," gwenodd gan godi'i haeliau, "doeddwn i ddim yn ddigon da iddo fe."

Gan ffug sibrwd, ychwanegodd, "Merch y melinydd oeddwn i."

"Beth ddigwyddodd iddo fe?"

"Priododd fenyw ifanc… addas. Magodd deulu a bu farw 'pour La France.'" Rhoddodd bwyslais arbennig i'r geiriau.

"Weithiau bydda i'n eistedd yn yr eglwys ac yn darllen ar y garreg goffa yno enwau'r holl ddynion ifanc roeddwn yn eu hadnabod, a ninnau'n blant gyda'n gilydd. Felly mae ym mhob pentref a thref drwy Ffrainc – miliynau wedi marw yn y rhyfel a oedd i roi terfyn ar bob rhyfel. A dyma ni'n ymladd eto. Chi a ni. Ffrainc a'r Almaen."

"Y tro hwn mae'n wahanol. Tynged ragluniaethol yr Almaen yw gorchfygu Ewrop, ac yna bydd dyfodol y cyfandir cyfan yn ogoneddus ac yn ddiogel."

Gwelodd Maï y sicrwydd yn ei lygaid a'r penderfyniad yn ei ên. Nid dyna'r tro cyntaf iddo ddweud y geiriau yna.

"Mae'n rhaid bod rhywbeth wedi digwydd i newid eich bywyd," meddai'r Almaenwr.

Edrychodd Maï i ffwrdd am eiliad, ac yna, gyda hanner gwên, meddai, "Bu farw Victor Hugo."

Chwarddodd, chwerthiniad dilyffethair menyw oedd yn gwerthfawrogi natur swreal a bisâr y sefyllfa yr oedd hi ynddi.

Edrychodd ef arni heb ddweud gair.

26

Rhannu Atgofion

ADRODDODD HANES EI hymweliad â Pharis gyda Monsieur a Madame Le Saout gan ddisgrifio angladd Victor Hugo yn fanwl. Gwelai fod y cyfan o ddiddordeb iddo, ac felly dangosodd iddo'r garden bost o'r Arc de Triomphe yn ei holl ogoniant. Hawdd y gallai'r Almaenwr ddychmygu effaith hynny ar ferch ifanc o gefn gwlad, ac ni synnai o gwbl pan glywodd am ei phenderfyniad i fynd 'nôl i Baris mor fuan â phosibl.

"Gadfridog, glywsoch chi erioed am y pardynau yma yn Llydaw?"

"Do, fe glywais amdanyn nhw flynyddoedd yn ôl."

Wrth gwrs y clywsai am y pardwn. Byddai Clothide wedi sôn wrth ei mab am bardynau ei hieuenctid.

Disgrifiodd Maï y pardwn yn Gwengamp a'r Gouel Sant Loup drannoeth a sut y cafodd waith yn Sant Brieg ac iddi gynilo pob *sou* am flwyddyn gron er mwyn cael mynd 'nôl i Baris. Diolch i dad ei hen ffrind, Jean-Marie Kervoas, cafodd docyn dosbarth cyntaf i deithio mewn steil. Erbyn iddi ddod at ei dyddiau cynnar ym Mharis a hithau'n setlo yn Montmartre roedd Maï'n dechrau cynhesu at y gwaith, a dyma gyrraedd dawns y Beaux Arts yn y Moulin Rouge. Roedd wedi penderfynu na fyddai'n ceisio cuddio dim o'i hanes, er na fyddai angen manylu chwaith, a rhoddodd grynodeb mor chwaethus â phosibl o'r hyn a ddigwyddodd y noson honno ac o'r achos llys wedyn.

Tipyn mwy lletchwith oedd adrodd hanes cinio y Comte

Armand de Curey bondigrybwyll yn nhŷ bwyta *haute cuisine* Le Mardelay yn y Rue de Richelieu.

"Dyddiau hapus yn llawn hwyl oedden nhw a ninnau'n ifanc a ffôl pan oeddwn i'n rhyw ugain mlwydd oed."

Roedd ei hisymwybod yn corddi, ac atgofion a gladdwyd ers degawdau yn ailymddangos. Gwelodd y Cadfridog gynnwrf yn ei llygaid. Gwenodd arno, a rywfodd tynnodd ef i mewn i rwyd ei hatgofion, a'i swyno, fel y tybiai hi, â'i hiraeth am ddyddiau pell ei hieuenctid.

Rhoddodd y cefndir iddo'n fras, a chyrhaeddodd y cyfnod yn y stori pan wnaeth y sefyllfa ddirywio.

Mae'n syndod gymaint y gall edrychiad, codi ael a hanner gwên ei awgrymu. Dyn ydoedd, wedi'r cyfan. Roedd hi, Maï, yn adnabod dynion.

Nid oedd wedi bwriadu disgrifio'r olygfa yn Le Mardelay cweit mor fanwl nac mewn modd llawn mor afieithus chwaith, ond roedd popeth mor fyw yn ei dychymyg a chwerthin aflafar y merched mor real yn ei chlustiau, a hwythau'n fythol ifanc, hoenus o flaen ei llygaid. Edrychodd ym myw llygaid y Cadfridog ond ni welai unrhyw arlliw o flys yno. Gallai ddychmygu ei fod e'n hoffi menywod tipyn mwy soffistigedig na'r giwed yn Le Mardelay. Edrychai fel petai'n gallu sawru'r chwys yn yr ystafell yn ei ffroenau.

Wrth graffu'n ofalus, ai gwawd a welai yng nghefn ei lygaid? Neu falchder trahaus yr aristocrat? Ife? Cododd ei gwrychyn a theimlai ddicter tuag ato. Sut na allai ymateb yn fwy dynol?

A'i llygaid yn llydan agored yn ffugio diniweidrwydd, pwysodd ymlaen a gofyn, "Allwch chi ddychmygu'r sefyllfa, Gadfridog? Roedd y sŵn yn fyddarol. Yna'n sydyn, neidiodd y ferch ar ben un o'r bordydd a diosg ei dillad i gyd i rythm curo dwylo'r dorf. Chwifiodd nhw'n ddramatig fel cyhwfan baner uwch ei phen. Ei hosgo, wyddoch chi, rywbeth yn debyg i un Marianne. Yr ymgorfforiad o falchder Ffrainc!"

Distawrwydd.

"Gadfridog, fi oedd y ferch ifanc honno."

Braidd y gallai'r Cadfridog gredu ei glustiau. Mesur da o'i hunanddisgyblaeth oedd na welid unrhyw ymateb ar ei wyneb. Eisteddai fel delw. Gwelai wraig hardd, urddasol, yn eistedd gyferbyn ag ef, ond clywai hi'n adrodd hanes rhyw hoeden gomon a'i phranciau anweddus. Yr un oedd y ddwy!

Yn sydyn fe'i trawyd fel bollt gan y ffaith fod ei fam tua'r un oedran ag Arglwyddes Mond, a'i bod ym Mharis – nage, a'i bod yn Montmartre – tua'r un pryd. Llydawes oedd hithau hefyd. Ond ni allai ddychmygu bod ei fam dawel, bert, gymen, fyth wedi cymysgu â chiwed o'r fath. Clywodd lawer gwaith y stori ynghylch sut y cyfarfu ei rieni, a'r ddau'n syrthio mewn cariad â'i gilydd a phriodi, nid gartref yng nghapel y teulu ym Mafaria fel y disgwylid, ond yn y Sacré Coeur. Am y tro cyntaf fe'i trawyd bod hynny'n od. Pam priodi yno? Allai ei fam fod yn rhan o'r un cylch? Oedd hynny'n bosibl?

"Mae'n stori drist ar ambell wedd, yn sicr. Trychinebus, a dweud y gwir," a phesychodd.

Edrychodd arni a chymerodd amser i gasglu ei feddyliau. Llyncodd yn galed.

"Cyn i'r Führer ddod i rym roedd y gymdeithas yn yr Almaen, yn enwedig ym Merlin, wedi dirywio – ddim yn annhebyg i'r hyn rydych chi'n ei ddisgrifio. Ond, diolch i'r drefn, mae yno ysbryd newydd nawr, a'r un fydd yr hanes drwy Ewrop gyfan. Dwi'n ffyddiog o hynny…"

Esboniodd iddi hi gael dau fis o garchar.

"Dwi'n syrthio ar fy mai. *Mea culpa. Mea culpa. Mea maxima culpa.* Ydy hynny'n golygu rhywbeth ichi? Pabydd neu Brotestant ydych chi, Gadfridog?"

"Pabydd. Mae Nhad o Fafaria. Ffrances yw fy mam."

'Nage,' meddyliodd Maï. 'Llydawes yw dy fam. Dwi'n sicr o

hynny.' Edrychodd ym myw ei lygaid a gwenu, fel un yn rhannu cyfrinach.

Llwyddodd i gyflwyno hanes yr achos llys heb embaras gormodol, a sglefriodd yn ddeheuig dros y deufis yn y carchar. Ymhen chwinciad roedd yng nghanol rhamant y cwrdd a'r syrthio mewn cariad â Simon Gugenheim, er mai prin y byddai Simon wedi adnabod y fersiwn hon o'r stori. Yna dyna'r ddau yn cyrraedd Llundain a phriodi yno.

"Yn ôl yr hyn a glywais, cafodd Simon Gugenheim yr enw 'Brenin Copor', on'd do fe?"

"Fu Simon druan ddim yn frenin ar ddim erioed. Brenin Cabaets, efallai, am gyfnod. Tynnu coes oeddwn i pan ddywedais wrth un o'ch swyddogion ei fod yn cael ei alw'n Frenin Copor am fod Robert yn cael ei alw'n Frenin Nicel. Collodd ei iechyd, a bu farw o'r dicléin ar Ddydd Nadolig 1900 yn ddeugain a thair oed, a minnau'n un ar ddeg ar hugain. Fe ddes i 'nôl yma i Benac'h i weld fy nheulu ar ôl claddu Simon, a thra oeddwn i yma prynais dŷ yn y pentref. I bob golwg roeddwn i'n fenyw ifanc ffasiynol, gysurus iawn ei byd."

"Gadawodd Simon Gugenheim chi'n gysurus iawn felly."

"Wel, naddo. Roedd e'n alcoholic difrifol."

"Ga i ofyn o ble ddaeth yr arian, Arglwyddes Mond?"

"Des i'n gwrtisan i un o ddynion cyfoethoca'r cyfandir. Dug Orléans oedd e, etifedd brenin olaf Ffrainc ac etifedd brenin Sbaen hefyd."

Fel aelod o'r gwasanaethau cudd, roedd Kurt von Heyden wedi meistroli y grefft o reoli ei wyneb i beidio â bradychu ei deimladau, ond roedd y datguddiad yma bron yn drech nag ef.

Y nefoedd fawr. Un o'r 'Grandes Horizontales'! Ac i feddwl iddo ddychmygu y gallai ei fam fach ddiniwed fod wedi'i hadnabod. Roedd hynny'n amhosibl, on'd oedd e? Ei fam! Dyna lle roedd hon, cyn-gwrtisan, yn eistedd gyferbyn ag ef yn edrych mor barchus ac urddasol. Gwelai chwerthiniad yn ei llygaid, fel petai'n mwynhau cyfrinach, a theimlai'n anghysurus. Wyddai hi rywbeth amdano na wyddai ef ei hun?

"Dwedwch wrtha i, Arglwyddes Mond, beth yw'r gwahaniaeth rhwng putain a chwrtisan?"

"Fel y gwyddoch, Gadfridog, dwi'n siŵr, mae putain yn gwerthu ei hunan i unrhyw ddyn a all dalu am ei gwasanaeth. Mae hynny'n digwydd hyd yn oed yn yr Almaen."

Gwenodd Maï wrth ateb, ond meddyliodd yr hoffai dynnu'r masg yna oddi ar ei hwyneb. Y diawl bach Boche. Fel petai e ddim yn gwybod.

"Gall dynion o bob dosbarth gymryd meistres ond dim ond y dynion cyfoethocaf o'r dosbarth uchaf oll all gadw cwrtisan."

Oedodd cyn penderfynu a wnâi adrodd ei hanes yn ymosod ar Antoine yn y Rue de la Paix neu beidio. Ond dyna a wnaeth, o ran direidi, i weld a fyddai unrhyw ymateb i'w ganfod ar ei wyneb. Tybiodd iddi weld rhyw lychedyn bach o chwerthin yn ei lygaid ond na, roedd ei wyneb yn hollol ddifynegiant.

Adroddodd mewn brawddeg neu ddwy hanes ei hymweliad â'r Pab gan bwysleisio bod y Pab ei hunan wedi gwrando ar ei chyffes ac wedi maddau ei holl gamweddau. Heb ymdroi aeth ymlaen i ddisgrifio sut y dechreuodd ei bywyd newydd yn Llundain. Erbyn hynny teimlai'r Cadfridog nad oedd dim a fyddai'n ei synnu mwyach.

"Bywyd gwahanol i'ch bywyd chi, dwi'n tybied. Ond fi luniodd fy ffawd. Fi oedd yn gyfrifol am bob dewis. Roeddwn i eisiau popeth oedd gan y byd mawr i'w gynnig. A wyddoch chi beth? Fe'i ces."

Edrychodd yr Almaenwr ym myw ei llygaid yn ddiwyro a heb unrhyw fynegiant yn ei wedd.

Wedi munud o oedi, pwysodd hithau ymlaen fel petai'n adrodd cyfrinach. "Pan edrycha i arnoch chi, Gadfridog, wyddoch chi beth wela i?"

Arhosodd, er nad oedd hi'n disgwyl ateb.

"Dyn sydd â'i fywyd wedi bod yn un darn di-dor. Dywedwn ichi gael eich magu mewn cartref breintiedig, heb brinder o unrhyw fath. Cawsoch addysg dda a phob mantais, ac r'ych chi wedi gwybod o'r dechrau pwy oeddech chi a sut fywyd i'w ddisgwyl. R'ych chi wedi bod yn fodlon ar eich byd. Ydw i'n iawn?"

Gwyrodd y Cadfridog ei ben heb ymateb i'r cwestiwn. Yn hytrach, parhaodd â'i holi.

"Beth ddigwyddodd nesaf?"

Clywodd sut a pham yr aeth i Lundain ac fel y bu'n dyst i angladd Edward VII prin naw mlynedd ar ôl claddu'r Frenhines Fictoria gyda rhwysg ymerodrol. Adroddodd Maï yr hanes yn gryno wrth y Cadfridog, ac yna, fel petai'r syniad wedi dod iddi'n sydyn, gofynnodd iddo:

"Hoffech chi weld llun o Robert? Gall llun ddweud llawer mwy na geiriau weithiau."

Cerddodd y ddau draw at y ford wrth y ffenest a throi at yr albwm. Oedd, roedd ganddo wyneb tawel.

"Edrychwch. Dyma Combe Bank."

Gallai ddychmygu'r prynhawn tesog hwnnw, y parti yn yr ardd a phawb yn mwynhau, ond anoddach oedd dychmygu'r gŵr canol oed a welai yn y llun – ei farf fach bigfain, ei fwstás deubig, ei goler wedi'i startsio'n ddau bigyn caled, ei siwt streip a'i wasgod – yn syrthio dros ei ben a'i glustiau mewn cariad gwyllt. Eto, gwelai deimladrwydd a thynerwch yn ei lygaid.

"Dyma lun o Alfred gyda Lloyd George yn edrych allan drwy ffenest trên. Doedd neb tebyg i Lloyd George. Roedd fel fflam o dân. Roedd Alfred hefyd yn dipyn o wleidydd. A dyma gerflun arbennig iawn: pen Ludwig Mond, y tad. Welwch chi'r geiriau o gwmpas yr ymyl? 'Dr Ludwig Mond FRS.' Cymrawd o'r Gymdeithas Frenhinol – dim llai – yn y flwyddyn 1908. Dyna'r unig anrhydedd y dymunai ei gael. Gwnaeth yn hysbys i bawb na fyddai am dderbyn teitl o unrhyw fath. Bu farw'r flwyddyn ganlynol."

"Iddewon oedden nhw?"

"Ie."

"Ac Iddew oedd Simon Gugenheim?"

"Ie, mae'n debyg. Ond mewn eglwys Anglicanaidd y priododd Simon a finne."

"Pabyddes oeddech chi."

Edrychodd arni, ac oedi.

"Mae hynny'n dweud llawer. Oeddech chi'n arbennig o hoff o Iddewon, felly?" holodd gan godi'i aeliau.

"Gallech chi fod wedi gofyn oeddwn i'n arbennig o hoff o Almaenwyr. O'r Almaen y daeth y ddau deulu."

'Gan bwyll. Paid â bod yn fyrbwyll. Cofia pwy yw'r dyn yma,' meddyliodd. Teimlodd ddicter yn ei choluddion a hwnnw'n tyfu o'i mewn nes peri i'w chalon garlamu a'i hanadl dynhau.

Edrychodd y Cadfridog am yr arwyddion na ellir eu rheoli. Roedd ei hwyneb yn ddifynegiant. Hawdd cymhwyso hwnnw, ond roedd hi'n anesmwytho. Syllodd ar yr hollt ym mhont yr ysgwydd fel y gwnaeth o'r blaen yn y Porte de l'Angoisse a gwelai ei bod yn llyncu ei phoer yn galed. Oedd, roedd hi dan bwysau.

Bu distawrwydd am ychydig. Ni ddywedodd yntau air, dim ond edrych arni. Yna, wedi anadlu'n ddwfn a chasglu ei meddyliau, aeth Maï ymlaen â'i hanes.

"Ches i fawr o addysg fel merch, Gadfridog, ond manteisiais ar bob cyfle ar ôl gadael cartref i addysgu'n hunan. Clywais am ddynion mawr yr Almaen, Goethe, Schiller, Heine a'u tebyg, ond, wrth gwrs, ddarllenais i ddim gair o'u gwaith erioed oherwydd ches i ddim cyfle i ddysgu Almaeneg. A dweud y gwir, fûm i erioed fawr am lyfrau."

"Doedd dim disgwyl ichi ddarllen gweithiau mewn iaith nad oeddech yn ei deall."

"Nag oedd, ond bûm mewn cyngherddau ym Mharis a

Llundain a ches glywed miwsig cerddorion fel Bach a Beethoven, Mendelssohn a Schumann. Y mawrion i gyd. Maen nhw wedi cyfoethogi 'mywyd i."

"Almaenwyr yw cyfansoddwyr mwya'r byd, Arglwyddes Mond."

"Ond ofynnais i erioed ai Almaenwyr pur oedd yr holl Almaenwyr a gyfrannodd gymaint i'r byd, neu ai Almaenwyr o dras Iddewig oedden nhw. Fu hynny erioed o bwys i mi."

Roedd wedi'i chythruddo, yn siarad yn gyflym, yn amlwg o dan bwysau, er ei bod yn ceisio ei gorau i guddio'r ffaith. Sut gallai mab Clothide ymddwyn fel hyn?

"Mae'n amlwg nad yw o bwys ichi, Arglwyddes Mond, neu fyddech chi ddim wedi priodi'r Iddewon yna."

Edrychodd arno. Crwt Clothide oedd hwn. Yn edrych arni mor wynebgaled. Oedd ganddo deimladau o gwbl? Pwy oedd y Natsïaid yma'n meddwl oedden nhw? Penderfynodd roi sioc iddo, beth bynnag fyddai'r canlyniadau.

"Clywais fod Magda Goebbels wedi dweud y byddai 'élégance', sy'n golygu cymaint yn Ffrangeg, fel y gwyddoch chi, yn diflannu o Ferlin pan fyddai'r Iddew olaf yn gadael. Felly mae hyd yn oed Frau Goebbels yn gweld rhyw werth a rhinwedd yn yr Iddewon."

"Gadewch inni drafod materion o bwys, Arglwyddes Mond, ac nid rhyw fân siarad a hel straeon fel 'na. Ceisiwch ddeall hyn: mae Iddewiaeth ryngwladol yn difetha'n gwledydd ni yn wleidyddol ac yn economaidd. Roedd y Brenin Siôr V o'r un farn, yn casáu'r Iddewon, yn arbennig y rhai a fu mor ddylanwadol adeg ei dad, yn gymaint o ffrindiau ag ef ac yn gofalu am ei arian. Mae ei fab, Edward VIII, Dug Windsor bellach, yn edmygydd mawr o'r Führer a'i bolisïau. Mae gan Herr Hitler feddwl arbennig o Lloyd George, gyda llaw. Bu yn Berchtesgaden yn 1936 ac roedd y ddau'n dod ymlaen yn dda iawn gyda'i gilydd."

Teimlai Maï'n flinedig, a thensiwn y diwrnod bron â'i threchu.

Roedd meddwl yr Almaenwr wedi crwydro ymhell. Roedd y wraig hon wedi rhoi ei bys ar ei ddolur. Cyfeiriodd at Goethe. Goethe oedd ei arwr. Fe'i trawyd eto gan erchylltra'r ffaith fod Ettersberg, y bryn y tu allan i Weimar lle âi'r bardd weithiau i fyfyrio ac i geisio ysbrydoliaeth, lle a ddylai fod yn gysegredig i bob Almaenwr a garai ei dreftadaeth… Heddiw… Beth oedd yno? Lle o'r enw Buchenwald.

Ni allai ddygymod â hynny. Buchenwald. Carchardy ing ac artaith lle bu Goethe yn ymgodymu â thynged Faust – a'n tynged ni bob un. Ystyr 'Faustus' yn Lladin yw 'Ffodus', rhywbeth sy'n argoeli'n dda. Ond ystyr 'Faust' yn Almaeneg yw 'dwrn'. Dwrn bygythiol. Arswydodd. Rhwygwyd y cyswllt cyfriniol. Gwell gwthio'r atgof i bydew angof, a'i wahardd rhag ymddangos byth eto.

27

Priodi

"P‍RYD PRIODOCH CHI a Syr Robert, Arglwyddes Mond?"

"Rhagfyr 1922, Gadfridog. Mae'r tystysgrifau yma i gyd."

"Rai blynyddoedd wedi ichi gwrdd felly. Pam yr oedi?"

"Am resymau da…"

Esboniodd fod Robert yn teimlo na fyddai'n deg dod â menyw arall i'r cartref tra bod y merched yn dibynnu arno. Bu eu mam farw'n frawychus o sydyn pan oedd y merched yn ifanc. Yn ystod yr wythnos byddai ef a'r merched yn byw yn ei gartref yn Regent's Park, drws nesaf i'w fam. Gerllaw, yn Margaret Street, roedd Maï'n byw, ac roedd gan Robert ail gartref yno.

Synhwyrodd y Cadfridog ei bod hi, am ryw reswm, yn aflonyddu, ond ni allai ddyfalu pam. Torrodd ar ei thraws.

"Yn Llundain roeddech chi pan gychwynnodd y rhyfel?"

"Ie. Doedd Prydain ddim yn barod i fynd i ryfel."

Cofiai strydoedd Llundain yn llawn dynion ifanc yn martsio am y trenau fyddai'n eu cludo i Ffrainc, a'u cariadon yn ffarwelio â nhw gan ddisgwyl y byddent yn dychwelyd yn fuan. Clywai eco'u traed ar y palmentydd a sŵn eu lleisiau'n canu'r holl hen ganeuon ffôl, diniwed yna. Druan ohonynt.

"Roedd Alfred Mond yn agos at Asquith, on'd oedd e?"

"Oedd. Roedd Alfred yn Aelod Seneddol dros Abertawe ac yn aelod o'r Cabinet. Cafodd deitl 'Arglwydd Melchett' gan Asquith."

Y teulu oedd biau'r gwaith nicel mwyaf yn y byd, a hwnnw yng Nghlydach, ddim ymhell o Abertawe. 'Pa syndod i Asquith gynnig y sedd yna iddo,' meddyliodd yr Almaenwr.

"Pa swydd gafodd e?"

"Pennaeth Gweithiau Cyhoeddus."

"A Syr Robert?"

"Pennaeth Adran Ffrwydron y Weinyddiaeth Arfau Rhyfel."

"Swyddi pwysig."

"Roedd y cyfrifoldeb yn arswydus."

Dywedodd â nodyn o falchder yn ei llais mai Robert oedd yn gyfrifol am gynhyrchu ffrwydron at wasanaeth y fyddin, a phob un o'u ffatrïoedd yn rhan o'r gwaith. Nhw oedd yn gwneud TNT i lenwi'r sieliau, chwe deg tunnell y dydd, heb wneud ceiniog o elw iddynt hwy eu hunain. Hwy hefyd fyddai'n cynhyrchu mygydau nwy i bawb.

"Clywais Robert yn dweud lawer gwaith y byddai'r rhai ar y dde a oedd mewn grym yn yr Almaen yn cyhuddo'r teulu o weithredu fel Krupps Prydain."

Unwaith iddi ynganu'r geiriau, meddyliodd, 'Er mwyn popeth, Maï, watsha beth rwyt ti'n gweud. Wyt ti isie mynd 'nôl i'r carchar?'

"Bradychu ei wlad enedigol wnaeth Ludwig Mond a'i deulu a phob Iddew tebyg iddyn nhw. Dyna farn y Führer, yn sicr."

"Gadael yr Almaen er mwyn diogelwch y teulu wnaeth Ludwig a Frida Mond. Gorfod gadael."

Edrychodd yr Almaenwr yn syth o'i flaen, ei wyneb fel carreg. Oddi mewn iddi teimlai Maï flinder affwysol. Clywai dipiadau'r cloc a sibrwd a chlecian y coed a losgai yn y lle tân. Teimlai gynhesrwydd lliwiau'r ystafell, arogl cwyr ar y celfi a phersawr y blodau. Y cyfan yn waraidd, gartrefol, gysurus. Ond yn yr awyr o'i chwmpas synhwyrai oerni bygythiad a godai arswyd arni. Ofnai edrych ar ei wyneb. Trodd y Cadfridog ati unwaith eto ac, yn annisgwyl, aeth ymlaen i'w holi.

"Ddioddefodd Robert oherwydd ei dras Almaenig ac Iddewig yn ystod y rhyfel?"

"Ddim gymaint ag Alfred gan nad oedd e mor gyhoeddus â'i frawd. Roedd acen Almaenig Alfred yn destun gwatwar. Byddai pobol yn Abertawe weithiau'n ei ddynwared ac yn galw ar ei ôl, 'Vales for the Velsh.'"

Oedodd, ac yna'n sydyn cododd ei gên a thynnu anadl cyn ychwanegu:

"Roedd y ddau'n Brydeinwyr i'r carn ac yn falch o gael y cyfle i wasanaethu'r wlad a roddodd loches i'w teulu. Gwnaeth y ddau bopeth a allent i ennill y rhyfel."

Dywedodd hyn â fflach heriol yn ei llygaid. Pam y gwnaeth hi hynny? 'Oherwydd un wyllt, fyrbwyll, fuest ti erio'd. Byth yn ystyried y canlyniade,' meddyliodd.

Ond er syndod iddi, dewis anwybyddu'r hyn a ddywedodd wnaeth y Cadfridog, fel petai heb ei chlywed.

"Roedd Robert ac Alfred Mond yn symud yn y cylchoedd pwysicaf. Mae'n siŵr eich bod wedi clywed llawer o gyfrinachau, Arglwyddes Mond."

"Wyddoch chi beth ddywedodd Kitchener am yr holl bwyllgorau yna?"

Pwysodd ymlaen â gwên fach ar ei hwyneb eto, fel un ar fin datgelu cyfrinach.

"Na, dywedwch."

"Bod pob aelod o'r Cabinet yn adrodd y cyfrinachau wrth eu gwragedd. Ond ddim Lloyd George."

"Roedd e'n fwy gofalus felly."

"Ddim o gwbl. Roedd e'n eu hadrodd nhw wrth wragedd dynion eraill!"

Chwarddodd yn chwareus ond ni welodd gysgod o wên ar wyneb yr Almaenwr.

"Doedd Kitchener ddim yn cytuno llawer ag aelodau Cabinet Lloyd George."

"Pam felly?"

"Teimlai eu bod nhw'n ei fychanu oherwydd ei fagwraeth

werinol. Efallai bod hynny'n wir, er dwi'n gwybod na chlywais i ddim a allai fod o unrhyw ddiddordeb ichi heddiw."

Siaradai'n gyflym, bron heb dynnu anadl, mewn ymgais i guddio'i nerfusrwydd.

"Oeddech chi yn Llundain drwy gyfnod y rhyfel?"

"Oeddwn, heblaw pan fyddem yn mynd i Combe Bank. Anghofia i byth mo'r teimlad rhyfeddol pan ddaeth y rhyfel erchyll yna i ben a diwedd ar y bordor du ar bob papur newydd. Yr un fath oedd hi yn yr Almaen, siŵr o fod?"

"Ie, yn union yr un fath."

Cofiai yntau'r miloedd yn llusgo adref o feysydd y brwydro, yn friw a diobaith, ac am eiliad fer caniataodd iddo'i hun gofio'r brawd na ddychwelodd.

"Dyna ddathlu wedyn. Canu a dawnsio yn y strydoedd. Roeddwn i allan yn ei chanol hi gyda'r dorf yn mwynhau. Un parti mawr gan ddathlu na fyddai rhyfel byth eto, a gwlad deilwng i'n harwyr dewr."

'Ond ni fu dathlu yn yr Almaen,' meddyliodd yntau. 'Dim ond dioddef, a phoen.'

Diflannodd yr asbri o'i hwyneb.

"Ond nid felly oedd hi yn yr Almaen, ife, Gadfridog?"

Chafodd hi ddim ateb. Oedd hi wedi anghofio mai'r Almaen gollodd y rhyfel? Pa mor siomedig bynnag oedd bywyd ym Mhrydain, roedd amodau byw yn yr Almaen yn llawer gwaeth.

"Felly, Arglwyddes Mond, fe briodoch chi a Robert Mond ym mis Rhagfyr 1922. Ond roeddech chi wedi bod gyda'ch gilydd ers deuddeng mlynedd."

"Rwyf wedi esbonio pam na wnaethon ni briodi ynghynt. Irène, y ferch ifancaf, a briododd gynta, ond roedd Frida yn dal i fod gartref. Yna, o'r diwedd, fe ddyweddïodd â Major Herbert Brackley, peilot awyrennau disglair iawn. DSO a DSC hefyd. Yn ddigon rhyfedd, yn Eglwys yr Holl Saint yn Margaret Street, lle roeddwn i'n byw, roedd y briodas. Eglwys ryfeddol o bert, Gadfridog. Ym mis Medi 1922."

'Plîs paid â holi mwy am y briodas,' meddyliodd. Ni chawsai wahoddiad yno nac i'r cinio wedyn yng nghartref ei darpar fam yng nghyfraith.

"Yn fuan wedyn galwodd Frida a'i gŵr yng nghwmni Robert. Hoffais Major Brackley'n fawr iawn. Ychydig dros ddau fis yn ddiweddarach roedd Robert a finne'n briod, a'r merched mor hapus droson ni!"

Disgrifiodd barti yng nghartref gwych un o'r teulu yn Sgwâr Hyde Park, cerddorfa siambr a Cernikof, y pianydd enwog, yn chwarae iddynt a rhai o gantorion mwya'r dydd yn canu. Yno y cwrddodd â Franz Lehár, cyfansoddwr 'Y Weddw Lawen', a chofiai am y perfformiad hwnnw pan gyfarfu â'r Brenin Edward VII gydag Alice Keppel am y tro cyntaf ym Mharis bron ugain mlynedd ynghynt. Adroddodd yr hanes yn gynnil wrth y Cadfridog. Nawr dyma hi'n cwrdd â'r cerddor mawr ei hun.

"Dychmygwch, Gadfridog. Fi, wedi fy magu'n dlawd yn Benac'h, yn cael fy nghyflwyno i'r gynulleidfa gan Frenin Prydain fel y weddw lawen ar y noson anhygoel honno yn y Théâtre des Bouffes-Parisiens ym Mharis. Yna, yn hollol anhygoel, ces gyfle i gyfarfod â'r cyfansoddwr ei hun mewn parti i ddathlu fy mhriodas â Robert."

Trefnodd Arglwyddes Melchett, gwraig Alfred, *soirée* fythgofiadwy gyda chantorion, actorion a cherddorion gorau'r dydd. Roedd hithau wedi trawsnewid ei gardd yn llannerch hud a lledrith ac wedi gwahodd cwmni bale i berfformio ymhlith y coed a'r ffynhonnau rhyfeddol.

"Roeddech chi'n hapus, felly?"

"Y tu hwnt o hapus."

"Ac yna?"

"Yna un haf daethom i Lydaw ar ymweliad, a dyna ddechrau pennod arall yn fy hanes."

28

Tro yn y Goedwig

"EDRYCHWCH AR Y golau, Gadfridog. On'd yw e'n berffaith? Golau diwedd prynhawn o wanwyn. Beth am fynd am dro, a chewch weld rhan o'r goedwig a chael ychydig o awyr iach."

Gwenodd arno'n llawn brwdfrydedd.

"Os ydych chi am wybod rhagor amdana i, gallwn barhau wedyn. Mae croeso ichi hefyd edrych ar holl lyfrau Robert – hanes ei waith a'r ffatrïoedd. Beth am aros i ginio yma yn Koad an Noz? Mae gen i gogydd da, wyddoch chi."

Edrychodd arni. Arian byw o fenyw â'i theimladau i'w canfod yn ei hwyneb. Derbyniodd y gwahoddiad. Canodd Arglwyddes Mond y gloch a dweud wrth y gwas eu bod am fynd am dro. Dilynodd y Cadfridog hi allan o'r ystafell, ac roedd y gwas yno yn y cyntedd yn ei ddisgwyl i fynd ag ef i ystafell ymolchi ac i estyn iddo'i got, ei gapan a'i fenyg. Aeth Maï hefyd i baratoi a theimlai ryddhad o gael ychydig funudau ar ei phen ei hunan. Ni allai amgyffred pam roedd hanes ei bywyd o'r fath ddiddordeb i swyddog yn yr SS, ond ni allai ddychmygu chwaith y gallai'r hyn a glywsai ganddi wneud unrhyw ddrwg i neb. Fe wnâi ei gorau i'w gadw'n hapus.

Pan ddisgynnodd y grisiau i'r cyntedd roedd y Cadfridog yn ei ddisgwyl. Cyfarchodd y ddau ei gilydd yn ffurfiol gwrtais; agorodd y gwas y drws ac aethant allan. Safent yno ar lwyfan bach a grisiau'n disgyn y naill ochr a'r llall i'r ardd. Roedd yr awyr yn ffres a'r haul yn gynnes ar eu hwynebau.

"Edrychwch, Gadfridog. Mae'r garddwyr yn dal i drin y lawnt a chadw trefn ar bethau. Cawsom bartïon di-rif yma dros y blynyddoedd. Rhai gyda ffrindiau o wledydd tramor, ond y gorau oedd y partïon i hen ffrindiau a'r tylwyth. Pawb yn siarad Llydaweg ac yn aml byddem yn gwisgo ein gwisgoedd traddodiadol."

"Doedd hynny ddim yn ffug? Fel Marie Antoinette mewn gwisg llaethferch â'i morynion yn y Trianon."

"D'ych chi ddim yn deall. Llydaweg oedd ein hiaith naturiol ni, a'r wisg draddodiadol oedd ein dillad Sul a gŵyl. Dychmygwch noson o haf a'r goleuadau o gwmpas y lawnt, y tŷ'n gefndir perffaith a'r goedwig fel siôl yn lapio'i hun o'n cwmpas yn glyd. Dawnsio a chanu a chymaint o hwyl a phawb yn mwynhau. Ac wedyn swper. Digon o fwyd, siampên yn llifo fel dŵr o'r ffynnon, a digon o win coch hefyd. A seidr."

Roedd y cyfan yn fyw o flaen ei llygaid.

"Deuai'r beirdd yma hefyd, ac un tro canodd Taldir gerdd yn arbennig i fi."

"Ydych chi'n ei chofio?"

"Yn ei chofio? O, ydw. Hoffech chi ei chlywed hi?"

Nodiodd yntau ei ben.

"Dwi'n sefyll yn yr union fan lle safai Taldir a chewch glywed y gerdd yn ei steil ef."

Safodd yn theatrig, ei breichiau ar led, ei holl osgo'n areithiol ddramatig, a llefarodd:

"Histor ho puez kaer zo eur gontaden hir,
Med eo eur gontaden zo da – vihana gwir.
Laret en korn an tan 'Kontaden Lady Mond'."

Gwenodd y Cadfridog. Estynnodd ei law iddi i'w chynorthwyo i ddisgyn y grisiau.

"A'r ystyr?"

"Rhywbeth fel hyn:

Mae hanes hir ei bywyd fel chwedl,
Ond chwedl sy'n wir yw hon i'w hadrodd
Ger y tân: 'Chwedl Arglwyddes Mond'.

On'd yw hi'n wych?"

Gwenodd yntau arni am yr eildro y prynhawn hwnnw. Rhyfeddai Maï fel y gallai gwên newid wyneb person yn llwyr.

Galwodd y cŵn ati, a gan droi ato, gofynnodd:

"Hoffech chi weld y stablau? Mae gen i boni bach, y tlysaf welsoch chi erioed. Bydda i wrth fy modd yn mynd o gwmpas y pentref yn y trap ac ynte yn yr harnes."

Wedi rhoi eu sylw i'r ceffylau am beth amser, troesant a cherdded drwy'r coed a amgylchynai'r plas a'r fferm. Sylwai'r Cadfridog mor sicr oedd ei cherddediad ac mor gartrefol ydoedd yn yr amgylchedd hwn. Aethant y tu hwnt i'r castell, yn ddyfnach i'r goedwig.

"R'yn ni'n mynd i gyfeiriad y llyn," meddai Maï. "Yn ystod y misoedd pan oeddwn yn y Porte de l'Angoisse, byddwn yn dyheu am gael dychwelyd yma erbyn y gwanwyn. Pan gyrhaeddwch chi'n oedran i d'ych chi byth yn siŵr a fyddwch chi yma i weld gwanwyn arall. Dyma ni."

O'u blaen gwelent fôr o glychau'r gog ar fancyn yr ochor draw i'r llyn, fel pe bai plant y greadigaeth wedi rhedeg yn wyllt â thun o'r paent glas a gwyrdd mwyaf tanbaid a welwyd erioed.

"On'd yw hwnna'n bictiwr, Gadfridog? Diolch i chi, dwi'n cael ei weld unwaith eto."

Wedi mwynhau'r olygfa am bum munud dda, trodd y ddau i gyfeiriad y castell, a'r cŵn yn eu canlyn, gan gerdded heb ddweud gair, cyn iddi dorri ar y distawrwydd:

"Mae'r goedwig yn chwarae rhan amlwg yn chwedloniaeth yr Almaen, on'd yw hi?"

"Ydy, yn gorfforol ac yn ffigurol. Pobol y goedwig 'yn ni, a'r llwythau Germanig i gyd. Dyna gewch chi yn Wagner, a straeon y Brodyr Grimm hefyd, o ran hynny. Yn y goedwig r'yn ni'n wynebu'n holl ofnau, yn concro'n gelynion ac yn cael ymgeledd tragwyddol. Does dim rhyfedd bod y goedwig mor bwysig inni."

Wrth wrando arno'n traethu fel yna, meddyliodd Maï y byddai'r Cadfridog, er ei fod yn ymddangos yn filwr o'i gorun i'w sawdl ac yn uchel swyddog mewn byddin a ymhyfrydai yn ei gorchestion, yn fwy cartrefol mewn coleg neu lyfrgell. Byddai'r bywyd yno'n fwy cydnaws â'i natur. Ond doedd hynny ddim yn ei wneud yn llai peryglus iddi hi, atgoffodd ei hunan.

"Clywais rywun yn dweud un tro fod pobol y goedwig wastad, ar ôl dewis eu harweinydd, yn ei ddilyn heb wyro, doed a ddêl, i ble bynnag yr aiff. Ei ddilyn dros y dibyn, pe bai angen. Os na wnân nhw hynny mewn coedwig ânt ar ddisberod. Colli golwg ar ei gilydd a cholli'u ffordd yn llwyr, a dyna'u diwedd nhw. Fuasech chi'n cytuno?"

"Mae'n ddamcaniaeth ddiddorol," atebodd y Cadfridog.

"Dywedodd yr un dyn mai pobol y paith yw'r Iddewon. Yn hollol i'r gwrthwyneb. D'yn nhw erioed wedi dilyn unrhyw arweinydd heb wyro – mor wahanol i chi'r Almaenwyr. Meddyliwch iddyn nhw gymryd deugain mlynedd i groesi'r anialwch! Byddai llwyth Germanig wedi gwneud hynny mewn ychydig wythnosau yn hollol ddi-lol!"

Daeth y castell i'r golwg, a meddyliodd y Cadfridog wrth edrych arno ei fod yn union fel castell o un o straeon Grimm wedi'i ddal mewn gwe lesmeiriol y tu allan i amser a realiti. Beth am y wraig hon? Teimlai fod ganddi ryw ddawn ryfeddol i edrych i mewn i lygaid dyn a deall ei gymhellion, ac yna, rywfodd, ei dderbyn a maddau iddo.

Wedi cyrraedd y llyfrgell, ar ôl rhyw fân siarad mentrodd Maï ddweud mai ei harfer oedd gorffwys am awr yn y prynhawn a pharatoi ar gyfer cinio'r hwyr.

"Dyna fydd fy mam yn ei wneud bob dydd hefyd."

"Fydde'n bosibl imi wneud hynny'n awr? Cewch holl bapurau fy nheulu i edrych arnyn nhw, ac mae 'na lyfr neu ddau yma am ddarganfyddiadau gwyddonol Ludwig Mond a Robert a llyfrau am weithiau a ffatrïoedd y teulu. Wedyn cawn ailgydio mewn pethau. R'ych chi *yn* aros i ginio, on'd 'ych chi?"

A dyna ddigwyddodd.

29

Dinarzh

DYNA RYDDHAD OEDD cyrraedd ei hystafell. Galwodd Maï ei morwyn, Marie Le Blanc, ati i drafod beth a wisgai'r noson honno. Setlwyd ar wisg arbennig iawn, un oedd yn dwyn enw unigryw ac yn wahanol i unrhyw ffrog arall – 'Y Ffrog Sgerbwd'. Ffrog eiconig os bu un erioed.

Roedd sawl blwyddyn bellach er pan brynodd Robert *château* bach Kerhuel yn edrych i lawr dros ddyffryn hen afon Guig. Pymtheng mlynedd efallai? Daeth i adnabod y wlad a'i hoffi, ac yno y byddai'n gweithio ar ei bapurau gyda'i ysgrifenyddes. Fe hoffai groesawu ffrindiau, Saeson gan mwyaf, i aros, ond roedd Kerhuel dipyn yn fach ar gyfer eu gofynion.

Un diwrnod ar ddiwedd y gwanwyn, dyma benderfynu ymweld â Dinarzh am ddwy noson ac aros yng ngwesty'r Victoria, un o'r goreuon yno, a llogi *suite* o ystafelloedd yn edrych dros y môr a'r golygfeydd gwych. Fe arhoson nhw nid am ddwy noson ond am bythefnos, ac erbyn iddynt adael roedd y ddau wedi syrthio mewn cariad â'r dref a'r arfordir.

Feddyliodd Robert erioed y gallai deimlo mor gartrefol ar y cyfandir. Clogyrnaidd oedd ei Ffrangeg, a Saesneg y siaradai ef a Maï bob amser. Ond yma yn Dinarzh roedd digon yn siarad Saesneg yn y gwestai a'r tai bwyta, ac yn y clwb golff. Roedd gan hufen cymdeithas Ffrainc dai ar benrhyn Bec de la Vallée, yn ogystal â llawer o deuluoedd cyfoethocaf America, teuluoedd brenhinol Ewrop, hen fonedd Rwsia, a'r Maharaja egsotig o

Bhavnagar. Cymerai'r Saesneg ei lle ochor yn ochor â'r Ffrangeg fel *lingua franca* y cylchoedd mwyaf dethol.

Roedd yr hinsawdd yn garedig, a phlanhigion fel coed ffigys a mimosa, na welid fel arfer yng ngogledd y cyfandir, yn ffynnu yno. Heblaw holl ragoriaethau naturiol Dinarzh a'r gymdeithas soffistigedig, apeliai rhywbeth arall yn arbennig at Maï. Yno, roedd gan siopau dethol Paris ganghennau ar gyfer y teuluoedd mwyaf ffasiynol. Roedd Maï wrth ei bodd! Mor wahanol oedd y ffasiynau i'r hyn oeddent cyn y rhyfel pan oedd y ffrociau hyd y llawr a'r hetiau mawr godidog heb newid rhyw lawer oddi ar Oes Fictoria. Nawr, roedd y sgert yn agosach at y pen-glin, a'r hetiau *cloche* yn eu bri.

Byddai'n rhaid newid cynnwys y cwpwrdd dillad bob tymor. Cofiai'r hyn a wisgai'r diwrnod hwnnw yr aeth hi a Robert gyda'i gilydd i Dinarzh y tro cyntaf. Sgert a blows a chot, er nad oedd hynny'n dweud dim. Gwlân ffein iawn oedd y defnydd, a brown golau oedd y lliw â phatrwm o sgwariau bach lliw hufen. Roedd y flows o sidan o'r un lliw cyfoethog â llewys llawn a chwff dwfn a botymau perl; y gwddf wedi'i dorri'n eithaf isel a hanner crwn, a rhes o fotymau bach perl i lawr y ffrynt. Wrth gwrs, fe wisgodd fwclis a chlustdlysau perl godidog yn ogystal.

Gymaint roedd y lliw yn gweddu i fenyw hŷn ac mor arbennig oedd y got. Ar yr ochor dde roedd yr un hyd â'r sgert, ond ar y chwith codai ar draws y corff hyd y pen-glin, a'r toriad mor berffaith fel y symudai gyda'r corff, a'r bwcwl gwych yn ei dal yn ei lle. Ffwr minc oedd y coler ac o gwmpas y ddau arddwrn hefyd.

Cofiai'r esgidiau yr un mor glir. Lledr brown, meddal fel maneg, yn bwynt yn y blaen gyda bar ar draws y droed, a sawdl uchel, ond ddim yn rhy uchel. Roedd y bag llaw o'r un lledr â'r esgidiau. Rhyfeddai mor ffodus oedd hi bod y ffasiynau diweddaraf yn taro menyw o'i hoedran hi gystal. Rhagluniaeth eto'n edrych ar ei hôl! Pan welodd Robert yr het, gofynnodd beth oedd ei chyfrinach yn mynd yn bertach bob dydd wrth dyfu'n hŷn. Bendith arno. Yr un lliw brown oedd yr het â'r got – *cloche* o ran siâp, a sidan hufen o'i chwmpas wedi'i glymu mewn bow trwchus. Teimlai fel brenhines!

Bob noson byddai Maï yn gwisgo yn ei dillad ffasiwn ddiweddaraf o Baris ac yna'n gadael yr Hôtel Victoria gyda Robert i giniawa a mwynhau cwmni ffrindiau newydd. Yno, wrth eu hymyl, roedd yr High Life Casino.

Y tro cyntaf yr aeth hi a Robert yno gwisgodd wisg ryfeddol o bert mewn sidan o liw hufen mor denau â gwe pry cop, y siâp yn syml a'r cyfan yn foethus. Cariai blufyn mawr *café-au-lait* tywyll yn unol â'r ffasiwn. O, mor ffôl yw ffasiwn, ond gall roi cymaint o bleser.

Byddai Robert wrth ei fodd yn ei gweld hi wedi'i gwisgo fel hyn, ac fel y dywedodd hithau wrtho lawer gwaith, pan fyddai'n gwenu arni teimlai fel petai'r haul yn tywynnu o'i chwmpas. Yn y casino roedd *restaurant* ardderchog, lle i ddawnsio, sinema a bordydd bacárat os dyna a ddymunech. Ac ar ben hynny, adloniant o bob math, gyda chantorion, dawnswyr a'r artistiaid gorau o gyfandir Ewrop ac America i ddifyrru *crème de la crème* cymdeithas.

Yna, byddai partïon yn y tai mawr. Arferai un wraig o Louisiana oedd yr un mor enwog am ei chyfoeth ag am ei phrydferthwch wahodd nifer i ginio bob nos, a chynnal dawns bob wythnos yn ei phlasty. Sôn am steil! Dyna lle byddai'r dynion mor drawiadol yn eu siwtiau a'u hetiau uchel gyda'r hwyr, yn union fel Fred Astaire yn y ffilm *Top Hat* ddegawd yn ddiweddarach.

Ac am y merched, roedd Madame Madeleine Vionnet wedi dyfeisio ffordd o dorri defnydd ar y *bias* fel y byddai'r pilyn yn syrthio mewn plygion troellog a'r rheiny'n glynu wrth linellau synhwyrus y corff. Nid cuddio ffurf gynhenid y corff oedd pwrpas y dillad hyn, na chelu ei ddiffygion, ond yn hytrach tynnu sylw at harddwch amlinell merch siapus. Ble bynnag y cyffyrddai'r defnydd â'r corff, yno y byddai'n glynu.

Sidan, satin sgleiniog, *chiffon* a *crêpe de Chine* mewn lliwiau fel ifori, *eau-de-nil*, glas yr awyr, porffor, du a choch fyddai'n denu'r llygad. Byddai'r toriad a natur y defnydd yn sicrhau bod y ffrog yn glynu'n dynn wrth y bronnau, yn pwysleisio meinder y canol ac yna'n llifo'n blygion o'r cluniau i'r llawr.

Roedd y ffrogiau yma'n ddi-gefn, felly'r cefn yn hollol noeth – rhywbeth cwbl chwyldroadol. Mor hardd. Mor osgeiddig. Mor soffistigedig. Fel cerfluniau nadd o dduwiesau Groegaidd!

"Beth wyt ti'n meddwl am y ffrog newydd yma, Robert?"

Trodd ei chefn ato a gwenu dros ei hysgwydd.

Rhoddodd ef ei law ar ei gwar a thynnu ei fys yn ysgafn dyner i lawr ar hyd y rhigol lle'r ymestynnai ei hasgwrn cefn o waelod ei gwddf hyd y pant uwch y pelfis.

"Oes gen ti unrhyw syniad, Maï, mor synhwyrus mae cefn merch yn gallu bod? Cymaint y gall ddenu dyn?"

"Rown i wastad yn meddwl mai wyneb a bronnau oedd yn denu dynion."

"Mae modd ffugio rheiny nawr, on'd oes? Ond mae'r cefn yn wahanol. Os yw merch yn rhy denau mae'r esgyrn i'w gweld yn gnotiog a hyll drwy'r croen. Mae gormod o gnawd, ar y llaw arall, yn lladd pob swyn. Ond mae toriad y ffrog yma'n berffaith, Maï. Yn fendigedig. Yn dangos dy gefn… yn berffaith!"

"Dwi'n falch ei bod hi'n dy blesio di, Robert."

"Mae dy gefn di'n plesio mwy, Maï."

Cofiodd Maï fel y gwenodd cyn cusanu ei hysgwydd.

Gwaith Madame Madeleine Vionnet oedd y ffrog. Hi oedd brenhines y byd ffasiwn a'i chreadigaethau'n fynegiant o ysbryd soffistigedig, cnawdol, nwyfus yr oes. Os oedd ei gwisgoedd hi'n ddigon da i Marlene Dietrich a Greta Garbo, roeddent yn ddigon da i Maï hefyd!

I ddenu hyd yn oed mwy o sylw at y cefn, byddai rhai'n

gwisgo rhes o berlau yn hongian o'r gwddf i lawr yr asgwrn, ac ar y gwaelod, ym mhant y cefn, gwisgai eraill flodau ffug. Roedd gan Madame Vionnet ei dilynwyr ffyddlon a fyddai'n dibynnu arni i greu'r wisg berffaith ar gyfer pob achlysur, ac yn Dinarzh roedd digon o gyfle i'w gwisgo, i gael eu gweld a'u hedmygu.

Erbyn i'r pythefnos ddod i ben roedd Robert wedi prynu tŷ yn Dinarzh a'i enwi yn 'Kermanac'h' fel teyrnged i Maï. Yr haf hwnnw, dyma brynu lle ym Mharis hefyd. A hwythau'n ymweld â Pharis yn aml, roeddent wedi blino aros yn y Ritz ac am gael eu lle eu hunain. Eu cyfeiriad bellach oedd 194, Rue de Rivoli, dafliad carreg o'r Rue Saint-Roch lle arhosodd Maï ar ei hymweliad cyntaf â Pharis dros ddeugain mlynedd ynghynt.

Wrth edrych yn ôl, teimlai Maï beth o gynhesrwydd hapus y dyddiau hynny. Roedd Robert a hithau fel pâr ifanc yn dodrefnu eu cartrefi ac yn mwynhau cwmni eu ffrindiau newydd. Byddai merched ei brodyr yn dod i aros, ac fe âi Maï â nhw i'r siopau gan fwynhau prynu dillad, esgidiau ac anrhegion iddynt.

Gorweddodd ar ei gwely. Awr fach o ymlacio a gorffwys a byddai'n teimlo'n llawer iawn gwell. Câi nerth i wynebu'r Cadfridog unwaith eto.

Dyna fynd a dod fu rhwng Llundain a Dinarzh. Bu llun yn y *Daily Sketch* o awyren o Southampton yn glanio ar y môr yn Dinarzh. Arni roedd naw person. Yn eu plith: Mr a Mrs Robert Mond a Syr Alfred Mond a'i deulu, a'r peilot oedd Major Brackley, mab yng nghyfraith Robert. Dyna hwyl gawson nhw.

Clywodd Robert nad oedd gan Dinarzh fad achub. Pa enw roddwyd arno wedi i Robert brynu un? *Maï Manac'h*, wrth gwrs, a hithau'n lansio'r cwch gyda photel o siampên yn ôl yr arfer. Bu sôn am fisoedd am y derbyniad a pharti'r lansio yn y casino yn Dinarzh. Yn wir, allai neb a oedd yno anghofio'r noson.

Pawb yn eu gwisgoedd gwychaf. Sawl pen coronog, *Duc de* hyn a *Duchesse de*'r llall. Syr ac Arglwyddes yn ddau am ddime.

Gemau na welsai neb mo'u tebyg a Maï'n gwisgo ffrog laes wedi'i gweithio drosti â pherlau bach mân mewn patrymau amryliw; gwaith Chanel oedd hi, neu Lanvin – nage, Chanel yn bendant! Ta waeth, roedd hi'n fendigedig, a gyda hi gwisgodd ei diamwntau mwyaf godidog. A chafodd ei gwallt wedi'i dorri – ym Mharis wrth gwrs – yn fyr yn y steil diweddaraf, gan wisgo bandyn o gwmpas ei thalcen â pherlau bach mân drosto.

Yn ei dychymyg gwelai Robert a hithau yn sefyll wrth y drws i gyfarch a chroesawu pawb ar ôl i'r *majordome* eu cyhoeddi. Roedd gan hwnnw lais cryf, ac er bod cerddorfa fach yn chwarae miwsig ysgafn gallai pawb a oedd yno ei glywed – ac, wrth gwrs, roedd pawb eisiau gweld pwy oedd yn cyrraedd a beth yr oeddent yn ei wisgo. Llawer o gyfarch a chusanu a chwerthin ysgafn, soniarus. A'r ystafell yn llawn, a phawb, fel y tybient, wedi cyrraedd, trodd Maï a Robert i ymuno â'u gwesteion. Yna clywyd llais y *majordome* yn cyhoeddi rhagor o westeion.

"Monsieur a Madame Hwn a Hwn, ac Eulalia, Infanta Sbaen."

Trodd y ddau gyda'i gilydd i'w croesawu â gwên fawr a breichiau agored, ac fe drodd pawb i weld beth oedd yn digwydd. Roeddent fel petaent wedi'u rhewi a'r awyrgylch yn drydanol. Sylweddolodd y gerddorfa fod rhywbeth yn bod. Dyna nhw'n tewi un ar ôl y llall a distawodd pob siarad. Distawrwydd llwyr a sylw pawb wedi'i hoelio ar y grŵp bach a safai wrth y drws yn ailgydio mewn hen gyfeillgarwch cynnes, i bob ymddangosiad, ac yn llwyr anymwybodol o'r effaith roeddent yn ei chael ar bawb arall oedd yno.

Yn amlwg, bu tipyn o siarad am gefndir lliwgar Maï Manac'h yn salonau crand Dinarzh. Digon naturiol, efallai. Nawr gwelodd gyfle i ddrysu'r gymdeithas ymhellach. Gwyddai fod y cwmni wedi'u syfrdanu'n llwyr pan welsant y croeso gafodd Eulalia ganddi, a Robert hefyd yn ei chyfarch fel hen ffrind â chusan ar y ddwy foch. Clywsai wedyn fod sawl un wedi awgrymu na allasai'r straeon amdani ac Antoine, Dug Orléans, fod yn wir. Sbaenes oedd hi, wedi'r cyfan. Pa wraig, yn enwedig a hithau'n chwaer i frenin Sbaen a holl falchder naturiol ei safle mewn cymdeithas, fyddai'n rhoi cusan mor wresog ac mor ddiffuant i gyn-gwrtisan ei gŵr?

Gwenodd Maï wrth gofio mor hapus y teimlai ac mor ddiolchgar ydoedd i Robert am chwarae ei ran. Cadwodd Robert a hithau'r gyfrinach iddynt hwy eu hunain. Gwyddent fod Eulalia yn Dinarzh yr wythnos honno ac roeddent wedi cyfarfod â hi yn nhŷ eu ffrindiau a'u gwahodd i'r noson. 'On'd doedd honno'n ffordd wych o roi taw ar y straeon? A'r noson honno, on'd ife, y des i ac Eulalia'n ffrindie da â llawer mwy i'w rannu nag i'n gwahanu,' meddyliodd.

Roedd y swper yn arbennig a phob *chef* wedi gwneud ei waith yn wych. Yna, cyn i'r dawnsio ddechrau cafwyd adloniant. Cymerodd pawb eu lle yn yr ystafell fawr a daeth merch ifanc i mewn. Mor drawiadol o dlws oedd hi, a'i dawns a'i pherfformiad yn ddramatig iawn. Hi oedd Ma'mselle France y flwyddyn honno. Wrth i Maï ei gwylio, daliodd lygaid Robert yn gwenu arni. Gwyddai'n iawn beth oedd ar ei feddwl ac roedd yn iawn. Cofio'r noson honno yr holl flynyddoedd yn ôl a hithau'r un oedran â'r ferch ifanc, yn dawnsio ac yn tynnu sylw pawb yn y Moulin Rouge. Ond rhaid cyfaddef ei bod hi'n dipyn mwy gweddus nag oedd Maï.

Tybed beth fu ei hanes hi wedyn? A fu ganddi ddigon o ruddin i ymgodymu ag ergydion bywyd? Prin oedd y merched fu mor ffodus â hi, Maï, yn eu bywydau, a'r gŵr gorau a gawsai unrhyw fenyw erioed yn gwenu arni ar noson mor fythgofiadwy. 'Troi mae'r olwyn, Maï fach, troi a throi. Beth oedd teitl yr adloniant y noson honno? Rhywbeth anhygoel. Dwi'n gwbod. "Dinard Midnight Follies."'

Chwarddodd wrth gofio.

30

Le Haut Monde

UNWAITH Y SYLWEDDOLODD Robert fod y golygfeydd gorau yn
Dinarzh i'w gweld o benrhyn Bec de la Vallée, ac mai yno roedd
y tai gwychaf, ni fu'n hir cyn dod o hyd i'r tŷ delfrydol yn y fan
honno iddo fe a Maï.

Tŷ sgwâr oedd Castel Mond, â ffenestri mawr i'r golau lifo
drwyddyn nhw. Yr hyn oedd yn bwysig oedd bod yr ystafelloedd
cyhoeddus yn helaeth o ran eu maint, ac yn ddigon mawr i
dderbyn lliaws i gwmnïa a chiniawa, i ddawnsio a mwynhau
cerddoriaeth a chwmni da. Un o'r harddaf oedd y llyfrgell
anferth. Ar y muriau roedd gweithiau Watteau a Constable a
sawl Rembrandt, yr oedd Robert mor hoff o'i waith, yn ogystal â
mwy nag un o weithiau Titian.

Syrthiodd Robert mewn cariad â'r tŷ, ac yn arbennig â'r ardd.
Roedd ganddo syniadau pendant beth yr oedd am ei wneud a
sut blanhigion y byddai'n eu plannu. Er iddo deithio i bedwar
ban byd, eto yr olygfa harddaf nad oedd fyth yn ei siomi, na'i
swyn fyth yn pallu, oedd honno o ardd Castel Mond yn edrych
draw dros fae Dinarzh.

Cofiai Maï brysurdeb y cyfnod hwnnw. Yn ystod un wythnos
buont mewn cinio yn Claridge's yn Llundain â Robert yn
llywyddu, yna mewn cinio tebyg ym Mharis â Robert yn annerch
penaethiaid y diwydiannau cemegol. Moethusrwydd lle bynnag
yr aent: y Tour d'Argent neu'r Cochon d'Or gyda ffrindiau
yn yr hwyr, sioeau'r tai ffasiwn fel Lanvin, Patou a Chanel yn
y prynhawn, a hithau â chadair yn y rhes flaen bob amser fel

un o'r cwsmeriaid gorau. Yn aml fe âi hi a Robert i edmygu a phrynu perlau, diamwntau ac emralltau yn siopau Cartier, Van Cleef a Boucheron. Roedd casgliad Maï o dlysau o bob math gyda'r mwyaf godidog yn Ewrop gyfan.

Eu harfer bellach oedd treulio misoedd gwaethaf y gaeaf yn yr Aifft, fel arfer yn Luxor, ac aros yn y Winter Palace. Yno yr âi'r byd ffasiynol i fwynhau ac i gael eu gweld. Y flwyddyn honno aeth nith Maï yn gwmni iddi tra byddai Robert yn cloddio gyda'r archaeolegwyr, a thra oeddent i ffwrdd bu'r gweithwyr wrthi'n gwella ac adnewyddu'r tŷ. Roedd Castel Mond i fod yn gartref gwych. Yn ddigon naturiol, edrychai Maï ymlaen yn eiddgar at fynd adref, ac, er mawr syndod iddi, cytunodd Robert y caent ddychwelyd i Dinarzh yn nechrau Chwefror – ynghynt nag arfer. Yna sylweddolodd Maï pam ei fod e'n barod i wneud hynny. Ar y pumed o Chwefror 1929 roedd hi'n dathlu ei phen-blwydd yn drigain oed ac roedd ganddo anrhegion arbennig iawn iddi hi.

Pan welodd y tŷ, rhyfeddodd mor wych oedd y cyfan. Yn anrheg ben-blwydd rhoddodd Robert ystafell ymolchi arbennig iddi, y cyfan mewn marmor gwyn. A'r gost? Anferthol.

Ar ddiwrnod ei phen-blwydd, trefnodd Robert eu bod yn mynd i Benac'h i weld y teulu, ac i ffwrdd â nhw yn y Rolls tua chanol y bore. Wrth gyrraedd y pentref, awgrymodd ef eu bod yn mynd draw i goedwig Koad an Noz yn gyntaf, er mwyn i Maï gael troedio'r hen lwybrau. Wedi i'r gyrrwr barcio'r car o flaen y castell, estynnodd Robert ei law i Maï a dringodd y ddau'r grisiau gyda'i gilydd.

"Dwi'n drigain mlwydd oed heddi, Robert, a dyma'r tro cyntaf erio'd imi sefyll yn y fan hyn wrth y brif fynedfa. Wrth ddrws y cefn fydde fy lle i."

Trodd ato gyda gwên fach drist. "Merch dlawd oeddwn i. Merch y melinydd. Llydawes fach."

Edrychodd draw i'r cysgodion. Trwy ei dagrau gwelai ferch

ifanc oedd newydd redeg yn eiddgar, ysgafn droed, i gwrdd â'i chariad, na welodd ers misoedd, a hithau nawr yn oedi o dan ganghennau'r coed. Y tu ôl iddi ymestynnai'r goedwig dywyll, wyllt: ei byd hi. O'i blaen gorweddai'r llannerch olau, wâr: ei fyd yntau. Safodd yn stond, un droed ar ganol cam, a gwyliodd y llanc yn estyn ei law i'w gariad newydd a'i harwain i fyny'r grisiau. Dros ddeugain mlynedd yn ddiweddarach, a'i sylw wedi'i hoelio ar wyneb y ferch, ei hwyneb hi ei hunan, teimlodd Maï ei gwewyr o'r newydd.

Dyna pryd y tynnodd Robert allwedd o'i boced a'i rhoi iddi.

"Koad an Noz. I ti. Rho'r allwedd yn y clo ac agor y drws. Gobeithio y byddi di'n hoffi sut rydw i wedi'i ddodrefnu."

Roedd wedi ail-fyw'r diwrnod hwnnw lawer gwaith a theimlo'r un cyffro bob tro.

"Robert, elli di ddychmygu sut rydw i'n teimlo nawr?"

"Sut, Maï?"

"Fel na phe bai gen i hawl i fynd i mewn i'r tŷ yma."

"Agor y drws a gad inni fynd i mewn. Mae'n oer yn sefyll fan hyn. Dere."

Yn sydyn, a'r ddau ohonynt yn sefyll ochor yn ochor yn y cyntedd, a'r cyfan o'i chwmpas mor odidog, fe'i llethwyd gan ofn. Ni allai'r hapusrwydd hwn bara am byth.

"Nawr beth sy'n bod, Maï?"

Ni allai guddio dim rhagddo.

Aethant drwy'r tŷ law yn llaw o'r llawr gwaelod, lle roedd y ceginau mawr, i ystafelloedd y gweision ar y llawr uchaf. Fel roeddent yn mynd o ystafell i ystafell yn dotio at bopeth, taerodd Maï lw iddi ei hunan ac i Robert. Cofiai fel y byddai'r tirfeddianwyr mawr yn trin y gweithwyr, israddol yn eu tyb nhw, ac fel roeddent yn ddirmygus o'r Llydawyr a'u hiaith.

"Anghofia i fyth mo 'ngwreiddiau, Robert. Mi wna i drin y gweision â pharch, a Llydaweg fydd iaith Koad an Noz o hyn ymlaen."

"Dyna fel dwi eisie iti fod, Maï. Yn hollol sicr o'th hunan, heb fod angen profi dim i neb mwyach, na chuddio dim chwaith. Gwna'n union fel rwyt ti eisie yn Koad an Noz. Cofia, ti yw'r *châtelaine* nawr."

Y Chwerwfelys

YN HOLL HANES Llydaw, a welsai unrhyw un y fath newid byd ag a gawsai Maï ar Manac'h? Tlodi a gwawd, enwogrwydd a chyfoeth. Gwarth a pharch. Carchar a moethusrwydd. Blys a chariad. Profodd y cyfan oll. Ond atgofion chwerwfelys oedd ganddi am flynyddoedd ei phlentyndod ac am derfysg ei hieuenctid.

Bob bore byddai'n cerdded o'r felin i'r ysgol yn Benac'h, heibio i sawl fferm fach, pob un â'i thas goed gymen. Atseiniai clec ei chlocsiau ar hewl galed y pentref fel y brysiai i gyrraedd yr ysgol erbyn wyth o'r gloch. Erbyn hynny roedd y lle'n llawn prysurdeb.

Heibio i efail y gof yr âi a chlywed tinc y morthwyl ar haearn, ac wedi croesi'r sgwâr gwelai weithdy'r saer. Bron yn ddieithriad byddai ffarmwr neu ddau'n sefyll y tu allan yn cloncian a chwerthin wrth ddisgwyl am y cert neu'r olwyn a fyddai'n cael eu cyweirio. Yn y pellter, clywai beiriant gwaith coed teulu Kervoas lle câi llawer eu cyflogi i wneud clocsiau.

O'r funud y cyrhaeddai'r plant yr ysgol nes gadael ar ddiwedd y dydd ni chlywent yr un gair o'u hiaith eu hunain. Llydawyr oedd yr athrawon, ond nid oedd wiw i'r un ohonynt yngan gair yn ei famiaith, hyd yn oed wrth y plant lleiaf na fedrent air o Ffrangeg. Bu adeg pan fyddai merched yn cael siarad eu hiaith yn yr ysgol ond chawsai'r bechgyn erioed yr hawl i wneud hynny oherwydd ystyriai llywodraeth Paris fod yn rhaid i bob Llydawr fedru siarad Ffrangeg fel y gallai ymuno â'r fyddin neu'r llynges ac ymladd – ie, dros Ffrainc.

Sut gallai gyfleu i Almaenwr, Sais neu Ffrancwr yn arbennig ei theimladau tuag at ei gwlad a'i hiaith? Israddol fu'r Llydawr erioed i'r Ffrancwr, a thestun dirmyg fu ei iaith. Pan fyddai bechgyn ifanc o gefn gwlad yn ymuno â byddin Ffrainc ac yn siarad Llydaweg, caent eu gwawdio'n ddidostur, fel y miloedd o ferched ifanc a dyrrai i Baris i weithio fel morynion.

Erbyn i'r plant adael yr ysgol ar ddiwedd y bore, byddai'r gwragedd wedi gorffen eu gwaith tŷ ac yn eistedd y tu allan, pob un a'i phenwisg wen, yn gwau, yn gwnïo neu'n magu'r baban diweddaraf a chadw llygad ar y plant eraill yn chwarae gerllaw. A theuluoedd yn Llydaw mor niferus, roedd bob amser cynifer o blant. Ac yno ar y sgwâr byddai'r saer, y gof a'u gweithwyr yn eistedd ar fainc yn mwynhau cetyn a sgwrs.

O ganlyniad i'r hen gyfundrefn felltigedig, doedd yr un plentyn wrth adael yr ysgol yn gallu darllen nac ysgrifennu Llydaweg, er mor drwsgwl oedd ei Ffrangeg, ac yn yr iaith honno yn unig y gallent rifo. Pa ryfedd bod y Llydawyr yn ystyried mai iaith eilradd oedd eu hiaith ac mai pobol eilradd oeddent, heb yr hawl hyd yn oed i roi enwau Llydewig ar eu plant?

Wrth gofio hyn i gyd, teimlai Maï yr annhegwch yn pigo'n golyn oddi mewn iddi. Fel yna y teimlai'n ferch ifanc, a'r dicter hwnnw a barodd iddi wneud ei safiad ym Mharis. Mynnodd gael ei hadnabod fel Maï La Bretonne a dyna'r enw a hawliodd i'w hunan ar hyd ei hoes. Lle bynnag yr âi, ac ym mha gwmni bynnag yr oedd, mynnodd gael ei hadnabod fel Llydawes na fu erioed arni gywilydd o'i hiaith na'i chefndir. Weithiau byddai'n rhyfeddu a holi o ble daeth y tanbeidrwydd a'r styfnigrwydd yna. Pam oedd hi'n teimlo felly, ac eraill ddim? Gwyddai'r ateb. Rebel fu hi erioed.

Ond, a hithau'n feistres Koad an Noz, dyma gyfle i roi lle teilwng i'r iaith yn ei chartref. Llydaweg oedd iaith naturiol y fro, ond chawsai hi mo'i siarad gan y bonedd ers canrifoedd, ac ni chlywid hi yn eu cestyll. Roedd Maï am i bawb weld y gallai fod yn gyfoethog, yn gosmopolitan a hefyd yn Llydawes falch o'i hiaith – ac roedd Robert yn ei chefnogi.

Cododd. Aeth draw at y ffenest ac edrych yn hir ar y llannerch o'i blaen. Yno y canodd Taldir ei gerdd iddi, a llawer gwaith bu canu brwd yno ar eu hanthem genedlaethol, 'Bro Gozh ma Zadoù', a gyfieithwyd ganddo ef o'r Gymraeg. Unwaith cynhaliwyd Gorsedd Llydaw yno. Nid anghofiai Maï mo hynny fyth. Nid anghofiai chwaith fel y byddai Gourvil, y cyfarwydd, ac eraill tebyg iddo yn adrodd iddynt nid yn unig hen chwedlau Llydaw, a oedd mor agos at eu calonnau, ond hen chwedleuon Cymru ac Iwerddon hefyd, ac yn eu difyrru â'u stôr o ganeuon gwerin o'r holl wledydd Celtaidd.

Mor wahanol, ond llawn cymaint o hwyl, oedd y gornestau ymaflyd codwm. Byddent yn croesawu rhai o brif ymgodymwyr Llydaw yno i Koad an Noz a phawb yn ymwybodol mai gwaddol eu hetifeddiaeth Geltaidd oedd yr ymaflyd, a'r hen arfer wedi'i feithrin gan eu cyndadau ers y cyfnod dros fil o flynyddoedd yn ôl pan gawsant eu herlid o Gernyw gan y Saeson. Byddai pawb yn gweiddi a chymeradwyo, y dynion yn noeth hyd eu gwasg, yn chwysu, yn stryffaglu, a phob un yn gwneud ei orau glas i ennill y bencampwriaeth. Un tro derbyniodd pencampwyr ymaflyd codwm Cernyw wahoddiad gan Maï i ddod i Koad an Noz i gystadlu. Daeth yr ornest honno yn rhan o chwedloniaeth y fro.

Yn ei dychymyg, â'r haul yn tywynnu a'r awel yn gynnes braf, gwelai blant a phobol ifanc y Bleun-Brug, Blodau'r Grug, yn cyrraedd yno gyda'r Abad Yann-Vari Perrot, ac yn actio drama, yn canu a dawnsio i gyfeiliant y *binioù* a'r *bombarde*. Byddai'r cwmni cyfan yn ymuno â nhw, yn sefyll mewn rhesi, yn plethu breichiau ac yn symud fel un i gyfeiliant yr hen offerynnau yn y dawnsiau traddodiadol.

Sefydlodd Yann-Vari fudiad Blodau'r Grug i feithrin teyrngarwch i'r ffydd a'r iaith. Fe'i magwyd ef mewn ardal

Lydaweg ei hiaith, a phrofiad ysgytwol iddo oedd cael ei gymryd gan ei ewythr yn saith oed i ysgol breswyl yn Gwengamp a'i rybuddio i ofalu peidio â siarad gair o Lydaweg yno rhag ofn iddo gael ei wawdio.

Gŵr o ddeallusrwydd disglair oedd Yann-Vari a chanddo bersonoliaeth garismatig. Roedd ei holl fryd ar amddiffyn ei wlad, ei phobol a'u hiaith, ac ni fynnai ildio yn wyneb unrhyw wrthwynebiad. Daeth i amlygrwydd cenedlaethol trwy ei sgyrsiau radio ar destunau crefyddol a diwylliannol, a byddai cynulleidfaoedd o amrywiol gefndiroedd yn gwrando arno'n awchus. Byddai llawer o drafod ar ei sgyrsiau drwy Lydaw, a llawer o gytuno ac anghytuno hefyd.

Breuddwyd Yann-Vari oedd gweld Llydaw yn cael ei llywodraethu fel y bu gynt gan Lydawyr a 'phob un yn feistr yn ei gartref, pob cenedl yn feistr ar ei gwlad'. Wrth iddo wneud datganiadau tebyg i hyn, dyfnhau wnaeth casineb ei elynion tuag ato. Doedd ganddo ddim hoffter o Loegr chwaith. Gwyddai mai'r Saeson a orfododd i'w bobol ffoi o Brydain ganrifoedd yn ôl, a gwelai'r un cymeriad ymerodrol yn eu hanes hwythau.

"Ond, Yann-Vari, roedd hynny ymhell dros fil o flynyddoedd yn ôl!"

"Dyw gwlad fel 'na fyth yn newid, Maï."

Ni ofynnodd Maï iddo erioed beth a feddyliai am yr hyn a drefnodd hi ar ddechrau Hydref 1936 yn Benac'h i ddathlu coroni Siôr VI gyda'r Mairie, y Pavillon Mond ac adeiladau cyhoeddus eraill newydd a phob math o welliannau i foderneiddio Benac'h a gwella bywyd yno. Pawb mewn gwisgoedd traddodiadol, hithau yn hen wisg ei mam a Robert yng ngwisg Bro Gernew. Canu a dawnsio, a'i brawd Job oedd y maer. Ond beth feddyliai Yann-Vari? Gwyddai'r ateb yn iawn.

Gofynnodd Yann-Vari i'w esgob a gâi weinyddu'r offeren yn iaith ei bobol, y Llydaweg, ond gwrthododd yr esgob ac ni fu'n dderbyniol yng ngolwg yr Eglwys wedyn. Cafodd ei anfon i wasanaethu Skrigneg, pentref Comiwnyddol tlawd ar yr ucheldir llwm. Talcen caled, gan fod y Comiwnyddion yn ei gasáu. Pryderai Maï a'i holl ffrindiau amdano, a gwyddent, er bod cynifer yn ei ganmol a'i garu, fod gan Yann-Vari elynion grymus iawn.

Peidiodd yr haul â thywynnu ar ei hatgofion. Teimlai'r awelon oer yn bygwth popeth a oedd yn annwyl iddi. Roedd Llydaw dan sawdl y gelyn a gallai hithau fod 'nôl ym Mhorth Gwae drannoeth. Trodd oddi wrth y ffenest. Roedd yn bryd paratoi ar gyfer y cinio yng nghwmni'r Cadfridog. Tybed beth oedd gwir bwrpas ei ymweliad?

32

Ysbrydion y Gwyll

AGORODD Y CADFRIDOG y llyfr lluniau ar y ford ac aeth at y tudalen lle roedd llun o Combe Bank. Oedd, roedd y tŷ yn arbennig o hardd, ond dyna a ddisgwyliai, gan fod Ludwig Mond a'i deulu wedi llwyddo cystal. Dyna Ludwig a Frida yn ifanc, eu dau fab bach yn edrych fel efeilliaid o ran maint os nad o ran pryd a gwedd, a'r pedwar yn syllu'n syth at y camera fel delwau. Ychydig a olygai'r lluniau sepia iddo o briodasau ac o fabanod a phobol o'r gorffennol pell na wyddai pwy oeddent. Mor anodd dychmygu mai dynion o gig a gwaed oedd y rhain, â'r un gobeithion ac ofnau a chwantau ag ef a dynion ym mhob oes.

Trodd un ddalen ar ôl y llall am funud neu ddwy. Yna gwelodd lun o ferch tri chwarter noeth, yn llond ei chroen a chwantus. Cofiodd yr hanes a glywsai gan Arglwyddes Mond. Marweiddio'r gwrthrych wna sepia bron yn ddieithriad, ond, yn sicr, nid yn achos y ferch yn y Moulin Rouge.

Edrychodd ar y llyfrau a'r llyfrynnau y cyfeiriodd Arglwyddes Mond ef atynt, yn eu plith gyhoeddiadau gan Gymdeithas y Diwydiant Cemegol, y Diwydiant yng Nghanada a'r Cwmni Nicel Rhyngwladol, a hanes hanner canrif cyntaf Brunner Mond, 1873–1923. Darllenodd am gysylltiad y teulu â chwmni Amalgamated Anthracite, a'r diwydiant glo caled. Cafodd wybodaeth am ICI, y cwmni newydd holl bwysig y bu'r teulu'n allweddol yn ei greu. Roedd yn gyfarwydd â bron y cyfan o'r wybodaeth berthnasol, ond ni wyddai tan hynny mor hael fu

Ludwig Mond: hanner miliwn o bunnoedd i labordy Davy Faraday, hanner miliwn i'r Gymdeithas Frenhinol a hanner miliwn i Brifysgol Heidelberg. Dim ond rhai o'i roddion elusennol oedd y rhain.

Gwelai mor gynhyrchiol y bu Robert Mond, y mab hynaf, yn ei waith, ac mor eang fu ei ddiddordebau. Roedd yn wyddonydd ac yn archaeolegwr o fri, a darllenodd â diddordeb yr hanes amdano yn cloddio yn yr Aifft am chwarter canrif. Dyn gwahanol iawn oedd hwn o'i gymharu â Simon Gugenheim druan ac Antoine y plesergarwr mawr.

Rhedodd ei fysedd ar hyd rhesi o lyfrau ar y silffoedd a chanfod cyfrol wedi'i rhwymo'n arbennig o hardd. Agorodd hi a gweld mai llythyron o gydymdeimlad ar farwolaeth Robert Mond oedd y cynnwys. Diddorol iawn. Wedyn aeth draw at ddesg yn y cornel ac agor honno. Fel un oedd wedi hen arfer didoli gwybodaeth o'r fath, gwelodd mewn ychydig funudau beth fynnai ei astudio yn fanylach. Roedd cael llonydd i chwilio fel hyn yn werthfawr ac yn gwneud gweddill ei dasg yn haws.

Aeth yn ôl i'w gadair ac edrych o'i gwmpas ar yr ystafell lle'r eisteddai – ystafell, er ei bod yn ddieithr iddo, oedd eto'n gyfarwydd ei naws a'i hawyrgylch. Sylweddolodd ei fod, am y tro cyntaf er pan adawodd ei gartref, yn caniatáu i'w feddwl grwydro'n rhydd i gyfeiriadau a fu'n waharddedig am hir. Ers sawl blwyddyn bellach, ffrwynodd bob teimlad a phob nwyd ond teyrngarwch i'w wlad. Darostyngodd y dychymyg, y cof a'r atgofion a oedd yn rhan o'i fod ac a'i gwnâi'n ddynol, a'u rhoi dan glo, er mwyn ei alluogi i fod yn rhan effeithiol o'r peiriant rhyfel y perthynai iddo. Ni all peiriant deimlo. Cofio cartref a theulu a ffrindiau a wnâi nawr ac ymroi i'w deimladau, er mor beryglus oedd hynny.

Clywodd ei lais ei hun o gilfach ei ymennydd yn ei rybuddio.

"Cymer ofal. Cofia wers hanes."

A hanner gwên ar ei wyneb, sylweddolodd fod hanes a llenyddiaeth ei wlad yn golygu mwy iddo'n aml na phobol a'r byd o'i gwmpas. Beth ddistrywiodd Frederick Fawr, arweinydd milwrol mwyaf Prwsia a thad militariaeth yr Almaen? Arweiniodd ei fyddin yn fuddugoliaethus mewn cynifer o frwydrau a rhyfeloedd, ond gwnaeth un camgymeriad mawr a'i dinistriodd.

Dychwelodd i faes y gad un tro wedi'r gyflafan. Cerddodd rhwng rhesi'r meirw a'r rhai a syrthiodd. Yno gorweddai miloedd. Yng ngoleuni'r coelcerthi a losgai drwy'r nos i oleuo'r llawfeddygon wrth eu gwaith, ac i rostio cig y meirch a laddwyd er mwyn bwydo'r byw, clywodd a gwelodd ddioddefaint ei filwyr. Syllodd ar eu hanafiadau, clywodd riddfannau a sgrechfeydd eu gwewyr. Gwelodd drychineb rhyfel – ac nid ei ogoniant. Dyna gamgymeriad mawr ei fywyd. Ni chysgodd noson ar ei hyd fyth wedyn.

Pan syrthiai Frederick i gysgu, yn ei freuddwydion anwylai gorff ei garwr. Rhedai ei fysedd trwy ei wallt tonnog, melyn, a syllai i'w lygaid a chusanu ei wefusau. Ond dim ond cnydau o wellt sych a blethai rhwng ei fysedd, a syllai i mewn i ddau dwll gwag ym mhenglog y llanc a garai. Poerodd o'i geg fudreddi gwefusau a thafod pwdwr y corff a ddrylliwyd yn y frwydr. Clywai yn ei ffroenau arogl carthion. Celain a fagai yn ei gôl, a chwydai. Noson ar ôl noson, clywid ei sgrechfeydd yn diasbedain drwy ystafelloedd y llys. Na, ni allodd fyth wedyn garu nac ymddiried yn neb. Ofnai'r tywyllwch a chadwai gannwyll ynghynn yn ei ystafell drwy'r nos, a phob nos.

Ni all milwr ganiatáu i'w hunan deimlo, na chofio.

Cododd o'r gadair wrth y tân. Teimlai'n anghysurus o gynnes. Diffyg awyr yn yr ystafell, siŵr o fod. Cerddodd at y ffenest hir. Gafaelodd yn ymyl y ford. Pwysodd arni. Cododd ei ben ac edrych allan ar y goedwig. Roedd y golau'n pallu.

Yno safai'r carw ar ganol y llwybr llydan, syth. Gwelai

amlinell ei gyrn canghennog yn ddu yn erbyn yr awyr glir, a golau olaf yr haul isel yn gefndir oerlas cyn iddo fachlud yn llwyr. Ei ben yn uchel a'i ffroenau'n sawru'r gwynt, safai'r carw'n stond a herfeiddiol. Collodd y Cadfridog bob amgyffred o amser wrth wylio'r gwyll yn dyfnhau a thywyllwch yn disgyn ar y goedwig, ac yno daeth iddo yn llif gwyllt atgofion o'r achlysur rhyfeddaf oll yn ei hanes.

Yr ail o Orffennaf 1936. Seremoni Urdd Ddu'r SS yn Eglwys Gadeiriol Quedlinburg o dan ofal personol Heinrich Himmler. Gwarchodlu o ddynion yr SS, gyda'u reifflau a'u helmedi ag arwydd y benglog, yn sefyll fel delwau bob ochor i'r fynedfa ac o gwmpas yr eglwys a honno wedi'i haddurno â thorchau gwyrdd o dderw'r Almaen; canhwyllau uchel, trwchus, yn llosgi drwy'r eglwys, ac arogl cwyr yn drwm yn yr awyr. Distawrwydd. Yna, yn y gwyll cyfriniol, yn araf a thawel i ddechrau, sŵn hynafol y *lur*, hen offeryn chwyth y gorffennol Tewtonaidd pell na chlywyd erioed mo'i debyg mewn unrhyw eglwys, yn graddol gryfhau nes llenwi'r gofod â'i seiniau dieithr.

Himmler yn codi i'w hannerch, ac o dan deimlad mawr yn cyhoeddi eu bod y diwrnod hwnnw'n dathlu milflwyddiant marw Heinrich I, y brenin a wthiodd derfynau'r Almaen i'r dwyrain, y brenin a ddangosodd iddynt sut i ailgodi'r genedl. Yr awr hon gwireddwyd ei freuddwyd – yn ystod eu hoes nhw!

Seremoni o ymgysegriad oedd hon, nid yn ôl defod Eglwys Rufain estron ond yn ôl gwir draddodiad y Tewton. Dyma adfer hen grefydd eu pobol, y grefydd a oedd yn bod ymhell cyn Crist. Areithiai Himmler fel diwygiwr yn llawn hwyl. Clywai'r Cadfridog ei lais yn awr yn llenwi cilfachau'r goedwig oddi allan nes siglo canghennau'r coed yn y gwyll. Gwelai ffrâm fetel ei sbectol gron yn dal y golau a'i hollti'n belydrau gwyllt, gorffwyll. Y distawrwydd yn yr eglwys fawr, fel y distawrwydd yn y munudau cyn i storm dorri, cyn i'r daran gyntaf rwygo'r tensiwn a rhyddhau'r glaw. Yr awyrgylch yn drydanol, emosiwn yn drech na rheswm, a Himmler wedi meddwi'n gaib ar y ffantasi o'r arwr Almaenig cyn i Rufain ymerodrol a'r grefydd Gristnogol ei lygru a'i wanychu. Ei freuddwyd ef oedd adfer y genedl i'w hen ffyrdd, a'u braint oedd cael chwarae eu rhan yn y fenter fawr. Gallai fod yn credu mai ailymgnawdoliad o'r hen frenin oedd yntau. Y ddau Heinrich nawr yn un?

Yn Quedlinburg gwelai'r Cadfridog ôl Tacitus a'i lyfr *Germania* ar feddylfryd Himmler a'i araith. Tybed a welai eraill hynny? Sawl un wyddai fod y ddelfryd o'r hynafiaid cynnar a grëwyd gan Tacitus wedi'i chreu fel patrwm o'r hyn yr anogai ef i ieuenctid Rhufain ei efelychu? Ond ni wyddai Himmler hynny, na'r mwyafrif yn ei gynulleidfa, a phe baent yn gwybod ni wnâi unrhyw wahaniaeth i'w hargyhoeddiad bod eu cyndadau'n rhagori llawer iawn ar gyndadau pob cenedl arall.

Caeodd ei lygaid a phwyso'i figyrnau ar y ford nes eu bod yn wyn ddi-waed. Agorodd y gwallgofddyn y clawdd a gyrrodd genfaint o foch i mewn i'r ardd i sathru gwinwydd eu gwareiddiad, gwinwydd a gawsai eu meithrin gan eu tadau a'u cyndadau o genhedlaeth i genhedlaeth am dros fil o flynyddoedd. Bu mawrion diwylliant y genedl yn troedio ar dir Ettersberg, yn Weimar. Yno, ar fynydd Ettersberg, aeth Goethe i geisio ysbrydoliaeth, yno aeth i fyfyrio, i ymgodymu â'i weledigaeth o natur dyn. Faust oedd ffrwyth llafur ei fyfyrdodau: y gŵr a fendithiwyd ond a werthodd ei enaid i'r Diafol er mwyn meddiannu a llywodraethu'r byd.

Ac yno, yn yr union fan honno, cododd Himmler wersyll ac fe'i galwodd yn Buchenwald. Coedwig y Ffawydd. Enw tlws ar ladd-dy bwystfil mewn seintwar. Nid ar ddamwain y dewisodd y fan honno. Nage, yn hollol fwriadol. Dewisodd y fan ar fynydd Ettersberg er mwyn anfarwoli'r cysylltiad â Goethe. Beth alwodd Himmler ef? 'Yr Ymgorfforiad o Ysbryd yr Almaen.' Dyna alwodd Himmler Goethe. Yng nghanol gwersyll Buchenwald roedd coeden, 'Goethe Eiche'. Derwen Goethe. Yn ei chysgod arferai eistedd. Gorchmynnodd Himmler fod honno i'w diogelu a'i pharchu gan bawb. Sôn am arllwys halen yn y briw. Dim ond anwariad na wyddai hanes ei genedl ac na ddeallodd ei wareiddiad ei hun allai wneud y fath beth.

'Dau enaid, gwae fi, a drig yn fy mynwes, ac yno ymladd i fy meistroli wna'r ddau.'

A fu geiriau Faust erioed yn fwy ingol? Ac ystyr 'Faust'? Gofynnodd y cwestiwn iddo ei hun am yr ail dro y diwrnod hwnnw. Dyn ffodus neu un sy'n dod â lwc i eraill yw 'Faustus' yn Lladin. Beth yw 'faust' yn Almaeneg? Dwrn. Bygwth mae dwrn bob amser. Teimlai ias arswyd. Agorodd ei lygaid. Nawr gwelai'r llwybr yn glir: y carw wedi diflannu, y golau wedi cilio a'r lleisiau wedi distewi.

Daeth gwas i mewn i ofyn a hoffai ymuno ag Arglwyddes Mond yn y salon am *apéritif* cyn cinio. Cododd a'i ddilyn i'r ystafell baratoi, ac oddi yno fe'i tywyswyd ati.

3 3

Yn y Salon

C<small>ANODD</small> Y GLOCH.

"Mae popeth yn barod, Maï. Dere, mae'r dŵr wedi'i arllwys a'r tywelion yn gynnes braf."

Roedd Marie Le Blanc wedi paratoi'r cyfan ar ei chyfer ac yn ei disgwyl. Wedi i Marie drin ei gwallt, gwisgodd Maï'r dillad isaf a oedd wedi'u cynllunio'n arbennig fel cynsail i'r Ffrog Sgerbwd, oherwydd roedd honno wedi'i thorri i lynu wrth y corff fel gwisg nadd ar gerflun marmor. Artist yn fwy na *couturière* a'i creodd. Sidan du, di-sglein oedd y defnydd, a'r addurn oedd y modd y syrthiai ac y symudai fel ail groen i'r un a'i gwisgai.

Fe'i seiliwyd ar un o greadigaethau eiconig yr oes. Ar flaen y ffrog roedd gwaith cwiltio *trapunto* ffein a ddiffiniai linellau esgyrn y corff. Dyna pam y cawsai'r enw 'Y Ffrog Sgerbwd'. Rhedai'r cwiltio ar hyd yr ysgwyddau ac i lawr y breichiau hyd y ddau benelin a'r goes. Yna, yr hyn a barodd y sioc fwyaf i'r byd ffasiynol pan welwyd y wisg yma am y tro cyntaf oedd y sipiau plastig du ar draws yr ysgwyddau ac i lawr yr ochr dde, a hynny pan oedd yn fesur o grefft y *couturier* na fyddai dim o'r dechneg o adeiladu gwisg i'w ganfod.

Pan greodd Schiaparelli y wisg sgerbwd roedd hynny'n fynegiant o ysbryd newydd arbrofol ac anghonfensiynol yn y celfyddydau. Dim ond gwraig a fentrai herio confensiwn ac a oedd yn hollol sicr o'i hunan a fentrai ei gwisgo. Wedi trin ei gwallt a rhoi tlysau hir o ddiamwntau a pherlau du yn ei chlustiau, ac wedi gwisgo'r esgidiau du o'r un defnydd â'r ffrog, gyda'u sodlau uchel a'u bwclau *diamanté* a weddai'n berffaith i'r wisg, edrychodd Maï yn y drych yn feirniadol, a gwenu'n fodlon wrth weld bod y ffrog yn dal i edrych yn dda amdani.

Hi oedd y cyntaf i gyrraedd y salon, ac eisteddodd wrth y ffenest i ddisgwyl y Cadfridog. Bellach roedd e'n gwybod llawer amdani – mwy nag roedd hi wedi'i ddatgelu wrth ddieithryn ers blynyddoedd – ond ni ddatgelodd ddim am ei fywyd ef. Hi, wrth gwrs, oedd ar brawf ac roedd yntau yn ddyn na ddangosai ei deimladau. Adroddodd hanes ei phlentyndod a'i bywyd cynnar wrtho, a theimlo chwithdod a chywilydd ar brydiau, ond poenus mewn ffordd wahanol oedd sôn wrtho am Robert a chofio'u bywyd gyda'i gilydd.

Cododd i'w gyfarch pan ddaeth i mewn i'r ystafell. Edrychodd ef o'i gwmpas. Os ystafell wrywaidd oedd y llyfrgell, ystafell fenywaidd oedd hon. Roedd yn llai o lawer na'r llall, ac yn gysurus yn y dull Seisnig yn hytrach nag yn ffurfiol Ffrengig. Golau ac ysgafn oedd lliwiau'r muriau, ac felly hefyd yr hen garped Aubusson hardd. Sylwodd ar lun nodedig gan Constable, un o waith Rubens ac un arall gan Titian, fel y tybiai. Yna, trodd at y wraig a safai o'i flaen ac edrych arni am foment heb ddweud gair.

"Maddeuwch i mi am y sylw, ond mae'r wisg yna, Arglwyddes Mond, yn drawiadol tu hwnt. Welais i mo'i thebyg erioed o'r blaen."

"Mae'n wahanol, on'd yw hi?" a thynnodd ei bys yn araf ar hyd y *trapunto* a oedd yn cyd-redeg â'r asennau. "Nid ceisio ffugio mae'r wisg yma, ond dangos realiti yr hyn sydd dan yr wyneb. Y sgerbwd dan y cnawd. Ydy hynny'n ddweud rhy hunanbwysig wrth sôn am wisg ac am ffasiwn?"

"Wn i ddim, wir."

"Nid dim ond rhywbeth i borthi balchder merched yw dillad, wyddoch chi. Yn fy marn i, mae ffasiwn yn crisialu ysbryd oes. Pan greodd Schiaparelli y wisg hon roedd hi'n cydweithio arni gyda Salvador Dali, ac yn datgan yr un neges ag a wnaeth ef mewn paent a Jean Cocteau mewn geiriau ac yn ei ffilmiau."

"Sef?"

"Wel, bod yr oes yn newid, a bod yn rhaid iddi wneud. Roedden ni wedi blino ar ragrith y gorffennol pan nad oedd dim ond yr allanolion yn cyfrif. Gallech fyw celwydd ac os byddai popeth yn ymddangos yn iawn ar yr wyneb, byddai pawb yn hapus. Nawr, dwi wedi'ch esgeuluso chi'n ddigon hir. Beth gymerwch chi i'w yfed? Beth am wydraid bach o siampên?"

Canodd y gloch, a daeth y gwas i weini arnynt, ac am funud eisteddodd y ddau yn mwynhau eu diod ac yn edrych allan drwy'r ffenest ar y goedwig o'u cwmpas.

"Dwi'n edmygu'ch paentiadau, Arglwyddes Mond. Maen nhw'n arbennig iawn. Gan gynnwys y rhai yn y stafell hon. Ble mae'r gwreiddiol erbyn hyn?"

Edrychodd Maï arno a gwenu cyn ateb.

"Gwyddai Robert, o brofiad, ac yntau'n Iddew, beth oedd yn debygol o ddigwydd pe bai'n dod yn rhyfel. Gwaith copïwr gore Ewrop yw'r lluniau r'ych chi'n eu gweld. Mae gennych lygad anghyffredin o graff, Gadfridog."

Cydnabu'r ganmoliaeth.

"Efallai bod eich teulu'n gasglwyr lluniau?"

Anwybyddu'r cwestiwn wnaeth yr Almaenwr.

"Beth yw hanes y diadem yr 'ych chi'n ei wisgo yn y llun yn y cyntedd?"

"Dyna ddiwrnod i'w gofio oedd pan gafodd Robert ei ddyrchafu'n farchog yn 1932. Aethom ein dau i Balas Buckingham, Robert wedi'i wisgo mewn trowsus pen-glin, crys a gwasgod wen a bow-tei gwyn, siaced ddu a sgidie du â bwcle arian. Sane duon hefyd. Finne mewn ffrog laes ac yn gwisgo fy holl emau rhyfeddol – y carlwm, y plu a'r diadem, fel gwelwch chi yn y llun."

Gallai fod wedi ychwanegu, ond ni wnaeth, ei bod yn cofio

hefyd, wrth sefyll o flaen Siôr V Hanoferaidd drwm a'i wraig ddi-wên, gymaint o hwyl o'i gymharu oedd bod yng nghwmni ei dad a'i feistres, Alice Keppel. Mor *bourgeois* a dilewyrch oedd y ddau yma, y Brenin a'i Frenhines. Beth fyddai ymateb y ddau pe baent ond yn gwybod hanner hanes bywyd y wraig a foesymgrymodd o'u blaen?

"Ond beth am y diadem?"

"Welsoch chi'r llun yma o'r blaen?"

Estynnodd iddo lun o wraig ifanc yn penlinio, ei dwylo ynghlwm wrth ei gilydd fel petai'n gweddïo.

"Mae 'na rywbeth cyfarwydd yn y llun. Rhan o lun mwy, enwog, yw e, dwi'n credu."

Esboniodd iddo mai rhan o'r llun enwog o goroni Napoleon yn Ymerawdwr ydoedd. Coronodd Napoleon ei hunan, ac yna gosododd y diadem ar ben Joséphine. Ar ôl ei dydd hi bu ym meddiant gweddw Napoleon III, a fu farw yng Nghaint, ddim ymhell o Combe Bank. Gwerthwyd ei chasgliad o emau a phrynodd Robert y diadem mil carat amhrisiadwy – a'i roi i Maï.

"Ble mae'r diadem nawr, Arglwyddes Mond?"

"Yn ddiogel y tu fas i Ewrop nes bod y rhyfel yma drosodd. Gwnaeth Robert yn siŵr o hynny."

"Pwy yn union oedd Joséphine?"

"Creol o Martinique. Ffrancwr oedd ei thad, perchennog planhigfa siwgr ar yr ynys. Roedd hi'n rhyfeddol o bert. Gwelodd Napoleon hi a'i chymryd fel ei gwrtisan. Mae gen i dipyn o gydymdeimlad â Joséphine. Wedi iddyn nhw briodi, fe'i coronodd hi'n Ymerodres yn Eglwys Gadeiriol Notre Dame. Mae'n eithaf stori, on'd yw hi?"

"Yn sicr."

Edrychodd y Cadfridog ym myw llygaid Maï, a gwenu. Gwelodd y ddau'n union beth oedd ym meddwl y llall. Roedd hanes Joséphine yn rhyfeddol, ond llawn mor rhyfeddol oedd hanes Maï.

"Sefais gynne wrth y ffenest hir yn y llyfrgell, a beth welais i ond y carw. Gallwn dyngu ei fod e'n edrych yn herfeiddiol i'm llygaid i. Mae'n hawdd gweld sut cafodd e'r enw o fod yn frenin y goedwig."

Siglodd Maï ei phen a chwerthin.

"Druan ohono. Dyw ei olwg ddim yn dda, wyddoch chi. Arogli'r gelyn mae'r carw, a chredu mai ef sy ben."

"Wel, serch hynny, mae'n arbennig o hardd."

"Ydy. Ond pan wela i fe, dwi'n tosturio wrtho a'i falchder gwag. Dim ond yn ei feddwl mae'r carw'n frenin. I fod yn frenin mae'n rhaid cael eich cydnabod yn frenin. Dyw creaduriaid eraill y goedwig ddim yn ei gydnabod. Mae'n estron ac mae ei dranc yn sicr. Balchder heb sylwedd. Naill ai trengi fel yr ewig, cael ei ladd gan anifail arall neu cael ei saethu gan ddyn fydd ei dynged."

Distawrwydd.

"Gawsoch chi gyfle i edrych ar y llyfrau a gweld hanes y gweithfeydd oedd gan fy nheulu yng nghyfraith?"

"Do."

Wrth gwrs, roedd y Cadfridog yn gwybod yn barod am y gwaith pwysig a wnaeth Ludwig Mond cyn gadael yr Almaen, ac am yr holl ffatrïoedd drwy Loegr, ac yng Nghwm Tawe yng Nghymru, yn ogystal â'r gweithiau yng Nghanada. Gwyddai mai Robert a ddarganfu sut i gynhyrchu nicel hollol bur.

"Ife dyna pam gafodd e'r enw 'Brenin Nicel'?"

"Ie. Wyddech chi mai Robert a'i gwmnïau oedd y tu cefn i broses EPNS? Roedd mor falch bod teuluoedd cyffredin yn mwynhau cael tebotiau, jygiau a phlatiau arian ar eu bordydd. Glywsoch chi am EPNS?"

"Do."

Y foment honno, cyrhaeddodd y gwas a'u galw i ginio. Cododd y ddau, a dilynodd y Cadfridog hi i'r ystafell fwyta.

3 4

Y Cinio

ROEDD DAU WAS yn sefyll, un y tu cefn i'r naill gadair a'r llall. Ni welsai'r Cadfridog erioed ford wedi'i gosod yn debyg i honno. Roedd y cyllyll, y ffyrc, y llwyau a'r addurn ar y gwydrau yn aur solet.

Roedd confensiynau cymdeithasol eu dosbarth yn ail natur i'r ddau a eisteddai yno, a gwyddai'r naill a'r llall sut i guddio'u gwir deimladau. Fel y bydd hwyaid yn symud yn ddigyffro, diymdrech – i bob ymddangosiad – dros wyneb llyn, o dan y dŵr bydd cynnwrf; yn yr un modd, roedd sgwrs ac ymddygiad y gŵr a'r wraig wrth y ford yn cuddio'u gwir deimladau a natur swreal eu sefyllfa. Nid oedd y Cadfridog am eiliad yn anymwybodol o'i swyddogaeth nac o bwrpas ei ymweliad, a gwyddai hithau fod ei thynged a thynged eraill yn nwylo'r gŵr a eisteddai gyferbyn â hi.

Roedd hi'n westeiwraig groesawgar, radlon, ac yn llawn sylw. Ychydig ddyddiau ynghynt, ni allai fod wedi dychmygu croesawu uchel swyddog ym myddin yr Almaen i'w chartref, ac eistedd gyferbyn ag ef wrth ei bwrdd, a hynny heb arwydd o ddicter. Talodd sylw i'r Cadfridog â phob gofal, cwrteisi a'r mân siarad a feistrolodd yn ei bywyd cymdeithasol ac a fu mor angenrheidiol i'w llwyddiant. Gwnaeth yntau'r un modd â chwrteisi ffurfiol ei ddosbarth.

Roedd hi'n enwog am ei bord a'i lletygarwch. Dysgodd dros y blynyddoedd i anwybyddu'r annymunol yn ei gwesteion ac i ddarganfod rhywbeth hoffus neu ddiddorol o leiaf ym mhob un, ac yn awr ceisiodd anwybyddu'r wisg a'r allanolion a chanolbwyntio ar y dyn.

Edrychodd ar y ford a dilyn y patrwm yn y damasg â'i bys am foment, cyn codi'i golwg ac edrych yn ei lygaid gyda gwên fach dawel, ymbilgar braidd.

"Wyddoch chi eich bod, wrth eistedd yn y castell hwn, nid yn unig yng nghanol coedwig ond yng nghanol teyrnas hefyd? All dim drwg ddigwydd ichi yma. Wyddech chi hynny?"

"Sut felly?"

"Dyma goedwig y fam dduwies, sy'n gofalu amdanon ni i gyd," a gwenodd arno. "Pan oeddwn i'n ifanc fe es i'r pardwn mawr yn Gwengamp, un o bardynau mwyaf Llydaw, os nad y mwyaf. Soniais i wrthoch chi amdano'n gynharach, on'd do fe?"

"Do."

"Mae'r enw 'Guingamp', neu 'Gwengamp' yn ein hiaith ni, yn hen iawn, wyddoch chi. Mae'n mynd yn ôl i'r hen, hen oesoedd."

Edrychodd arno i weld a oedd yn cynnal ei ddiddordeb. Cyrhaeddodd y cawl a'r bara. Esboniodd mai ystyr 'Gwen' oedd nid y lliw gwyn ond lle wedi'i fendithio, ac mai'r gair Llydaweg am y Gwynfydau yn y Beibl oedd 'Gwenvidigezioù'.

"Gwengamp. A Gwenvidigezioù. R'ych chi'n gweld mai'r un gair sydd yno, on'd 'ych chi?"

"Beth yw ystyr 'gamp'?"

"Maes oedd 'camp'. Felly, roedd Gwengamp yn un o'r mannau cysegredig, cyfrin, filoedd o flynyddoedd yn ôl, ac ar ben hynny roedd yn un o fannau cysegredig y derwyddon."

Disgrifiodd fel y byddent bob blwyddyn ym mhardwn Gwengamp yn cludo cerflun anferth o'r Forwyn Fair wedi'i haddurno â gemau gwerthfawr allan o'r eglwys, ac yn ei gario o'u blaen wrth orymdeithio. Sylweddolodd flynyddoedd yn ôl mai'r fam dduwies oedd Notre-Dame-de-Bon-Secours, Itron-Varia Wir-Sikour yn ei hiaith hi, Ein Harglwyddes Pob Cymorth. Enw arall arni yn Gwengamp oedd Mair y Ffynnon a'r Dyfroedd Gwyrthiol. Onid oedd dŵr yn ganolog i grefydd yr hen bobol?

"Y tu allan i'r eglwys yn y sgwâr trichongol – os ydyw'r fath beth yn bosibl – mae yna ffynnon wych wedi'i chysegru i Ana, gydag un 'n'. Mam-dduwies Geltaidd oedd hi, ac Anna gyda dwy 'n' oedd mam Mair, mam yr Iesu, a hi yw Nawddsantes Llydaw. Rhyfedd o fyd!"

Disgrifiodd yr hen, hen arwyddion cyfrin o'r oesoedd cyn Crist a oedd o gwmpas y Forwyn ym mhorth yr eglwys yn Gwengamp, a'r rheiny'n chwarae ar y rhifau 3 a 4 a 5, ac, yn ôl y saint, yn arwain ar hyd y llwybrau duon i aur yr Ave.

Edrychodd arno gan aros am ei ymateb. Ni ddywedodd air am dipyn.

"Felly, ydy Notre-Dame-de-Bon-Secours yn y goedwig yma hefyd?"

"O, ydy. Ond yma, yn ôl yr hen chwedl, mae ganddi enw arall."

"Ydych chi'n mynd i adrodd yr hanes i mi?"

"Flynyddoedd maith yn ôl – dyna fel mae pob chwedl dda yn cychwyn, on'd ife? – roedd menyw ifanc yn byw yn y goedwig yma, a'i henw oedd Iwna. Roedd ganddi ddau frawd, efeilliaid, a'r un enw oedd gan y ddau, Envel. Hynny yw, 'yr un fel'. Yng nghanol y goedwig roedd Iwna'n byw, a'i brawd hynaf yn frenin y goedwig i'r gorllewin, Koad an Noz, sef Coed y Nos, a'i brawd ifanca yn frenin y goedwig i'r dwyrain, Koad an Diez, sef Coed y Dydd.

"Envel, yr hynaf, oedd Brenin y Nos, Brenin y Cysgodion ac amddiffynnydd holl anifeiliaid ac adar y goedwig. Enillodd y frwydr yn erbyn ei frawd i gaethiwo'r dydd a'i reoli. Ef hefyd oedd Amddiffynnydd y Dduwies. Unwaith y flwyddyn byddai

Envel y Nos yn gadael Teyrnas y Cysgodion ac yn dod i'n byd ni ar ffurf marchog, Marchog y Tân. A wyddoch chi beth? Hen Ŵyl y Tân oedd pardwn Gwengamp. Ymhen amser cafodd Envel ei wneud yn sant gan eglwys mab Mair, merch Anna, ac mae 'na gapel ar gyrion y goedwig wedi'i gysegru iddo. Loc Envel. Credwch chi fi, Gadfridog, r'ych chi'n ddiogel yma."

Edrychodd yr Almaenwr arni, a meddyliodd nad ffansi rhy afresymol fyddai mai ail ymgnawdoliad o hen dduwies oedd hon, Châtelaine Castell y Goedwig – a dewines!

"Beth am dduwies y lleuad?"

"Mae'n ddrwg gen i?" Chwarddodd yn ysgafn. "Dwi ddim yn deall y cwestiwn."

"Wel, r'ych chi'n sôn am fyd y duwiau a'r duwiesau, a dwi'n holi am dduwies y lleuad. 'Mond' yw lleuad yn Almaeneg. Ymgais wael i dynnu coes, rhyw chwarae bach ar eiriau. Mae'n ddrwg gen i, Arglwyddes."

Gwenodd Maï arno a meddwl yn sydyn mai dyn ifanc ydoedd wedi'r cwbl, er ei fod yn uchel swyddog ym myddin yr Almaen.

"Diana oedd duwies y lleuad, on'd ife?"

Gwelodd y Cadfridog i ble gallai hyn arwain a dechreuodd anesmwytho.

"A duwies hela hefyd, dwi'n credu."

"Ie."

"A diweirdeb."

Edrychodd ym myw ei lygaid gyda gwên fach ddiniwed. Gofynnodd i'w hunan a oedd gan yr Almaenwr hwn, neu unrhyw Almaenwr o ran hynny, rith o hiwmor yn ei gyfansoddiad.

"On'd yw'r hen chwedlau'n gyfoethog? Maen nhw'n llawn ystyr, on'd 'yn nhw?"

"Dywedwch wrtha i, Arglwyddes Mond, fyddech chi'n galw'ch hunan yn Gristion?"

"Dwi'n gobeithio 'mod i. Dwi'n cyffesu fy mhechodau, ac yn

derbyn y sacramentau. Fûm i erioed, cofiwch, yn un o lyffantod y dŵr bendigaid."

"Beth yw arwyddocâd yr hen chwedlau ichi?"

"Brwydr rhwng y drwg a'r da, ac mae'n rhaid inni wneud ein gorau i sicrhau mai'r da sy'n ennill."

Edrychodd arno'n ddiniwed â llygaid agored. Edrychodd yntau'n ôl arni hi'n ddiwyro, ac ateb yn syml.

"Oes."

Wedi iddynt fwynhau'r diferyn bach o gawl, aeth y gweision ati i weini'r pysgod gydag un o winoedd gwyn gorau Ffrainc.

"Mae'r brithyll yma'n hyfryd."

"Roedd e'n nofio yn yr afon yma awr neu ddwy yn ôl."

"Ac mae'r gwin yn gweddu i'r dim."

O leiaf roedd yr Almaenwr yn gwerthfawrogi'r bwyd ac yn deall ei win.

"Arglwyddes Mond, mae'r chwedlau yma'n bwysig ichi, ond ofergoelion ydyn nhw."

"Nage wir. Ffrwyth dychymyg dynion a ffordd o edrych ar y byd. Wyddoch chi beth, fe glywais unwaith i rywun enwog ddweud mai ffordd i fynegi gwirionedd na ellir ei ddweud mewn unrhyw ffordd arall yw chwedl neu fytholeg. Dwi'n cytuno â hynny."

"Mae gen i fwy o ffydd mewn rheswm."

"Felly'n wir? Dwi'n credu 'mod i, fel y mwyafrif o bobol, yn teimlo mwy nag ydw i'n ei ddeall. Ond beth bynnag am hynny, ydych chi'n teimlo cyfaredd Koad an Noz, Gadfridog?"

"Byddai'n anodd peidio."

"Yma byddai rhai o ddynion pwysicaf Prydain a Ffrainc yn dod a phawb yn cael eu swyno gan y goedwig a'r castell. Gorsedd Llydaw hefyd. Ond, wrth gwrs, dyw hynny'n golygu dim ichi. Yn yr haf mi fyddwn i'n trefnu adloniant yn yr ardd, fel y clywsoch chi'n barod, ac fe syrthiodd sawl un a ddaeth yma mewn cariad â Llydaw a'r fro."

"Dwi'n cael yr argraff eich bod, erbyn diwedd y 1920au, yn treulio mwy o amser yn Llydaw a Pharis nag yn Llundain."

"Mae'n siŵr bod hynny'n wir. Fel y cofiaf i, roedd Koad an Noz, Castel Mond a'r cartrefi ym Mharis ac yn Llundain wastad yn llawn chwerthin ffrindiau. Roedd sôn am ein lletygarwch ni, a'r gweision a'r morynion yn hapus yn gweithio yma.

"Y traddodiad bob amser yn Llydaw oedd bod y meistr yn trin y gwas fel un cyfartal. Ar fferm fach roedd y gwas a'r forwyn yn byw fel aelodau o'r teulu ac, wedi'r cyfan, roeddwn i'n adnabod teuluoedd pawb fyddai'n gweithio yma. Os oedden nhw'n brysur iawn yn y gegin, mi fyddwn i wrth fy modd yn codi'n gynnar a'u helpu nhw i weithio'r toes ar gyfer y bara."

Dyma weini'r cig. Porc mewn saws afalau a Calvados. Cafodd Maï anhawster peidio â gwenu oherwydd roedd wedi clywed stori'r mochyn gan y cogydd.

"R'ych chi'n bwyta'n dda iawn yn Koad an Noz. Mae'r gwin yn rhyfeddol. Arbennig iawn."

"Mae'r gwin o'n seler ni, ac mae'r cogydd wedi gwneud ymdrech arbennig i gael y cig yma ar eich cyfer."

Ysgwn i beth feddyliai pe gwyddai hanes y mochyn? Parodd y stori lawer o chwerthin yn y pentref. Roedd hen gyfeillion Maï, y teulu Kervoas, yn berchen ar ffatri gwneud clocsiau pren; a hwythau'n byw yn ymyl y goedwig, doedd dim prinder coed. Byddent yn gwerthu pren i drefnydd angladdau yn Montroulez, hen gwsmer iddynt. Yr wythnos honno cafodd lwyth gan Monsieur Kervoas ac fel rhan o'r tâl cynigiodd fochyn iddo. Gwych iawn, ond sut gellid mynd â'r mochyn oddi yno i Benac'h? Dyna'r broblem. Yna cafodd y trefnydd angladdau syniad: beth am roi'r mochyn mewn arch a'i gludo'n barchus mewn hers ar ei olaf daith?

Aeth popeth yn iawn nes eu bod bron â chyrraedd gartref, a beth welson nhw o'u blaen ond nifer o filwyr Almaenig. Dyma arafu'n barchus a'r adrenalin yn pwmpo. Yn sydyn, gwahanodd y milwyr gan sefyll yn ddwy reng, un bob ochor i'r ffordd. Rhoddwyd gorchymyn; tynnodd pob un ei gap i gyfarch yr arch yn barchus, a saliwt. Ac ymlaen â'r arch – a'r mochyn, yn ddiogel, i'w rannu ymysg y teulu a'u ffrindiau.

"Wrth imi fynd yn hŷn, yma roeddwn i eisiau bod fwyfwy; ac yn ffodus iawn, felly y teimlai Robert hefyd. Mae maes awyr Servel yn agos inni, ac wrth ymyl Dinarzh mae porthladd Sant Maloù yn gyfleus. Mewn gair, Gadfridog, roedden ni'n hapus. Allwch chi ddeall hynny?"

O, gallai. Ond pam roedd y wraig yma'n mynnu ei drin fel unrhyw ddyn arall, yn hytrach na gelyn? Edrychai arno â gwên barod a'i hwyneb byw yn llawn mynegiant agored. Oedd hi wedi anghofio pwy oedd yn ei holi? Un o uchel swyddogion gwasanaethau cudd byddin yr Almaen. Neb llai. Anwybyddodd y cwestiwn.

"Byddai llawer o bobol yn ei chael hi'n anodd deall pam y byddech chi'n dewis treulio cymaint o'ch amser yma, a chithau'n berchen ar gartrefi ym Mharis ac yn Llundain a Dinard hefyd – er mor swynol yw Koad an Noz."

"Roeddwn i yn y pentref ychydig ddyddiau cyn i fi gael fy nghymryd i'r carchar yn Gwengamp, pan ddigwyddais weld hen ffrind. 'Wyt ti wedi clywed bod y teulu hwn-a-hwn wedi symud yn ôl i Benac'h?' gofynnodd. Na, doeddwn i ddim a dywedais y byddwn yn siŵr o alw i'w croesawu 'nôl i'r ardal.

"'Wel,' meddai hi, 'aethon ni'n syth i'w croesawu, ond doedd neb gartref ac yna aethon ni'r eildro, a doedd neb gartref y tro hwnnw chwaith. Ymhen diwrnod neu ddau, fe'i gwelais hi yn y pentref, a dyma ymddiheuro am fethu galw ac esbonio pam. 'Wel, dwi ddim yn deall,' meddai hi. 'Roedden ni'n bendant gartref.' 'Clyw,' medde fi, 'allet ti ddim bod gartre, roedd y drws ar gau.'

"Felly, roedd yn hen bryd inni ddod yn ôl, on'd oedd hi? Rown i'n ymddwyn fel y Parisiens, yn cadw'r drws ar glo ac wedi anghofio sut mae byw. Wrth gwrs, y peth cyntaf y bydd pawb yn ei wneud bob bore yn Llydaw yw agor y drws i ddangos bod y teulu gartref ac yn croesawu pawb. Rown i'n ddiolchgar iddi am f'atgoffa i, ac yn diolch fy mod 'nôl gyda 'mhobol fy hun. Ydy hynny'n ateb eich cwestiwn, Gadfridog?"

Daeth yn amser i weini'r caws, gyda gwin coch rhyfeddol.

"Rydych chi'n mentro wrth roi gwin cystal â hwn i swyddog ym myddin y gelyn, Arglwyddes Mond. Efallai y bydd y demtasiwn i gymryd cynnwys eich seler win yn ormod i mi."

"Dwi'n gwybod eich bod yn ŵr diwylliedig, a dwi'n dewis credu eich bod yn ŵr bonheddig hefyd. Ond y gwir yw mai ychydig iawn o win sydd ar ôl yn y seler erbyn hyn. Nawr, mae rhywbeth bach melys i orffen ein cinio, a diferyn o win gwyn hyfryd o'r Almaen, ac yna 'nôl â ni i'r llyfrgell lle cewch glywed gweddill fy hanes, a chael cwpanaid o goffi – ac efallai ddiferyn o hoff gognac y teulu."

Diwedd Diwrnod

WEDI I'R GWAS osod boncyff ar y marwor a chwythu'r fegin cafwyd bywyd yn y tân, cynhesrwydd i'r ystafell, a sibrwd a sawr y pren wrth losgi yn eu clymu wrth orffennol pell. Heb yn wybod i'r naill na'r llall, teimlai'r ddau fod perthynas dynolryw â'r goedwig yn un ddofn, gyfrin.

Arllwysodd y gwas y cognac.

Plentyn penfelyn pum mlwydd oed, a'i fywyd yn felys. Cofiai, wrth afael yn y gwydr, yna troi'r hylif lliw ambr yn y fowlen a gwylio'i thoriadau'n hollti pelydrau'r golau nes peri i'w lliwiau drywanu'n las a choch, mai fel yna'n union y gwnâi ei dad. Byddai'n ei sawru, a gofyn, gan wenu ar ei wraig dros ymyl y gwydr, "Chymeri di ddim diferyn? Mae'r brandi yma'n odidog a bron mor hen â thithau."

Atebai hi 'run fath bob tro, gan ysgwyd ei phen â gwên fach chwareus.

"Rwyt ti'n gwybod yn iawn nad ydw i'n ei hoffi."

Teimlai'r plentyn yn gynnes a chlyd a'u cariad yn fur diogel o'i gwmpas.

"Gwydrau arbennig, Arglwyddes Mond. Welais i erioed rai tebyg."

"Naddo, Gadfridog, a welwch chi fyth mo'u tebyg, chwaith. Wedi cwymp y Tsar gwerthodd y Bolsieficiaid lawer o'r eiddo. O Balas y Gaeaf yn San Petersburg y daeth llawer o'n llestri a'n gwydrau ni. Robert brynodd nhw, wrth gwrs, er bod tipyn o gystadleuaeth amdanyn nhw."

"Yn 1937 y sefydlodd Syr Robert y ganolfan ryngwladol i ymchwil gemegol?"

"Ie."

A dyna wireddu breuddwyd. Ar ben hynny, cafodd ei wneud yn Commandant de la Légion d'Honneur, a hynny'n golygu cymaint iddo gan mai Napoleon a greodd y Légion ac yntau'n gymaint o arwr i Robert.

"Roedd Syr Robert yn tynnu ymlaen mewn oedran, on'd oedd?"

"Oedd, mae'n siŵr. Roedden ni'n dau. Ond roedd e'n dal yn llawn egni a'i feddwl mor fyw ag erioed."

Er hynny, weithiau, pan nad oedd yn ymwybodol ei bod hi'n ei wylio, gwelai linellau blinder a straen ar ei wyneb, a châi fraw.

"Mae'n rhaid iti orffwys, Robert. Rwyt ti'n edrych wedi ymlâdd yn llwyr."

Wastad yr un ateb.

"Dim ond yr hen drafferth â'r stumog. Fe aiff. Rhaid inni wneud yn fawr o'n hamser, Maï."

Ond pam na chymerodd hi a Robert sylw o'r arwyddion bod rhywbeth mawr o'i le? Na, roedd y ddau ohonynt yn rhy barod i fwrw ymlaen â phrysurdeb eu bywydau heb golli cyfle i fwynhau, cymdeithasu a theithio.

"Cawsom y fath bartïon yr haf hwnnw yn Dinarzh. Buon ni wrthi am fisoedd yn trefnu un parti. Cant saith deg o westeion yno a gerddi Castel Mond ar eu gorau."

Daeth pobol bwysig, amlwg o feysydd gwahanol yno. Gwisgodd Robert ei holl fedalau a'i ddillad ffurfiol, a dewisodd hithau ffrog wen, hir, a diadem Joséphine yn goron ar y cyfan.

Gwenodd wrth gofio mor hyfryd bleserus oedd yr haf hwnnw, a'r tywydd braf yn ymestyn yn ddi-dor fel pe na fyddai byth yn dod i ben. Cofiai'r boreau cynnar, poeth, digyffro, pob smic i'w glywed yn atseinio yn yr awyr glir a dim ond cyfarth rhyw gi o bell neu sgrech ambell wylan yn tarfu ar y llonyddwch am ysbaid. Clywai'r distawrwydd a gwelai eto lesni'r môr wedi i belen yr haul ddifa'r niwlen gynnar a'r awyr yn ddigwmwl wedyn gydol y dydd. Cofiai'r fath ryddhad a deimlent pan chwythai awel troad y llanw ei balm dros y tir ar ddiwedd y prynhawn.

"Mae'n siŵr fod gennych restr o'r gwesteion. Hoffwn ei gweld. Fyddai hynny'n bosibl?"

"Oes, mae gen i restr o'r gwesteion yn fy nesg."

Aeth draw i nôl y papur a'i estyn iddo. Petai heb ddatgelu bodolaeth y rhestr, synhwyrai y byddai'n cael ei holi a'i chroesholi nes gorfod enwi pawb. Gwelai fod yr wybodaeth yma'n bwysig iddo. Teimlai'n anesmwyth. Wrth frolio am lwyddiant ei gŵr a phwysigrwydd eu ffrindiau, a ddatgelodd hi ormod a pheryglu eraill? Ond pa iws oedd yr wybodaeth iddo?

"Fe af i â hon gyda fi."

"Hoffwn ei chael yn ôl ar ôl ichi ei hastudio. Mae'r rhestr a'r holl gyfeiriadau yn ddefnyddiol imi."

"Fe'i cewch yn ôl yfory. Felly, roedd y parti'n llwyddiant ysgubol?"

"Oedd, yn sicr," meddai gan wenu fel pe na phetai dim yn ei phoeni, a hwythau nawr 'nôl ar dir cyfarwydd unwaith eto.

Cofiai'n union ble'r oedd hi'n sefyll gyda rhai o'i gwesteion yn edrych allan dros y môr i gyfeiriad Sant Maloù pan drodd un ohonynt ati a gofyn iddi:

"Ife ti drefnodd yr awel hyfryd yma inni, Maï?"

Un arall yn ychwanegu'n gellweirus,

"Mae'n sicr yn chwythu baner Sant Maloù dros enau afon Rance draw fan'na."

Gwaeddodd rhyw lais croch, "Ond ble mae baner Dinarzh, dwedwch?"

Atebodd y Maer fel deryn â'i ben yn ei blu nad oedd gan Dinarzh faner. Synnu a rhyfeddu mawr. Ymunodd Robert â nhw ac addo ar unwaith yr âi ati heb oedi i gael baner deilwng i'r dref. Oedd e'n synhwyro rywfodd fod ei fywyd yn dirwyn i ben ac nad oedd amser i'w golli?

Synnai Maï mor brysur y buont a chymaint o deithio a wnaethant y flwyddyn honno: Monte Carlo, Yr Aifft, Cannes, Rhufain, Llundain, Paris a Chymru hefyd. Erbyn mis Gorffennaf roeddent 'nôl yn Llydaw, a dyna pryd y cafodd hi ei derbyn fel aelod o Orsedd Llydaw yn fardd er anrhydedd, a hynny yng nghastell Koad an Noz.

Gwyliodd y fflamau'n llosgi'n felyn a choch, ac am funud yr unig sŵn yn yr ystafell oedd tician y cloc. Yna adroddodd yr hanes fel y dirywiodd iechyd Robert, ac er gwaethaf ymdrechion y meddygon gorau bu farw mewn ysbyty ym Mharis ym mis Hydref 1938. Amlosgiad oedd ei ddewis ac roedd wedi trefnu popeth.

Cofiai Maï lais y cantor yn canu salmau Dafydd a hen hymnau Israel yn yr angladd. Roedd yna ryw gysur rhyfedd ynddyn nhw. Cafwyd areithiau di-ri yng Ngholombariwm Père Lachaise, a daeth cannoedd yno fel arwydd o'u parch a'u cydymdeimlad.

Rai dyddiau wedyn daeth Maï â llwch Robert yn ôl i Benac'h i'w gladdu mewn bedd dros dro nes iddi allu codi capel preifat iddo. Roedd yn hwyr y nos erbyn iddynt gyrraedd, ac wrth ddisgyn i'r dref gwelai ddwy golofn o oleuadau. Safai dynion y gymdogaeth ar hyd ochrau'r ffordd fawr â ffagl yn un llaw, yn plygu'u pennau mewn distawrwydd.

Trefnodd fod pawb yn cael swper yn y gwesty lleol. Roedd hi'n hanner nos erbyn iddynt eistedd i gyd, a doedd dim pall ar y gwin a'r seidr. Bu tipyn o rialtwch y noson honno, ond gwyddai Maï fod cydymdeimlad y dynion yn ddiffuant.

"Mae'n siŵr ichi dderbyn cannoedd o lythyron o gydymdeimlad."

"Do."

"Mae'n siŵr eich bod wedi'u cadw dan glawr?"

Cododd Maï a cherdded draw at un o'r silffoedd, estyn llyfr wedi'i rwymo mewn lledr hardd a'i ddal yn dyner yn ei dwylo. Edrychodd ar yr Almaenwr a gweld yn ei lygaid ei fod yn gwybod am fodolaeth y llyfr, a synhwyrai ei fod, mwy na thebyg, yn gwybod am y rhestr hefyd.

"Dwi'n trysori'r llyfr yma."

Estynnodd y llyfr iddo a'i roi'n ofalus yn ei ddwylo.

"Gorffennwch yr hanes, Arglwyddes Mond, ac fe edrycha i arno wedyn."

Wedi claddu'r llwch aeth Maï yn ôl i Baris, ac yna hedodd i Lundain er mwyn bod yn bresennol yn yr oedfaon coffa yno, ac yn arbennig yn yr oedfa ym mawsolëwm y teulu Mond yn East Finchley, lle gosododd Seren Dafydd fawr o flodau glas a gwyn.

Wedi cyflawni'r holl ddyletswyddau oedd ganddi fel un o ysgutoriaid yr ewyllys, aeth Maï yn ôl i Benac'h i wynebu realiti.

"Prin ddwy flynedd sydd er pan golloch chi'ch gŵr."

"Ie, ac er 'mod i wedi treulio peth amser ym Mharis, yma yn Benac'h dwi fwyaf cysurus, ymhlith fy mhobol fy hunan."

Edrychodd arni a chodi o'i gadair.

"O'm rhan i, Arglwyddes Mond, r'ych chi nawr yn rhydd i fynd a dod fel y mynnwch. Dwi'n argyhoeddedig eich bod wedi bod yn agored ac yn onest. Diolch ichi am eich lletygarwch. Bu'n seibiant yng nghanol rhyfel."

Plygodd Maï ei phen a chydnabod ei eiriau.

"Ond mae gen i un cais eto. Ga i gymryd y llyfr yn ogystal â'r rhestr ac ambell lyfr arall am noson? Fe'u cewch yn ôl yfory, a dwi'n addo na fyddan nhw ddim gwaeth."

Cododd hithau a cheisio cuddio'r anniddigrwydd a deimlai.

"Does neb ar y rhestr yna neu yn y llyfr wedi gwneud dim o'i le."

Clywai'r Cadfridog y pryder yn ei llais.

"Does dim un fyddai'n bradychu ei wlad, chwaith."

"Dwi ddim yn amau hynny, ond gallent fod o ddiddordeb."

'Yn sicr, fe ddysgi di rywbeth am natur y gymdeithas rown i'n perthyn iddi,' ychwanegodd Maï wrthi ei hunan.

Wrth gerdded i gyfeiriad y drws, safodd y Cadfridog o flaen y ford a'r gêm wyddbwyll wedi'i gosod arni. Oedodd heb ddweud gair am foment.

"Pwy sy'n chwarae?"

"Dwi ddim wedi cyffwrdd ynddyn nhw er pan fu Robert farw."

"Pe baem ni'n chwarae rywbryd, pa liw fyddech chi'n dewis, Arglwyddes Mond?"

"Y gwyn fyddwn i bob amser yn chwarae."

"Ond yn ôl yr hanes, cafodd Envel, Brenin y Dydd, ei goncro gan ei efaill, Envel, Brenin y Nos."

"Do, digon gwir, ond mae'r wawr yn torri bob bore, a'r nos ddu'n cilio draw."

"Mae'r ffigyrau yma mor anghyffredin."

"Comisiynodd Robert nhw gan artist swrrealaidd."

"Brwydr hyd angau yw gwyddbwyll."

"Ie."

"Ac alegori hefyd?"

"Gall fod."

"Mae'r bwrdd gwyddbwyll du a gwyn yma'n un arbennig iawn. Dyma faes y gad lle mae'r Fyddin Ddu a'r Fyddin Wen yn wynebu'i gilydd, ond yma, wrth gwrs, coedwig yw'r maes. Y goedwig gyntefig sydd mor hen â hanes y ddynoliaeth, neu'n hŷn. Ydych chi'n cytuno?"

Edrychodd y ddau ar ei gilydd, y naill ym myw llygaid y llall. Heb ollwng ei threm, nodiodd Maï.

"Y frenhines yw'r bwysicaf. Gall hi symud i bob cyfeiriad, a gwneud fel y myn. Ond yn y goedwig ddu a gwyn, nid brenhines ddaearol sydd gennym ni, ond y Fam Dduwies ei hunan. Ydw i'n iawn?"

Edrychodd Maï arno gyda'r awgrym y gallai fod yn iawn, a'i hanner gwên yn dangos ei bod yn mwynhau'r dehongliad.

"Heddiw, Gadfridog, am ddiwrnod, ai chi oedd y brenin?"

"Beth? Arglwyddes Mond! Ydych chi o ddifri'n disgwyl i mi ganiatáu i Frenhines Koad an Noz symud fel y myn hi, yn rhydd i bob cyfeiriad? A finne'r brenin yn cael ei gornelu ac ar drugaredd eraill i'w amddiffyn?"

Am y tro cyntaf y diwrnod hwnnw, chwarddodd.

"Mae 'na ddau esgob. Pwy fydd y rheiny ar eich ochor chi yn y frwydr, Gadfridog?"

Tawelodd y Cadfridog ac yna ateb.

"Y bardd Goethe. Yr un yw swyddogaeth y bardd a'r offeiriad yn aml. Yn ail, dwi'n dewis cerddor."

"Wagner, ife?"

"Nage, er 'mod i'n ei edmygu'n fawr."

"Pwy felly?"

"Wel, am sawl rheswm sy'n agos at fy nghalon, dwi'n dewis Bach. Pwy fyddai'ch dewis chi, Arglwyddes Mond?"

Cymerodd ei hamser cyn ateb.

"Offeiriad yn gyntaf. Abad sy'n gydwybod inni'r Llydawyr ac yn byw heb fod ymhell oddi yma. Yann-Vari Perrot. Mae e'n caru Llydaw ac, yn arbennig, yn caru'r iaith."

"A'r llall?"

"Wel, mae Mam Frenhines y Goedwig ar y bwrdd yn barod, felly dwi'n dewis Santes Anna, Mam Llydaw. Gyda dwy 'n', nid un."

"Mae'n amlwg pwy yw'r ddau farchog. Envel Ddu, Arglwydd y Gorllewin a'r Nos, ac Envel Wyn, Arglwydd y Dwyrain a'r Dydd. A'r castell? Does dim eisiau gofyn, oes yna? Castell Koad an Noz."

"Pwy yw'r gwerinwyr, Gadfridog? Nid fy ngweision i yma. Byddai hynny'n rhy ystrydebol."

"Y ceirw. Wyth ohonyn nhw. Ond dim ond ar ei hanner mae'r frwydr ar y bwrdd."

Gyda hynny, ymsythodd y Cadfridog a throdd ar ei sawdl i adael yr ystafell.

"Mae'r rhyfel yr 'ym ni'n ei ymladd ar draws y cyfandir, Arglwyddes Mond, bron â dod i ben. Mae dyfodol disglair o'n blaenau ni oll."

"Ga i ofyn cymwynas, Gadfridog? Dwi'n mynd i fod dipyn yn hyf nawr, falle."

Dim ateb. Penderfynodd Maï barhau â'i chwestiwn.

"Pan welwch chi'ch mam nesaf, dywedwch wrthi fod Maï Manac'h yn cofio ati."

Ni ddywedodd yr un gair, ond plygodd ei ben mewn cydnabyddiaeth a chlicio ei sodlau. Ffurfioldeb eto. Yr awyrgylch wedi newid.

"Dwi'n credu y bydd hi'n fy nghofio i," meddai Maï'n dawel. "Os bydd hi, does dim yr hoffwn i'n fwy na'ch bod chi'n dod â hi i 'ngweld i, yma neu ym Mharis, pan fydd yr hen ryfel yma drosodd a'r byd 'nôl yn ei le eto. Wnewch chi hynny?"

Canodd Maï'r gloch. Daeth y gwas i mewn, a dilynodd y Cadfridog ef i'r cyntedd. Gwisgodd ei got, ei gap a'r benglog arno, a'i fenyg. Erbyn hynny roedd ei yrrwr yn ei ddisgwyl yn y car y tu allan.

Aeth Maï yn ôl i'r llyfrgell. Ymhen ychydig funudau, ymunodd Henriette â hi.

"Shwd a'th pethe, Maï?"

"Do's dim rhaid i neb boeni nawr. Dwi'n credu y bydd popeth yn iawn. Dda'th e 'ma i gael gwbod fy hanes a 'nghysylltiade. Ond ro'dd mwy na hynny ar gerdded. Wn i ddim beth. Cawn wbod ryw ddydd, mae'n siŵr. Ond nawr, y gwely amdani, Henriette. Dwi wedi ail-fyw deng mlynedd a thrigain o flynyddoedd heddi a dwi wedi blino'n lân."

Y Goncwest

DYCHWELODD Y GYRRWR drannoeth gyda'r llyfr a'r rhestr, a daeth Maï i'r casgliad nad oedd ganddi achos i bryderu. Wedi'r cyfan, o ba ddiddordeb allai enwau'r rhai fu ym mharti pen-blwydd Robert fod i'r Cadfridog? Beth am y llythyron o gydymdeimlad? Roedd y cyfeillion a'u hanfonodd o Brydain yn ddiogel o afael yr Almaenwyr hyd yn hyn, a gellid cael yr wybodaeth yn y llyfr am y rhai oedd yn byw ar y cyfandir yn hawdd o ffynonellau eraill.

Rai wythnosau yn ddiweddarach, fel roedd Maï a Henriette yn eistedd gyda'i gilydd un prynhawn yn trafod ymweliad y Cadfridog, dechreuodd Henriette anesmwytho.

"Ma 'da fi rywbeth i gyffesu, Maï. Pan o't ti'n gorffwys cyn cino y dwrnod o'dd yr Almaenwr 'na yma, es i mewn i'r llyfrgell i gasglu llestri ac i roi boncyff ar y tân. Ro'dd e'n bodio drwy lyfr y llythyron cydymdeimlad. Sylwodd e ddim 'mod i yno. Dyw dynion fel 'na byth yn sylwi ar weision, fel rwyt ti'n gwbod. Gweles i ei fod e'n talu tipyn o sylw i'r llyfr."

"Wel, wnest ti ddim byd o'i le, naddo fe?"

"Pan o'ch chi'ch dou'n byta, es i 'nôl i'r llyfrgell a chymres i'r cyfan o'r llythyron o Ffrainc mas o'r llyfr a'u cwato nhw."

"Er mwyn popeth, pam ar y ddaear wnest ti hynny? Rown i wedi penderfynu dweud popeth wrtho fe, er mwyn iddo fe'n trysto ni, a wedyn bydde pawb yn ddiogel."

"Meddylies i, 'Na, cheiff e ddim popeth ei ffordd ei hunan.' Tase fe'n troi'n gas byddwn i'n cyfadde beth bynnag, a faset ti ddim ar fai achos faset ti ddim yn gwbod dim. Do'dd y llythyron o Bryden ddim yn broblem gyda'r môr rhwng yr Almaenwyr a nhw. Felly gadawes i nhw, a'r rhai o'r gwledydd erill."

"Mae'n rhaid na sylwodd y Cadfridog beth wnest ti, Henriette, ond roet ti'n chware â thân, ti'n gwbod. Gobitho cawn ni lonydd o hyn mla'n, ddweda i."

Dros y dyddiau hynny byddai Maï a Henriette yn adrodd hanesion am eu hamser yn y carchar ac yn rhannu eu profiadau â phawb yn Koad an Noz, a nhw wedyn yn cofio'r dyddiau brawychus pan syrthiodd Paris a'r diwrnod pan gyrhaeddodd yr Almaenwyr Benac'h.

Yn Koad an Noz roedd Maï ar y pedwerydd ar ddeg o Fehefin 1940, ond roedd nifer o'i gweision a'i morynion yn dal ym Mharis. Dyma anfon neges atynt: 'Dewch i Koad an Noz os gellwch, er diogelwch. Hoffwn petai dau neu dri ohonoch yn aros ym Mharis i ofalu am bethau yno, a chaniatáu bod hynny'n bosibl a ddim yn beryglus. Cewch benderfynu drosoch eich hunain faint ohonoch ddaw a phwy fydd yn aros.'

Pan gyrhaeddodd y cwmni o Baris, mawr fu'r cyffro a'r holi a phawb yn ymgynnull yn y gegin fawr. Buont yn llygad-dystion i ddigwyddiad hanesyddol ac wrth siarad ag ugeiniau o bobol eraill ym Mharis ac ar y daith 'nôl i Lydaw ar y trên cawsant hanes y diwrnod ofnadwy yn lled gyflawn.

Dydd Gwener oedd hi. Yn oriau mân y bore, a strydoedd Paris yn wag, heb yr un enaid byw i'w weld yn unman, safai'r gweision y tu cefn i gaeadau ffenestri llofft y tŷ yn llawn pryder. Gwyddent fod yr Almaenwyr o fewn cyrraedd ond ni wyddent beth i'w ddisgwyl. Roedd dros ddwy filiwn o drigolion Paris wedi ffoi, a theimlai'r rhai oedd ar ôl yn ddiymadferth.

Tua hanner awr wedi pump y bore, cyrhaeddodd blaengorff y fyddin ymylon Paris. Y tu ôl iddynt clywid rhu bygythiol rhengoedd o feiciau modur cryfion a'u gyrwyr mewn clogynnau lledr fel corws Wagneraidd. Eu swyddogaeth nhw oedd paratoi'r ffordd i'r cerbydau cyntaf a gludai rai o arweinwyr yr Almaen wrth iddynt feddiannu Paris. Yn eu dilyn gwelid llif di-dor, diddiwedd i bob ymddangosiad, o filwyr yn martsio, mewn cerbydau, ar gefn ceffylau, mewn wagenni gyda chanon ar bob un, a'r rheiny'n cael eu tynnu gan feirch grymus. Symudai'r miloedd fel un corff.

Tuag wyth o'r gloch cyrhaeddodd yr osgordd yr Invalides, lle roedd bedd Napoleon, a rhoddwyd gorchymyn i filwyr symud y sachau tywod, mynd i mewn a meddiannu baneri'r Almaen a osodwyd yno wedi iddynt gael eu cipio yn y Rhyfel Mawr. Rhaid oedd dileu'r gwarth. Erbyn diwedd y bore gwelid baner y groes ddu gam yn chwifio ar bob adeilad cyhoeddus ar draws y ddinas.

A beth am yr Arc de Triomphe? Do, fe'i gosodwyd yno hefyd. Yno dros fedd y milwr dienw taenwyd emblem Hitler. Safodd arweinwyr byddin y concwerwyr a phlygu eu pennau ac wedyn cawsant dynnu eu lluniau o flaen y fflam na ddiffoddir byth. Ond erbyn trannoeth roedd baner y *swastika* wedi diflannu, ac ni welwyd hi byth wedyn yn y fan honno.

"Diolch i'r Mawredd am hynny," meddai un, a dyna'r unig eiriau a ynganwyd gan y gwrandawyr. Roedd yr arswyd a deimlent y tu hwnt i eiriau.

Wedyn, yr orymdaith fuddugoliaethus a'r Almaenwyr yn martsio gam gŵydd i lawr y Champs-Élysées a sŵn miwsig milwrol yn llenwi'r awyr. Gwyliai rhai mewn mudandod, yn methu credu eu llygaid. Yn dilyn yr orymdaith drwy'r ddinas clywid lleisiau swyddogion ar y cyrn siarad yn rhybuddio'r boblogaeth.

"Ni ddioddefir unrhyw wrthwynebiad. Cosbir yn ddiymdroi ymosodiad o unrhyw fath ar fyddin yr Almaen, unrhyw weithred o ddifrod yn ein herbyn neu unrhyw ymgais i danseilio concwest yr Almaen. A'r gosb fydd marwolaeth."

Holi manwl yn y gegin wedyn pa effaith gawsai'r hyn a welsant ac a glywsant ar y rhai oedd yno.

"Wrth gwrs bod ofan arnon ni. Pan aethon ni mas i weld beth o'dd yn digwydd ro'dd milwyr ym mhobman. Ond, a dweud y gwir, ro'n nhw'n eitha cyfeillgar."

"Dywedodd yr hen *concierge* ar waelod y stryd – sydd bron â bod yn ddall erbyn hyn, gyda llaw – bod rhai ohonyn nhw wedi'i helpu hi i groesi'r ffordd. Ro'dd hi'n meddwl eu bod nhw'n fechgyn neis iawn. Ddim gwahanol i'n bechgyn ni."

"Clywes i un dyn yn dweud, 'Drychwch ar eu dillad nhw a'u sgidie. Dyw'r rheina ddim wedi bod yn byw'n ryff nac yn ymladd. Nid fel 'na own i'n edrych pan own i'n sowldiwr yn y rhyfel dwetha.'"

"Pob un fel pin mewn papur."

"Ac maen nhw'n rhoi siocled i'r plant. Wir!"

"Wyddoch chi beth? Erbyn hyn, ma'r sinemâu a'r tai bwyta i gyd ar agor."

"A'r cabarets, a'r theatrau a'r siope. Popeth cystal â bod yn normal eto."

"Y diawliaid. Maen nhw eisie gwneud Almaenwyr ohonon ni i gyd."

Gwelai pawb fod y gweision a ddaeth o Baris nid yn unig wedi blino gorff ac enaid ond wedi'u syfrdanu'n hurt gan eu profiadau. Trodd eu byd wyneb i waered. Sut gallai'r Almaenwyr fod wedi concro Ffrainc heb unrhyw wrthwynebiad? Oedd unrhyw ddewis gan y Ffrancwr cyffredin sut i ymddwyn a beth i'w wneud? Nag oedd, ddim os oedd e eisiau byw. Roedd bygythiad iasoer o dan wên y gelyn.

Ni fu'n rhaid aros yn hir i weld ei natur a'i rym. Ychydig oriau wedi i'r cwmni gyrraedd Benac'h ar ôl teithio ar y trên cynnar o Baris i Sant Brieg clywsant newyddion am y trychineb mawr cyntaf yn Llydaw. Hedfanodd tair o awyrennau'r Luftwaffe yn isel dros Roazhon a gollwng llwyth o fomiau ar wagenni yn yr orsaf a'r rheiny'n llawn ffrwydron. Ffolineb anghredadwy oedd bod sawl catrawd o filwyr Ffrainc a Phrydain ynghyd â chonfoi mawr o ffoaduriaid o'r Almaen gerllaw yn aros i gael eu symud. Lladdwyd dwy fil o ddynion, gwragedd a phlant. Amcangyfrif oedd hynny. Ni allai neb fod yn sicr o'r nifer a losgwyd yn ulw y bore hwnnw; ni ellid adnabod yr un corff. Torrwyd ffenestri Roazhon yn deilchion. Prin iawn oedd y tai na chafodd niwed. Gwyddai Llydaw beth i'w ddisgwyl nawr.

Erbyn trannoeth, y deunawfed o Fehefin, bedwar diwrnod wedi i Baris syrthio, roedd byddin yr Almaen wedi meddiannu dinas Roazhon yn llwyr a hefyd Caen, Cherbourg a Le Mans, ac o fewn diwrnod arall syrthiodd Brest a Naoned, er gwaethaf pob gwrthsafiad dewr. Prif amcan y fyddin oedd meddiannu a rheoli porthladdoedd Llydaw a Normandi gan symud yn gyflym ac ysgubo popeth o'u blaen yn ddidrugaredd, ac i bob ymddangosiad yn ddiymdrech.

Teimlai gwlad gyfan gywilydd wrth weld ei llywodraeth mor ddi-asgwrn-cefn wrth wynebu'r gelyn, ac mor druenus o amharod. Rhoddodd byddin Ffrainc orchymyn i'r bobol gadw'n glir o'r priffyrdd er mwyn hyrwyddo'r ymgyrch i adennill eu gwlad. Dwysáu'r cywilydd oedd unig effaith y geiriau gwag. Gwyddai pawb mai cerbydau'r Almaen a'u milwyr oedd piau'r ffyrdd bellach. Rhaid oedd dysgu byw gyda'r gelyn.

Ond ar yr un diwrnod, sef y deunawfed o Fehefin 1940, aeth dosbarth cyfan o'r Ysgol Hydrograffig yn Pempoull i Loegr. Aeth eraill gyda nhw o ynys Enez Sun gyferbyn â Beg ar Raz. Nhw oedd y cyntaf i ymateb i alwad Charles de Gaulle i ymuno ag ef yn Llundain.

"Maen nhw'n ddewr ac r'yn ni'n falch ohonyn nhw ac yn falch mai Llydawyr 'yn nhw. Ond pa iws yw ychydig ddyno'n fel 'na yn erbyn canno'dd o filo'dd o Almaenwyr sy'n cymryd popeth oddi wrthon ni ac yn difa pob dim?"

Dyna oedd y sgwrs yn y gegin.

O fewn dyddiau i fyddin yr Almaen gyrraedd Benac'h aeth yr uchel swyddogion oedd wedi sefydlu eu hunain yn y castell newydd ati i'w ddodrefnu â'r un gofal a threfn a oedd yn nodweddu popeth a wnaent. Dim ond y gorau oedd yn ddigon da iddynt. Archebu, ond ddim yn talu wrth gwrs. Dyna fraint y concwerwr. Yr un oedd yr hanes gyda'u bwyd a'u holl anghenion. Bu prysurdeb mawr yn Koad an Noz i guddio popeth a allent mewn mannau diogel ar y stad, a'r goedwig unwaith eto'n lloches.

Bob dydd deuai newyddion am drychinebau newydd. Roedd rhaff ddur presenoldeb y gelyn yn tynhau ac yn gwasgu'n ddidostur. Yna, ym mis Awst, daeth distryw a dinistr o gyfeiriad arall. Bomiwyd Brest, Sant Nazer ac An Oriant am y tro cyntaf, ond nid y tro olaf, gan yr RAF. Y llongau tanfor oedd eu targed. Dinistriwyd yr hen drefi a merthyrwyd miloedd.

Trodd yr Almaenwyr eu sylw at y boblogaeth o'u cwmpas. Roedd ganddynt restr o bobol amheus ac yn fuan cwblhawyd y paratoadau ar gyfer y rheiny. Bore braf, llonydd, ym mis Medi oedd hi, un o'r diwrnodau hynny ar ddechrau'r hydref pan mae gwres yr haul wedi meirioli, yr awyr yn glir a phob sŵn yn cario ymhell. Yn y gegin eisteddai nifer o'r gweision wrth y ford yn yfed eu coffi ganol y bore ac yn darllen y rhifyn diweddaraf o'r papur, *Le Journal de l'Ouest.*

"Gwrandewch ar hyn. Dyma bennawd ichi: 'Caiff y Parisiens eu hwystrys Llydewig.' Meddyliwch, milo'dd yn cael eu lladd o'n cwmpas ac mae'r Parisiens yn baldorddi am eu hwystrys."

"Ond o leiaf bydd Llydawyr yn gallu'u gwerthu nhw a sicrhau bywoliaeth."

"Dyma mae e'n dweud: 'Bydd trên arbennig yn gadel Kemperle am hanner awr wedi wyth bob nos ac yn cyrraedd Paris am ddau y prynhawn.' Beth 'ych chi'n meddwl am hwnna 'te?"

Ond cyn i neb allu ateb, clywyd sŵn yn y pellter. Rhuthrodd

rhai o'r gweision allan a gwelsant Mercedes yn gyrru tuag atynt i lawr rhodfa syth Koad an Noz. Ychydig funudau wedyn dyma sŵn curo uchel a hwnnw'n atseinio'n fygythiol drwy'r tŷ.

Pan agorwyd y drws, yno yn y cyntedd safai Maï yn disgwyl y ddau filwr ifanc. Rhoesant amser iddi gasglu ychydig bethau angenrheidiol a mynnodd Henriette ei bod hithau'n cael mynd gyda'i meistres. Fe'u harestiwyd ac fe'u cymerwyd heb esboniad i Gwengamp i garchar Porte de l'Angoisse, Porth Gwae.

37

Cofio

CLYWAI MAÏ UNWAITH eto sawr ystafell y gwragedd yn ei ffroenau: gwynt carthion a chwys, ond nid arogl chwys fel y cofiai yn y felin gartref. Sychai ei thad y diferion oddi ar ei dalcen yn aml drwy'r dydd a byddai staen tywyll dan gesail ei grys ar ôl diwrnod o waith. Chwys llafur caled oedd hwnnw. Bob gyda'r hwyr byddai'n ymolchi yng nghefn y tŷ wrth ddrws y gegin.

Cofiai sut y byddai ei mam weithiau yn gorfod torri'r iâ ar wyneb y dŵr yn y cawg cyn ymolchi yn y gaeaf, ond bob bore byddai'n diosg ei dillad hyd ei chanol ac yn codi'r dŵr nes ei fod yn diferu i lawr ar hyd ei breichiau a hithau rywfodd yn mwynhau'r munudau hynny ar ei phen ei hun ymhell o'i holl ofalon a'i siom. Sawr egni, afiaith a nwyd oedd ar chwys y merched yn Montmartre, ond ym Mhorth Gwae roedd arogl sur chwys anobaith yn codi cyfog arni.

Pan gyrhaeddodd Maï a Henriette, casglodd rhai o'r gwragedd o'u cwmpas i'w holi. Beth oedd yn digwydd yn y byd y tu allan? Doedd neb yn gofyn pam roeddent yno. Ofn yr ateb, siŵr o fod. Ymhen ychydig funudau daeth dau o'r gwarchodwyr 'nôl i mewn a chymryd rhai menywod oddi yno'n ddiseremoni.

Fflachiodd caleidosgop o olygfeydd y bu'n dyst iddynt dros y misoedd yn gyflym ddidrugaredd o flaen ei llygaid. Gwelai wragedd wedi'u parlysu gan ofn, yn llygadrythu, eu hwynebau'n farwaidd wyn, yn ceisio gwarchod eu plant.

"Ble r'yn ni'n mynd, Mam?"

Dim ateb, dim ond eu dal yn dynnach.

"Ydyn ni'n cael mynd gartre, Mam?"

"Ddim gartre. Ddim heddi, cariad."

Clywai eu sibrydion yn glir yn y distawrwydd llethol.

Tybed sawl un a gymerwyd oddi yno oedd yn dal ar dir y byw?

Dim llawer.

Teimlai'r ystafell yn oerach wedyn nag y teimlai o'r blaen.

Sawl blwyddyn aeth heibio er pan eisteddodd hi, Maï, mewn cell ar erchwyn gwely caled tebyg ym Mharis wedi'r trafferth yna yn nhŷ bwyta Le Mardelay? Yn agos i hanner canrif. Gwyddai y byddai ei hamser yno yn dod i ben ymhen dau fis, a gwyddai hefyd yn union pam roedd hi yno. Roedd hi'n ifanc, wedi arfer â chaledi, a'i bywyd o'i blaen. Mor wahanol oedd pethau nawr. Mae amser i feddwl yn y carchar, ac ym Mharis defnyddiodd Maï ei hamser i drefnu ei dyfodol.

Nawr, ym Mhorth Gwae, noson ar ôl noson, gorweddai ar ei gwely, ei meddwl yn wag a'i hysbryd wedi merwino. Sylweddolai iddi lenwi ei dyddiau am yn agos i ddwy flynedd ar ôl colli Robert â phrysurdeb diddiwedd. Dyna sut y gallodd hi godi'r castell newydd yn Benac'h. Llenwi'r gwacter â gorchwylion. Ond nawr, doedd ganddi ddim i lenwi'r amser. Caniataodd i'w hunan alaru. Ceisiai gadw ei hysbryd yn ysgafnach yn ystod oriau'r dydd a chodi calon Henriette yn wyneb yr holl ddioddef o'u hamgylch. Rhaid oedd dal i gredu y caent eu rhyddhau ryw ddydd.

"Wyt ti'n cofio?" Dyna sut byddai eu sgwrs yn dechrau mor aml mewn ymgais i anwybyddu, dros dro, yr oerni a dreiddiai i fêr eu hesgyrn dros fisoedd y gaeaf. Cofio'r blynyddoedd hapus, y troeon trwsgwl a doniol, y partïon, y prysurdeb, y moethusrwydd a'r chwerthin. Hoffai Henriette gofio'r dillad y bu hi'n gofalu amdanynt.

"Ond edrych arnon ni nawr, Henriette. On'd o's golwg arnon ni? Falle byddi di'n chwerthin, ond meddylies i neithiwr 'mod i'n debyg i winwnsyn."

"Feddylies i rio'd amdanat ti fel 'na, Maï."

"Wel, ar y tu fas mae winwnsyn yn sglein i gyd wedi'i lapio mewn gwisg daffeta denau oren neu borffor. Ond torra di mewn iddo, a gyda phob haenen rwyt ti'n gwaredu mae'r blas yn gryfach, a phan wyt ti'n cyrraedd y canol gall dynnu dagrau i lygaid rhywun. Fel 'na ydw i, Henriette. Efalle 'mod i'n sglein i gyd i edrych arna i o'r tu fas: dillad gwych, tlyse drud ac yn y blaen – i bob golwg, un o ferched mwya ffasiynol Ewrop. Ond nid wrth ei big y mae prynu cyffylog. Cafodd pawb ym Mharis wbod mai Llydawes oeddwn i, er gwaetha'u dirmyg, a 'mod i'n falch o hynny. Chaiff yr Almaenwyr yma ddim fy ninistrio i, na thithe chwaith. Dwi'n addo iti. Cofia hynny."

Cawsant eu rhyddhau yr un mor annisgwyl ag y cawsant eu harestio, a sylweddolodd Maï fod llawer wedi newid yn Benac'h dros fisoedd eu caethiwed.

Yn Koad an Noz ar ôl ymweliad y Cadfridog, dechreuodd Maï deimlo bod y plasty yn y goedwig yn anghysbell, a threuliai dipyn o'i hamser mewn tŷ oedd ganddi yn Benac'h ei hunan, yn agosach at ei theulu a'i ffrindiau. Oddi yno gallai weld y castell newydd a gwelai'r Almaenwyr yn ysgubo i mewn a mas drwy'r clwydi haearn addurnedig. Yn eu meddiant nhw roedd y castell bellach. Dechreuodd ar y fenter o'i godi ychydig cyn i Robert farw ym mis Hydref 1938, a phan âi o gwmpas y pentref y dyddiau hynny galwai i weld sut roedd pethau'n datblygu.

Aeth â rhai o'i gwesteion o Koad an Noz un tro i weld y gwaith adeiladu. Bu'r dynion wrthi ers misoedd ac roedd rhan sylweddol wedi'i chodi. Mentrodd un o'r cwmni sylwi mor agos at y ffordd fawr oedd y castell, a gofyn iddi ai dyna a ddymunai. Cnodd ei thafod – gydag anhawster, yn sicr – ond drannoeth aeth yn ôl ar ei phen ei hunan. Ac os do fe...

Daeth natur yr hen Faï i'r wyneb a chollodd ei thymer yn llwyr. Safodd o flaen y gweithwyr yn strancio, chwifio'i breichiau a stampio'i throed nes codi gwreichion o'r cerrig. Galwodd nhw'n bob enw dan haul a'u gorchymyn i dynnu pob carreg i lawr ac ailgodi'r cyfan – yn bellach o'r ffordd fawr. Ac i weithio'n galetach nag erioed. Byddai'r gost yn frawychus – ta waeth am hynny. Beth oedd arian iddi hi? Yn ei thymer, ni wrandawai ar neb. Nid oedd Robert yno i sibrwd yn dawel, "Dere nawr, Maï fach," ac nid oedd neb arall a fentrai geisio ei darbwyllo. Hwn fyddai cartref olaf Maï ar Manac'h ac ni châi unrhyw un achos i feirniadu, dim ond i edmygu'r hyn a wnâi.

Y castell yn ei holl ogoniant fyddai'r prawf gweladwy o lwyddiant y ferch a fagwyd mewn tlodi, ac a gododd yn y byd y tu hwnt i bob disgwyl. Ble safai'r castell? Yn yr union fan lle safai ail felin ei thad, o fewn tafliad carreg i'r felin gyntaf lle ganed a lle magwyd Maï a'i brodyr. Talodd yn hallt am y tir, ond iddi hi roedd yn werth pob *sou*. Ni fyddai teulu ar Manac'h yn destun gwawd byth eto. Bod yn barchus yng ngolwg pawb, dyna oedd hi eisiau.

Pan ddaeth y gwaith i ben, teimlai Maï'n bles. Y cyfan oedd ganddi i'w wneud wedyn oedd ei ddodrefnu a'i lenwi â phob cysur. Ond fel roedd yr adeiladwyr yn gorffen eu gwaith, syrthiodd Paris ac o fewn ychydig ddyddiau roedd llif llwydlas byddin yr Almaen wedi ymledu ar draws gogledd Ffrainc a thrwy Benac'h ar ei ffordd i'r porthladdoedd, y milwyr wedi meddiannu ei chastell ac oddi yno yn arglwyddiaethu dros y wlad.

38

Byw o dan Ormes y Gelyn

DYSGODD TRIGOLION BENAC'H osgoi tynnu sylw'r gelyn atynt. Er bod dogni ar fwyd, doedd neb ar eu cythlwng yng nghefn gwlad. Wedi'r cyfan, roedd pysgota yn yr afonydd a hela yn y coedwigoedd a'r caeau yn ffordd o fyw, ac roedd y farchnad ddu yn ffynnu. Wrth gwrs, roedd gan Maï ei ffermydd ac anfonai barseli o fwyd yn gyson at ei ffrindiau ym Mharis. Derbyniai Eulalia oddi wrthi'n rheolaidd. I'r ddwy, roedd Antoine, a wnaeth gam â'r naill a'r llall ohonynt, nawr fel cysgod annelwig ac anaml y byddai'r un ohonynt yn ei ddwyn i gof. Chwythodd eu gwewyr ei blwc, yntau wedi marw dros ddeng mlynedd ynghynt a hithau ac Eulalia yn dal ar dir y byw.

Rhyfedd bod yr holl deimladau fel blys, cenfigen ac eiddigedd, casineb a chwerwder, a fu gynt fel tân a'u fflamau'n llosgi, wedi mudlosgi'n farwor, cyn diffodd ac oeri. Ai un o fendithion henaint oedd bod nwyd ac angerdd yn tawelu?

Weithiau byddai hiraeth yn ei llethu, a theimlai Maï'n anniddig yn ei chroen. Dyna pryd y byddai croeso hen ffrindiau, eu sgwrs a'u cwmni yn falm i'w henaid.

Cnoc wrth y drws a galw, "Oes 'na bobol?" a syth i mewn.

Holi hynt y teulu i gyd, ac wedyn, "Shwd 'ych chi'n dod i ben?"

"Wel, Maï fach, d'yn ni ddim yn mynd heb fwyd a d'yn ni byth yn brin o datws. Y peth gwaetha yw'r hen fara du 'na. Ma pawb yn y tŷ 'ma'n ei gasáu, a dyw hwnnw ddim wastad ar ga'l!

Nesa peth i ddim 'yn ni'n ca'l bob dydd, a chydig iawn o fenyn a siwgr. Ma'n well 'da fi yfed dŵr na'r hen goffi mes 'na."

"Gwell 'da fi wydred o seidr. Wyt ti'n gwbod beth hoffwn i i gino heddi? Plated o datws o'r badell fel rwyt ti'n eu gwneud nhw, a gwydred o seidr."

"Dyna gei di."

"Darllenes yn y papur ddo' rysáit gwneud diod o foron. Rwyt ti'n malu'r moron yn fân iawn ac wedyn yn eu crasu'n ysgafn a'u mwydo."

"Gweles i hwnna, ac roedd 'na gartŵn da gyda fe 'fyd. Welest ti fe? Teulu'n eistedd mewn swyddfa cyfreithiwr. Fe'n darllen ewyllys ac yn dweud, 'Gadawodd yr ymadawedig 250 gram o fenyn, 2 litr o win coch a phaced o Gauloises.' A'r teitl oedd 'Gadewch inni chwerthin.' Welest ti fe? Ma'n rhaid chwerthin weithie, on'd o's e?"

"Os gallwn ni."

"Dyw bwydo'r teulu ddim sbort, galla i weud wrthot ti. Aiff yr ychydig gig a'r mymryn caws gawn ni bob wythnos ddim ymhell fan hyn. Bydde'r dyno'n yma'n ddigon hapus i werthu eu cwpons dillad i gael mwy o faco a gwin, hyd yn oed yr hen win yna o Algeria. Ond, a dweud y gwir, do's dim lle 'da ni i gwyno ac eraill yn ei cha'l hi gyment yn wa'th."

"Maen nhw wedi newid y diwrnode y caiff y siope werthu bwydydd inni, odyn nhw?"

"Odyn. Newid byth a hefyd. Dim cig bwtshwr ar ddydd Mercher, dydd Iau na dydd Gwener. Dim *charcuterie* ar ddydd Iau na dydd Gwener. Dim cig ceffyl ar ddydd Gwener. Dim teisenne ar ddydd Llun, dydd Mawrth na dydd Mercher. Ma'n ddigon o waith cofio hyn i gyd."

Distawrwydd am ychydig.

"Tithe'n sôn am chwerthin, Maï. Ma'n anodd chwerthin pan fyddi di'n darllen yr hanesion yn y papur."

Cofiai'r ddwy yr hanes yn *Le Télégramme* y diwrnod cynt am

y chwe dyn ifanc o Lannuon, gweithwyr cyffredin, gafodd eu cyhuddo gan yr Almaenwyr o fod yn ysbïwyr a'u saethu. Teimlai pawb arswyd hefyd wrth ddarllen ar dudalen blaen y *Journal* am y deg ar hugain o 'derfysgwyr' yn Saint-Lô gawsai eu lladd, a'r pump ar hugain yn Roazhon.

"Diawliaid yw'r Almaenwyr. Nid Cristnogion."

Holodd Maï am gyflwr ffrind oedd yn byw ar yr un stryd.

"Dyw hi ddim gwell. Yn y gadair siglo mae hi ddydd a nos yn siglo 'nôl a mla'n a hwmian canu."

"Methu dygymod â'i cholled."

Collodd yr hen ffrind ysgol ei hunig fab pan aeth i Brest un diwrnod. Disgynnodd bom yn ei ymyl.

"Mae hi'n magu doli mewn siôl ddydd a nos yn ei chôl. Hyd yn oed yn ei dal yn dynn wrth ei bron fel petai'n sugno. Byth yn torri gair â neb, a rhyw olwg bell yn ei llygaid drwy'r amser."

"Druan ohoni."

Creulondeb, casineb, celwyddau. Dyna seiliau rhyfel, ac ymledodd ei wenwyn i bob rhan o'r wlad a thrwy fro Benac'h.

Pan gyhoeddodd Ffrainc ryfel yn erbyn yr Almaen, clywodd Maï oddi wrth rai o'i ffrindiau ym Mharis bod *L'Humanité*, papur y Comiwnyddion, wedi cyhoeddi rhifyn cyfrinachol ar gyfer llygaid eu haelodau yn unig. Ynddo fe'u hanogwyd yn gryf i gefnogi'r Almaen oherwydd y pact rhwng Hitler a Stalin. Pwysleisiwyd nad oeddent byth i golli cyfle i feio'r 'Ddau Gan Teulu' am gwymp Ffrainc. Nhw, yr hen elynion, yr aristocratiaid, oedd y bwch dihangol.

Ateb y Dde? Wel, dweud bod byddin Ffrainc yn llawn Comiwnyddion. Nid y swyddogion, wrth gwrs. O, na. Y milwyr cyffredin oedd ar fai, a hwythau heb stumog at ryfel. Pa ryfedd, meddyliai Maï, a miliwn a hanner o'u pobol nhw eu hunain, eu cig a'u gwaed, wedi'u bwtsiera yn y llanast annynol hwnnw prin genhedlaeth ynghynt?

A beth am Lydaw? Yn y gobaith y gwnâi'r Almaenwyr fwy

dros Lydaw nag y gwnaeth Ffrainc erioed, croesawyd nhw gan rai cenedlaetholwyr. Cofier bod penaethiaid yr Almaen, a Goering yn arbennig, wedi datgan yn gyhoeddus y byddent maes o law yn cydnabod Llydaw fel gwlad annibynnol.

Ond ar yr ail ar hugain o Fehefin 1941, dyma ddaeargryn gwleidyddol a newidiodd Ewrop am byth. Ymosododd yr Almaen ar Rwsia gyda byddin o dair miliwn, a'r enw a roddwyd ar yr ymgyrch oedd Barbarossa, i gofio brenin y farf goch, a addunedodd y dôi yn ôl i ysbrydoli ei bobol a'u gwarchod mewn adeg o argyfwng. Rhwygodd Hitler y pact fu rhyngddo a Stalin yn yfflon. P'run oedd yr Eglwys a'r asgell dde debycaf o'i gefnogi? Yr Almaen Gristnogol ynteu Rwsia wrth-grefyddol? Ble safai'r Comiwnyddion yn Ffrainc nawr? Doedd dim amheuaeth: gelyn Stalin oedd eu gelyn nhw. Roedd patrwm y caleidosgop wedi chwalu, a 'gelyn fy nghyfaill yw fy ngelyn i'.

Ymunodd y Comiwnyddion â'r rhai a fu wrthi'n gwrthsefyll – y Maquis, y gwir gredinwyr – a buont yn brwydro'n ffyrnig wedyn yn erbyn y Natsïaid, gan ennill peth o'i hunan-barch yn ôl i Ffrainc. Poerasant eu dirmyg ar genedlaetholwyr eu gwlad a'u casáu â chas perffaith.

Beth am Benac'h a phob pentref a thref debyg drwy Lydaw a Ffrainc? Cecru ymysg ei gilydd fu'r hanes yn rhy aml, a drwgdybio pawb, hyd yn oed hen gyfeillion, cymdogion ac aelodau o'r un teulu. Enillwyd mwy nag un ffafr gan yr Almaenwyr wrth ddweud celwyddau di-sail a chyhuddo eraill o droseddu mewn gair neu weithred. Rhwygwyd y wlad yn rhacs wrth i rai ddweud celwydd er mwyn dial, a gallai cymydog fod cynddrwg â gelyn. Eto, unwaith y cododd y gwrthryfelwyr yn erbyn y gelyn, dangosodd rhai ddewrder rhyfeddol. Wrth i'r Almaenwyr gyhoeddi y lleddid ugain Llydawr am bob un o'u milwyr nhw a gollai ei fywyd, roedd dangos unrhyw gefnogaeth i'r Maquis yn beryglus ofnadwy.

"Dere mewn, Maï."

Ar ôl ychydig eiriau gydag un o'i ffrindiau agosaf, synhwyrodd Maï fod rhywbeth o'i le.

"Beth sy'n dy boeni di?"

Dechreuodd ei ffrind adrodd yr hanes. Hoffai gerddoriaeth, ac fel roedd hi wrthi'n canu'r piano un prynhawn, dyma gnoc ar y drws. Yno safai uchel swyddog o warchodlu'r Almaen a ofynnodd a gâi ddod i mewn. Aeth yn syth at y piano. Gosododd ei gapan ar y clawr, edrych i gyfeiriad y wraig am ei chaniatâd a, heb air rhyngddynt, dechrau chwarae. Schumann a Bach. Ar ôl chwarae'r nodau olaf, eisteddodd am funud heb symud na dweud gair. Yna, cododd a diolch iddi, ac wrth adael gofynnodd a fyddai hi'n caniatáu iddo ddod eto.

"Beth allwn i ddweud?"

"Do'dd gen ti ddim dewis, fwy nag o'dd gen i pan gymeron nhw'r tai."

"Ond ma'r cymdogion yn gwbod nad fi sy'n chware'r piano fel 'na, ac maen nhw'n ei weld e'n galw yma. Yn barod, mae sawl un yn troi eu cefnau pan welan nhw fi ar y stryd. Wn i ddim beth i'w wneud."

"Gofyn iddo am lythyr yn dweud ei fod yn hawlio galw, er mwyn chware'r piano. Ufuddhau i'w orchymyn rwyt ti. Bydd angen y llythyr yna arnat ti, nid dim ond nawr ond wedi'r rhyfel hefyd. Bydd pethe'n gas iawn bryd hynny, dwi'n ofni."

"Pan fydd e'n chware'r piano dwi'n anghofio mai Almaenwr yw e a gelyn inni, yn enwedig ac ynte'n siarad Ffrangeg 'da fi. Weithie mae e fel petai'n anghofio hefyd."

"Beth mae e'n hoffi chware?"

"Mae'n dweud bod chware Bach yn help iddo gadw ei synnwyr. Yn amal bydd yn gorffen wrth chware y darn ma fe'n ei alw 'Jesus bleibet meine Freude'."

Chwaraeodd y nodau cyntaf. Tawodd. Yn y distawrwydd clywai'r ddwy y nodau hynny'n hongian yn yr awyr fel diferion o law grisial ar ddail y goedwig ar ôl cawod ganol haf – cawod sy'n puro'r awyr ac yn diwallu'r pridd sychedig.

Yn sydyn daeth atgof i Maï ohoni hi a Robert yn Neuadd Albert yn Llundain ar noson braf yn gwrando ar Myra Hess yn chwarae'r un darn. A hithau, Maï, yn eistedd yng nghefn y car gyda Robert ar y ffordd adref wedyn, yn cydio yn ei law, a'i anwesu a sibrwd wrth chwarae pry bach ar hyd ei fraich, 'Robert, Joy of Maï's Desiring', ac yntau'n gwenu a dweud na ddylai gellwair fel yna, a hithau'n Babyddes. A Llydawes! Melys oedd cofio, ac ochneidiodd Maï nes cael ei hysgwyd yn ôl i'r presennol a'i broblemau gyda'r cwestiwn nesaf.

"Os dweda i rywbeth wrthot ti, wnei di addo peidio â dweud wrth neb?"

"Gwnaf."

"Pan ddaeth e yma'r tro diwethaf, dywedodd ei fod yn gwbod pan aeth Hitler i mewn i Rwsia mai colli'r rhyfel y bydden nhw, a'u bod wedi anghofio gwers Napoleon."

Ni allai'r Almaenwr hwnnw fyw heb fiwsig yn ei fywyd, ond mentrodd wrth siarad fel y gwnaeth am y Führer. Mae'n rhaid ei fod wedi pwyso a mesur y sefyllfa'n bur ofalus. Neu, a oedd e'n teimlo ei fod yn ddiogel yng nghwmni rhywun a garai fiwsig fel yntau? Roedd y fyddin yn ddidrugaredd wrth ddelio ag unrhyw gamwedd, a'i disgyblaeth yn haearnaidd.

Cofiai Maï wewyr Madame Kervoas, mam ei ffrind gorau, pan adroddodd hanes yr hyn a welsai un diwrnod y tu allan i ddrws ochor ei chartref yn Benac'h lle roedd Tribiwnlys yr Almaenwyr. Wrth fynd allan o'i thŷ, gwelodd filwr ifanc yn waed a chleisiau i gyd yn cael ei wthio'n flagardus i mewn i gerbyd. Yn ôl yr hanes fe'i cafwyd yn euog o dreisio merch ac fe'i saethwyd yn ddiseremoni'r diwrnod hwnnw. Broliai'r Almaenwyr y gallai unrhyw ferch gerdded strydoedd y pentref ddydd a nos heb berygl. Am y rhai a fyddai'n croesawu sylw – ac roedd rhai – wel, roedd hynny'n fater gwahanol iawn.

Ar ei ffordd yn ôl i Koad an Noz ar ddiwedd un prynhawn yn y pentref gwelodd Maï hen ffrind yn y cae nesaf at ei bwthyn yn godro'i buwch.

"Shwd wyt ti, Jeanne?"

"Gweddol, Maï. Dim ond gweddol."

"Pam? Beth sy'n bod? Wyt ti ddim yn dda?"

"Gorfod gwerthu'r hen fuwch yma, cofia, a hi yw'r ffrind gore sy gen i. Bydd hi'n gorfod mynd i'r farchnad wythnos nesa er mwyn i fi allu talu'r rhent."

"Paid â phoeni, Jeanne. Chei di ddim gwneud hynny."

"Rwyt ti'n garedig iawn, Maï, sy'n fwy nag y galla i ddweud am ddyno'n y pentre 'ma. Edrych ar yr ardd 'ma. Allwn i wneud 'da thipyn o help i balu a chymoni. Dyna'r gwir. Ond na, maen nhw wedi anghofio, on'd 'yn nhw?"

"Anghofio? Anghofio beth?"

"Clyw, Maï fach. Am flynyddo'dd bues i'n bwydo'r tacle 'na'r ddou ben, ond maen nhw wedi anghofio pob cymwynas nawr."

"Beth ar y ddaear wyt ti'n ddweud, Jeanne?"

"Dere mla'n, Maï. Roet ti a fi am fywyd yn bwydo'r dyno'n y ddou ben unwaith, on'd o'n ni? Cofia, cest ti dy dalu'n well na fi. Ond roet ti gyment yn bertach, ac yn smartach na fi hefyd. Wi'n gwarafun dim iti. Hen ferch olreit fuest ti erio'd."

"Clyw nawr, Jeanne. Paid â siarad fel 'na gyda phobol, wnei di?"

"Paid â phoeni, Maï. Chaiff neb wbod am 'yn strancs ni yn y goedwig gyda'r bechgyn flynyddo'dd yn ôl. Gawson ni orie o sbort yn y rhedyn 'da nhw, on'd do fe? Dim gair o hyn mla'n. Wi'n addo."

Trawodd Maï ei chwip ar gefn y poni bach, ac wrth iddi adael y pentref y tu cefn iddi clywai Jeanne yn craco chwerthin dros bobman.

Yn hwyrach y noson honno adroddodd yr hanes wrth Henriette.

"Rhag ei chwilydd hi. Do's 'da'r hen Jeanne 'na ddim parch, o's e? Ma isie iddi hi gofio dy fod ti'n Arglwyddes a gwerth dy bwyse mewn aur."

"Er mwyn popeth, Henriette. Maï ar Manac'h ydw i yma, nid Arglwyddes Mond, a diolch byth am hynny. Cofia 'mod i a Jeanne wedi dechre yr un diwrnod, gyda'n gilydd, yn nosbarth y babanod yn yr ysgol fach."

Ergydion Creulon

WEITHIAU TEIMLAI MAÏ fod yn rhaid iddi ddianc o gaethiwed y pentref, ac fe âi i Baris. Ond mor wahanol oedd yr awyrgylch nawr i'r hyn a fu. Yn yr Avenue Foch, nad oedd ymhell o'i chartref, roedd pencadlys y Gestapo, a meddyliai weithiau am y Cadfridog ifanc a fu'n ei holi am ddiwrnod hir yn Koad an Noz. Ble gallai fod nawr? Tybed beth fu ei hanes?

Ar ôl ymweliad â'r brifddinas ar ddechrau mis Hydref 1943 daeth Maï yn ôl i Benac'h i ganol cyffro mawr. Bu un o'r merched yng nghanol drama erchyll a hithau ar ymweliad â'i theulu yn Roazhon.

Roedd y Café de l'Epoque yn llawn pan gyrhaeddodd Françoise a'i brawd, ond cawsant ford ar ôl aros am ychydig. Dynion oedd mwyafrif y cwsmeriaid, ac felly pan ymunodd merch ifanc ddeniadol â phedwar dyn wrth eu bord ym mhen pella'r ystafell sylwodd Françoise arni. Funudau'n ddiweddarach cafodd gyfle i'w gweld yn agosach pan gododd y ferch a cherdded heibio i'w bord wrth fynd i'r toiled.

Yn sydyn agorodd drws y *café* a cherddodd un o swyddogion heddlu'r Gestapo i mewn. Distawodd y siarad a'r chwerthin. Ffrancwr oedd Roger Le Neveu, neu Roger Le Légionnaire fel y'i gelwid ef, ac roedd yn adnabyddus iawn yn Roazhon. Brasgamodd draw at y ford lle'r eisteddai'r pedwar a chododd un i'w gyfarch. Gwyliai pawb yn y *café* yr hyn oedd yn digwydd.

Sibrydodd Le Neveu rywbeth yng nghlust y llall a nodiodd hwnnw ei ben. Yn sydyn, cododd y swyddog ei ddryll.

"Heddlu'r Almaen. Codwch eich dwylo. R'ych chi wedi'ch dal. Patron, galwch y Gestapo."

Heb yn wybod i unrhyw un yno, roedd y perchennog yn un o'r gwrthsafwyr, a dim ond ffugio galw'r Gestapo a wnaeth. Yr un funud, daeth y ferch ifanc allan o'r toiled, ond pan welodd beth oedd yn digwydd, 'nôl â hi a dianc drwy'r ffenest. Aelodau o'r gwrthsafwyr oedd hi a'r pedwar dyn, ac roedd Le Neveu wedi'u twyllo i gredu ei fod yn un ohonynt hwy hefyd. Roedd aelodau'r gell wedi dod yno i Roazhon i gwblhau'r trefniadau i hebrwng pedwar parasiwtwr yn ôl i Brydain. Jean-Claude Camors, arweinydd rhwydwaith dwyrain Llydaw o'r Maquis, oedd yr un â gyfarchwyd gan Le Neveu, a'i ddirprwy, Rémy Roure, oedd un o'r lleill.

Yn y sgarmes a ddilynodd, saethwyd y dryll a rhuthrodd rhai o'r Gestapo a oedd yn digwydd bod yn cerdded heibio i mewn. Anafwyd Roure ac fe'i harestiwyd. Ei dynged oedd cael ei anfon i Buchenwald, ond er iddo gael ei boenydio'n ddifrifol, ni fradychodd yr un gyfrinach. Saethwyd Camors hefyd. Roedd ei anafiadau'n ddifrifol. Rywfodd llwyddodd i ddinistrio'r holl bapurau a oedd yn ei feddiant, ac yna, er mwyn tynnu sylw'r Almaenwyr ato a rhoi cyfle i'r lleill ddianc, cerddodd i ganol y gelyn gan weiddi melltith ar bob bradwr. Bu Françoise yn llygad-dyst o'r cyfan.

Ar ôl pob ymweliad â Pharis neu Dinarzh byddai Maï'n falch o ddod yn ôl i Benac'h. Âi i hen gastell Koad an Noz a cheisio ynysu ei hunan mor bell â phosibl o'r gwallgofrwydd. Ond dysgodd yn fuan nad oedd yn bosibl gwneud hynny hyd yn oed yno yn ei chartref ymysg ei phobol ei hunan.

Wrth gerdded heibio i'r gegin un bore clywai sŵn lleisiau yn anghytuno'n uchel. Cerddodd i mewn. Distawodd pawb.

"Oes rhywbeth yn bod? R'ych chi'n dawel iawn yn sydyn."

Dim ateb.

"Wel? Dewch mla'n. Beth sy'n bod?"

"Mae 'na dipyn o siarad yn y pentref am yr Abad Perrot yn yr hen Skrigneg yna," atebodd Henriette.

"Beth maen nhw'n ddweud nawr?"

"Yn ôl un o'r dyno'n aeth e mewn i siop i nôl stampie…"

"Ie?"

"Wel, clywodd y 'Marseillaise' yn cael ei ganu. A dyma fe'n gofyn i'r wraig, 'O ble mae'r miwsig yna'n dod?' Atebodd hi, 'O'r llofft. Mae'r gŵr yn chware record sy 'da fe.'"

"Beth oedd o'i le ar hwnna?"

"Dyma Yann-Vari'n dweud, 'Gwell iddo fe beidio gwneud hynny. Dwêd wrtho fe."

"Wel?"

"Wyt ti ddim yn gweld, Maï? Doedd Yann-Vari ddim isie clywed y 'Marseillaise'. Mae'n well ganddo fe'r Almaen na Ffrainc. Dyna beth mae pobol Skrigneg yn gweud."

"Efalle bod yr Abad Perrot yn meddwl y bydde pethe'n ddrwg iawn i'r siopwr a'r pentre i gyd petai'r Almaenwyr yn clywed y 'Marseillaise' yn cael ei chware fel 'na i bawb ei glywed. Ble ar y ddaear mae'ch synnwyr chi, dwedwch?"

"Ond maen nhw'n dweud hefyd fod llwyth o siampên wedi cyrraedd y tŷ un dydd a…"

"Er mwyn popeth, r'ych chi'n ddwlach na'ch cysgod. Mae pawb yn gwbod nad yw Yann-Vari byth yn yfed dim heblaw am ddŵr. Ble mae'ch synnwyr chi i gyd?"

"Mae mam yng nghyfraith Mari sy'n gweithio'n y gegin 'ma yn byw tu fas i Skrigneg."

"Ydy hi wir? A beth sydd gan honno i'w ddweud nawr?"

"Mae hi'n dweud ei bod hi bob amser wedi hoffi Yann-Vari, ond mae bron pawb mae hi'n nabod yn dweud ei fod e'n dipyn o ffrindie gydag un o'r soldiwrs sy'n byw yn y tŷ, ac yn trafod crefydd 'da fe byth a hefyd. Mae wncwl hwnnw'n esgob yn yr Almaen. Fe sy'n anfon y canhwylle sy'n llosgi ymhob twll a chornel o'r tŷ, ac mae fel gole dydd yn yr eglwys, a nhw yn y pentref heb yr un gannwyll i oleuo'u tai. Nawr, dyw hwnna ddim yn iawn, ydy e?"

Pobol dlawd yn crafu bywoliaeth ar fynydd llwm. Meddyliau cul. Drwgdybus o bawb. Pentref di-swyn, digroeso. Pawb yn gwybod busnes pawb. Llygaid yn pipo y tu cefn i'w llenni les a chasineb fel gwynt oer yn hisian drwy'r lle.

"Peidiwch â sôn am Skrigneg wrtha i eto. Mae enw'r lle'n codi cyfog arna i."

Trodd Maï ar ei sawdl ac allan â hi, heb ddweud gair arall, ond roedd hi wedi'i hysigo a'i brifo i'r byw.

Yn Koad an Noz yr oedd hi ym mis Rhagfyr 1943, a chrafangau'r gaeaf yn tynhau eu gafael ar y wlad, a gwynt y dwyrain wedi hen chwipio'r dail oddi ar y coed. Daeth Henriette â'r cwpanaid o de arferol iddi ynghynt nag arfer un bore. Gosododd y cwpan wrth ochor y gwely ac yna aeth draw at y ffenest i agor y llenni a'r caeadau. Edrychodd am foment ar y llwydni diflas y tu allan. Cododd Maï ar ei heistedd.

"Lladdodd rhywun yr Abad Perrot ddoe."

Yfodd Maï ei the heb ddweud gair, fel petai heb glywed neu heb ddeall arwyddocâd y geiriau. Yna gosododd ei chwpan i lawr.

"Beth ddigwyddodd?"

Tawelwch. Dim gair.

"Pwy sy'n gyfrifol?"

"Maen nhw'n dweud y da'th Llydawied o Baris, Comiwnyddion, yno a'i gyfarfod ar ei ffordd 'nôl i Skrigneg ar ôl iddo fod yn canu'r offeren mewn eglwys gerllaw. Dyma nhw'n ei lusgo fe, a'i wthio â gwn yn ei gefen, bellter y tu fas i'r pentre. Saethon nhw fe fan'na, fel ci ar y Groes Goch, a thaflu'i gorff miwn i'r clawdd ar ochor y ffordd."

Yr Abad Perrot, Yann-Vari, â'i wyneb rhadlon, a'i chwerthin iach, a'i garedigrwydd di-ben-draw, a weithiodd yn ddiarbed dros Lydaw a'i hiaith. Ond sawl un arall fyddai wedi llwytho'r fwled a rhoi bys ar y glicied a thanio a rhoi taw am byth ar Yann-Vari a'i bregethu ffôl am hunan-barch a theyrngarwch a threftadaeth pe cawsent y cyfle? Pan glywent beth ddigwyddodd ar ffordd uchel, unig, y tu allan i Skrigneg y noson honno, byddent yn llawenhau. Beth oedd ei bechod? Ai caru Llydaw a'r ffydd yn ormodol, a meithrin ei phobol ifanc i ymfalchïo yn eu treftadaeth, y bobol ifanc hynny, Blodau'r Grug, ddaeth i ganu yn nosweithiau Maï?

Fel gwladgarwr, doedd neb tebyg iddo. Arferai miloedd wrando arno'n annerch torf ac yn darlledu ar y radio, yn annog ei gyd-wladwyr i barchu eu hiaith a'u hetifeddiaeth. Gadawodd Yann-Vari yr hyn a alwodd 'fy ewyllys olaf' i'w gyd-Lydawyr. Gwyddai beth oedd i'w ddisgwyl. Dyma ddywedodd yn *Va Gourc'hemennoù Diweza*, a sibrydodd Maï'r geiriau ar ei chof:

"'Pob dyn yn feistr yn ei gartref, a phob cenedl yn feistr ar ei gwlad. Mae iawnderau Llydaw, fel iawnderau pob cenedl, yn sanctaidd, ac ni ellir eu darostwng oni ddistewir pob Llydawr.'"

Un bore oer ar gefnen lom, talodd Yann-Vari'r pris, ac yntau'n offeiriad yn Llydaw Gatholig. Arswydai Maï a gwyddai y byddai hyn yn hollti ei phobol am genedlaethau i ddod.

Llydawr, y bradwr oddi mewn, a anelodd ac a saethodd y dryll.

"Pam fydde unrhyw un eisie lladd Yann-Vari?"

"Roedd e'n ormod o Lydawr, Henriette. Doedd yr esgob ddim yn gallu dioddef hynny ac anfonodd Yann-Vari i Skrigneg yn hollol fwriadol. Nyth cacwn Comiwnyddol fu'r lle yna erioed."

"Maen nhw'n dweud yn y gegin ei fod e o blaid yr Almaenwyr ac mai dyna pam gafodd e ei ladd. Wyt ti'n meddwl fod hynny'n wir, Maï?"

"Efalle. Synnwn i ddim. Roedd Yann-Vari'n ofni sut bydde'r Comiwnyddion yn trin yr Eglwys ac yn meddwl bod yr Almaenwyr o leiaf yn Gristnogion. Faddeuodd e ddim i'r Saeson am ein gyrru ni mas o Brydain bron fil a hanner o flynyddoedd yn ôl! Ond fydde Yann-Vari a fi fyth yn sôn am Loegr."

"Maen nhw'n dweud bod Yann-Vari wedi croesawu Almaenwyr i aros yn ei gartre."

"Fel fi, ife?"

"Wel, na. Does neb yn meddwl hynny amdanat ti."

"Doedd ganddo ddim mwy o ddewis nag oedd gen i. Dwêd hynny wrthyn nhw, Henriette."

"Ma rhai'n dweud nawr ei fod e wedi helpu bechgyn o Saeson pan dda'th eu hawyren i lawr ar y Menez Bré. Wedi'u helpu nhw i ddianc."

"Offeiriad oedd e. Cofia hynny. Ei ddyletswydd oedd helpu pawb. Efalle ei fod e'n credu yn ei galon y bydde dyfodol Llydaw yn well o dan yr Almaenwyr nag o dan y Comiwnyddion, gan eu bod nhw'n erbyn pob crefydd. Wn i ddim. Dwi'n sicr o un peth. Oherwydd ei fod yn casáu Comiwnyddiaeth ac yn caru Llydaw gymaint y lladdwyd Yann-Vari."

"Ddychmyges i erio'd y galle unrhyw Lydawr ladd offeiriad."

"Gad fi nawr, Henriette. Fe gana i'r gloch pan fydda i'n barod."

Cododd Maï a cherdded draw at y ffenest. Wrth fynd heibio i'r bwrdd gwisgo, cafodd gipolwg o'i hunan yn y drych. Yno gwelodd hen wraig.

Edrychodd ar y lawnt islaw. Popeth yn llwyd, yn farwaidd, a changhennau noeth y coed yn diferu dagrau gwaed. Trist oedd gweld y gerddi wedi'u hesgeuluso, ond un prynhawn cipiwyd y dynion ifanc fu'n gofalu amdanynt a'u cymryd i weithio yn ffatrïoedd arfau'r Almaen gyda miloedd y *disparus*, y diflanedig rai. Mor wahanol oedd y gerddi ar y nosweithiau balmaidd hynny o haf pan fyddai Robert a hithau yn eu gwisgoedd traddodiadol yn mwynhau cwmni ffrindiau a'r siampên yn llifo. Cofiai'r canu a'r dawnsio, y Llydaweg ar wefusau pawb, a Yann-Vari a'i bobol ifanc yn llawn hwyl yn eu difyrru. Gwyddai â chalon drom mai ei elynion ef oedd gelynion ei hiaith hefyd. Roedd rheswm da dros eu hofni.

Cododd y gwynt a chwyrlïo'r dail crin yma a thraw. Gorweddai pentyrrau gwlyb ohonynt o dan y coed. Câi'r rhai sych oedd newydd syrthio eu chwythu'n ddidrugaredd ar draws y lawnt. Pwysodd yn erbyn ffrâm y ffenest. Roedd ei gruddiau'n wlyb gan ddagrau. Onid yw hi'n greulon ein bod, yn nyddiau'n henaint, yn gorfod dioddef yr ergydion creulonaf? Ergyd ar ôl ergyd, a'n nerth yn gwanhau.

"'Santez Anna, mam-gu ein Hiachawdwr Iesu Grist, mam y Forwyn a mam ein gwlad, bendithia ni, a phâr i Lydaw fyw am byth.'"

Geiriau Yann-Vari oeddent. Bendith arno.

40

Diwedd y Rhyfel

DIWRNOD GWLYB, LLWYD oedd diwrnod angladd yr Abad Perrot yn Koat-Keo ddiarffordd, dlawd. Yno i gladdu Apostol a merthyr Blodau'r Grug a mudiad Ffydd a Llydaw daeth cyfeillion a chynrychiolwyr o bob carfan o blith caredigion eu gwlad, boed wleidyddol neu ddiwylliannol. Daeth swyddogion y *préfecture* a chyrff cyhoeddus y wladwriaeth hefyd, a'r Llydawr amlwg Pierre Mocaër a roddodd y deyrnged.

Trannoeth aeth gŵr ifanc i osod blodau ar y bedd. Penliniodd. Ond roedd rhywun yn ei wylio. Fe'i saethwyd yn ei gefn. Chwalodd yr argae a llifodd afon o gasineb dros Lydaw gyfan.

O fewn mis digwyddodd yr anfaddeuol. Roedd Célestin Lainé, a fu ar un adeg yn agos at yr Abad, bellach yn un o'r asgell dde wleidyddol eithafol ac yn cefnogi'r Almaenwyr. Fe, Lainé, sefydlodd grŵp o derfysgwyr, a chymerodd enw baner Llydaw, y Gwenn ha Du. Nhw a daniodd fomiau i dynnu sylw at eu hymgyrch am annibyniaeth i Lydaw. Ffurfiodd hefyd grŵp o hanner cant a phump o Lydawyr a chynnig eu gwasanaeth i'r Gestapo yn Roazhon a'u galw yn Bezen Perrot. Pardduwyd enw Yann-Vari yng nghof cenedl Llydaw. Am ba hyd y byddai'r hollt a'r chwerwder yn parhau? Allai pethau waethygu?

Gallent, ac fe wnaethant. Saethwyd dros drigain o wrthsafwyr yn gelain gan yr Almaenwyr mewn cyflafan ychydig filltiroedd y tu allan i Benac'h, a deunaw arall yn agosach i'r pentref. Yr Almaenwyr yn colli tir a'r brwydro a'r dial yn ffyrnicach; hen dref Sant Maloù yn adfeilion wedi mis o fomio, a'r tai a fu'n warchodfur rhyngddi a'r môr ers canrifoedd nawr fel rhes o ddannedd pwdwr, a'u seleri lle arferai'r smyglwyr guddio'u hysbail yn agored i'r pedwar gwynt; Brest ddim yn bod mwyach. Dinistriwyd 'tre'r merthyron' gan dunelli o fomiau, ac roedd tawch y cyrff oedd yn pydru dan y rwbel yn llenwi'r awyr. Blwyddyn yr Apocalyps oedd 1944 ac enwau trefi, pentrefi a phorthladdoedd Llydaw a Normandi yn litani o ddioddef a distryw.

Gweddi'r Almaenwyr wrth iddynt gilio o'r uffern a grëwyd ganddynt, os caent eu cipio, oedd mai'r Americanwyr fyddai'n eu dal ac nid y Maquis. Roedd niferoedd y rheiny wedi cynyddu'n aruthrol, a phawb nawr yn wrthsafwr, a'u dial yn ddidrugaredd.

Ym Mharis yr oedd Maï pan ddaeth y rhyfel i ben. Dim rhagor o redeg am loches pan glywid sgrech hir y cyrn rhybudd ac aros yno am y *fin d'alerte*. Dim rhagor o danciau a cheir Mercedes yr Almaenwyr i'w gweld yn symud yn fygythiol ar hyd y ffyrdd, milwyr â'u gynnau'n barod yn rhedeg i gyfeiriad rhyw adeilad, cicio'r drws, gwthio'u ffordd i mewn, sŵn saethu, distawrwydd. Yna byddent yn cerdded allan yn ddihidans i'w cerbydau a gyrru i ffwrdd fel na phetai dim wedi digwydd. Fe'u gwelid hefyd â'u drylliau yng nghefnau dynion, menywod a phlant yn eu gwthio i mewn i'w tryciau. Ni fyddai sôn am y rheiny wedyn.

O falconi ffrindiau, gwyliodd Maï Charles de Gaulle yn gorymdeithio i lawr yr Avenue de la Grande Armée a'r Champs-Élysées, ac ymysg y rhai a gerddodd y tu cefn iddo roedd milwyr y Sao Breiz, Llydawyr Ffrainc Rydd. Teimlai'n falch ohonynt.

Nawr roedd mwy a mwy o sôn am yr erchyllterau na chlywyd amdanynt ynghynt. Er mor ofnadwy oedd yr hanesion am wersylloedd yr Almaenwyr yn erbyn yr Iddewon, a'r miliynau ar filiynau a laddwyd a'r dioddef y tu hwnt i ddychymyg ac amgyffred dynol, serch hynny, y digwyddiadau agosaf i gartref fyddai'n peri'r arswyd mwyaf.

Dyna'r ferch ifanc oedd yn byw yn Sant Maloù gyda'i gŵr a ddaeth adref at ei mam â'i baban wyth mis yn ei chôl. Aethai ei gŵr allan i'r siop un bore i brynu papur. Disgynnodd bom yn y stryd. Daeth y ci 'nôl hebddo. Ymhen amser cafwyd ei gorff o dan domen o rwbel, a dyna deulu arall, un o'r miliynau, wedi'i chwalu'n deilchion.

A meddwl bod cydnabod a chymydog yn gallu ymddwyn mor giaidd. Llosgwyd clwyfau yn y cof gan ddiferion gwenwynig casineb a dial. Faint o amser cyn y gellid maddau? Faint o amser cyn y gellid anghofio? A ellid anghofio byth? Anghofio'r dial ar ferched a'r siafio pennau? Dyna berchennog y caffi yn Benac'h, gwraig weddw, a'r caffi bach fyddai'n ei chynnal hi a'i merch. Pan gyrhaeddodd yr Almaenwyr a galw yno am gwpanaid a phryd o fwyd, beth allai hi ei wneud ond eu gweini? Ar ddiwedd y rhyfel, cododd rhai eu lleisiau'n groch a galw am ei chosbi, a thynnu gwaed, a'i llusgo allan i'r stryd a'i chyhuddo o gydweithredu â'r Almaenwyr. Mor wahanol oedd hi iddynt hwy – y dynion a fu mor ddewr yn eu safiad yn erbyn y gelyn, yn eu dychymyg nhw.

Dyna yr hoffent i bawb ei gredu. Y rhai uchaf eu cloch yn aml oedd y rhai a gadwodd yn dawel iawn yn ystod blynyddoedd y goresgyniad. Diolch i'r Mawredd, llwyddwyd i ddarbwyllo'r dorf a chafodd y weddw ei rhyddhau.

Ond roedd hanes plentyn mewn pentref cyfagos yn rhy arswydus i feddwl amdano. Almaenwr oedd ei dad. Un o'r milwyr ifanc penfelyn a gawsai groeso gan y teulu pan ddechreuodd ganlyn merch y tŷ. Pan giliodd y gelyn, symudodd y fam-gu wely'r un bach i mewn i gwt ieir yn yr ardd. Yno y cafodd fod, yn wrthrych casineb y teulu a'r cymdogion. Ni fynnai ei deulu yn yr Almaen ei gydnabod chwaith. Damwain rhyfel ydoedd – un o ddegau o filoedd o 'Fastardiaid y Boche'.

Fisoedd wedi i'r Almaenwr olaf adael Benac'h a Llydaw gyfan, clywyd hanes arall a barodd arswyd drwy'r gymdogaeth. Cipiwyd dyn ifanc o bentref cyfagos yn garcharor ym misoedd cynnar y rhyfel ac yntau'n filwr ym myddin Ffrainc. Ar ôl dioddef chwe blynedd o waith caled yn un o ffatrïoedd y dwyrain roedd yn ddyn rhydd. Ymlwybrodd adref ar draws yr Almaen a Ffrainc o'r dwyrain hyd at orllewin Llydaw. Yn orfoleddus er gwaethaf ei wendid, cyrhaeddodd ei bentref genedigol a'i gartref. Yno darganfu fod dyn arall wedi cymryd ei le, yn byw o dan ei do, yn cysgu yn ei wely ac yn galw ei hunan yn dad i'w blant. Saethodd ei hunan. Wrth eglwys y pentref hwnnw safai cofeb ac arni restr hir o enwau'r rhai a syrthiodd yn y Rhyfel Mawr. Nawr, ar wyneb arall, torrwyd ei enw ef ynghyd â dau a laddwyd mewn brwydrau yn yr Ail Ryfel Byd. Un o'r miliynau a aberthwyd oedd yntau hefyd.

41

Dathlu yn Benac'h

O DIPYN I beth wedi'r rhyfel daeth bywyd pob dydd 'nôl i'r hyn a fu, o leiaf ar yr wyneb, a phob un o'r teulu'n fyw ac yn iach. Roedd gan Maï ddigon i'w wneud. Yn gyntaf, roedd rhaid glanhau'r castell newydd yn Benac'h ar ôl ymadawiad y milwyr, ac adfer Castel Mond yn Dinarzh i'r hyn ydoedd bum mlynedd ynghynt. Roedd cynifer o atgofion hapus ynghlwm wrth y tŷ hwnnw a'i olygfeydd gwych. Penderfyniad anodd fu gwerthu, ond dyna a wnaeth, a phrynu fflat yn edrych dros y môr yng ngwesty'r Hôtel Royal gerllaw.

Ond roedd mwy o waith i'w wneud yn Benac'h: rhoi lifft i mewn a dau foiler mawr i gynhesu'r tŷ'n ddigonol, wyth ystafell ymolchi, a gosod ffôn rhwng pob llawr gan gynnwys y ceginau islaw. Cafodd y castell newydd ei baentio, a dewisodd Maï'r papurau wal â llawer o'r Toile de Jouy yr oedd yn hoff iawn ohono ar y pryd. Yna, dyma osod y dodrefn o Dinarzh a llawer o Koad an Noz yn eu lle, ac adferwyd y paentiadau – y gwreiddiol – a'u gosod i'w gweld ar eu gorau ar y welydd.

Auguste, y pen garddwr o Dinarzh, fu wrthi'n plannu'r gerddi, ac yn y garej fawr roedd lle i bump o geir crand. Pan oedd y cyfan i'r dim, dechreuodd Maï groesawu ffrindiau o bob rhan o Ffrainc, o weddill y cyfandir ac o Brydain, gan gynnwys merched Robert a'u teuluoedd. Hoffai ymweld â Pharis, a hithau â chynifer o ffrindiau yno, ac roedd croeso i bawb fyddai'n galw yn ei chartref newydd ar yr Avenue d'Iéna. Ond yn ôl i Benac'h yr âi bob tro. Yno yr oedd hapusaf.

Gwariodd Maï ar bentref Benac'h. Gallent ymfalchïo iddynt gael system o garthffosydd modern ymhell cyn y trefi a'r pentrefi cyfagos. Hawdd credu bod rhai o'r trigolion yn cwyno bod gan Maï ormod o ddylanwad oherwydd ei holl arian – yn enwedig pan gafodd Job, ei brawd ieuengaf, ei urddo'n Faer.

Roedd sôn am y ciniawau yn y castell newydd hefyd. Gellid eistedd cant yn y neuadd fwyta, ac os oedd cant o westeion byddai cant o weision, un y tu cefn i bob cadair. Y llestri fu'n harddu byrddau'r Tsar yn San Petersburg fyddai ar y byrddau, a'r gwydrau gwin wedi'u haddurno ag aur coeth.

Anghofiai hi mo'r cinio ffurfiol cyntaf yn ei chastell newydd. Gallai ymddiried yn llwyr yn ei chogydd, a oedd yn un o oreuon Ffrainc. Dewiswyd y bwydydd a'r gwinoedd gyda'r gofal mwyaf, ac roedd y tŷ'n llawn gwesteion a phobol bwysig yn eu plith. Hedodd llawer i feysydd awyr Servel a Dinarzh, lle byddai gyrwyr Maï yn eu disgwyl i'w cludo i Benac'h. Addurnwyd pob ystafell â blodau o'r tai gwydr, a chysur yn lapio am bob un ar bob llaw. Wedi blynyddoedd yr hirlwm roedd mwy o bleser fyth mewn cymdeithasu, ac edrychai pawb ymlaen at y wledd.

Cafodd llawer aelod o deulu Maï wahoddiad, ac yn eu plith Job, ond nid fel gwestai cyffredin. Roedd yno yn rhinwedd ei swydd fel Maer Benac'h a gwisgai'r gadwyn faerol am ei wddf. Meddyliai Maï amdano fel Job Coz, yr un bach annwyl, saith mlynedd yn ifancach na hi. Wrth edrych arno ar draws y ford, sylweddolodd o'r newydd, gyda thristwch, ei fod yn agos at ei saith deg, ac unrhyw swyn pryd a gwedd a chymeriad a fu'n eiddo iddo wedi hen ddiflannu. Diolch byth bod dwy gyfnither dawel yn eistedd un bob ochor iddo – gobeithiai y byddai eu presenoldeb nhw a'r gadwyn am ei wddf yn ei ddofi.

Roedd popeth yn llwyddiant mawr: y bwyd yn llwyr haeddiannol o draddodiad coginio aruchel Ffrainc, a'r gwinoedd, un i bob cwrs, yn brawf o chwaeth arbennig yr un a'u dewisodd, a hynny ar ôl siampên gorau Mumm cyn iddynt eistedd wrth y ford. Ymhell cyn bod y gwydrau'n wag, byddai gwas yn eu hail-lenwi'n ofalus. Dangosai'r siarad a'r chwerthin fod pawb yn cael amser wrth eu bodd.

Yn sicr, fe welid bod Job yn cael amser da. Gan nad oedd y ddwy gyfnither a eisteddai bob ochor iddo'n yfed gwin, fel y byddai eu gwydrau nhw'n cael eu llenwi byddai yntau yn eu gwacáu, yn ogystal â'i wydr ei hunan. Mwynhaodd sawl gwydraid o'r siampên hefyd, cyn eistedd; doedd y c'nitherod ddim yn hoffi hwnnw chwaith! Codai ei lais yn uwch ac yn uwch, ac yna pwysodd ymlaen a gweiddi'n floesg ar draws y ford.

"Maï! Maï!"

Edrychodd hithau arno, heb ateb, ond dechreuodd y siarad o gwmpas y ford dawelu.

"Maï! Maï! Wyt ti'n 'nghlywed i? Wyt ti ddim yn rhy bwysig i ateb dy frawd, wyt ti?"

"Dwi'n dy glywed ti. Oes rhywbeth yn bod?" atebodd, heb godi'i llais na newid ei gwedd.

"Dwi eisie pum mil o bunno'dd. Punno'dd, cofia, dim ffrancie."

"Ond fe gest ti bum mil wythnos diwetha, Job."

Tarodd ei ddwrn ar y ford.

"Ma angen yr arian arna i. Os na wnei di addo rhoi'r arian, ddweda i hyn i gyd yn Ffrangeg, ac fe gaiff y byddigions 'ma wbod dy hanes di ym Mharis a'r holl brancie fan'na. Beth fase 'da'r lot 'ma i ddweud, hy? Ma dy ffrindie crand di'n deall Ffrangeg, on'd 'yn nhw?"

"Dere i 'ngweld i bore fory, ac fe gei di'r arian. Fe setlwn ni hyn i gyd y pryd hynny."

Trodd Maï a gwenu ar y gŵr bonheddig o Loegr a eisteddai wrth ei hymyl, ac aeth ymlaen â'r stori yr oedd yn ei hadrodd wrth y rhai o'i hamgylch fel petai dim byd wedi digwydd.

Daeth Job drannoeth ac fe gafodd yr arian, a chafodd ei atgoffa hefyd gymaint a wnaeth hi drosto ef a'i blant: y tai, yr arian, y gwyliau a'r help o bob math. Ond gallai pethau newid. Gwelodd Maï yr hyn na ddymunai ei weld. Gwelodd Job fel yr oedd nawr, yn floesg a blonegog, nid y Job yr hoffai gofio amdano.

Er nad oedd Maï yn un i ddal dig, ni fentrodd gael y Maer i giniawau tebyg eto, er y galwai Job i'w gweld yn ei chastell o bryd i'w gilydd. Wrth iddo adael un tro, cododd Maï a cherdded allan drwy'r brif fynedfa yn ei gwmni, drwy'r clwydi uchel addurnedig i ochor draw'r ffordd. Trodd Maï i edrych ar y castell, a throdd Job gyda hi.

"Edrych o ddifri, Job. On'd yw'r cyfan yn arbennig, dwêd? Beth ddwede Mam a Dad petaen nhw'n gweld hyn?"

Edrychodd Job ar y cyfan mewn mudandod. Yna, casglodd ei feddyliau – yn llafurus, mae'n wir – gan edrych o'i gwmpas.

"Ma gen ti ryw filltir o reilins o gwmpas y lle 'ma, Maï, a reilins da 'yn nhw 'fyd. Ma'r clwydi'n sbesial iawn."

"Diolch, Job."

Roedd Maï'n falch o'i werthfawrogiad.

"Ond dwi'n pyslo, Maï, beth yw'r deryn uwchben y ddwy 'M' fflowrog 'na ar dop y glwyd?"

"Wel, eryr, wrth gwrs."

"Pam eryr? Does dim eryrod yn Benac'h nac yn Llydaw."

"Eryrod gei di tu fas i blastai a chestyll fel Versailles a llefydd tebyg."

"Wel, Maï," meddai gyda gwên fach faleisus, "fydde fe ddim yn siwto'n well petaet ti'n rhoi condor mawr ar ben y glwyd yna? Wyt ti'n deall?" Chwarddodd. "Condor? Jôc. Wyt ti'n gweld? Con d'Or… Un aur? Wyt ti'n deall nawr? Ar dy gefen wnest ti dy ffortiwn. Ma pawb yn gwbod hynny a…"

Chafodd Job ddim cyfle i orffen ei frawddeg. Cydiodd Maï yn ei bag llaw a'i fwrw ar ei ben nes ei fod yn gweld sêr.

Fel y cerddodd hi 'nôl i'r tŷ ar draws y graean, a'r dagrau'n llosgi yng nghefn ei llygaid, clywodd Job yn galw ar ei hôl a'i dafod yn dew gan ddiod:

"Maï! Maï! Shigla dy gwt faint fynni di. Dwi'n gwbod y gwir amdanat ti. A phawb yn Benac'h hefyd."

Syrthiodd Job i'r llawr. Fe'i sigwyd gan ei hergydion, ond cododd ar ei draed eto yn sigledig.

"Ti'n gwbod beth…? Hy…? Gwranda!"

Erbyn hyn roedd yn cydio yn y reilins, a Maï bron â chyrraedd y drws. Cododd ei lais yn uwch a gweiddi nerth ei ben.

"Unwaith est ti i Baris, thynnest ti erio'd dy sane dy hunan wedyn. Do fe? Dim sôn am dipyn o forw'n ydw i, cofia! Bu hanner Paris wrthi'n eu tynnu nhw drosot ti, on'd do fe?"

Chwarddodd dros bobman. Chwerthin a chwerthin nes ei fod yn pesychu yn ei ddyblau.

"I'r diawl â ti, Job. Byddi di'n difaru am hyn."

Trodd Maï ar ei sawdl ac i mewn â hi i'w chastell. Gallai fod wedi dweud llawer, ond roedd yn rhy fregus, a'i theimladau y tu hwnt i eiriau.

42

Yr Ankou

YSGRIFENNODD MAÏ AT offeiriad plwyf Plouilio i ddweud ei bod yn dymuno ymweld â'r eglwys, a'i gobaith oedd cael llonydd i fyfyrio yno. Mis Mehefin oedd hi. Erbyn iddi gyrraedd Plouilio roedd yr haul wedi magu nerth, a seddi lledr y car wedi twymo'n braf, a'r arogl arbennig hwnnw'n gynnes o'i chwmpas.

"Bydda i dipyn o amser yma. Bydd eisie cino arnat ti cyn bo hir, ond paid mynd ymhell. Cymer hwn."

Estynnodd arian i'w gyrrwr.

"Bydda i'n eistedd ar y fainc yna'n dy ddisgwyl di, ond fe allwn i fod awr neu fwy… Mwy o lawer, falle."

Trodd a dechrau dringo'r grisiau i'r eglwys. Roedd y garreg yn felynach na charreg mwyafrif eglwysi'r ardal, a thywynnai'n euraidd yn yr haul. Meddyliodd mor hardd ydoedd ond mor ddychrynllyd oedd yr hyn a warchodai. Hwn fyddai ei phererindod olaf, a daethai yno i wynebu ei thynged.

Agorwyd yr hen ddrws ym mhorth prif fynedfa'r eglwys, gyda cherfluniau maint dyn o'r deuddeg disgybl yn eu gwisgoedd lliw, chwech ar y dde a chwech ar y chwith, a Christ uwchben y drws yn eu canol. Fel roedd cloch yr eglwys yn taro un ar ddeg, daeth yr offeiriad mas i'w chroesawu. Camodd tuag ati â gwên briodol.

"Croeso i Plouilio, Arglwyddes Mond."

"Diolch yn fawr," ac estynnodd ei llaw.

"Hoffech chi imi ddod i mewn gyda chi a'ch tywys chi o gwmpas ein heglwys fach ni? Mae gennym lawer o drysorau yma."

"R'ych chi'n garedig iawn, ond hoffwn i'n fwy na dim heddiw gael amser i fyfyrio yn y lle arbennig hwn, ar fy mhen fy hunan."

"Rhywbryd eto, efallai?"

Edrychodd Maï arno'n ymbilgar gyda gwên fach dawel.

"Cewch lonydd. Pob bendith ichi." Roedd offeiriad Plouilio wedi syrthio o dan ei swyn.

Trodd a'i gadael, ac i mewn â hi i'r eglwys drwy borth y gorllewin. 'Dyna sut y dylid mynd i mewn i eglwys bob amser,' meddai wrthi ei hunan, a gwenu wrth gofio yr hyn a ddywedodd offeiriad wrthi unwaith, a hithau'n ferch ifanc.

"Weli di, Maï, yn y gorllewin mae'r haul yn machlud, ac yno mae'r nos yn preswylio. Pan gerddwn ni i mewn i eglwys, 'merch i, trwy borth y gorllewin y dylem fynd i mewn, a throi'n cefnau ar y byd a'i bechod a'i dywyllwch. Wedyn r'yn ni'n wynebu'r dwyrain. Rwy eisie iti gofio hyn. Yn y dwyrain mae'r haul yn codi; ac ym mhob eglwys, yno mae'r allor. Dyna lle cei di'r goleuni a'r bywyd tragwyddol; yr allor sy'n agor y ffordd i Baradwys i bawb sy'n credu."

Anwylodd yr atgof. Rhyfedd gweld popeth yn dod ynghyd, y gwead yn dynnach a'r patrwm yn gwneud mwy o synnwyr. Roedd y rhod yn troi. Nes i'w llygaid gyfarwyddo â'r gwyll, ni welai ddim, ac yna'n raddol, wrth iddi gerdded i lawr corff yr eglwys, gwelai gerfluniau amrwd o Joseff a Mair a'r saint, gwaith ei phobol hi, hen grefftwyr diymhongar, dirodres, cefn gwlad. Flynyddoedd yn ôl, ym Masilica San Pedr, gwelsai gerfluniau a gweithiau cain gan Bernini a'i debyg pan aeth yno i gyffesu ei phechodau gerbron y Pab ac i dderbyn ei faddeuant, ond ni fedrodd y rheiny ei chyffwrdd fel y rhain, er mor odidog oeddent.

Safodd o flaen yr allor. Meddyliodd â hanner gwên na fedrai blygu glin yn isel fel y gwnâi erstalwm, ond plygodd ei phen. Ar y llawr carreg gwelai liwiau glas, coch, melyn a gwyrdd. Roedd y golau'n llifo trwy ffenest y transept ar y dde iddi. Trodd a cherdded i mewn i lwybr yr haul.

Gwelodd fod yr offeiriad wedi gosod cadair ar un ochor yn wynebu'r wal ar y dde. Gwyddai, felly, pam y daeth Maï yno, heb ofyn iddi, a heb ddweud gair. Eisteddodd, ac edrych ar y ffigur o'i blaen. Am y tro cyntaf, daeth wyneb yn wyneb ag ef. Yr Ankou.

Roedd yn llai nag roedd hi'n ei ddisgwyl. Sgerbwd llai na maint dyn, pladur yn ei law dde, rhaw yn ei law chwith. A'i ddwylo'n anferth.

"Ble fuest ti, Maï? Rwy wedi bod yn aros amdanat."

Ddywedodd hi ddim am dipyn, dim ond edrych, ac edrych.

"Rwyt ti'n llai nag roeddwn i'n ei ddisgwyl. Dwyt ti ddim o faint dyn, wyt ti?"

"Maï fach, dwi'n fwy nag unrhyw ddyn a welest ti erioed. Mae'r mwyaf a'r cryfaf yn plygu glin o 'mla'n i."

Oedodd, cyn gofyn cwestiwn iddi'n dawel.

"Ond beth weli di pan edrychi di arna i?"

"Dim cnawd. Dim llygaid, dim trwyn, dim gwefusau, dim gên. Dim calon nac ymysgaroedd. Dim… dim."

"Ond dwi'n gweld, ac yn clywed. Ac ystyria hyn. Fel rydw i nawr, fel yna byddi di ryw ddydd. A hynny… cyn bo hir."

"Dyna pam ddes i yma i dy weld ti, Ankou," atebodd yn gyflym rhag colli'r cyfle.

"Dyna pam mae pawb yn dod i 'ngweld i. Eisiau gwbod pryd. Ma'n nhw wedi clywed tap-tap deryn y meirw wrth y ffenest. Rwyt ti'n deall hynny, on'd wyt ti?"

Arhosodd am funud cyn mynd ymlaen. Roedd gan yr Ankou ddigonedd o amser.

"Nid dyna'r cwestiwn ddylen nhw ei ofyn, wrth gwrs."

"Beth yw hwnnw?"

"Cei di ddyfalu drosot ti dy hunan cyn iti fynd oddi yma heddi."

"Wel? Pryd?"

"Does dim eisiau iti ofyn imi. Edrych ar dy ddwylo."

Agorodd Maï ei dwylo ar ei harffed. Edrychodd yn ofalus ar gledr y ddwy, ac yna trodd nhw ac edrych yn fanylach ar eu cefnau.

"Beth weli di, Maï?"

"Modrwyon bendigedig?"

Anwybyddodd yr Ankou y nodyn cellweirus, ffug ddiniwed.

"Edrych eto. Beth weli di?"

"Smotiau brown?"

"Ie. Ac mae 'na un ar dy dalcen, a sawl un ar dy freichie a'th frest, er bod y rheina o'r golwg. Wyt ti'n deall, Maï? Y pridd sy'n galw."

Edrychodd Maï arno heb ddweud gair.

"A beth am dy wallt – ble'r aeth y cwmwl du? Blodau'r bedd wela i nawr."

"Wyt ti'n meddwl nad ydw i wedi gweld y pethe 'na?" Disgynnodd ei llais, a sibrwd. "Y cnawd dan fy ngên... yn llac. Y dannedd yn melynu... y rhigolau'n dyfnhau'r ddwy ochor i'r trwyn... y gwefusau'n teneuo... y bochau'n suddo... yr amrannau'n disgyn... y llygaid yn colli eu fflach... y wedd yn pylu. Rwy'n gwbod..."

Edrychodd ar y wal o'i blaen. Yn nrych y cof gwelai eto'r llen drom o donnau duon ar farmor gwyn ei chnawd yn sgleinio gyda phob symudiad o'i phen, a hithau'n edmygu'n hir droeon ei chorff noeth. Claddodd ei hwyneb yn ei dwylo. Pan agorodd ei llygaid, ni welai ond yr Ankou.

Ochneidiodd. Edrychodd arno heb gellwair mwyach.

"A'r croen yn denau. Tenau fel papur."

"Y benglog i'w chanfod drwy'r croen. Glywaist ti'r ymadrodd yna, Maï?"

Oedodd. Rywfodd roedd hi wedi crebachu'n hen wraig o flaen ei lygaid, ac fel petai baich mawr yn pwyso ar ei hysgwyddau. Eisteddai'n llonydd, ei dwylo wedi'u plethu yn ei chôl, yn wynebu'r wal. Caeodd ei llygaid. Edrychodd dros ymyl y dibyn i'r diddymder mawr.

A'r tawelwch yn drwm o'i hamgylch, collodd gyfrif o'r munudau nes iddi agor ei llygaid ac edrych yn y ddau dwll crwn lle bu ei lygaid unwaith.

"Ydy hyn i gyd yn dy boeni di?"

"Ar un adeg falle. Ddim cyment nawr."

"Peth mawr yw balchder, Maï. Ond, ma balchder… a balchder. Gall fod yn weddol ddiniwed, ond gall fod yn ofnadwy hefyd. Gwendid yw balchder. Wyt ti'n cofio'r hen ddywediad am wendid?"

"Nagw. Beth oedd hwnnw?"

"Gwendid ieuenctid: cariad. Gwendid canol oed: llwyddiant. Gwendid henaint: daioni. Wyt ti'n cofio nawr?"

Distawrwydd eto. Pwysodd Maï yr hyn a glywodd yn ei chalon, a phan gododd ei llygaid gwelodd yntau'r dagrau. Edrychodd y ddau ar ei gilydd. Doedd dim angen geiriau.

Wedi seibiant hir, a'r distawrwydd yn bresenoldeb o'i hamgylch, cododd ei phen eto, ac edrych arno.

"Rwyt ti'n gwbod ble i anelu dy saeth a sut i dynnu gwaed, on'd wyt ti, Ankou?"

"Cefais oesoedd o brofiad."

Gallai Maï dyngu ei fod yn chwerthin wrth ddweud hynny, a chythruddwyd hi.

"Clywes lawer o hanesion amdanat ti pan own i'n ferch ifanc a sawl tric digon creulon a chwaraeaist ti ar bobol."

"Er enghraifft?"

"Beth am hanes y gof yn y pentre yma?"

"Beth oedd hwnna? Dwêd wrtha i."

"Noswyl Nadolig oedd hi, ac yn lle mynd i'r offeren ganol nos, penderfynodd e fynd ymla'n â'i waith… Ond aros funud! Does dim angen i fi adrodd yr hanes wrthot ti. Ddangosest ti ddim trugaredd i Fanch druan. Oherwydd iddo aros yn ei weithdy a pheidio â mynd i'r offeren, fe gosbest ti fe."

Edrychodd Maï i weld beth oedd ymateb yr Ankou.

"Cafodd e gyfle arall. Ymbiliodd ei wraig arno i beidio â gweithio pan fyddai'r Aberth Sanctaidd yn cael ei ddyrchafu, ond anghofiodd y gof."

"Do."

"Ac wedyn galwes i arno, a gofynnes iddo wella 'mhladur. Ac fe wnaeth. Dyna'r trydydd cyfle gafodd Fanch ar Floc'h i'w achub ei hunan."

"Ond helpu rhywun mewn angen o'dd e."

"Stori yw hi, Maï, ond ma'r wers yn un bwysig iawn. Wyt ti'n deall y wers?"

Edrychodd hi arno heb ddweud gair.

"Mae'r ysbrydol yn bwysicach o dipyn na'r materol."

"A dyna'r wers i finne hefyd, ife, Ankou? Pan ddes i yma, gofynnes gwestiwn iti; pryd fydde'n amser i'n dod? Mae gen i dipyn i'w ddysgu, on'd oes e? Fydd gen i amser?"

"Fe gei di arwydd gen i, Maï. Ond dyw olwyn yr hen felin ddŵr ddim wedi gorffen troi."

"Tipyn o ffordd i rygnu mla'n, felly?"

Syllodd Maï yn hir ar y wal gyferbyn â hi. Fodfedd wrth fodfedd, fel cam ceiliog, mor fwriadol ac egsact, gwelodd lwybr yr haul yn symud o'r llawr i fyny'r wal fel roedd yr hen ddaear yn troi. Yna, mewn amrantiad, fe drawodd ar yr Ankou gan daflu ei gysgod ar draws y wal o flaen ei llygaid. Roedd y cysgod hwnnw'n fawr ac arswydus.

"Pwy wyt ti?"

"Rwyt ti'n gwbod yn iawn pwy ydw i. Arglwyddes Mond."

"Teitl yw hwnna. Pwy wyt ti?"

"Maï ar Manac'h."

Ystyriodd ei gwestiwn am foment.

"Ond erbyn meddwl, ma dy gwestiwn di'n un da. Rwy

wedi gofyn yr un peth i fi'n hunan lawer gwaith. O ble des i? Dwi ddim yn debyg i neb o 'nheulu, neu'n hytrach does neb o 'nheulu'n debyg i fi. Meddylies fwy nag unwaith, yn ferch ifanc, mai plentyn siawns own i, taw nid fy nhad oedd fy nhad. Neu a ddaeth brenhines y tylwyth teg i'r bwthyn tlawd ar lan afon Guer, sefyll ar y llawr pridd gan bwyso dros fy nghrud, a chwifio ffon hud a dweud, 'Bendith arnat ti, fy merch'?"

"Dda'th hi at grud dy frodyr hefyd?"

"Do, siŵr o fod." Chwarddodd chwerthiniad bach sych, di-hiwmor. "Ac fe ddywedodd wrth bob un gafodd fyw, 'Ti gei iechyd da. A dyna i gyd gei di.'"

"Dim llawer iddyn nhw, 'te. Ond pa fendithion roddodd hi i ti?"

"Fe wnaeth hi fi'n arbennig o dlws, o ran pryd a gwedd, gyda chorff da hefyd, os ga i ddweud."

"Yn sicr, roedd gen ti gorff da."

"Rown i'n gwbod beth own i eisie, a do'dd dim a safai yn fy ffordd i. Ac iti gael gwbod, roedd gen i ben da ar fy sgwydde, ac rown i'n dysgu'n gyflym. Ac yn gwbod pryd i gau 'ngheg. Wel, y rhan fwyaf o'r amser."

"Ond a'th pethe o chwith sawl tro. Beth am y busnes yna ym Mharis?"

"Ysbryd rhydd own i, yn byw bywyd i'r eitha."

Edrychodd arno'n syth yn ei lygaid, neu'n syth i mewn i'r gofod lle bu llygaid unwaith.

"Nid dyna'r tro cynta iti ddweud hynny!"

Ddywedodd Maï ddim. Ond meddyliodd. Ac yn araf bach, agorodd ddrysau yn ei chof, drysau a fu ar glo ers degawdau, a nawr am y tro cyntaf roedd cyfrinachau a fu'n casglu llwch yno yn cael eu llusgo i olau dydd. Meddyliodd fel yr oedd wedi twyllo ei hunan ac wedi creu rhyw we o straeon am ei gorffennol. A'u credu.

Yn sicr, roedd llawer ohonynt yn wir. Wedi'u seilio ar

wirionedd, hynny yw, ond y pwyslais ddim bob amser yn hollol gywir, ac ambell ffaith a digwyddiad wedi mynd ar goll rywle yn y pedwar gwynt. Mae'n siŵr mai dyna a wna pawb wrth gofio. Ife…? Ai ail-greu'r gorffennol a wnawn ni i gyd, ei saniteiddio a'i dwtio fel bod ein hieuenctid yn dderbyniol ym mlynyddoedd parchus ein hen ddyddiau? Edrychodd yn galed ac yn hir ar yr Ankou, a gwelodd ei fod yn gwybod popeth.

"Paid â phoeni, Maï. Awn ni ddim ar ôl popeth a ddigwyddodd yn Montmartre. Gwell anghofio llawer o'r pethe ddigwyddodd fan'na, on'd ife? Ac nid dim ond meddwl am y troeon fuest ti o fla'n dy well ac yn y jael ydw i."

Gallai Maï dyngu ei fod e'n chwerthin – a hen chwerthin bach cas oedd e unwaith eto i'w chlustiau hi.

"Ife blode'n unig fuost ti'n gwerthu, Maï?"

"Rwyt ti'n fy nghyhuddo o buteinio nawr, wyt ti?"

"Wel? Nid un o adar llawn-amser y nos, efalle. Ond un o ferched yr ymylon. Aderyn brith. R'yn ni'r ochor yma'n gweld popeth, ac yn cofio. Arian yn brin. Dynion â digon o arian yn llygadu, ac ar ôl awr fach – neu falle ddwy – rholyn o ffrancs yn dy gardis. Talu'n well na gwerthu blode."

Edrychodd Maï o'i blaen a gwelodd fod ei chysgod bellach wedi lledu dros y wal, a bu distawrwydd am dipyn. Yn ei dychymyg gwelodd eto Simon ac Antoine a hi ei hunan yn ifanc, yn gig a gwaed, yn llawn bywyd, a'u lleisiau byrlymus a'u chwerthin yn atseinio yn ei chlyw.

"Dwêd ti wrtho i sut arall heblaw gyda dyn o'dd merch ifanc dlawd o Lydaw yn mynd i ddod mla'n yn y byd. Ro'dd digon o ferched pert i ryfeddu atyn nhw ym Mharis. Ond ro'dd eisie *guts* i wneud beth wnes i!"

A gwenodd.

"*Guts*? Fel nad oes gen *i*, ife? Rwy'n gallu darllen dy feddwl di, Maï fach, ac rwyt ti'n cellwair! Dyna un peth lices i ynot ti o'r dechrau. Dy hiwmor di."

"Ac wedyn, cwrddes i â Robert, a newidiodd popeth."

"Dim ond mewn pryd y cwrddest ti ag e!" Chwarddodd eto.

"Nawr beth wyt ti'n ceisio dweud?"

"Pan gafodd y tipyn Ffrancwr-Sbaenwr 'na wared arnat ti, fe est ti i Lundain, on'd do fe?"

"Do. I gael troi 'nghefen ar y gorffennol, ac i ddechre o'r newydd."

"Ar beth oeddet ti'n mynd i fyw?"

"Ar yr arian rown i wedi ei gynilo, wrth gwrs." Ac edrychodd arno'n ddigon herfeiddiol.

"Ond do'dd hwnna ddim yn mynd i bara'n hir y ffordd oeddet ti'n byw. Yn llawn ffrwmp. Siawnsio dy lwc oeddet ti yn Llundain, on'd ife, Maï Manac'h?"

Cymerodd sawl munud cyn dweud dim.

"Fel y dywedes i, cwrddes i â Robert, a newidiodd popeth."

"Mwy o arian?"

"Mwy nag y breuddwydies i amdano erio'd. Ond ro'dd yna bethe pwysicach nag arian."

"Faset ti wedi ei briodi fe petai e'n ddyn tlawd?"

"Fe hoffes i ei lyged a'r olwg swil yna pan weles i fe'r tro cynta erio'd yn Combe Bank. Ac wedyn, hoffes 'i feddwl e. Nid yn amal mae menyw'n cwrdd â dyn o athrylith a hwnnw'n ddyn caredig a bonheddig hefyd. Syrthies i mewn cariad â'r dyn ei hunan. I Robert, ro'dd llawer o bethe'n bwysicach nag arian. Cariad, dyletswydd, ffyddlondeb, ysgolheictod a gwaith, prydferthwch o bob math, a diddordebau fil... Ro'dd Robert yn ddyn da, yn ŵr da. Fe oedd fy nghariad i, a fe oedd fy ffrind gore."

"Pert iawn, wir. Ond dwyt ti ddim wedi ateb fy nghwestiwn i. A faset ti wedi'i briodi fe petai e'n ddyn tlawd?"

Cymerodd Maï ei hamser ac ystyriodd o ddifrif cyn ceisio ateb.

"Wn i ddim. Dyna'r gwir. Fydde'r cwestiwn ddim wedi codi, ma'n siŵr gen i."

"Ond erbyn hyn mae Robert wedi croesi Iorddonen, on'd yw e?"

"Mae bywyd yn gallu bod yn greulon wrth inni fynd yn hŷn."

"Mae bywyd yn gallu bod yn greulon i'r ifanc hefyd."

A bu distawrwydd eto.

"Allet ti ddim gadel Benac'h yn ddigon cyflym yn ferch ifanc! Pam est ti'n ôl? Roeddet ti fel ci'n mynd yn ôl at ei chwydfa, on'd oet ti?"

"Er mwyn popeth! Ro'dd rhywbeth yn fy nhynnu'n ôl. Rhwymau cariad, ife? Gweld y caeau bach twt. Gymaint yn anwylach na chaeau bras Normandi. Y tyddynnod a'r hen ffermydd bach. Y bobol. Syml, styfnig, ofergoelus ac anwybodus, efallai, ond llawn hiwmor ac agosatrwydd. Do's dim croeso tebyg i groeso Llydawr. Nhw yw 'mhobol i, ac maen nhw'n rhan ohono i. Dod 'nôl at fy ngwreiddie own i."

Distawrwydd am dipyn.

"Rown i'n teimlo awydd i weld mwy o'm hen ffrindie a 'nheulu."

Arhosodd yn hir cyn mynd ymlaen.

"Serch hynny, mae'n haws byw ymysg dieithriaid yn amal."

"Gwir yw," atebodd yr Ankou.

"Ac, wrth gwrs, fe brynodd Robert Koad an Noz i fi."

"Ond doedd hwnna ddim yn ddigon iti, oedd e? Codest ti glamp o gastell mawr reit yng nghanol y pentref."

"Ond roedd ein tŷ ni yn y pentref yn rhy fach i groesawu pobol a cha'l ciniawe mawr. Roedden nhw'n bobol bwysig iawn."

"O, dere nawr, Maï. Roedd Koad an Noz 'da ti."

Ffaelodd ateb, hyd yn oed ar ôl ystyried yn hir. Edrychodd ar y wal o'i blaen heb ddweud dim.

"Ife isie dangos i bobol Benac'h oeddet ti, unwaith ac am

byth, bod llwyddiant Maï ar Manac'h y tu hwnt i'w dychymyg nhw, ac yn sicr y tu hwnt i gyrra'dd yr un ohonyn nhw? Ife?"

Dim ateb.

"Ac fe osodest ti'r castell yn yr union fan lle safai melin dy rieni! Ac fe fwrest ti fe lawr unwaith a'i symud ychydig lathenni am fod rhyw estrones ffroenuchel wedi mentro dy feirniadu di! Isie dangos iddyn nhw mor annigonol oedden nhw o'u cymharu ag Arglwyddes Mond, ife? Roedd arian Robert yn llifo rhwng dy fysedd di, yn union fel y gwelest ti ddŵr yn cael ei arllwys ar dywod yr Aifft a cha'l ei lyncu heb adel dim o'i ôl."

"Rwyt ti'n greulon. Rwy wedi gwneud fy ngore dros bawb."

"Cofia, Maï! Gwendid yr hen: daioni!"

Ar ôl ysbaid hir, atebodd, "Falle bod yna ronyn o wirionedd yn yr hyn wyt ti'n ei ddweud… erbyn meddwl."

"Bu balchder bron â'th dagu di lawer gwaith. Beth am y daith i Rufain i gyffesu o flaen y Pab? Do'dd offeiriad plwy ddim yn ddigon da iti! Nac esgob! Na chardinal! Dim ond y Pab wnâi'r tro i Maï ar Manac'h!"

"Does dim terfyn ar dy greulondeb di."

"Welest ti lun o Ddawns Angau wedi ei baentio ar fur eglwys erioed, Maï? Do? Wyt ti'n cofio gweld y gweithiwr tlawd a'i wraig, yr Arglwydd a'i Arglwyddes, y pleserddyn a'r hoeden, y Brenin a'i Frenhines, yr Esgob rhwysgfawr, y Cardinal yn ei goch a'r Pab a'i goron driphlyg? A phob un yn wynebu i'r un cyfeiriad. A phwy sy'n eu disgwyl yno gyda'i bladur yn ei law? Y fi! Mae pob un yn y diwedd yn plygu glin o 'mla'n i… yr Ankou."

Gwelai Maï'r darlun yn glir yn ei dychymyg: y mur gwyngalchog, a'r ffigyrau yn eu gwisgoedd canoloesol, rhai'n dawnsio'n ddiofal, eraill yn troedio'n falch, yn strytian a swagro, pob un ar ei ffordd i'w ddifancoll. Syllodd yn hir. Mor arswydus oedd eu gweld nawr yn hyrddio'u hunain o gylch yr eglwys o wal i wal, yn rhuthro'n gyflymach a gwylltach, ac yn dod yn agosach ac agosach ati a'u sŵn aflafar yn dygyfor nes llenwi'r gofod. Clywai eu chwerthin gorffwyll, eu griddfannau a'u sgrechfeydd. Clywai lafarganu diystyr, difeddwl yr offeiriaid, ac islaw'r cyfan ddidostur gnul clychau'r meirw. Teimlodd sgrech ddi-lais yn codi o'i hymysgaroedd, yn codi a chodi nes ei bod yn atseinio drwy'r eglwys ac yn cael ei lluchio o fur i fur, o'r byd hwn hyd dragwyddoldeb.

43

Carca dy Ddiwedd

"BETH YW TRAGWYDDOLDEB, Ankou?"

Edrychodd Maï arno'n ymbilgar, heb gysgod o ymffrost bellach. Arhosodd am ei ateb.

"Rwyt ti'n dechre deall, Maï. Nid dim ond yr ochor yma i'r bedd mae tragwyddoldeb. Mae ar dy ochor di hefyd."

"Felly, un yw tragwyddoldeb? Yr ochor yma a'r ochor draw?"

"Ie. Llinell ddi-dor. Ond rwyt ti'n cyfnewid amdo'r cnawd am wisg arall yr ochor yma i'r bedd. A does dim steil na ffasiwn yma, Maï."

Edrychodd yn hir ar y ffigur o'i blaen. Synhwyrai wên yn ei lais. Roedd y golau'n dynerach yn awr, ac yntau, i'w llygaid hi, yn llai brawychus.

"Beth am y teulu, Maï? Fe fu 'na dipyn o ffrwgwd rhyngot ti a Job yn ddiweddar."

"Do'n wir. Ma fe withe'n ddigon i godi cywilydd, a phan fydda i'n dweud wrtho 'mod i ddim yn hoffi rhywbeth mae e'n ei ddweud neu'n ei wneud, mae e'n gweiddi, yn gwadu ac yn taeru maes a mynydd 'mod i'n dweud celwydd, yn ei fychanu ac yn gwthio'r ffaith bod gen i arian i lawr ei gorn gwddwg. Ond ddim yn rhoi digon iddo fe."

"A beth am y lleill?"

"Weithie rwy'n meddwl y bydde cael llawer mwy o arian heb orfod gwneud dim i'w haeddu, a heb roi unrhyw arwydd o'u gallu i'w ddefnyddio'n ddoeth, yn gwneud mwy o ddrwg nag o ddaioni. Yn eu difetha nhw."

"On'd wyt ti'n barchus nawr! Fe wastraffest ti ddigon o arian yn dy ddydd."

"Ond fi oedd yn gyfrifol am beth own i'n ei wneud ac o ble rown i'n cael yr arian. Wyt ti ddim yn gweld?"

"Ydw, rwy'n credu 'mod i, ond dyw e ddim yn argyhoeddi. Beth am weddill y teulu?"

"Wythnos neu ddwy yn ôl, da'th croten ifanc i 'ngweld i. Gor-nith. Merch tuag un ar bymtheg oed. Ro'dd ganddi ffafr i'w gofyn i fi.

"'Modryb Maï, mae 'na ddawns yn y pentre ac rwy eisie mynd. Mae gen i ffrog newydd, a dywedodd Mam falle byddech chi'n rhoi benthyg mwclis i fi.'

"'Wel, edrych di,' meddwn i. 'Mae 'na ddigon yma. Beth bynnag sy'n denu dy lygad yn y bocs yna, cei di ei fenthyg i fynd i'r ddawns.'

"Ro'dd hi wrth ei bodd, yn ddigon naturiol, ac fe ddewisodd un o'r tlysau mwyaf godidog. Meddylies i fi fy hun, 'Hm! Mae gan y ferch 'ma dipyn o chwaeth!' Ymhen diwrnod neu ddau, dyma hi'n ôl mewn stranc. Taflodd hi'r mwclis i lawr ar y ford o 'mla'n i.

'Beth sy'n bod?' gofynnes i'n ddigon caredig.

'Dwi ddim eisie gweld yr hen beth yna byth eto!' medde hi. 'Ro'dd pawb yn cael sbort, yn chwerthin am fy mhen i, a dweud 'mod i'n edrych fel coeden Nadolig mewn ffenest siop. Wisgwn i ddim mo hwnna eto tasech chi'n fy nhalu i.'

'Roeddwn i wedi bwriadu ei roi'n anrheg i ti.'

'O, na! Ddim diolch.'

"Yn ddigon ffroenuchel, ffôl, i ffwrdd â hi. Ddwedes i ddim wrthi fod y mwclis yna werth bron hanner miliwn o bunne. Galle hi fod wedi prynu pob tŷ yn Benac'h, a bydde ganddi arian dros ben. Bydde arian mawr yn newid ei bywyd hi am byth, a mwy na thebyg yn ei difetha hi. Ond…" ac oedodd cyn mynd ymlaen. "Wyddost ti beth, Ankou? Yr holl emau 'na… Maen nhw'n dweud eu bod nhw'n amhrisiadwy. Eto, does gen i fawr o olwg arnyn nhw nawr. Rhyfedd."

"Beth yw dy broblem di, Maï?"

"Dwi ddim wedi gwneud ewyllys, a dwi ddim yn gwbod beth i'w wneud. Yr unig beth rwy'n siŵr ohono yw 'mod i'n gadel fy nghot Astrakhan i Henriette. Mae hi wastad wedi'i ffansïo hi. Bydda i'n gofalu amdani hi a Marie a'r gweision i gyd, wrth gwrs. Wedi'r cwbwl, maen nhw wedi gofalu'n dda amdana i am flynyddo'dd hir, a finne'n hen wraig ddigon anodd ar brydie! Ond rwy wedi gofalu'n dda amdanyn nhw ar hyd y blynyddo'dd hefyd."

"Gwendid henaint: daioni. Cofia, Maï!"

"Cafodd Henriette a'i gŵr gartre gwych gen i."

"Do, ond beth am pan ddywedodd Henriette wrthot ti ei bod hi am briodi a chael ei chartre bach ei hunan? Dyna beth oedd sgrechen a sterics. Yn ddigon i dynnu'n sylw ni yr ochor yma!"

"Allwn i ddim byw heb Henriette."

"A chware teg i'w gŵr. Cytunodd e fyw o dan yr un to â thithe achos bod Henriette ddim eisie dy groesi di. Rwyt ti wedi arfer cael dy ffordd dy hunan, on'd wyt ti, Maï?"

Bu distawrwydd am funud tra pwysai Maï yr hyn a glywodd yn ei chalon.

"Mae Henriette a Marie'n werth y byd imi."

"Odyn."

"Ond am y teulu…!"

Gwelai'r Ankou dristwch y tu ôl i'r hanner gwên.

"Mae gen ti lawer o bethau i'w gadael."

"Oes. Arian a thai. A llond dau gastell o drugaredde."

"Ond trugaredd sydd arnat ti ei angen nawr, nid trugaredde, on'd ife?"

Edrychodd Maï arno'n hir heb ddweud gair.

"Dwyt ti ddim yn gwbod beth i'w roi i bwy, na beth i'w wneud gyda'r holl drysore. Wyt ti'n meddwl y bydde unrhyw un o'th deulu'n hapusach o etifeddu dy arian a'th bethe?"

"Nagw."

"Wyt ti'n meddwl y bydden nhw'n gwerthfawrogi dy drysore di?"

"Nagw."

"Felly, paid â gwneud ewyllys eto. Fe ddaw'r ateb. Paid â cholli cwsg am bethe'r llawr. Tranglwns, nid trysore, sydd gen ti yn y pen draw. Rwyt ti wedi gofalu'n dda am dy deulu dros y blynyddoedd. Fe ddaw'r ateb i ti ryw ddydd."

Eisteddodd yn hir heb ddweud gair.

"Diolch iti, Ankou, am dy gyngor."

"A beth amdanat ti, Maï?"

Roedd golau cynnes, mwyn, hwyr y prynhawn yn goleuo'r fan lle eisteddai'n llonydd. Yn y distawrwydd syllodd yn hir ar y wal gyferbyn â hi. Edrychodd ar yr Ankou gan ddal ei golwg arno. Oedd, roedd yn ddychrynllyd ei wedd, ond teimlai yn ei chalon ei bod hi ac yntau'n deall ei gilydd yn lled dda erbyn hyn.

"Dere nawr! Pwy wyt ti, Maï?"

"Merch i Mam a Nhad. Chwaer i lawer o frodyr. Ysbryd rhydd oes yn ôl yn Montmartre, beth bynnag yw dy farn di am hynny, Ankou! Un fu'n caru â sawl un. Rwy'n cyfadde hynny nawr. Wedyn, gwraig a gweddw ifanc. Cwrtisan. Ffrind i lawer. Ac yna, cariad, meistres, gwraig a gweddw gŵr a ddysgodd i fi beth oedd cariad. Mae pob perthynas ddynol yn dod i ben rywbryd, on'd yw hi?"

Gwelodd fod yr Ankou'n cytuno.

"A nawr, Maï?"

"Rwy'n hen wraig. Ond fi hefyd yw'r plentyn a aned ym mwthyn y melinydd yr holl flynyddo'dd yn ôl. Maï ar Manac'h."

"A?"

"Yr wyf yr hyn ydwyf. Dyna'r ateb, on'd ife?"

"Ie. Bydd angen paratoi, Maï. Ond cofia hyn. Carca dy ddiwedd. Hynny'n fwy na dim. Wyt ti'n deall?"

"Ydw. Rhaid imi baratoi fy hunan."

Eisteddodd yno am funud, ei llygaid ar gau, ac yna edrychodd arno am y tro olaf heb ddweud gair. Cododd, gydag anhawster. Roedd yr hen goesau'n anystwyth ar ôl eistedd cyhyd. Pwysodd ar ei ffon a cherdded i lawr corff yr eglwys ac allan drwy'r drws bach du ar yr ochor i'r heulwen gynnes. Roedd hi'n falch o weld y Rolls yn ei disgwyl, ac aeth ato'n ysgafnach ei chalon.

44

Gloria in Excelsis Deo

CYRHAEDDODD KURT VON Heyden yn gynnar, a dewis ei sedd yn ofalus yn agos at y cefn yn Eglwys Gadeiriol Sant Paul, Llundain. O'r fan honno gallai weld pawb yn cyrraedd ond ni fyddai'n tynnu sylw ato'i hun. Bu hynny'n ffordd o fyw am sawl blwyddyn bellach. Dechrau mis Mehefin 1945 oedd hi, ac er bod Llundain yn llwm ac yn llwyd yr olwg roedd yr awyr las a thipyn o haul y diwrnod hwnnw yn codi calon, ac addewid yn yr awel fach gynnes bod amser gwell i ddod â'r rhyfel newydd ddod i ben.

Rhyfedd yr ysfa oedd gan bobol i ddod at ei gilydd ar ôl cyfnod hir o ddioddef erchyll; dod at ei gilydd i rannu teimladau a phrofiadau, yn aml wrth wrando ar gerddoriaeth heb gymorth geiriau, a all fod yn annigonol i fynegi'r teimladau dwysaf. Onid felly y bu erioed?

O dipyn i beth, dechreuodd yr eglwys lenwi a gwelodd wynebau cyfarwydd. Un o gyfres o ddeg gwasanaeth oedd yr achlysur a byddai'n cynnwys darlleniadau, datganiadau ar yr organ a chaniadau corawl. Er gwaethaf gofal y gwylwyr a fu'n ei gwarchod drwy flynyddoedd y rhyfel, niweidiwyd yr eglwys yn ystod y Blitz. Drylliwyd rhai o'r ffenestri lliw a'r brif allor gan fom, ond arbedwyd y corff a'r ciwpola, campweithiau Wren.

Tawelwch disgwylgar, cyn clywed y nodau cyntaf ar yr organ. Adnabu'r Almaenwr hi fel un o ffiwgiau godidocaf Bach.

Gair o weddi ac yna emyn, 'O Lord, Our Help in Ages Past'. Ystyriai emynau'r Saeson yn anysbrydoledig ac yn ddiwinyddol arwynebol, gydag ambell eithriad – er nad oeddent ddim gwaeth na rhai Ffrainc. Os rhywbeth, roeddent yn well, ond eto'n ddiffygiol iawn o'u cymharu â rhai'r Almaen. Yn arbennig, wrth gwrs, gwaith yr anghymarol Bach, y meistr o Brotestant. Addasiadau o'i donau roddai urddas i lawer o emynau Seisnig. Fel y myfyriai, sylwodd fod côr a cherddorfa yn paratoi i ganu.

A'r darn a ganwyd y prynhawn hwnnw oedd y cantata 'Gloria in excelsis Deo, et in terra pax hominibus bonae voluntatis'. Yn Lladin y canwyd y geiriau ond nid oedd angen cyfieithiad ar neb yno. 'Gogoniant i Dduw yn y Goruchaf, ac ar y ddaear tangnefedd, i ddynion ewyllys da.' Cydlawenhaent fod chwe blynedd o ryfela a dioddef ar ben, ac ymunodd pawb â'r 'Gloria' yn nyfnderoedd eu calonnau.

Caeodd ei lygaid. Onid dwy ganrif namyn ychydig fisoedd oedd oddi ar y perfformiad cyntaf o'r gwaith ar Ddydd Nadolig 1745? Enillodd Frederick Fawr, Brenin Prwsia, fuddugoliaeth nodedig wedi dwy flynedd o ryfela erchyll. Lladdwyd degau o filoedd o'i filwyr ond, fel y dywedodd unwaith, nid oedd dynion iddo fwy na cheirw ym mharc y bonedd. Roeddent yno i amlhau, i lenwi'r parc ac i'w lladd pan ddymunai eu perchennog. Aeth Frederick â'i fyddin 'nôl i Brwsia wedi iddo hyrwyddo'r cytundeb a roddodd ddiwedd ar y rhyfel.

Dyna'r anrheg Nadolig orau bosibl i boblogaeth Leipzig. I ddathlu'r heddwch mewn gwasanaeth o ddiolch arweiniodd Johann Sebastian Bach y 'Gloria' gogoneddus y byddai'n ei ddatblygu ymhen amser fel yr *Offeren yn B Leiaf.* Ceisiodd Frederick ddinistrio Bach. Roedd yn ei gasáu a phopeth a gynrychiolai. Ond, ddwy ganrif yn ddiweddarach, creadigaeth Bach oedd yn mynegi profiadau dyfnaf y bobol yma yn Llundain ac yn dwyn y clod, a Frederick yn angof.

Cofiodd Kurt von Heyden unwaith eto fel y crwydrodd Frederick faes y gad wedi brwydr olaf y rhyfel hwnnw. Gwelodd y fath erchyllterau fel na chafodd wedyn fyth noson o gwsg. Fe'i dinistriwyd; a nawr, ddwy ganrif yn ddiweddarach, gorweddai corff ei etifedd dan rwbel ei guddfan danddaearol ym Merlin. Trodd breuddwyd hwnnw'n lludw. Lladdwyd miliynau a dinistriwyd cyfandir cyfan. Na ato Duw fyth eto atgyfodi'r freuddwyd honno.

45

Dod i Ddeall yn Well

"PAID BYTH Â mynd yn hen."

Gallai Maï weld ei mam nawr yn yr ystafell ar lawr y tŷ yng nghanol y pentref, y tŷ a brynodd hi iddi â'r arian cyntaf a gawsai gan Antoine. Chwe mil ffranc – arian mawr ar y pryd. Yno roedd gwely ei mam a hithau'n gaeth rhwng pedair wal. Braidd y gallai symud heb help gan fod ei gwynegon cynddrwg. Yno yn yr ystafell drom, ddi-awel, lledorweddai ddydd a nos yn ei du, gwraig a fu'n dyheu am hamdden a diwedd ar waith nawr yn gorfod dioddef segurdod, ei chlefyd yn ei charcharu a hithau wedi chwerwi a blino ar fyw.

Ie, "Paid byth â mynd yn hen." Ond a brofodd ei mam erioed flas ar fyw? Efallai na wnaeth Maï ei hadnabod fel menyw, dim ond fel mam ei phlentyndod. Pa ddewis oedd ganddi? Pa ddewis oedd gan unrhyw un? Marw'n ifanc, ife? Cofiai ddywediad arall oedd gan ei mam: "Cofia, Maï. Gawn ni fyth alw ddoe yn ôl." Dweud callach o lawer. Flynyddoedd yn ôl, penderfynodd Maï mai'r unig ffordd i fyw oedd gwneud y gorau o beth bynnag a ddôi i'w rhan mewn bywyd. Gyda'i hoes yn dirwyn i ben, addawodd i'w hunan y byddai'n byw pob munud yn yr un ysbryd hyd y diwedd.

Haf anghyffredin o boeth oedd haf 1947, a hynny ar ôl y gaeaf oeraf o fewn cof a gwynt traed y meirw'n chwythu'n ddidrugaredd dros y wlad am fisoedd. Lluwchfeydd eira uchder y perthi, pentrefi a threfi wedi'u hynysu am wythnosau, pibau dŵr wedi'u rhewi, y ddaear mor galed fel nad oedd modd agor bedd i gladdu. Yn awr, â'r gwres yn sychu'r trawstiau a'r lloriau'n grimp, roedd hen dai Llydaw yn fyw gan chwain, a'r rheiny'n neidio'n ddi-baid ddydd a nos. Ac yn brathu! A'r smotiau gwaed ar ddillad yn ddigon o brawf. Yr haf hwnnw, treuliodd Maï wythnosau yn Dinarzh yn gwerthfawrogi pob chwa o awel y môr. Ond ar ddiwedd yr haf, wedi i'r gwres tanbaid ostegu rhywfaint, yn ôl â hi i Baris.

Unwaith eto yr haf hwnnw, bu Paris yng nghanol y broses o'i hail-greu ei hunan, fel y gwnaeth mor aml o'r blaen. Wedi trechu'r Natsïaid, dyma'r tyrfaoedd yn heidio'n ôl i fwynhau pleserau bywyd ag afiaith. Jean-Paul Sartre oedd arwr y deallusion, ac arwr y dyn cyffredin hefyd, er mor sych oedd e. Ar ôl cael ei gaethiwo gan yr Almaenwyr am naw mis, dychwelodd i Ffrainc ac ymuno â'r Gwrthsafiad. Roedd Sartre wedi *gwneud* yn ogystal â *dweud*. Gyda bwrlwm syniadau newydd yn ferw o'i gwmpas ef a'i gariad, Simone de Beauvoir, roeddent yn denu cylch o ddilynwyr, a bu llawer o berfformio ar ei ddramâu. Unwaith eto, roedd y theatrau'n fyw, y sinemâu'n llawn, y beirdd a'r awduron yn cyhoeddi, yr orielau'n herio confensiwn, y *couturiers* yn lansio'u casgliadau diweddaraf a'r Moulin Rouge, y Folies Bergère a'r clybiau nos yn denu'r miloedd.

Roedd Paris mewn cariad â'r gantores Édith Piaf. Gwyddai Ffrainc gyfan gymaint wnaeth hi dros flynyddoedd y rhyfel: yr holl fywydau a achubodd, a'i dewrder fel aelod o'r Gwrthsafiad. Arhosodd ym Mharis drwy'r cyfnod ofnadwy hwnnw. Nawr canai Piaf 'La Vie en Rose'. Clywid y gân honno ar draws y ddinas, a llais cnawdol y ferch a ddioddefodd yr ergydion creulonaf yn codi i'r entrychion ac yn plymio i'r dyfnderoedd fel bwa ffidil yn ochneidio ar un nodyn, yn lleisio dyheadau'r ddynoliaeth, gobaith yn wyneb anobaith, yn llawn angerdd a diffuantrwydd. Yn 1946 ei llais hi, deryn bach y to, oedd llais Paris – y flwyddyn honno, ac am flynyddoedd wedyn.

Roedd Maï wedi setlo erbyn hyn yn ei chartref ar yr Avenue

d'Iéna. Roedd hi'n llai tebygol o fynd allan nag y bu, ond yr un mor enwog am ei chroeso a'i lletygarwch. Anfynych yr âi diwrnod heibio heb i hen ffrindiau a chydnabod o Ffrainc, o dramor ac yn enwedig o Brydain alw i'w gweld.

A oedd Paris wedi newid? Oedd, wrth gwrs! Ond roedd hithau, Maï, wedi newid hefyd, a thrigain mlynedd wedi mynd heibio er pan gyrhaeddodd yno o Lydaw, â'i bryd ar ddod ymlaen yn y byd. Ond yr un oedd Paris yn y bôn. Prifddinas cenedl a gredai fod celfyddyd mewn byw a chelfyddyd mewn bwyta. *Art de vivre.* Ac *art de la table.* I'w fwynhau mae bywyd! Mor wahanol i'r Saeson. Ai dyna pam roedd Robert yn hapusach gyda hi yn Llydaw ac yn Ffrainc nag yn Lloegr?

Mwynhaodd ymweliad yr Uwch-gapten Brackley ar ddiwedd y rhyfel, gŵr Frida, merch hynaf Robert, ac un roedd Maï'n arbennig o hoff ohono. Pan alwodd roedd ganddi gwmni, Americanwr. Wedi gorffen eu cinio eisteddent yn y salon yn sgwrsio. Ysgrifennodd yr Uwch-gapten lythyr at ei wraig y noson honno gan ddisgrifio'r achlysur.

> Hyfryd iawn oedd gweld Maï a'i chael hi'n edrych mor arbennig o dda, ddim diwrnod yn hŷn, dim ond ychydig yn feinach. Eisteddai yno yn apartment dy dad â phopeth yn ei le, hithau mewn ffrog sidan lwyd gyda'i holl dlysau godidog amdani, yn diddanu aelod o gwmni nicel Mond Canada – ac yn mwynhau gwydriad o cognac arferol y teulu.

Cofiai Maï eiriau eraill a ysgrifennwyd gan Frida mewn dyddiadur, geiriau y byddai wedi bod yn well ganddi eu hanghofio. Ond o dro i dro ar hyd y blynyddoedd, digwyddai rhywbeth a fyddai'n ysgogi'r cof ac yn peri iddi holi eto beth oedd y tu cefn i'r geiriau hynny a seriwyd ar ei hymwybod. Weithiau llwyddai Maï i argyhoeddi ei hunan nad oedd y cofnod o unrhyw bwys. Geiriau menyw ifanc oeddent wedi'r cyfan, a hithau, efallai, heb feddwl llawer cyn eu gosod ar bapur. Ac eto, mae'r hyn a ddywedwn neu a ysgrifennwn ar fyrder ac o dan bwysau weithiau yn nes at y gwir na'r geiriau caboledig yr ystyriwn yn hir cyn eu bathu. Newydd briodi roedd Frida.

Diwrnod pwysig inni'n dau oedd Hydref 26ain 1922. Dyna pryd y cyfarfuom am y tro cyntaf â Madame Marie-Louise Gugenheim née Le Manac'h, Llydawes, yn fflat fy nhad ger Langham Place. Hi fyddai ail wraig fy nhad. Roedd hi'n fenyw hardd, ac yn bersonoliaeth rymus, a fyddai'n ddylanwad er da ac er drwg ym mywyd pob un ohonom.

Ni ddangosodd Maï i neb erioed ei bod yn gwybod am y cofnod hwnnw, ond anghofiai hi fyth yr union eiriau, 'yn ddylanwad er da ac er drwg ym mywyd pob un ohonom'. Ar ôl chwarter canrif, digwyddodd rhywbeth a barodd iddi ddechrau wynebu'r gorffennol yn onest, a chydnabod y gwir.

Ar fore oer ym mis Ionawr, derbyniodd lythyr wedi'i bostio yn Dinarzh a'r llawysgrifen ar yr amlen yn ddieithr iddi. Er mawr syndod, gwelodd mai ŵyr i Robert oedd yn ysgrifennu ati i ddweud ei fod wedi dyweddïo â Llydawes ifanc, merch o deulu da, a fagwyd yn Dinarzh, a'i fod yn aros yno gyda'r teulu; ac am ei fod mor agos hoffai alw i'w gweld a chyflwyno'i ddarpar wraig iddi.

Roedd Maï wrth ei bodd, ac anfonodd yn ôl gyda'r troad i ddweud nad oedd dim a roddai fwy o bleser iddi na chael derbyn y ddau ohonynt yn ei chastell newydd yn Benac'h, a hynny mor fuan â phosibl.

Wythnos yn ddiweddarach, yn gynnar y prynhawn, cyrhaeddodd y ddau yn eu modur newydd, ac roedd Maï wrth y drws i'w croesawu â breichiau agored. Bu tipyn o holi am hanes y teulu a llawer o fân siarad ysgafn. Esboniodd y ddau na fyddent yn aros yn hir oherwydd y byddai'n tywyllu'n gynnar, ond byddent yn hoffi paned o de a rhywbeth bach i'w fwyta. Canodd Maï'r gloch.

"Byddai dy dad-cu mor hapus pe bai yma nawr i'ch croesawu chi'ch dau a gwybod eich bod yn mynd i briodi! A Llydawes." Gwenodd ar y ferch ifanc. "Byddai wrth ei fodd."

Daeth morwyn i mewn. Dywedodd Maï wrthi mewn Llydaweg beth hoffent ei gael. Yna trodd at y ferch ifanc.

"Ydych chi'n siarad Llydaweg?"

"Nac ydw i, wir."

"Beth am y teulu?"

"Llydaweg oedd fy nhad yn siarad yn blentyn, ond chefais i ddim clywed gair o'r iaith gartref. Ffrangeg a Saesneg oedd ein hieithoedd ni."

"Pam?"

"Wel, roedd Nhad am inni siarad ieithoedd pobol ddiwylliedig. Doedd e ddim yn hoffi clywed sŵn yr iaith."

Roedd yn amlwg mai fel yna y teimlai hithau hefyd, a bod seiniau'r Llydaweg yn gerwino'i chlustiau. Yn sicr, gwnâi iddi deimlo'n annifyr.

"D'yn ni ddim yn hoffi clywed yr iaith yn Dinard. Ffrancwyr 'ym ni a Ffrangeg yw'n hiaith."

"Dwi'n gweld."

'Ie,' meddyliodd Maï, 'ac i tithe, iaith y gwerinwr tlawd, iaith y taeog ac, yn awr, iaith y bradwr yw'r Llydaweg, on'd ife, 'merch i?'

Edrychodd Maï ym myw ei llygaid. Gwelodd ddirmyg, heb ymgais i'w guddio. Dyna'r olwg a welsai yn aml yn llygaid merched Robert dros y blynyddoedd. Heb ei gydnabod a heb ei adnabod chwaith. Dewis peidio. Gallai ddyfalu ond yn rhy dda y siarad a fu rhwng hon a'i darpar fam yng nghyfraith.

Gwelai yng nghatalog y cof wynebau'r ddwy ferch, Frida ac Irène, yn ifanc ac yn ganol oed, mewn caleidosgop o luniau dros gyfnod o chwarter canrif. Gwelai nhw fel yr oeddent, ac nid fel y bu hi'n dewis eu gweld. Sylwodd ar y wên deg, or-barod, a'r ymgais i guddio'u gwir deimladau. Dechreuodd eu deall yn well.

Pan ofynnai rhywun iddi pam yr oedi cyn iddi hi a Robert briodi, yr ateb a roddai bob tro oedd bod Robert mor ofalus o'i ferched a hwythau wedi colli eu mam mor sydyn nes iddo benderfynu peidio â dod â gwraig newydd i'r cartref cyn i'r ddwy ferch briodi. Dyna a ddywedodd hi wrth y Cadfridog yn Koad an Noz, on'd ife?

Ond nid dyna'r gwir. Gwyddai ef, a hithau hefyd, heb i'r naill erioed gydnabod wrth y llall, na fyddai gan ei ddwy ferch obaith o 'briodi'n dda' petai eu tad yn briod â Madame Gugenheim, gwraig a chanddi orffennol 'diddorol'.

Dyna'r gwir. Mor ofalus y bu Robert o'i theimladau ar hyd y blynyddoedd fel na chyfeiriodd erioed at hynny. Credai llawer y byddai Robert wedi cael ei ddyrchafu'n farchog, neu efallai'n Arglwydd, flynyddoedd ynghynt oni bai am ei berthynas â hi. Ai dyna'r gwir reswm pam roedd mor barod i fyw yn Llydaw a Pharis? Dyn preifat ydoedd, a byddai sylw beirniadol cymdeithas yn boenus iawn iddo. Nawr, agorodd Maï ddrysau ei meddwl led y pen i'r amheuon hyn. Do, bu Robert mor amddiffynnol ohoni dros y blynyddoedd. Talodd y pris, heb erioed gyfeirio at yr anawsterau na'r siom y bu'n rhaid iddo eu hwynebu yn ei fywyd cyhoeddus oherwydd eu carwriaeth. Roedd teimladau'r merched tuag ati hi, Maï, yn gymysg iawn.

Beth am yr etifeddiaeth? Er i Robert drin ei ferched yn hollol deg yn ei ewyllys, oni fyddai mwy o lawer iddynt ei etifeddu pe na bai wedi ailbriodi? Ni ellid gwadu hynny.

Adroddodd eto iddi hi ei hun y geiriau hynny a ysgrifennodd Frida amdani yn ei dyddiadur: 'Roedd hi'n fenyw hardd, ac yn bersonoliaeth rymus, a fyddai'n ddylanwad er da ac er drwg ym mywyd pob un ohonom.'

Roedd Maï'n dechrau deall yn well.

46

Crwydro ar hyd Hen Lwybrau

YM MHARIS OEDD Maï pan gyrhaeddodd y gwahoddiad i ymuno â'r teulu ar achlysur arbennig iawn. Ar ddechrau'r haf byddent yn cyflwyno o'r newydd rodd Ludwig Mond o baentiadau i'r Oriel Genedlaethol yn Llundain, y rhodd fwyaf sylweddol a wnaed yn hanes yr oriel honno gan unrhyw gymwynaswr. Deugain a dau o weithiau meistri'r Dadeni.

Teimlai ias o falchder wrth ddarllen y geiriau a oedd mor gyfarwydd iddi. O na fyddai hi a Robert ond yn gallu mynd yno gyda'i gilydd! Rhoddwyd y paentiadau ar yr amod eu bod yn cael eu cadw gyda'i gilydd i'w harddangos fel casgliad crwn, a hynny mewn ystafell a baratowyd yn arbennig i'w harddangos ag arian a roddwyd gan Ludwig ar gyfer hynny. Ystafell 30, ystafell Mond. Wedi'r rhyfel roedd y lluniau, a fu ar ddisberod ar draws y wlad er diogelwch, 'nôl yn eu priod le. Byddai ail-lansio, cinio a thipyn o ddathlu hefyd.

Sawl blwyddyn fu er pan oedd hi yn Llundain ddiwethaf? Deng mlynedd. Aeth yno yn 1938, wedi marw Robert, i osod torch o flodau glas a gwyn ar ffurf Seren Dafydd ym mawsolëwm y teulu. Byddai Llundain wedi newid llawer, ac mae'n siŵr y byddai'r teulu wedi newid hefyd.

Gymaint yn well oedd cofio'r blynyddoedd hapus pan fyddai hi a Robert yn croesawu Frida ac Irène a'u gwŷr, Alfred, ei wraig a'u dau fab a merch, i aros yn Koad an Noz ac yn Castel Mond yn Dinarzh. Dyna sbort gawson nhw – y partïon, yr hwyl a'r chwerthin.

Sibrydodd wrthi ei hunan: 'Mae'r ifanc yn byw yn y presennol ac yn edrych ymla'n at y dyfodol, on'd 'yn nhw? Ond i hen wraig fel fi mae mwy o swyn yn y gorffennol a chysur mewn atgofion.' Roedd Alfred a Robert wedi mynd, a'r genhedlaeth nesaf fyddai yn Llundain. A bwlch arall erbyn hyn: lladdwyd mab hynaf Alfred ar ddiwedd y rhyfel.

Tybed pwy fyddai yno i gyd? Wel, yn sicr, Frida a'i gŵr, yr oedd y teulu i gyd mor falch ohono a'i lwyddiant fel un o awyrenwyr mwyaf medrus a phrofiadol Prydain, ac yn arbennig ei gyfraniad drwy'r rhyfel. Wrth gwrs, byddai'r ddau dipyn dros eu hanner cant erbyn hyn a'u plant wedi hen dyfu. Beth am Irène a'i gŵr? Wel, roedd un o'r wyrion, fel y gwyddai, ar fin priodi. Ni welodd Maï'r merched ers blynyddoedd lawer. Y berthynas wedi oeri, wedi ymbellhau. Y pellter rhyngddynt oedd yn gyfrifol, siŵr o fod, on'd ife? Beth welai hi yn eu llygaid erbyn hyn? Beth, tybed?

A phlant Alfred. 'Mae'n rhaid bod Henry'n agos at ei hanner cant!' meddyliodd. 'On'd yw amser yn hedfan!' Cofiai, ac yntau'n fachgen bach, fel y byddai'n cael ei fwlian yn yr ysgol am mai Iddew ydoedd. Ond wynebodd ei dad wrth-Semitiaeth greulon yn Nhŷ'r Cyffredin, ac yn Abertawe pan oedd yn ymladd etholiad yno. Roedd si bod yr Oriel Genedlaethol wedi gwrthod derbyn mwy o baentiadau o gasgliad Ludwig Mond yn rhodd oherwydd eu bod yn barod wedi derbyn hen ddigon gan Iddew. Dyna pam, yn ôl y teulu, y rhoddodd y gweddill i Oriel Genedlaethol Canada yn Ottawa. Gwyddai Maï o brofiad fel Llydawes fod gwawd bob amser yn brifo, a gwyddai fel gwraig Robert mai dyna y gallai pob Iddew ei ddisgwyl.

Er gwaetha'r cyfan, roedd Alfred, fel Robert, yn wlatgarwr pybyr ac yn Brydeiniwr i'r carn. Felly Henry hefyd. Cafodd ei anafu yn y Rhyfel Byd Cyntaf ac yntau yn y Gatrawd Gymreig. Bachgen penderfynol iawn ydoedd. Tipyn yn wyllt, a dweud y gwir. Ymunodd â'r fyddin cyn bod yn ddigon hen i wneud hynny'n swyddogol, a thros y blynyddoedd bu'n bryder i'w dad a'i fam. Cofiodd Maï am y sgandal pan fu Gwen, gwraig Henry, yn caru gydag Augustus John cyn iddi gyfarfod â Henry, a'i bod wedi byw gyda'r awdur Gilbert Cannan a Mary ei wraig. Câi Gwen effaith ryfedd ar ddynion. Dim syndod, a hithau mor drawiadol o bert. I goroni'r cyfan, gyrrodd Henry ei fotor-beic i mewn i wal fflat Cannan. Yn y diwedd symudodd Henry i mewn atynt. Bobol bach! Yr ail *ménage à trois* yn y tŷ yna!

Pa mor ddrwg bynnag oedd 'Naughty Nineties' y ganrif ddiwethaf a degawd cyntaf y ganrif newydd ym Mharis, nid oeddent i'w cymharu â'r blynyddoedd wedi'r Rhyfel Mawr yn Llundain. Roedd y lle'n wyllt, a sgandalau Henry'n pylu'n ddim o'u cymharu â'r sgandalau eraill ar bob llaw. Beth oedd ots gan feibion bonedd Lloegr a oedd wedi profi erchyllterau'r ffosydd ar feysydd rhyfel Picardie, ac a gollodd gynifer o'u cyfoedion yno, am gonfensiynau cymdeithas? Gyrrent eu ceir modur yn ddi-hidans o gwmpas Llundain, yn rhuthro o barti i barti, o dŷ bwyta i dŷ bwyta ac o glwb nos i glwb nos. Arswydo a wnâi tadau'r bobol ifanc, a fu'n ddigon anystywallt eu hunain yn eu hamser, o weld cymaint roedd y to ifanc, yn fechgyn a merched, yn ei yfed. Roedd alcohol a chyffuriau'n rhemp.

Câi Maï anhawster credu rhai o'r straeon a glywai. Merched yn dangos eu noethni drwy eu dillad tryloyw yng ngolau dydd! Roedd merched y Moulin Rouge yn barchus o'u cymharu â nhw. Ac ar lwyfan oedd y rheiny. Gwragedd ifanc yn derbyn gwesteion yn y baddon yn noethlymun ac wedyn yn gwisgo amdanynt yn hamddenol bryfoclyd o'u blaen!

Ond yr hanes a gododd fwyaf o arswyd ar Maï oedd am wraig gyfoethog o deulu bonedd a groesawodd ei gwahoddedigion mewn ffordd unigryw. A phawb wedi ymgynnull yn y cyntedd wrth droed y grisiau gosgeiddig yn aros yn ddisgwylgar, disgynnodd hithau yn araf ac urddasol. Ond roedd yn hollol noeth heblaw am raff hir o berlau, rhan o etifeddiaeth y teulu, a'r rheiny'n estyn, yn bryfoclyd iawn, hyd y rhaniad rhwng ei choesau. Beth oedd ei pherfformiad hi, Maï, yn y Moulin Rouge o'i gymharu â hynny? A honno'n wraig fonheddig, gyfoethog, nid hoeden fach ifanc nad oedd yn gwybod gwell. Gymaint oedd pethau wedi newid.

Priododd Henry a Gwen. Wel, mae hyd yn oed y gwylltaf yn callio mewn amser! A chymodwyd Henry â'i dad. Clywodd Maï fod Henry erbyn hyn yn flaenllaw iawn ym musnesau'r teulu ac yn gadeirydd cwmni newydd ICI. Ond ar eu tystysgrif briodas, disgrifiodd Henry a Gwen eu hunain fel beirdd ac artistiaid. Oni chyhoeddodd Henry gyfrol o gerddi? Roedd yr wythïen artistig yn gryf yn y teulu Mond. Heblaw am gasglu lluniau godidog o gyfnod y Dadeni â chwaeth sicr, roedd Ludwig y tad yn barddoni, a'i wraig hithau'n ymhyfrydu ym marddoniaeth yr Almaen – gwaith Goethe yn arbennig.

Ymhen amser daeth Henry i fod yn gannwyll llygad ei dad unwaith eto a chwaraeodd ran effeithiol mewn sawl menter. Ludwig, y *pater familias*, a ddywedodd ar ei wely angau mai ei obaith oedd y byddai Henry yn gwneud ei hunan yn anhepgor. Dyna'r geiriau a ddewisodd Alfred ar gyfer ei arfbais: 'Gwnewch eich hunan yn anhepgor', a dyna oedd Julian, mab Henry, yn ei wneud hefyd yn ôl pob sôn. Yr olyniaeth yn sicr, felly, a phob cenhedlaeth yn chwarae ei rhan.

Dechreuodd Maï ddeall nawr a gweld yn gliriach mai pobol anghyffredin oedd Ludwig a'i wraig Frida. Tair ar ddeg oedd hi, yn ôl y sôn, pan gytunodd y ddau briodi pan fyddai hi'n ddigon hen. Roeddent yn gefndryd. Sylweddolodd Frida fod Ludwig yn athrylith o wyddonydd ac fe wnaeth bopeth i hyrwyddo'i waith ac i'w gefnogi ymhob menter. Ond roedd Frida'n fenyw anghyffredin iawn hefyd, yn wraig lengar, ac yn ei ystyried yn gyfrifoldeb i drosglwyddo'i gwerthoedd i'w phlant.

Hi drefnodd eu haddysg drwy'r Almaeneg gyda thiwtor gartref, cyn iddynt fynd i ffwrdd i'r ysgol. Hi bwysleisiodd fod rhaid trin pob dyn yn deg, a bod pawb yn gyfartal. Y gweithwyr yn ffatrïoedd Ludwig Mond fu'r cyntaf ym Mhrydain i gael wythnos o wyliau bob blwyddyn ynghyd â chyflog dwbl. Yn ei ewyllys gadawodd arian i'w ddefnyddio er budd cyn-weithwyr y cwmni oedd mewn angen oherwydd oedran neu anabledd. Byddai unrhyw annhegwch neu ddamwain yn peri pryder mawr i Ludwig Mond. Wrth gwrs, fe lwyddodd y tu hwnt i'w freuddwydion, heb erioed anghofio'i ddyletswydd i gymdeithas.

Ond beth am deulu Maï? Gwelai nawr fel yr ymddangosai ei theulu hi i deulu Robert a'r problemau a greodd eu carwriaeth. Tyddynwyr tlawd, difreintiedig, o gefn gwlad Llydaw oeddent, wedi'u sathru yn y baw am genedlaethau gan Ffrainc a'u trin fel pobol israddol heb yr hawl hyd yn oed i roi enwau Llydewig ar eu plant. Caent eu dysgu mai iaith israddol oedd eu hiaith, a'u meibion yn dda i ddim ond i ymladd ym myddinoedd Ffrainc a'u dirmygu am eu hanallu i siarad Ffrangeg. Beth welai merched Robert a'u gwŷr pan eisteddent wrth y ford ginio yn Benac'h gyda'i theulu hi, a Job yn gweiddi'n floesg a meddw, heb rith o ddiwylliant nac uchelgais ond elwa cymaint a allai ar lwyddiant ei chwaer?

'Er da ac er drwg.' Er da, yn sicr. Bu Robert yn hapus gyda hi a hithau'n meddwl y byd ohono; y ddau'n caru ei gilydd. Ac er drwg? Menyw ifanc oedd Frida pan ysgrifennodd y geiriau a achosodd gymaint o boen i Maï, a gwyddai am orffennol yr un a fyddai'n cymryd lle ei mam. Nawr, a hithau'n barod i wynebu'r gwir, dechreuodd Maï ddeall teimladau'r ferch.

Eistedd ar stôl o flaen ei bwrdd gwisgo yr oedd. O'i blaen roedd drych mawr ag ymyl lydan euraidd, a lamp drydan ar y naill ochr a'r llall. Pwysodd ymlaen er mwyn craffu'n well ar ei hwyneb. Beth welai'r teulu Mond pan edrychent arni am y tro cyntaf ers blynyddoedd? Beth welai Robert pe bai byw nawr?

Edrychodd yn fanwl. 'Ma 'nghroen i'n eitha da o hyd, on'd yw e? Ody. Ond beth am yr hen ryche 'na? Ma'n nhw'n gwneud ifi edrych mor ddiflas!'

Pwysodd yn agosach eto. Lledodd ei bysedd dros ei thalcen i lyfnhau a chodi'r croen. Roedd yn denau fel papur sidan. Heb gnawd oddi tano, heb ddim rhyngddo a'r asgwrn, hyd y gwelai. Tynnodd ei bysedd yn araf o gwmpas tyllau'r llygaid, ac o'u symud fymryn yn is cyffyrddodd ag esgyrn ei dwy foch. Oedodd yno cyn dilyn troad ei gên. Gwelodd ei phenglog o dan orchudd tenau o groen, ac arswydodd.

'Rwyt ti'n hen wraig, Maï Manac'h. Cofia hynny. Rwyt ti bron iawn yn bedwar ugen. A'th gorff yn dadfeilio. Pob harddwch wedi hen gilio, on'd yw e? Ac fel tase hynny ddim yn ddigon, ma dy feddwl di'n crwydro byth a hefyd yn ôl i'r gorffennol fel hen ddafad ar lethre'r mynyddoedd, yn pori fan hyn a phori fan draw, yn cael ei denu gan y blewyn glas ac yn troi a throi o gwmpas ei hoff fan. Weithie'n anghofio a cholli'r ffordd! Druan ohonot ti.'

Agorodd ddrôr a thynnu allan flwch o'i hoff dlysau. Cydiodd yn ei pherlau du a'u rhedeg rhwng ei bysedd cyn eu dal wrth ei grudd. Cofiai'r prynhawn y prynodd Robert nhw iddi mewn siop ar y Champs-Élysées a'u carwriaeth yn newydd. Ac yna, pan fyddai'n eu gwisgo, hoffai Robert gau'r cefn iddi. Rhoddai gusan ar ei gwar, ac yn ei lygaid gwelai dynerwch a chariad. Dyma'r 'tranglwns' y cyfeiriodd yr Ankou atynt yn wawdlyd. Ond 'trysorau', nid 'tranglwns', oedd y rhain, trysorau a oedd yn gwlwm rhyngddi a'r gorffennol ac yn gysur iddi.

Ochneidiodd a sibrwd, "Dyna ddigon o grwydro ar hyd yr hen lwybrau." Gwenodd ar ei hunan yn y drych. Roedd ganddi ddewis, on'd oedd? Ymostwng i'r drefn neu wneud yn fawr o bob cyfle hyd y diwedd. Wel, doedd ei bywyd hi ddim ar ben eto ac roedd ganddi rywbeth arbennig iawn i edrych ymlaen ato! Byddai'n dewis ei dillad yn ofalus ac fe âi â Marie Le Blanc i

Lundain gyda hi i drin ei gwallt, ei dwylo a'i cholur. Byddai'n edrych yn dda.

Bore perffaith ar ddechrau'r haf oedd hi pan ddaliodd Maï'r trên i Baris, y byd i gyd yn ifanc a ffres a hithau'n teimlo'n eithaf sionc wrth gychwyn ar ei thaith. Aros noson ym Mharis i fagu ail wynt, ac yna awyren i Lundain a setlo yng ngwesty'r Ritz mewn digon o bryd cyn yr achlysur mawr.

47

Yn yr Oriel Genedlaethol

YM MHAPUR Y *Times* y darllenodd am ail-lansio'r arddangosfa o weithiau godidog meistri'r Dadeni a roddwyd gan Ludwig Mond i'r Oriel Genedlaethol yn Llundain. Yno hefyd y gwelodd restr o enwau'r gwahoddedigion, ac yn eu plith enw Arglwyddes Mond, Llydawes a gweddw Syr Robert Mond, y mab hynaf, fel y disgrifiwyd hi. Byddai'n ymuno â'r disgynyddion ar yr achlysur pwysig.

Teimlodd yr hoffai ei gweld eto a phenderfynodd yr âi i'r arddangosfa. Aeth bron deng mlynedd heibio. Byddai'n hen wraig erbyn hyn, yn agos at ei phedwar ugain. Cadwai o'r golwg – byddai'n ddoethach felly. Ond hoffai ei gweld, petai ond o bell, a chael gwybod a fu'r blynyddoedd yn weddol garedig wrthi. Pwy a ŵyr, efallai y byddai cyfle iddynt gael gair.

A phe baent yn cael gair, byddai hi'n siŵr o ofyn beth fu ei hanes yntau dros y blynyddoedd a aeth heibio. Ni fynnai rannu ei hanes â neb ond y rhai agosaf ato. Meistrolodd y grefft o fyw dau fywyd yn un. Ai ffolineb oedd dychmygu y gallai ymddiried ynddi pe bai'r cyfle'n codi, ac y byddai hi'n deall?

Ei fwriad oedd osgoi cyrraedd yr oriel yn rhy gynnar rhag teimlo'n anghysurus, ond gobeithiai gael gair ag ambell un a fyddai yno. Gwyddai o'r gorau fel yr oedd cylchoedd gwleidyddiaeth, y byd arian a diwydiant yn cwrdd ac yn gorgyffwrdd â byd diwylliant yn Llundain, a bod y teulu Mond yn dal i chwarae rhan flaenllaw yn y gymdeithas honno. Rhaid oedd amseru'n ofalus pryd y cyrhaeddai. Yn sicr, nid oedd am dynnu sylw ato'i hun mewn unrhyw fodd.

Galwodd am dacsi, a safodd yn y cyntedd i wisgo'i got a'i het. Gwelai yn y drych gymaint roedd yntau wedi newid: y gwallt golau wedi britho, yn fwy o bupur a halen nawr, a'i wyneb wedi teneuo. Rhyfedd fel mae'r blynyddoedd wastad yn gadael eu hôl. Efallai na fyddai yntau ac Arglwyddes Mond hyd yn oed yn adnabod ei gilydd.

Cyrhaeddodd yr oriel a dringo'r grisiau llydan i'r fan lle roedd nifer sylweddol eisoes wedi ymgynnull. Symudai pawb o gwmpas yn hamddenol gan gyfarch ei gilydd, cusanu'r awyr, gair fan hyn a gair fan draw, chwerthin ysgafn, rhyfeddu wrth weld hen gyfeillion, a'r gweision yn cerdded o gwmpas yn cadw'r gwydrau'n llawn ac yn cynnig tameidiau bach i'w bwyta. Amhosibl oedd gwerthfawrogi'r lluniau. Cefndir godidog oeddent y noson honno, a dychmygai eu bod fel petaent yn cyhuddo'r gwesteion o sarhad, nhw â'u mân siarad a chusanu'r awyr a llymeitian a chwerthin, yn gwrthod gwahoddiad y lluniau i godi eu golygon at bethau llawer uwch.

Sut o ddifri y gallech werthfawrogi 'Croeshoeliad' Raphael neu 'Y Madonna a'r Plentyn gyda Rhosyn yn Ei Law' gan Sodoma gyda gwydriad o win yn eich llaw a sŵn chwerthin yn eich clustiau? A dyna lun Bartolomeo, 'Addoli'r Plentyn', yr anwylaf ohonynt i gyd efallai, ac un o hoff luniau Ludwig Mond ei hun. Ond byddai cyfle i bawb ddod yn ôl rywbryd eto i werthfawrogi, a rhoddwyd rhestr o'r lluniau i bawb. Yn y cyfamser, gallent roi eu holl sylw i'r cwmni a mwynhau'r achlysur.

Onid oedd yn rhyfedd bod Iddew oedd yn ymwybodol o'i dras ac o hanes ei bobol wedi casglu'r gweithiau godidog yma o waith artistiaid y Dadeni, a hwythau'n fynegiant huawdl, angerddol, o'r grefydd y bu ei ddilynwyr yn ei erlid ef a'i bobl mor ddidostur am yn agos i ddwy fil o flynyddoedd? Cyn eu rhoi i'r Oriel Genedlaethol, dyna lle'r oeddent yn hongian yn ei gartref! Rhyfeddai wrth feddwl am hynny. O'u gweld o ddydd i ddydd, tybed pa effaith gafodd y lluniau arno fe ac ar ei deulu hefyd?

Galwodd rhywun am ddistawrwydd a chafwyd gair pwrpasol gan nifer am y casgliad: deugain a dau o weithiau amhrisiadwy yr Hen Feistri. Cawsant wybod sut y diogelwyd nhw yn ystod y rhyfel, ac fe'u hatgoffwyd o haelioni'r teulu mewn cynifer o feysydd. Roedd y genedl yn eu dyled. Dangosodd y cwmni eu gwerthfawrogiad gan gymeradwyo'n frwd.

Cyfeiriwyd wedyn at haelioni Syr Robert Mond, y mab hynaf, ac atgoffwyd pawb mai ef a roddodd y casgliad mwyaf a'r pwysicaf o hynafiaethau'r Aifft a gawsai'r Amgueddfa Brydeinig erioed. Cymeradwyo eto, a phawb yn troi dan wenu gyda hoffter amlwg i gyfeiriad y wraig a eisteddai wrth ymyl y siaradwr.

A dyna pryd y gwelodd ef hi am y tro cyntaf. Eisteddai yno'n gefnsyth urddasol mewn gwisg o sidan llwydlas a'i gwallt lliw dur wedi'i dynnu'n ôl mewn rholyn trwchus fel cynt, ond rywfaint yn wynnach nawr. Gwisgai ei pherlau du godidog. Fel y symudai pobol o'r neilltu, gwenodd ar rywun wrth ei hymyl. Trodd ei phen, ac yna fe'i gwelodd. Edrychodd y ddau ar ei gilydd. Caeodd Maï ei llygaid fel petai'n methu credu'r hyn a welai. Edrychodd draw unwaith eto, a gwenu. Camodd yntau ymlaen i'w chyfarch.

"Arglwyddes Mond."

Gafaelodd yn ei llaw a'i chusanu, gan blygu ei ben.

"Feddyliais i ddim y caem gwrdd fel hyn, Gadfridog. Yn sicr, ddim yma yn Llundain. Lawer, lawer tro, meddyliais tybed beth fu eich hanes."

"Ble rydych chi'n aros ac am faint byddwch chi yma, Arglwyddes Mond?"

A dyna sut y trefnwyd y byddai ef, Kurt von Heyden, yn ymweld â Maï yn y Ritz drannoeth.

Cwrdd yn y Ritz

CYRHAEDDODD YR ALMAENWR yn brydlon, ac roedd Maï
yno'n ei ddisgwyl, yn ddengar fel y byddai bob amser, a'i gwisg
wedi'i dewis yr un mor ofalus ag erioed. Ond sylwodd fod ffon
wrth ei hochor, a chadwodd ar ei heistedd wrth ei gyfarch gan
arwyddo arno i eistedd gyferbyn â hi. Thalodd y naill na'r llall
sylw i grandrwydd yr ystafell gan mai ystafelloedd tebyg oedd
eu cynefin naturiol, ac roedd y sawl a eisteddai gyferbyn yn
bwysicach o lawer i'r ddau y bore hwnnw. Cyrhaeddodd y coffi.

Gwenodd arno'n groesawgar, ac mewn amrantiad roedd hi
wedi sylwi ar ddefnydd ei siwt a'i thoriad, yr ysgwyddau'n eistedd
yn berffaith, i drwch y blewyn. A'i esgidiau! Lledr ystwyth, sglein
a steil. Arbennig iawn!

Aethai bron i ddeng mlynedd heibio ac roedd yntau wedi
newid; y gwallt golau bellach yn frith, ac yn lle llyfnder wyneb
difynegiant y dyn ifanc a gofiai, gwelai wyneb aeddfetach ac ôl
pryder a helyntion bywyd arno. Ond, rywsut, synhwyrai fod y
dyn yma'n hapusach yn ei groen na'r un y treuliodd ddiwrnod
cyfan yn ei gwmni yr holl flynyddoedd yn ôl.

"Chi oedd y person olaf roeddwn yn disgwyl ei weld yn sefyll
o 'mlaen i ddoe, Gadfridog." Arhosodd am eiliad. "Mi fydda i
bob amser yn ddyledus ichi."

"Pam felly?"

"Wel, chi roddodd fy rhyddid i mi pan ddaethoch i'r Porte
de l'Angoisse. Wedyn, ar ôl ichi fy holi am ddiwrnod cyfan, yn
garedig – ond yn drylwyr iawn, os ga i ddweud – cefais lonydd

gan yr awdurdodau i fynd a dod fel y mynnwn am weddill y
rhyfel."

"Mae'n dda gen i glywed hynny."

"Ond yr hyn nad ydw i erioed wedi'i ddeall yw pam ar y
ddaear y treulioch chi ddiwrnod ar ei hyd gyda hen wraig? A
gwrando ar ei straeon hi mor amyneddgar! Allai fy hanes i ddim
bod wedi bod o lawer o ddiddordeb ichi!"

"Roedd bod yn Koad an Noz yn seibiant dymunol iawn yng
nghanol rhyfel." Gwenodd arni. "Rhoesoch groeso arbennig
i mi, ac, yn sicr, roedd hanes eich bywyd yn hollol annisgwyl.
Yn anhygoel! Fel chwedl. Ond, wrth gwrs, roedd gen i reswm
arall."

Esboniodd ei fod, ddiwrnod neu ddau wedi eu cyfarfod, yn
gadael Llydaw am Lundain lle roedd eisoes wedi treulio cyfnod
sylweddol. Roedd disgwyl y gallai'r Führer benderfynu ymosod
ar Brydain yn fuan iawn, a'i gyfrifoldeb ef oedd sicrhau bod
popeth yn barod y pen yna. Dyna fu ei dasg ers blynyddoedd. Yn
Bayswater oedd y pencadlys gweinyddol, er mai yn Rhydychen
y byddai canolfan y Führer ei hunan wedi'r goncwest. Dyna
pam yr arbedwyd Rhydychen rhag unrhyw ddifrod drwy holl
flynyddoedd y rhyfel.

"Felly, bradychais fy nheulu a'm ffrindiau wrth siarad mor
rhydd â chi, on'd do fe? A finne'n meddwl fy mod yn diogelu
pawb." Siaradodd Maï yn dawel a phwyllog.

"Dyna oedd bwriad eich morwyn pan gymerodd hi'r
tudalennau allan o'r llyfr, on'd ife?"

"Ie. On'd oedden ni'n ffôl, dwedwch?"

"Na, feddyliais i erioed eich bod yn ffôl. Dipyn yn naïf,
efallai. Mi fyddwn wedi cael yr holl wybodaeth roeddwn i eisie
amdanoch chi a'ch cylch, ac am ddiwydiannau teulu'ch gŵr,
doed a ddelo. Peidiwch ag anghofio mai aelod o'r gwasanaethau
cudd oeddwn i. Roeddwn wedi arfer cael fy ffordd."

Teimlodd Maï ias oer yr hen ofn a brofodd gynt yn Koad an

Noz wrth wrando arno'n siarad. Beth petai Hitler wedi ymosod ar Loegr? Arswydodd wrth feddwl beth allai fod wedi digwydd i'r rhai ym Mhrydain a oedd yn agos ati. Edrychodd ym myw llygaid y gŵr a eisteddai gyferbyn â hi, mab Clothide, dyn bonheddig a diwylliedig. Eto, bu hwn yn aelod o'r SS. Bellach roedd mwy a mwy o wybodaeth am anfadwaith y Natsïaid yn hysbys i bawb. Sut gallai ef fod yn un ohonynt?

Gwelodd yr Almaenwr yn llygaid Maï y cwestiynau na fentrai hi eu gofyn, ac am funud bu tawelwch.

"Arglwyddes Mond, mae ofn yn cael effaith ofnadwy ar bobol. Mae gennym ddihareb yn Almaeneg, 'Ofni'r blaidd a'i gwna'n fwy nag ydyw.' Mae'n wir. Yn fy mhrofiad i mae dynion – yn unigolion, mewn tyrfa, neu fel cenedl – yn colli pob synnwyr ac yn mynd yn orffwyll pan fyddan nhw wedi dychryn am eu bywydau. Yng ngafael ofn mawr, ychydig iawn sy'n gallu rhesymu'n gall."

"Ife dyna ddigwyddodd i'r Almaen?"

"Ie, ac i finnau'n bersonol... Dychryn pan welwn effaith yr hyn oedd yn digwydd o'u cwmpas ar Mam a Nhad... Pryderu'n ddifrifol y byddem yn colli eiddo'r teulu... tiroedd fu'n eiddo inni am ganrifoedd ac yn rhan ohonon ni... Ofn Comiwnyddiaeth... Ofni colli'n diwylliant a'n hunaniaeth fel Almaenwyr... ein hetifeddiaeth a'n daear... ysbryd y genedl a phridd ein gwlad... Ydych chi'n deall? Ofn y dyfodol. Dyna'r math o ofn sy'n esgor ar wallgofrwydd..."

Oedodd am eiliadau.

"Wrth gwrs, roedd chwerwder yn cordd ynon ni hefyd. Teimlo ein bod wedi cael ein cam-drin."

"Sut felly?"

"A ninnau yn yr Almaen yn dioddef yn ddifrifol wedi'r Rhyfel Mawr, roedd y concwerwyr, yn ein barn ni, yn ein cosbi'n eithafol, ac roedd y teimlad yna'n magu casineb fel clwyf dwfn yn cronni gwenwyn, a hwnnw 'mhen amser yn heintio'r corff drwyddo… Ninnau'n genedl mor falch. Roedd y canlyniad yn anochel."

"Galla i ddeall beth r'ych chi'n dweud. Roedden ni yn Ffrainc yn sicr eisiau dial arnoch chi. A Lloegr yr un modd."

Ond nid cyflwr yr Almaen cyn i Hitler ddod i rym oedd yn peri'r fath anesmwythyd yn Maï, a gwyddai'r Almaenwr hynny'n iawn. Roedd weiren bigog y tensiwn rhyngddynt yn peri poen i'r ddau.

Daeth y gweinydd atynt, ac ar ôl dangos y botel o siampên i Maï am ei chymeradwyaeth arllwysodd bobo wydraid. Bu distawrwydd am ychydig wrth i'r ddau gymryd llymaid o'r hylif euraidd. Mor anaddas oedd dawns y swigod bach byrlymus yn y gwydrau y foment honno.

"Daethoch yn aelod o'r SS."

"Do."

Pwysodd Maï ymlaen gyda gwên wneud fach betrusgar.

"Cawsoch eich twyllo ganddyn nhw, siŵr o fod."

"Naddo."

"Cael eich gorfodi, ynte?"

"Nage." Siglodd ei ben.

Roedd y distawrwydd yn anghysurus.

"Nid felly oedd hi. Himmler a'm perswadiodd i ymuno â'r SS. Ond fi dwyllodd fy hunan. Llawer o bwyso a mesur, cofiwch. Clywais ymadrodd gan fy mam oedd yn taro i'r dim. 'Hidlo gwybed…' ond chofiaf i mo'r gweddill nawr."

"Hidlo gwybed a llyncu camel. Dyna'r dywediad. Dyna fyddai'r hen bobol yn ei ddweud yn Llydaw."

"Mae'n ddisgrifiad perffaith, on'd yw e? Dyna wnes i a miloedd eraill tebyg i mi. Llydawes yw fy mam, ond fe wyddech chi hynny, Arglwyddes Mond, er wn i ddim sut."

"R'ych chi'n debyg iawn i'ch tad. Roeddwn i a'ch mam yn ffrindie mawr yn ferched ifanc yn Montmartre."

Cofiai Maï'r ddau'n cwrdd, a Clothide wedi gwirioni'n llwyr

ar yr Almaenwr golygus. Yna'n darganfod ei bod hi'n feichiog, ond yn hollol sicr y byddai ef yn gofalu amdani, ac yn ei phriodi. Neb o'r merched yn credu, wrth gwrs. Fyddai bechgyn cyfoethog ddim yn priodi merched tlawd, dim ond achub mantais arnynt ac yna eu gadael ar drugaredd y byd. Ond nid yn yr achos yma. Priododd y ddau a byw'n hapus, yn ôl pob golwg.

"Doeddwn i ddim yn gweld unrhyw obaith i'r Almaen cyn imi ymuno â'r SS ar ôl i Himmler gysylltu â mi... Roeddwn eisiau achub popeth oedd yn werthfawr imi ac roedd gwrthod cais Himmler yn amhosibl. Gwnaeth rhai hynny – dynion arbennig iawn a dalodd yn ddrud."

Daeth y gwas atynt i lenwi eu gwydrau.

"Ymunais a chymerais lw o ffyddlondeb hyd angau."

Edrychodd Maï arno heb ddweud gair.

"Nid ar chwarae bach y byddwn i ac eraill tebyg imi'n torri llw."

"Dwi'n cofio ichi ddweud fwy nag unwaith mai tynged ragluniaethol yr Almaen oedd uno Ewrop gyfan oddi tanoch, a llywodraethu'n ogoneddus."

"Do, dywedais hynny. A'i gredu."

"A'r peiriant rhyfel mwyaf effeithiol a welsai'r byd erioed oedd byddin yr Almaen."

"Roeddwn yn credu hynny, ac rwy'n dal i'w gredu." Yn ei feddwl, ychwanegodd na all peiriant deimlo.

"Dwi'n cofio Robert yn dweud am yr Almaen, 'So far above.' Dwi'n credu mai'r hyn roedd e'n ddweud oedd bod yr Almaen yn well na gwledydd eraill bron ym mhopeth."

"Hanner y dywediad yw hwnnw. Ydych chi'n gwybod yr hanner arall? A ddywedodd Syr Robert hwnnw wrthych chi hefyd?"

Edrychodd Maï yn anghysurus.

"'So far above, so far below.' Dyna'r dywediad. Ac r'yn ni wedi profi i'r byd fod hynny'n wir."

Clywent ffrindiau'n sgwrsio, chwerthin ysgafn a thincial llestri, y cyfan yn peri bod y distawrwydd rhyngddynt yn pwyso'n drymach ac yn eu neilltuo oddi wrth normalrwydd y mynd-a-dod o'u hamgylch.

Maï oedd y cyntaf i siarad.

"Fu'r diwrnod y buoch yn fy holi yn llwyddiant ichi, Gadfridog?"

"Do. A syrthiais o dan hud Koad an Noz."

Dywedodd hynny gyda gwên, braidd yn gellweirus, ond roedd mwy nag ychydig o wirionedd yn ei eiriau. Collodd amser ei ystyr iddo'r diwrnod hwnnw. Cofiai'r tawelwch yn dyfnhau wrth iddo deithio i lawr y rhodfa hir at y castell a'r goedwig yn cau amdano. Fel y disgynnodd o'r modur cododd storm ddu o frain a chwyrlïo uwchben, a sŵn curiadau eu hadenydd a'u crewcian yn llenwi'r awyr am ennyd. Wedyn, distawrwydd. Yno roedd y golau'n wahanol a thrwch y coed yn marweiddio pob sŵn.

Y diwrnod hwnnw, teimlai wedi'i ynysu rhag dwndwr y rhyfel. Ac yntau rhwng dau fyd, y lledrithiol a'r erchyll, caniataodd i'w hunan deimlo a chofio. Yno y ffurfiodd yn ei feddwl y gadwyn eiriau ddychrynllyd a boenydiodd ei gydwybod. Goethe. Ettersberg. Faust. Himmler. Buchenwald. A ellid gwadu i'r Almaen, fel Faust, werthu ei henaid i'r diafol er mwyn rheoli'r byd? Ceisiodd gyfleu'r effaith arno pan gyfeiriodd hi at arwyr diwylliant ei genedl. Y fath ysgytwad a roddodd hynny iddo.

Yno yn llyfrgell Koad an Noz edrychodd allan ar y goedwig ac ail-fyw'r seremoni ryfeddol honno yn eglwys Quedlinburg, a chofio gystal â bod air am air araith Heinrich Himmler. Yno yn y castell hud a lledrith y dechreuodd y broses o ddewis rhwng ei gydwybod a'i wlad. Allai hi ddeall hynny?

Arllwyswyd rhagor o siampên i'w gwydrau, a gwenodd y

ddau ar ei gilydd heb gysgod i'w ganfod o'r hen densiwn fu rhyngddynt yn gynharach.

"Ydych chi'n cofio beth ddwedsoch chi wrthyf yw'r gwahaniaeth rhyngon ni'r Almaenwyr, pobol y goedwig, a'r Iddewon, pobol y paith?"

"Ydw."

"Dilyn yr arweinydd nes distrywio cyfandir cyfan. Dyna'n hanes ni."

Yn osgo Maï synhwyrodd dynerwch.

"Beth fu'ch hanes chi, Gadfridog?"

"Mae'n hen bryd ichi roi'r gorau i 'ngalw i'n Gadfridog. Yn fuan wedi imi gyrraedd Llundain, newidiodd popeth. Ar yr ail ar hugain o Fehefin 1941, yn sydyn ac yn hollol ddirybudd, ymosododd Hitler ar Rwsia. Y funud y clywais i hynny, gwyddwn y tu hwnt i unrhyw amheuaeth fod y rhyfel wedi'i golli."

"Newidiodd Barbarossa hanes Llydaw hefyd, wyddoch chi, a bydd fy ngwlad fach i'n dioddef am flynyddoedd i ddod. Mae'n anodd gwybod pam y gwnaeth Hitler hynny, on'd yw hi?"

Credai Kurt y gallai Hitler fod wedi derbyn gwybodaeth fod Stalin yn paratoi i ymosod ar yr Almaen, ond roedd y freuddwyd o goncro tiroedd i'r dwyrain yn hen freuddwyd. Y cyfan a wyddai i sicrwydd oedd na allai Hitler, hyd yn oed â'r fyddin ryfeddol oedd ganddo, ymladd rhyfel ar y ddau ffrynt, y dwyrain a'r gorllewin. Dyna wers hanes, ac yn erbyn yr Almaen roedd cynghrair o wledydd cryfa'r byd. Fis ynghynt, glaniodd Rudolph Hess, dirprwy Hitler, yn yr Alban, â chynigion i ddiweddu'r rhyfel. Wyddai ef beth oedd ym meddwl y Führer? A wyddai'r Cadfridogion eraill, a oedd yn troi eu cefnau arno ac yn codi yn ei erbyn ac yntau'n gwrthod gwrando ar neb? Yn eu plith roedd Schellenberg, hen feistr von Heyden.

"Prin chwe mis wedyn, ymunodd America â'r rhyfel, a byddai ennill yn erbyn y fath gynghrair yn amhosibl."

Esboniodd iddo gynnig ei wasanaeth i'r awdurdodau priodol yn Llundain, fel eraill, gan gynnwys rhai o ysbïwyr amlwg Abwehr. Gwnaeth System XX Lloegr waith anhraethol bwysig yn cyfarwyddo a rheoli gwrthgilwyr ac ysbïwyr. Ymhen blynyddoedd, byddai'r byd yn dod i wybod am eu dewrder.

"Fy mwriad oedd gwneud popeth a allwn i ddod â'r gyflafan i ben ac achub bywydau ar y ddwy ochor. Daeth eraill i ymuno â ni hefyd. Roedd un asiant dwbwl yn agos iawn at gylch Hitler ei hunan. Nid bradychu'n gwlad oedd bwriad dynion fel ni, ond ceisio'i hachub hi a gweddill y cyfandir rhag dioddef mwy. Ym mlwyddyn olaf y rhyfel y bu'r colledion a'r difrod gwaethaf i gyd."

"Dwi'n synnu clywed yr hyn r'ych chi'n ei ddweud."

"Roedd dyn arall dewr iawn a fyddai o ddiddordeb ichi, Arglwyddes Mond, Cymro yn dod o ardal gwaith nicel y Mond. Cafodd ei recriwtio gan ein pobol ni yn 1939. Ond ni wyddai neb mai asiant dwbwl yn gweithio dros MI5 Lloegr ydoedd o'r cychwyn, ac un arbennig o effeithiol. Nhw anfonodd ef i Antwerp i'n recriwtio ni, a dros y blynyddoedd casglodd lwyth o wybodaeth a brofodd yn bwysig i Brydain. Mewn amser caiff y byd wybod cymaint a wnaeth i ennill y rhyfel, ac mae gan y Cymry resymau i fod yn ddiolchgar iawn iddo."

"Felly roedd yr wybodaeth gawsoch chi gen i'n ddiogel yn eich dwylo chi?"

"Oedd. Dywedsoch gynnau fy mod wedi'ch rhyddhau chi, ond buoch chithau o help i fy rhyddhau inne hefyd. Allwch chi ddeall hynny?"

Yn nhawelwch y castell, gyda'r goedwig o'u cwmpas, cawsai chwedl y ddau Envel a'r frwydr ddyddiol rhwng y drwg a'r da dipyn o effaith arno.

"A'r carw a oedd yn tybio mai ef oedd brenin y goedwig? Twyllo ei hunan oedd e, on'd ife? Y carw o wlad arall, felly trengi fyddai ei dynged."

Arhosodd am ei hateb i'r hanner tynnu coes. Gwenodd Maï arno. Roedd hi wedi hen ddeall yr is-neges.

"Nawr byddwch yn mynd yn ôl adref. Mae'n rhaid eich bod yn edrych ymlaen."

"Ydw, yn sicr. Dwi'n ddyn ffodus, Arglwyddes Mond. Yn freintiedig. Mae gen i gartref arbennig iawn, tiroedd eang a theulu da. Mae hynny'n gwneud bywyd yn haws."

"Fel rydw i'n hapusach yn Llydaw nag yn unman arall, yn yr Almaen, gyda'ch pobol eich hunan, yn ddigon naturiol, rydych chi eisiau bod. Ond beth am ddyfodol yr Almaen, Gadfridog?"

"Dyna'r cwestiwn mawr, on'd ife?"

Meddyliodd Kurt. 'Athrylith o wlad yw hi. Ac mae athrylith bob amser, rywsut, rywfodd, yn gorfod codi i'r wyneb yn y pen draw, on'd yw e?' Gwyddai ym mêr ei esgyrn y byddai ei wlad ef, gyda'i gorffennol gogoneddus a galluoedd ei phobol, ryw ddydd yn atgyfodi ac eto'n ben. Dros Ewrop gyfan. Ffenics yn codi o'r lludw. Yn fwy ei grym a gwychach nag erioed. Sut fyddai hi ar yr Almaen ymhen hanner canrif? Tybed? Daeth syniad iddo'n sydyn. Efallai, rywsut, rywfodd, y gwireddid yr hen, hen freuddwyd… Reich arall… y Bedwaredd Reich… yn arwain Ewrop ac yn arglwyddiaethu dros gyfandir cyfan. Ond byth eto, na ato Duw, trwy drais.

Ar ôl seibiant, ychwanegodd yn dawel, "Byddaf yn mynd adref am mai dyna ble rwy'n perthyn, ac mae fy angen i yno. Mae gennyf waith i'w wneud. Ond mae'n rhaid imi ofyn un cwestiwn ichi. Beth ddigwyddodd i'r hen garw yna a'i gyrn gwych? Wedi trigo, siŵr o fod?"

"O, na wir!" chwarddodd Maï. "Cawsom sawl ewig fach newydd bert ac mae e'n mynd o nerth i nerth, ei gyrn yn fwy godidog nag erioed."

Fe'u galwyd at y bwrdd. Estynnodd yr Almaenwr ei ffon iddi. Pwysodd hithau ar ei fraich a cherddodd y ddau i mewn i'r ystafell fwyta.

Cinio yn y Ritz

CAWSANT BRYD EITHAF da, er iddynt gytuno nad oedd y bwyd hanner cystal â bwyd Koad an Noz, a bod gwin ei seler hi'n well.

"Y Montrachet. Gwin gwyn mwyaf Bwrgwyn, yn fy marn i. Felly, i mi, gwin gwyn gorau Ffrainc. Roedd hwnnw'n arbennig gyda'r pysgod."

"R'ych chi'n cofio'n dda."

"Pa ddyn hoff o'i win na fyddai? Wedyn y porc, a hyd heddiw dwi'n rhyfeddu at eich haelioni yn dewis gweini'r *claret* gawsom ni."

"Y Château Haut-Brion 1899."

"Dyna'r *claret* gorau imi ei yfed erioed."

"Penderfynais ei bod yn well cael y gorau y noson honno gan fod 'na siawns led dda y gallwn fod 'nôl yn y Porte de l'Angoisse erbyn trannoeth. Roeddech chi'n fab i Clothide, wedi'r cyfan. Ond mae 'na stori arbennig ynglŷn â'r porc."

Mwynhaodd y ddau'r stori am y mochyn yn cael ei gludo i Benac'h mewn arch.

"Dwedwch, Arglwyddes Mond, oes yna win arall yn eich seler i'w gymharu â'r Château Haut-Brion? Dwi'n addo na ddyweda i air wrth neb."

"Roedd gen i un. Château Léoville-Barton 1869. Blwyddyn fy ngeni. Yfais hwnnw ar ddiwrnod fy mhen-blwydd diwethaf gydag un neu ddau o'm hen ffrindiau. Pedwar ugain mlwydd oed a'r gwin mor hen â fi!"

"Cawsoch fywyd diddorol, on'd do fe?"

"Dros y blynyddoedd diwethaf bues i'n meddwl am fy mywyd a dod i adnabod fy hunan yn well. Efallai i'r broses gychwyn pan fu'n rhaid imi adrodd hanes fy mywyd wrth Almaenwr ifanc ar ddechre'r rhyfel. Profiad cathartig iawn."

Arllwysodd y gweinydd ddiferyn yn rhagor o win iddynt.

"I mi, Gadfridog, mae bywyd yn dal yn felys. Dwi'n gobeithio mai fel 'na fydd hi yn eich hanes chithe hefyd. Yn felys hyd y diwedd."

Cododd y ddau eu gwydrau.

Holodd Maï sut roedd ei fam a'i dad, a daliai ef i ryfeddu at y cyd-ddigwyddiad ei bod wedi eu hadnabod yn y dyddiau pell hynny yn Montmartre.

"Oes gennych chi frodyr a chwiorydd?"

"Mae gen i chwaer, Arglwyddes Mond. Mae hi'n briod ac yn byw ar stad fy rhieni ac yn fam i ddau o blant."

"Y tro diwetha imi weld eich mam a'ch tad roedden nhw ar fin gadael Paris am Fafaria ac yn disgwyl eu plentyn cyntaf. Chi oedd hwnnw?"

"Nage, nid fi. Bu gen i frawd, ond cafodd ei ladd ar Ffrynt y Dwyrain yn y Rhyfel Mawr."

Adroddodd yr hanes heb amlhau geiriau.

"Dyna'r tro cyntaf imi sôn am Sebastian wrth unrhyw un y tu allan i'r teulu. Hyd yn oed ymhlith ein gilydd, anaml y byddwn ni'n cyfeirio ato. Yn meddwl amdano'n sicr, ond ofn agor y clwyf. Fe wnaeth colli Sebastian adael ei ôl arnom ni i gyd. Yn arbennig ar Mam."

"Galla i ddeall hynny."

"Byddai Mam wrth ei bodd yn cwrdd â chi eto, ond ar hyn o bryd dyw hi ddim yn teimlo y gallai wynebu'r daith i Baris nac i Lydaw. Mae gen i lythyr oddi wrthi ym mhoced fy nghot. Mae hi'n adrodd beth hoffai ei ddweud wrthych petaech chi'n cwrdd, y ddwy ohonoch chi. Un peth arbennig a gofiaf. Dywedodd fod yr olwyn nawr ar ei holaf dro a brawddeg ofnadwy arall, 'Mae'r benglog i'w gweld yn glir trwy'r croen.' Ydy hynny'n gwneud synnwyr?"

Edrychodd Maï arno. Ni allai ateb am funud.

"O, ydy, synnwyr perffaith."

Dyna eiriau'r Ankou, a daeth cwpled i'w chof.

Yr hen Ymerawdwr llawdrwm
A'i draed plu, a'i drawiad plwm.

Yn ei dychymyg, gwelai'r Ankou â chlaerder ofnadwy.

Ef oedd yn siarad â hi. Ond o ble ddaeth y cwpled i'w hymwybod hi? O ba gilfach anghysbell yn storws yr ymennydd y daeth fel llucheden i'w hymwybod, heb wahoddiad, heb ei gymell? Dyna eiriau na ddysgodd erioed ar ei chof. Geiriau na chofiai eu clywed hyd yn oed, ond eto buont yn aros yn dawel yn y dirgel am y foment hon. Daeth eu hawr.

"Cewch weld y llythyr, Arglwyddes Mond. Nawr, rwy'n mynnu mai fi sy'n talu am y cinio yma. Bydda i 'nôl mewn munud, ac yna cawn goffi yn y stafell draw."

"Beth? Mae'n ddrwg gen i. Roedd fy meddwl ymhell i ffwrdd am funud."

Ailadroddodd yr hyn a ddywedodd cyn codi a'i gadael. Eisteddodd hithau'n llonydd. Yn ei dychymyg roedd hi 'nôl gartref, a'r tawelwch yn falm i'w henaid.

'Ti gei arwydd!' Dyna a ddywedodd yr Ankou, on'd ife? Ac 'Mae'r benglog i'w gweld yn glir trwy'r croen.' Ai dyna'r arwydd? Ife? A'r cwpled a ddaeth i'w chof? Roedd tywod amser yn llifo rhwng ei bysedd. Roedd yn llawn bryd iddi ddychwelyd adref. Roedd ganddi lawer i'w wneud cyn y byddai'n barod.

5 0

'Nôl Gartref

DRANNOETH DYCHWELODD MAÏ i'w chartref, y castell newydd yng nghanol pentref Benac'h. Credai iddi dderbyn arwydd gan yr Ankou bod ei hoes yn dirwyn i ben. Gwyddai hefyd yn union beth fyddai'n rhaid iddi ei wneud.

Galwodd ei chyfreithiwr i'w gweld ar ddiwedd mis Hydref a sicrhau bod ei hewyllys yn glir, yn ddiamwys ac yn fanwl. Diosg y dianghenraid yn ei bywyd, yn bobol ac yn bethau, fu ei nod ers peth amser, a daliai i synnu cyn lleied oedd o bwys iddi bellach. Gwnaeth yn siŵr bod ei thai a'i holl eiddo mewn trefn, ac yn ei hewyllys gadawodd goedwig Koad an Noz i drigolion Benac'h.

Penderfynodd ddefnyddio ystafell wrth brif fynedfa'r castell ar gyfer ei derbyniad olaf. Aeth ati i'w pharatoi gan drefnu'r dodrefn a gosod gwely yno. Yr arferiad yn Llydaw oedd bod teulu a chyfeillion yn ymweld â'r ymadawedig cyn yr angladd, a hwnnw neu honno nid mewn arch ond yn hanner eistedd mewn gwely, fel petai'n derbyn gwahoddedigion, a'r wyneb heb ei orchuddio. Dewisodd Maï ddillad gwely a chasys gobennydd arbennig o dlws ar gyfer ei gwely angau, a dewisodd y dillad i'w gwisgo â'r un gofal ag erioed. Byddai croes am ei gwddf a rosari wedi'i phlethu rhwng ei bysedd.

Trefnodd pa gandelabra i'w gosod, a ble, a sawl cannwyll oedd i'w cynnau bob ochr i'w gwely, a'r rheiny i losgi ddydd a nos. Trefnodd hyd yn oed pa luniau y câi'r ffotograffydd eu tynnu, ac allai hi ddim peidio â gwenu wrth wneud hynny a chofio geiriau ei mam, "O ble gest ti'r hen falchder yna, Maï?"

Cafodd y morynion ffyddlon orchmynion manwl beth i'w wneud, a sut i ofalu am bopeth yn unol â'i dymuniad. Trefnodd fod crïwr y pentref yn mynd o gwmpas Benac'h mewn gwisg ddu i ganu cloch a chyhoeddi ei marwolaeth i'r gymdogaeth ac i erfyn arnynt i weddïo dros ei henaid. Yna câi trigolion Benac'h a chyfeillion o bell ac agos wahoddiad i ymweld â hi am y tro olaf, i benlinio wrth erchwyn ei gwely, ei bendithio â dŵr bendigaid ac i offrymu gweddi.

Archebodd ei harch, un hardd mewn eboni, a dewisodd y canticlau i'w canu gan gôr merched Benac'h yn hen eglwys fach hynafol Locmaria, a safai ar fryn y tu allan i'r pentref. Yno y cenid offeren y meirw.

Un prynhawn, galwodd am y Rolls a'i *chauffeur*. Roedd ganddi awydd ymweld am y tro olaf â'r eglwys ar y bryn. Dringodd y llwybr gan bwyso ar ei ffon. Roedd hi'n oer a glaw yn bygwth yn y gwynt. Safodd yn nhawelwch yr eglwys am ychydig funudau a dychmygu ei harch yn cael ei chludo i mewn a'i gosod o flaen yr allor.

Cyn dychwelyd i'r car, aeth draw at y mawsolëwm bach. Edrychodd ar y ddau gerflun o farmor gwyn. Hi osododd lwch Robert y tu mewn i un ohonynt dros ddeng mlynedd ynghynt, a chyn bo hir gosodid ei chorff hithau i orwedd oddi mewn i'r llall. Estynnodd ei llaw a'i gosod dros ei law yntau am foment fach, a sibrwd ei enw.

Roedd y dyddiau'n byrhau, y golau'n pallu a'i hegni hithau'n edwino o ddydd i ddydd. Teimlai'n sicr bod ei hoes yn dirwyn i ben. Anfonodd am yr Abbé Carré. Cyffesodd, derbyniodd y sagrafen olaf, caeodd ei llygaid ac ar yr unfed ar hugain o Dachwedd 1949 bu farw Maï ar Manac'h, Arglwyddes Mond.

Un peth na allodd Maï ei drefnu oedd y tywydd ar ddiwrnod ei hangladd. Roedd hi'n arllwys y glaw yn ddi-baid drwy'r dydd a daeth cynifer yno i Locmaria fel nad oedd lle ond i gyfran fechan o'r dorf yn yr eglwys, a bu'n rhaid i lawer sefyll y tu allan a gwlychu at eu crwyn. Wedyn cludwyd y corff i'r mawsolëwm ac fe'i gosodwyd i orwedd ochor yn ochor â llwch Robert.

Ni allodd Maï drefnu'r tywydd ar ddydd ei hangladd, ac ni allodd reoli ymddygiad merched Robert chwaith. Wedi'r seremoni yn Locmaria a'r ddefod o osod yr arch yn ei lle, aeth pawb i'r derbyniad a drefnwyd ar eu cyfer.

Unwaith iddynt gyrraedd yno, dyma ferched Robert yn mynd at gyfreithwyr y teulu, yr ysgutoriaid a'r offeiriad a mynnu eu bod yn trefnu cyfarfod arbennig yn union yn y fan a'r lle. Aethant i ystafell a neilltuwyd ar eu cyfer. Hawliodd y ddwy weddillion eu tad a datgan eu bwriad o fynd â'i lwch yn ôl i Loegr i'w gladdu gyda'r teulu. Nawr doedd gwir deimladau Frida ac Irène tuag at eu llysfam ond yn rhy amlwg. Nid oedd angen iddynt ffugio mwyach. Ni fyddent fyth eto yn ymweld â Llydaw.

51

Yr Arwerthiant

TRODD YR ALMAENWR ei gar oddi ar y ffordd syth a arweiniai o Benac'h i Gwengamp, a gyrrodd i lawr y rhodfa galed a'r goedwig yn ymestyn ar bob ochor. Aeth bron deng mlynedd heibio er pan ddaeth yma i Koad an Noz am y tro cyntaf, ond roedd cymaint wedi digwydd nes peri iddo deimlo mai dieithryn oedd y dyn ifanc, hyderus, eofn, a safai o flaen y castell hud a lledrith oes yn ôl.

Edrychodd o'i gwmpas. Roedd y lawntydd heb eu trin a'r gerddi wedi'u hesgeuluso. Camodd yn ôl a syllu ar y castell â'i dyrau tlws a'i ffasâd clasurol Ffrengig. Gwelai fod y ffenestri bellach yn dywyll a difywyd.

Dringodd y grisiau a sefyll unwaith eto o flaen y drws cerfiedig, cyn troi'r bwlyn a darganfod, er mawr syndod iddo, fod y drws ar agor. Rhyfedd oedd sefyll yno yn y cyntedd a'i weld heb ddodrefn, heb luniau ar y muriau na charpedi ar y llawr calch. Wrth gerdded i gyfeiriad y llyfrgell clywai atsain ei esgidiau yn fetalig siarp yn y distawrwydd.

Oedodd yno wrth y drws ac edrych o'i gwmpas. Yn ei ddychymyg gwelai'r ystafell fel yr oedd bron ddeng mlynedd ynghynt ac yntau wedi dod yno i groesholi'r *châtelaine*, y dodrefn yn eu lle, y llyfrau ar y silffoedd, arogl blodau'r gwanwyn a ffresni'r pridd yn ei ffroenau, sglein tawel pren lliw mêl euraidd y piano Pleyel, cynhesrwydd y fflamau a chrac y coed yn llosgi yn y lle tân mawr. Trodd ac aeth allan i'r awyr agored. Roedd wedi gweld digon. Ni ellir galw ddoe yn ôl.

Gwelodd hanes ei marwolaeth yn y *Times* y mis Tachwedd blaenorol ac wedyn, rhyw chwe mis yn ddiweddarach, darllenodd am yr arwerthiant. Fe'i cynhelid 'am bum niwrnod ym mis Gorffennaf 1950 yng nghastell y ddiweddar Arglwyddes Mond ym mhentref Benac'h'. Anfonodd am y catalog a phenderfynu yr âi yno. Gallai gyfuno hynny â'r daith 'nôl adref i'r Almaen. Daethai ei gyfnod yn Llundain i ben.

Siwrne fer oedd hi o Koad an Noz i'r pentref ac, wrth gwrs, cofiai'r ffordd yn dda. Oni fu'n lletya yn yr union fan lle cynhelid yr arwerthiant cyn cael ei anfon i Lundain dros y Drydedd Reich? I'w lygaid ef, roedd y castell newydd yn drwm, yn ddi-swyn a ffug yr olwg. Wrth agosáu, gwelai dorf yn gwasgu wrth y clwydi, a'r heddlu'n gwneud eu gorau i gadw trefn. O'i gwmpas clywai leisiau hyderus y bras eu byd yn galw ar ei gilydd, a chymaint o Saesneg, Eidaleg a Sbaeneg i'w glywed ag o Ffrangeg. Yn uwch na phawb, Americanwyr. Daeth pobol yno o bell ac agos i ryfeddu at y castell a'i gynnwys, yn eu plith lawer o gasglwyr nodedig o'r cyfandir, o Brydain ac o Unol Daleithiau America.

Yn y catalog swmpus a gariai dan ei gesail roedd manylion yr hyn oedd ar werth – carpedi prin hynafol, tapestrïau hardd canoloesol, celfi cain Ffrengig a Seisnig a chelfi brodorol Llydewig, gwinoedd a siampên prin. Hefyd, wrth gwrs, paentiadau'r Meistri mawr – yn eu mysg weithiau gan Rubens, Titian a Constable. Ar werth hefyd roedd pum car modur moethus gan gynnwys hoff Rolls Royce Arglwyddes Mond, a phiano Pleyel dwy ganrif oed. Un o'r trysorau oedd y llestri coch ac aur, cant dau ddeg tri darn, a roddodd yr Ymerawdwr Napoleon yn anrheg i'w chwaer, Caroline, pan briododd dywysog Naples, a llestri, gwydrau a chwtleri yn drwm gan aur ac arian a fu ym meddiant y teulu Romanoff. Yn ôl yr ôl-nodyn, ystyrid gemau a thlysau Maï mor werthfawr fel y penderfynwyd cynnal arwerthiant ohonynt ym Mharis, lle byddai'n haws eu diogelu.

Mae taldra o fantais i ddyn. Yn ogystal, synhwyrai'r

gwarchodwyr fod gan y gŵr arbennig hwn ryw awdurdod cynhenid a chafodd fynd i mewn i'r castell yn ddidrafferth. Crwydrodd o ystafell i ystafell. Nid oedd golygfeydd i'w gweld o unrhyw ystafell, ond yn y cefn gellid edrych dros y gerddi a'r afon.

Gwenodd pan welodd fod Arglwyddes Mond wedi dewis llenni lliain â phatrwm Toile de Jouy ar gyfer sawl ystafell ac wedi gorchuddio'r welydd â'r un defnydd. Lliw hufen oedd y cefndir â chameos bach o olygfeydd bugeiliol tlws – glas mewn rhai ystafelloedd, coch mewn eraill. Yno, yn fythol ifanc, gwelid bugeiliaid, pob un â'i ffliwt, yn swyno'u cariadon, a hwythau mewn gwisgoedd a fyddai'n gweddu i'r dim yn llys Versailles.

Heard melodies are sweet, but those unheard
    Are sweeter.

Tybed a feddyliodd hi am linellau Keats pan ddewisodd hi'r defnydd? Go brin. Ond roeddent yn drawiadol o addas ac Arcadia, Attic ac Illyria i gyd yno. Bydoedd ffug ar furiau castell ffug! Ond fe oedd yn eu gweld nhw felly. Gallai ddychmygu fel y byddai hi wedi dotio at y lluniau bach a'u pertrwydd nwyfus, rhamantus, chwareus – y coed na chollent fyth eu dail, y cariadon na fyddent byth yn heneiddio na'u cariad byth yn oeri. Roedd y defnydd a'r steil, wedi'r cyfan, yn ffasiynol iawn.

Cerddodd o ystafell i ystafell gan edrych ar yr eitemau oedd ar werth. Rhai yn syfrdanol o hardd, eraill yn rhyfeddol o hyll i'w lygaid ef. Gofynnodd pam oedd y ddynoliaeth yn casglu a chadw cynifer o bethau diwerth. Sentiment? Cymysgedd o resymau, mae'n siŵr.

Ble bynnag y crwydrai, clywai enw Maï ar Manac'h neu Arglwyddes Mond ar wefusau pobol. Yna gwelodd yr hyn y daeth yno i'w brynu. Roedd yn falch iddo wneud yr ymdrech, ac addawodd iddo'i hun nad âi oddi yno'n waglaw.

Pan gyrhaeddodd ystafell yr arwerthiant, roedd ocsiwnïar yn brysur wrth ei waith. Eisteddodd yn agos at y cefn. Yn fuan, sylweddolodd gynifer o brynwyr a gwerthwyr proffesiynol oedd yno, yn gwneud eu cynigion â'r arwydd lleiaf – codi bys, neu symudiad bach â'r pen. Weithiau byddai'r cystadlu'n ffyrnig, a'r gynulleidfa'n dal ei hanadl ac yna'n rhyfeddu at y pris a dalwyd.

Cadwyd yn weddol agos at yr amserlen, felly yn gynnar yn y prynhawn clywodd gyhoeddi, "Set wyddbwyll. Gwaith artist o Baris yn y steil swrrealaidd. Cyfle unigryw, foneddigion a boneddigesau, i brynu gwaith cain artist o fri a gomisiynwyd gan Syr Robert Mond. Welwch chi ddim byd tebyg yn unman. Y ffigyrau mewn marmor o'r Eidal. Faint ydych chi'n ei gynnig i mi? Pwy sydd am ddechrau?"

Dau neu dri yn unig oedd â diddordeb, ac unwaith i'r cynigion godi'n uwch na'r pris cadw, tawodd y lleill. Pan ddisgynnodd y morthwyl, yr Almaenwr oedd piau'r set wyddbwyll ar y forden ddu a gwyn. Pan aeth i'w gasglu, lapiodd y gwas nhw mewn papur sidan gan ddweud mai dyna'r papur gwreiddiol, a bod y blwch lle gosododd nhw'n ofalus yr union un y gosodwyd nhw ynddo pan anfonwyd nhw o Baris flynyddoedd yn ôl. Yr artist ei hun a ddyluniodd y papur a'r blwch.

Gadawodd Benac'h yn fodlon.

52

Diweddglo

CYN IDDO ADAEL Llundain roedd wedi trefnu y byddai'n aros
noson yn Dinarzh yn yr Hôtel Victoria, y soniodd Arglwyddes
Mond amdano. Roedd yn falch cyrraedd. Ar ôl mynd i'w ystafell,
gosododd y ffigyrau gwyddbwyll ar ford a'u hedmygu. Oeddent,
roeddent yn hardd.

Yna cafodd gawod a pharatoi ar gyfer cinio y noson honno.

Cyrhaeddodd yr ystafell fwyta'n brydlon am hanner awr
wedi saith, ac fe'i harweiniwyd i ford wrth un o'r ffenestri yn
edrych dros y môr. Ond nid ef oedd y cyntaf i gyrraedd. Wrth
ffenest gyfagos eisteddai grŵp o chwech.

"Edrychwch ar yr olygfa. On'd yw hi'n odidog?" gofynnodd
Saesnes hyderus ei llais. "Y môr mor las, fel lliain o daffeta. A'r
haul yn dawnsio arno fel arian byw." Taflodd ei braich allan yn
ddramatig i gyfeiriad y môr.

"Hoffwn i ffrog o'r defnydd yna."

Americanes oedd honno, a lusgai ei geiriau'n araf ddioglyd, â
thinc y De yn rhythm y frawddeg.

"Plîs, ga i un?" ffug-ymbiliodd ar ei gŵr yn chwareus.

Chwarddodd pawb. Roedd yn amlwg y câi'r wraig hon ei
dymuniad bob amser.

Dewisodd von Heyden ei win yn ofalus, ac yn ôl ei arfer,
archebodd y bwyd i gydweddu â'r ddiod. Dechreuodd yr ystafell
lenwi ac nid oedd bellach mor ymwybodol o'r cwmni nesaf ato.
Deallodd, serch hynny, iddynt fod yn yr arwerthiant y diwrnod
hwnnw a'u bod yno am yr wythnos, wedi prynu llawer yn barod
ac yn bwriadu prynu llawer mwy.

"Mae'r prisiau'n arbennig o dda. Byddai'n rhaid talu llawer mwy ym Mharis, ac yn Llundain neu Efrog Newydd. Gallwch fod yn sicr o hynny."

Un o'r dynion y tro hwn.

Wrth i'r gwin lifo, cododd eu lleisiau.

"Ond pwy yn union oedd Arglwyddes Mond? Beth mae unrhyw un yn ei wybod amdani mewn gwirionedd?" gofynnodd un o'r gwragedd. "Mae'n enigma i mi."

"Hoffwn i fod wedi'i hadnabod."

"Roedd cymaint o siarad amdani heddiw. Merch melinydd tlawd. Rhyfeddol o bert, mae'n debyg."

Pawb yn ychwanegu'i bwt.

"Aeth i Baris a gwneud enw i'w hunan."

"Y Moulin Rouge. R'yn ni i gyd yn gwybod sut le oedd hwnnw."

Tipyn o chwerthin wedyn.

"Sawl sgandal ym Mharis, mae'n debyg. Bu hi o flaen y llys fwy nag unwaith."

"Ac yn y carchar!"

"Deryn brith, felly."

"Brith iawn."

"Priododd a byw yn Llundain am gyfnod. Gugenheim oedd enw'r gŵr yna."

"Nid *y* Guggenheims!"

"Nage. Nid un o'r rheiny! Iddewon tlawd oedd teulu'r dyn yma. Bu ef farw'n ifanc."

"Clywsom ni yn Llundain dipyn o sôn am ei hanes fel cwrtisan Dug Orléans."

"I'r brig ar un naid! Fe oedd un o ddynion cyfoethocaf Ewrop yn ei amser, on'd ife?"

"On'd oedd e'n ŵyr i frenin olaf Ffrainc, ac yn ŵyr i frenin Sbaen?"

"Cafodd e wared arni, ac yna, wow! Y wobr fawr. Syrthiodd

Robert Mond, 'Brenin Nicel', dros ei ben a'i glustiau mewn cariad â hi, a'i phriodi. Dyna beth oedd taro deuddeg."

"A tharo aur."

"Does dim dwywaith am hynny."

"Roedd e'n ddyn da. Gŵr bonheddig. Chlywais i erioed neb yn dweud gair yn ei erbyn."

Siaradai un o'r dynion yn bwyllog ac ystyriol.

"Mae'n rhaid bod yna rywbeth arbennig iawn yn perthyn iddi hi felly."

"Ond pam ar y ddaear y dewisodd hi fyw mor bell o bobman? Mae Belle-Isle-en-Terre yn dipyn o dwll, on'd yw e?"

Ni chlywodd yr ateb. Roedd ar fin gorffen ei bryd. Y foment honno, teimlai holl bwysau'r degawd diwethaf fel pwn ar ei ysgwyddau yn ei lethu. O, am ddianc rhag sŵn y siarad gwag.

Cododd a cherdded i gyfeiriad y drws, ond yn sydyn newidiodd ei feddwl a chamu at y ford o chwech. Cyfarchodd y cwmni, ymgrymu a, heb ystyried, cliciodd ei sodlau.

"Maddeuwch i mi, ond allwn i ddim peidio â chlywed rhan o'ch sgwrs heno."

Gwenodd arnynt yn gwrtais fel petai'n ymbil am faddeuant.

"Madame," a throdd at yr Americanes o'r De, "dwi'n credu mai chi ofynnodd y cwestiwn pam y dewisodd Arglwyddes Mond fyw yn Belle-Isle-en-Terre. Am mai Llydawes oedd hi, Madame. Llydawes oedd yn caru ei gwlad, ei hiaith a'i phobol ei hunan."

"Roeddech chi'n ei hadnabod hi felly?"

"Oeddwn… yn dda. Gallaf ddweud wrthych mai hi oedd y wraig fwyaf arbennig imi ei chyfarfod erioed. A'r harddaf hefyd."

Gwenodd arnynt gan ychwanegu, "Pe bai hi wedi dod i mewn i'r stafell yma heno byddai pob pen wedi troi i edrych arni. Byddech wedi mwynhau ei chwmni. Roedd Arglwyddes Mond yn wraig unigryw. Noswaith dda ichi."

Gyda hynny o eiriau, trodd ar ei sawdl ac fe'u gadawodd.

Safodd wrth y ffenest yn ei ystafell ac edrych dros y môr. Meddyliodd mai'r hyn yr hoffai fod wedi ei ddweud oedd, 'Beth bynnag oedd barn y byd amdani, lluniodd Arglwyddes Mond ei ffawd ei hun. Daeth yn chwedl yn ei dydd.' Ond fel y digwydd mor aml, erbyn iddo feddwl am yr hyn yr hoffai fod wedi'i ddweud, roedd hi'n rhy hwyr.

'Daeth yn chwedl yn ei dydd.' Dyna ddywedodd y bardd hwnnw amdani, on'd ife? Mor wir.

Mewn castell yng nghanol coedwig yng nghefn gwlad Llydaw, unwaith yn y pedwar amser, treuliodd ddiwrnod yn ei chwmni, diwrnod pan gollodd gyfrif ar amser, a diwrnod a brofodd yn dyngedfennol yn ei fywyd. Nawr, ar ddiwedd y degawd mwyaf erchyll yn hanes y byd, roedd ar ei ffordd adref.

Enwau Lleoedd

Llydaweg	Ffrangeg
An Oriant	Lorient
Beg ar Raz	Pointe du Raz
Benac'h	Belle-Isle-en-Terre
Dinarzh	Dinard
Enez Sun	Isle de Sein
Gwengamp	Guingamp
Kemper	Quimper
Kemperle	Quimperlé
Lannuon	Lannion
Montroulez	Morlaix
Naoned	Nantes
Pempoull	Paimpol
Penn ar Bed	Finistère
Plouared	Plouaret
Plouilio	Ploumilliau
Roazhon	Rennes
Sant Brieg	Saint-Brieuc
Sant Maloù	Saint-Malo
Sant Nazer	Saint-Nazaire
Skrigneg	Scrignac

Maï ar Manac'h pan oedd
hi'n gwrtisan i'r Tywysog
Antoine
Gyda chaniatâd Coop Breizh

Maï chwareus yn
nawns y Beaux Arts
yn y Moulin Rouge
Gyda chaniatâd Coop Breizh

Dychwelodd Maï i Benac'h yn y wisg
haute couture ddiweddaraf, het a phluen
a *pelisse* ffwr

Gwisg Maï ar ei hymweliad cyntaf
â Dinarzh gyda Robert

Y ffrog a wisgodd Maï ar ei hymweliad
cyntaf â'r casino yn Dinarzh

'Y Ffrog Sgerbwd' a grëwyd
gan Schiaparelli ac a wisgodd
Maï i swpera gyda'r Cadfridog

Arglwyddes Mond
Gyda chaniatâd Coop Breizh

Yr Ankou yn yr eglwys yn Plouilio
Llun: Havard Gregory

Castell Benac'h, a godwyd gan Maï, a'r man lle bu hi farw
Llun: Havard Gregory